लाहुरे किताब

Der Liebesguru

Roman von Samrat Upadhyay
Übersetzt und erläutert von Philipp P. Thapa

Edition Kathmandu

Für Babita

Besinge die verstümmelte Welt
und die graue Feder, die die Drossel verlor,
und das sanfte Licht, das umherschweift und verschwindet
und wiederkehrt.

Adam Zagajewski
»Versuch's, die verstümmelte Welt zu besingen«

Danksagung

Die Kraft, dieses Buch zu schreiben, entstand aus der Geburt meiner Tochter Shahzadi. Außerdem bin ich mit einer Lektorin wie Heidi Pitlor gesegnet, deren Begeisterung für mein Werk mich, in den Worten des Dichters Rumi, hat werden lassen »wie jemand, der plötzlich in Farbe geboren wird«. Dank meinem Agenten Eric Simonoff und der Agentur Janklow & Nesbit. Ich bin dankbar für die Unterstützung, die ich durch den Fachbereich Englisch des Baldwin-Wallace College erfahren habe, und danke besonders meiner Studentin Stacey Clemence für ihre Durchsicht der ersten Entwürfe. Und es beherzt mich, einer Familie anzugehören, die an meine Schriftstellerei glaubt, ohne lesen zu müssen, was ich schreibe: Ammi, Buwa, Sangeeta, Arup, Babu, Chotu, Mummy und Hajur.

Ein Glossar fremder Wörter findet sich am Ende des Buches.

1

DÜNN WIE EIN STRASSENKIND war sie und trug einen ausgeblichenen Kurta-Suruwal. Sie stand in der Tür zu Ramchandras Schlafzimmer, wo er seine Nachhilfeschüler unterrichtete. »Ich bin sehr schlecht in Mathe, Sir«, sagte sie, und er bedeutete ihr mit einer Handbewegung, daß sie sich neben ihn auf ein Kissen auf dem Boden setzen solle.

Als Schutz vor der kühlen Witterung, ungewöhnlich für den späten September, trug sie außerdem den traditionellen Khasto-Schal. Sie hatte lange Wimpern und eine schmale Nase; feiner Flaum bedeckte ihre Oberlippe. Ihr Haar, das vor Öl glänzte, war streng zurückgebunden. Malati, sagte sie, sei ihr Name, und sie schien ein wenig älter zu sein, schon über zwanzig, als die Schüler, denen er normalerweise Nachhilfe gab.

»Ich nehme fünfhundert Rupien im Monat«, sagte er. »Drei Sitzungen die Woche, jeweils eine Stunde.«

Ein Schatten zog über ihr Gesicht.

»Kannst du dir das nicht leisten?« Ramchandra zog den Elektroheizer nah zu sich heran, obwohl er in eine Decke gewickelt war und die dicken Socken trug, die Goma ihm genäht hatte. Die Wände des Altbaus, zu dem Ramchandras Mietwohnung gehörte, waren dünn, und an einem kühlen Tag wie diesem, Vorbote der Kälte, die die Stadt bald einhüllen würde, konnte man es im ganzen Haus kaum aushalten. Eine der Heizspiralen hatte sich gelöst und ragte nun gefährlich heraus, noch immer rotglühend. Er würde sie bald reparieren müssen, bevor sich die Kinder daran verbrannten, bevor die Wintermonate kamen, wenn »sogar den Fischen kalt ist«, wie Ramchandras Mutter gerne gesagt hatte.

»Ich komm aus einer armen Familie«, sagte sie.

Ramchandra blickte zu dem kleinen Fenster hinaus. Von seinem Sitzkissen aus konnte er die Strom- und Telephonkabel kreuz und quer an seinem Fenster vorbeilaufen sehen. Ein Steigdrachen schoß im Sturzflug durch das kleine blaue Stückchen Himmel. Das Dashain-Fest stand vor der Tür, und das bedeutete Zusatzausgaben.

Seine Nachhilfeschüler hatten schon oft auf ihre Armut verwiesen, selbst die aus wohlhabenden Familien, wenn es um einen Grund ging, ihm sein Honorar schuldig zu bleiben. Tja, er schwamm auch nicht gerade im Geld. Er und Goma und die Kinder wohnten im obersten Stockwerk dieses alten Hauses, mit den brüchigen Treppen und rissigen Decken, den engen, feuchten Zimmern, die nie genug Sonnenlicht bekamen, in diesem Haus unter der Herrschaft eines Vermieters, der an die Tür klopfte, wenn die Miete nicht rechtzeitig bezahlt wurde, wo ohrenbetäubender Verkehrslärm von der Straße durch die dünnen Wände drang, die Zimmer wackeln ließ und vernünftiges Nachdenken unmöglich machte. Seit Jahren hegte er den Traum, ein Grundstück zu kaufen und in der Stadt ein Haus zu bauen, und sei es nur, um seine Schwiegereltern zum Schweigen zu bringen. Seit drei Jahren legten er und Goma jeden Monat fünfhundert Rupien zurück. Oder versuchten es zumindest; in manchen Monaten, besonders über die Feiertage, konnten sie nicht nur nichts sparen, sondern sie mußten sogar ihre Ersparnisse anknapsen, was Ramchandra ständige Sorgen bereitete. »Auf die Art werden wir nie ein Haus bauen«, hatte er betrübt zu Goma gesagt, nachdem er neulich sein Sparbuch geprüft und festgestellt hatte, daß das Guthaben noch nicht einmal einen Lakh Rupien betrug. Vor ein paar Monaten hatte er sich sogar einige Grundstücke angesehen, aber die meisten hatten völlig überhöhte Preise. Eines der Grundstücke, bei Dillibazar, hatte ihm gefallen – es lag in der Nähe von Gemüsemarkt und Busbahnhof –, aber der Anbieter wollte fünf Lakh Rupien dafür. Ramchandra hatte ihm gesagt, daß niemand, der halbwegs bei Verstand sei, das Grundstück für diesen Preis kaufen würde, aber obwohl er den Mann damit stehen ließ, wußte er, daß das Grundstück innerhalb weniger Monate einen Käufer gefunden haben würde. Derzeit kamen viele Leute in Kathmandu zu Geld. Das Land war arm, aber in der Hauptstadt vermehrte sich der Wohlstand in den Händen derer, die Firmen in neuen Branchen gründeten oder die für die Regierung arbeiteten und vor fetten Schmiergeldern nicht zurückscheuten.

Mit ihrer abgetragenen Kleidung wirkte Malati wirklich arm, anders als sein anderer Nachhilfeschüler, Ashok, ein Kaufmannssohn, der jeden Morgen in einem glänzenden schwarzen Auto vorfuhr, aus dessen Lautsprechern laute Musik hämmerte.

»Ich hab keinen Vater«, erzählte Malati. »Und meine Mutter züchtet Hühner, um die Familie zu versorgen.«

»Dann solltest du vielleicht arbeiten«, sagte Ramchandra. »Deiner Familie helfen.«

»Im Augenblick bin ich nicht in der Lage zu arbeiten, Sir«, sagte sie ernsthaft. »Außerdem will ich aufs College gehen.« Und dafür mußte sie die Prüfung zum *School Leaving Certificate* bestehen. Sie gab zu, daß sie die schuleigenen Vorprüfungen nur knapp bestanden hatte und den eigentlichen Prüfungen mit Sorge entgegensah.

»Was nützt es dir, aufs College zu gehen, wenn du jetzt ein Einkommen brauchst?«

Sie schürzte die Lippen und blickte zum Fenster hinaus.

Sie ist hübsch, dachte er. Aber was ihn anrührte, war ihre

Entschlossenheit. Wenn er ihr helfen konnte, dann war es seine Pflicht als Lehrer, sie anzunehmen. Nachmittags unterrichtete er an der heruntergekommenen Kantipur-Schule mit ihren bröckelnden Mauern und dunklen, überfüllten Klassenzimmern. Es war eine staatliche Schule, und das war gleichbedeutend mit einem mageren Budget und schlechtgelaunten Lehrern. Die meisten von ihnen gaben, wie Ramchandra, nebenher Nachhilfeunterricht, um sich etwas dazuzuverdienen. Derzeit war Ashok sein einziger Nachhilfeschüler, und Malati konnte zum Unterricht hinzukommen. »Na gut, wieviel kannst du dir leisten?«

»Zweihundert Rupien, Sir.«

»Das ist zuwenig«, sagte er, in Gedanken bei seinem Konto. »Dafür kann ich dich nur zwei Sitzungen pro Woche unterrichten.«

»Das ist in Ordnung, Sir«, sagte sie. »Den Rest kann ich allein machen.«

»Als erstes brauche ich das Geld.«

»Ich brings morgen früh mit.«

Es entstand ein verlegenes Schweigen. Er erwartete, daß sie gehe, und da sie nicht ging, wollte er gerade sagen: »Also dann.« Doch sie fragte: »Sir, seid Ihr ursprünglich aus Kathmandu?«

Er sah sie sich etwas genauer an. Leute aus Kathmandu stellten einander selten diese Frage. Nur Auswärtige sondierten sich gegenseitig, auf der Suche nach etwas, das sie in der Stadt zusammenhielt.

»Ursprünglich aus Lamjung«, sagte er. Nach dem Tod seines Vaters hatten er und seine Mutter Grund und Haus verkauft, um die Gläubiger auszubezahlen, und waren nach Kathmandu gekommen, mit dem Schmuck seiner Mutter in einer Plastiktüte und der Adresse eines entfernten Verwandten in der Tasche. Mutter, Gott segne sie. Er hoffte, daß ihre Seele im Himmel Frieden gefunden hatte.

»Ich wußte es«, sagte Malati. »Ich wußte, daß Ihr nicht von hier seid. Euer Gesicht verrät es.«

»Ist das wirklich so offensichtlich?«

»Na, könntet Ihr nicht das Gleiche von mir sagen? Wo glaubt Ihr, daß ich herkomme, Sir?«

Er hatte keine Ahnung, aber ihre Aufregung amüsierte ihn. »Jumla?«

Daß er auf dieses entlegene, öde Gebiet im Nordwesten des Landes verfiel, brachte sie zum Lachen. »Ihr macht gerne Spaß, oder, Sir? Nein, ich bin aus Dharan.«

»Wann bist du hierhergezogen?«

»Vor ein paar Jahren. Aber ich vermisse es immer noch. Die Leute hier in dieser Stadt sind so …« – sie schien nach dem passenden Wort zu suchen – »gefühllos.«

Ramchandra selbst erinnerte sich noch klar an Lamjung: der Gemischtwarenladen in einem Lehmhaus, das unsicher auf einer Hügelkuppe kauerte; die beißende Morgenkälte; der Dunst, der über den Hügeln hing, und die Wolken, die heranrollten und das Haus vor seinen Augen verschwinden ließen; der Duft von gutem Reis, gekocht im Lehmofen, dessen Rauch seiner Mutter in den Augen brannte und Wasser an ihrer Nase herablaufen ließ. Doch es waren die Erinnerungen an seine ersten Jahre in Kathmandu, die Entbehrungen, die er und seine Mutter erduldet hatten, die sich ihm wie eine religiöse Schrift eingeprägt hatten. Lange Zeit war er wütend auf die Stadt gewesen, weil sie ihnen das Leben so schwer gemacht hatte. Doch inzwischen liebte er sie, und obwohl er verstand, was Malati ihm zu sagen versuchte, wollte er sich ihr Gefühl der Hilflosigkeit nicht zu eigen machen. »Es ist schon so viele Jahre her«, sagte er zu ihr, »daß ich mich in Kathmandu als Einheimischer betrachte.«

»Natürlich, Sir. Trotzdem kann es einem diese Stadt sehr schwer machen.«

Tränen quollen ihr in die Augen, und merkwürdigerweise rührte ihn das an. Er fragte: »Willst du dich hinsetzen? Tee trinken?«

Sie faßte sich wieder. »Nein, Sir, ich muß mich um was kümmern.« Beim Hinausgehen lächelte sie ihn an und entblößte dabei ihre kleinen, weißen Zähne. »Ich hab gehört, daß Ihr sehr gut seid, Sir.«

Ramchandra wedelte mit der Hand durch die Luft.

Malati erwies sich als sehr schwach in Mathematik. Sie brütete lange über den Aufgaben und übersah oft die offensichtlichsten Verbindungen. Wenn Ramchandra ihr die Aufgabe erklärte und auf eine mögliche Lösung hindeutete, nickte sie langsam und kaute auf ihrer Unterlippe herum, als ob ihr alles allmählich verständlich werde, aber wenn sie die Aufgabe dann lösen sollte, kratzte sie sich am Kopf und zog die Augenbrauen zusammen, unfähig, über die allergrundlegendsten Schritte hinauszugehen. Im Vergleich zu ihr machte Ashok, dessen mathematische Fähigkeiten Ramchandra bisher für schwach gehalten hatte, einen aufgeweckten Eindruck. »Addition«, sagte Ramchandra dann sanft zu Malati. »Du mußt die Zinsen zum Kapitalbetrag hinzuaddieren, nicht subtrahieren. Siehst du?« Und langsam zeichnete sich Verstehen auf ihrem Gesicht ab, wie um zu sagen: Warum hab ich das nicht gleich gesehen? Dann nickte sie, und ihr Kopf wippte auf und ab. Aber dieses Verstehen erwies sich bald als falsch, und im nächsten Moment runzelte sie wieder die Stirn und kaute auf dem Radiergummiende ihres Bleistifts herum.

Eines Morgens, zwei Wochen nachdem sie angefangen hatte, steckte Malati in einer bestimmten Aufgabe fest, die sie schon wiederholt durchgenommen hatten. Ramchandra knallte seinen Bleistift auf ihr Heft mit den säuberlich geschriebenen Zahlen. »Selbst ein Affe vom Pashupatinath-Tempel könnte so eine einfache Aufgabe lösen.« Er stieß mit dem Finger in die Luft vor ihrem Körper. »Du bist doch kein Affe, oder?« Malati schaute auf ihre Zehen, rot im Gesicht. Ashok lächelte ihn ungläubig an, und Ramchandras Frau, Goma, die hereingekommen war, um die leeren Teegläser einzusammeln, warf ihm einen Blick zu.

Er wollte gerade etwas Versöhnliches sagen, als Malati, das Gesicht noch immer nach unten gerichtet, mit starker Stimme sagte: »Ich hab Euch gesagt, daß ich schlecht in Mathe bin. Darum bin ich hier. Darum brauch ich Hilfe.«

»In Ordnung«, sagte er langsam. »Betrachten wir das einmal aus einem anderen Blickwinkel.«

Ashok, der immer noch lächelte, beobachtete Ramchandra genau.

»Hilft dir mein Gesicht dabei, das SLC zu schaffen?«, fragte ihn Ramchandra.

Den Rest der Unterrichtsstunde über war Malati still. Mechanisch tat sie, was Ramchandra ihr sagte, die Lippen geschürzt, und als die Reihe an sie kam, selbständig eine Zinseszinsrechnung zu lösen, sagte sie: »Ich hab Kopfschmerzen. Ich geh jetzt heim.«

»Noch fünfzehn Minuten übrig, Malati.«

»Hab ich Euch nicht gerade gesagt, daß ich Kopfschmerzen hab?«, sagte sie, und schnell stand sie auf und ging die Treppe hinunter.

Reue plagte Ramchandra den ganzen Nachmittag lang, während er an der Schule unterrichtete; den ganzen Abend lang, als er müde nach Hause kam, einem Schüler Nachhilfe gab und später Schlangen und Leitern mit seinem Sohn spielte; und bis in die Nacht hinein, als er zu schlafen versuchte. Dieses langanhaltende Schuldgefühl überraschte ihn. Ramchandra schalt seine Schüler selten, und er schlug sie nie, anders als viele seiner Kollegen. Aber er wußte auch, daß es nötig war, seine Würde als Lehrer zu schützen, und deshalb disziplinierte er sie manchmal mit Worten, wenn sie sich widerspenstig verhielten, was gerade bei den älteren oft vorkam. Disziplin war bei den Schülern, die er zu Hause unterrichtete, noch nie ein Thema gewesen; dies war das erste Mal, daß er jemanden gescholten hatte. Doch Malatis Reaktion auf seinen Anwurf ging über die Scham hinaus, die ein Schüler fühlte, wenn er ausgeschimpft wurde. Auf irgendeine Weise hatte er sie tief verletzt.

Ramchandra bedauerte es auch, daß er den Rest ihrer Unterrichtsstunde vergeudet hatte, denn sie hätten noch etwas schaffen können. Er war stolz auf die Anzahl seiner Nachhilfeschüler, die schließlich die SLC-Prüfung bestanden. Manchmal brauchte ein Schüler nur Minuten, um von einer Stufe auf die nächste zu gelangen. Aus diesem Grund bestand Ramchandra darauf, gleichgültig wie müde er auch war, daß seine Schüler die gesamte planmäßige Dauer der Unterrichtssitzung bei ihm blieben. Das war besonders bei Ashok wichtig, dem oft alle möglichen Ausreden einfielen, weshalb er früher gehen müsse. Bei Malati war es sogar noch entscheidender, denn sie konnte sich das Honorar nur mit Mühe leisten.

In der nächtlichen Dunkelheit zog Ramchandra seine Sirak enger um sich und starrte an die Decke. Er konnte nicht schlafen. In letzter Zeit hatte er wiederholt einen Albtraum gehabt, in dem er vor seinen Schülern stand und eine einfache Algebragleichung nicht lösen konnte. Er führte den Traum auf die schwere Unterrichtslast zurück, die er als Schul- und Nachhilfelehrer zu bewältigen hatte.

Ramchandra hatte seine mathematischen Fähigkeiten früh entdeckt. Wenn er mit seiner Mutter in Lamjung den gefährlich gelegenen Gemischtwarenladen besuchte, zog er den Preis eines Kilos Linsen im Handumdrehen von dem Fünf- oder Zehnrupienschein ab, den seine Mutter dem Verkäufer gerade überreicht hatte, und verkündete lautstark: »Zwei Rupien und zwanzig Paisa Rückgeld muß kommen.« Auf der kleinen Schiefertafel, die ihm sein Vater geschenkt hatte, löste er Rechenaufgaben so schnell, daß sein Vater oft sagte: »Warte, warte, bevor du das wegwischst; laß mich erst sehen, ob du das richtig gemacht hast.« Dann gab Ramchandra ihm die Tafel und schnappte sich einen Bleistift und ein Heft, um etwas anderes zu kritzeln.

Später, nachdem er und seine Mutter nach Kathmandu gezogen waren, pflegte er dabeizustehen, wenn ein Krämer in einem Gewürzladen mühselig und ungelenk die Waren und Preise aufschrieb. Doch in Ramchandras Kopf flitzten die Zahlen nur so, und er verkündete mit seiner trotzigen Stimme: »Macht zusammen sieben Rupien und fünfzig Paisa.« Oft zwinkerte ihm ein solcher Krämer dann zu und bot ihm scherzhaft eine Gehilfenstelle an. Er wollte das Angebot annehmen, aber seine Mutter sagte jedesmal, nein, sie würde nicht im Traum daran denken, ihren Sohn arbeiten zu schicken, bevor er mit der Schule fertig sei. »Ich möchte, daß du Ingenieur wirst«, sagte sie. Das Ingenieurswesen schien ihr besonders zuzusagen, entweder weil ihr das ausländisch klingende Wort gefiel, oder weil sie es mit Mathematik in Verbindung brachte. »Ingenieur, ja«, sagte sie gerne. »Du baust mal Sachen.«

Als er schließlich zur Schule ging, in einem überfüllten, engen Klassenzimmer in Kathmandu, nicht sehr weit von dort, wo er jetzt unterrichtete, schoß seine Hand jedesmal in die Höhe, wenn eine Mathematikaufgabe an die Tafel geschrieben wurde. Der Lehrer fing an, ihn mit Unmut zu beäugen. Seine Freunde gaben ihm den Spitznamen Hisabai-Hanuman, weil er in Mathematik so stark war wie der Affengott Hanuman mit seinen Muskeln, der einen ganzen Berg entwurzelte, ihn auf der linken Handfläche hochhob und davonflog.

Wie merkwürdig, dachte Ramchandra, daß er Malati einen Affen genannt hatte, wenn er selbst als Kind so genannt worden war. Wenn Ramchandra auf dem College an die Tafel gerufen worden war, um eine Infinitesimalgleichung zu lösen, die dem Professor Kopfschmerzen bereitete, hatte er gewußt, daß der

Lehrerberuf ihm am besten entsprach. Und das stimmte auch, weitestgehend, aber die Nachhilfestunden erschöpften ihn. Inzwischen versuchte er die nächtlichen Albträume fernzuhalten, indem er sich vor dem Einschlafen schöne Landschaften vorstellte, wie einen Spazierweg an einem blauen Weiher, einen üppigen Garten, kühle Bergluft. Doch Malatis Stimme, die »Darum bin ich hier. Darum brauch ich Hilfe.« sagte, hallte ihm immer noch in den Ohren nach.

In dieser Nacht wälzte er sich so lange im Bett hin und her, bis Goma aufwachte. »Was ist los?«, fragte sie.

Er sagte, vielleicht habe er den Tag über zu viel Tee getrunken.

Sie schaltete das Licht ein. »Euch beschäftigt dieses Mädchen. Ihr solltet nachdenken, bevor Ihr redet. Das geschieht Euch recht.«

»Ich bin müde«, sagte er. »Es ist schwer genug, Vollzeit dort in diesem Höllenloch zu unterrichten, und dann auch noch Tag und Nacht diese Nachhilfeschüler.«

»Trotzdem«, sagte Goma, »sie ist ein junges Mädchen und sehr empfindsam. Geht sanft mit ihr um. Stellt Euch vor, sie wäre Eure eigene Tochter.«

»Und wer geht mit mir sanft um?«, fragte er. »Zu wem kann ich gehen, wenn ich Trost brauche?« Er nahm ihre Hand.

Sie legte ihre andere Hand auf seine Stirn und sagte: »Warum massiere ich Euch nicht ein bißchen den Kopf? Dann fühlt Ihr Euch besser.«

Er legte seinen Kopf in ihren Schoß, und sie massierte ihm das Gesicht. Ihre geschmeidigen Finger glitten über seine Schläfen und lullten ihn in Schläfrigkeit. Durch seine halbgeöffneten Augen betrachtete er ihr Gesicht. Goma war eine kleine, mollige Frau, nur wenige Monate jünger als er, und er ging auf die zweiundvierzig zu. Auf ihrer Stirn war der kleine rote Tika, den sie sich jeden Morgen am Ganeshthan-Tempel in der Nachbarschaft holte. Bevor die Sonnenstrahlen auf die

Straßen fielen, ging sie mit einem Teller Reis und mit Blüten, die sie im Garten unten im Hof gepflückt hatte, zum Tempel. Sie kam nach Hause, wenn die Sonnenstrahlen gerade die Fenster des Hauses auf der gegenüberliegenden Seite des Hofs beleuchteten. Unmittelbar unterhalb ihres Nasenrückens hatte sie ein großes Muttermal, ihren »Schönheitsfleck«, wie Ramchandra es nannte.

»Ihr braucht nicht unbedingt weiter Nachhilfeunterricht geben, wißt Ihr«, sagte Goma.

»Wenn nicht, wie sollen wir dann die Dashain- und Tihar-Ausgaben bezahlen?« Bis Dashain war es nur noch eine Woche, und Tihar folgte ihm auf den Fersen. Das bedeutete, daß Ramchandra an sein Erspartes gehen mußte, um neue Kleider für die Familie zu kaufen, und außerdem ein Huhn, wenn nicht sogar eine Ziege, als Opfer für die Göttin. Allerdings wollte er sich dieses Jahr dagegen aussprechen, eine Ziege zu kaufen, was mehrere hundert Rupien kosten würde. Er wollte Goma und Rakesh und Sanu vorschlagen, daß sie sich mit einem Huhn zufriedengeben sollten, aber das würde sie natürlich alle enttäuschen, und die Nachbarn und Verwandten würden reden, besonders seine Schwiegereltern. Aber was blieb ihm anderes übrig? Im Augenblick mußte er nur Goma überzeugen. Die Kinder spürten und spiegelten in der Regel Gomas Gefühle, und wenn sie glaubte, daß die Familie sich nicht mehr als ein Huhn leisten könne, dann würden sie sich damit abfinden.

»Ohne die Nachhilfeschüler, wie sollen wir da aus diesem Höllenloch rauskommen?« fragte Ramchandra. »Wie sollen wir jemals ein eigenes Haus bauen?«

Goma legte ihm den Zeigefinger auf die Lippen. Sanu, dreizehn, und ihr Bruder Rakesh, neun Jahre alt, schliefen im Nachbarzimmer. Aber wie um seinen Worten Nachdruck zu verleihen, trötete draußen eine Hupe, Reifen quietschten, dann krachte es, und ein Motor heulte auf. Goma und Ramchandra schlossen beide instinktiv die Augen.

»Ihr scheint in letzter Zeit kaum einen Satz sagen zu können, ohne das Wort Höllenloch zu benutzen«, sagte Goma.

»Naja, wie würdest du das hier nennen?« Er machte eine Handbewegung.

»Ich bin hier nicht unglücklich«, sagte sie.

»Deine Eltern sind unglücklich, daß du hier bist.«

Mit den Jahren wagte er immer mehr Offenheit, wenn er von ihren Eltern sprach, obwohl er wußte, daß Goma seine Klagen unangenehm waren. Ihre Eltern hatten nie Zuneigung zu Ramchandra gefaßt, obwohl sie ihn sich als Schwiegersohn ausgesucht hatten. Als Ramchandra und Goma heirateten, wohnte er noch bei seiner Mutter, in einer Wohnung in Thamel, die noch kleiner war als diese hier. Zu dem Zeitpunkt studierte er am Tri-Chandra-College und gab nebenbei Nachhilfe, und einer seiner Schüler war Gomas Schwester Nalini.

Der Heiratsantrag war überraschend gekommen, ein paar Monate, nachdem Nalini die SLC-Prüfung abgelegt hatte.

»Der Antrag ist nicht für Nalini?« fragte er seine Mutter.

»Nein, für ihre ältere Schwester.«

Er hatte Goma nur ein paar Mal im Haus ihrer Eltern gesehen, wenn sie an dem Zimmer vorbeigekommen war, wo er Nalini unterrichtete, und er konnte sich ihr Gesicht nicht klar ins Gedächtnis rufen. Er erinnerte sich jedoch daran, daß sie hübscher war als Nalini, die traurig und bedrückt wirkte.

»Warum sollten sie ihre Tochter jemandem wie mir geben wollen?« fragte er seine Mutter. Normalerweise unterrichtete er die Nachhilfeschüler in seiner kleinen Wohnung, doch die Pandeys hatten ihn gebeten, ins Haus zu kommen, und da sie ihm hundert Rupien mehr geboten hatten, als er normalerweise bekam, hatte er zugesagt. Die Pracht ihres Hauses hatte ihn eingeschüchtert, so wie Herrn Pandeys strenges Gesicht. Aber er brauchte das Geld, und Nalini erwies sich als einfache Schülerin.

Seine Mutter äußerte die Vermutung, daß vielleicht seine

Reputation als aufgeweckter Student Gomas Eltern veranlaßt habe, ihm ihre Tochter zur Frau zu geben, obwohl er arm war. Vielleicht glaubten sie angesichts seiner Intelligenz, daß er bald eine lukrative Stellung innehaben und ihre Tochter im Luxus leben würde. Vielleicht hatte es sie beeindruckt, wie er sich als Nachhilfelehrer gegenüber ihrer jüngeren Tochter verhalten hatte. »Das ist eine große Ehre für unsere Familie«, hatte seine Mutter gesagt. »Vielleicht sind die harten Zeiten für uns vorbei.«

Als er sie geheiratet hatte, war Ramchandra noch nicht einmal bewußt gewesen, daß Goma in seinem Alter war. Als ihm seine Mutter ein Photo von ihr zeigte, konnte er sich klarer an ihr Gesicht erinnern, und das Herz wurde ihm warm, und er sagte ja. Der Altersfaktor hatte ihn nie gestört, und er störte ihn auch jetzt nicht, obwohl es ihn ärgerte, wenn Verwandte darauf anspielten, als ob es grundsätzlich verkehrt sei, wenn die Frau genauso alt war wie der Mann. Ein Verwandter hatte gesagt: »Sieben Jahre Unterschied, das ist am besten. Unsere alten Schriften besagen, daß ein Unterschied von sieben Jahren die Harmonie zwischen Mann und Frau fördert.« Der Mann hatte voller Zuneigung seine eigene Frau angesehen, die genau sieben Jahre jünger war als er und Pan kaute, so daß ihr Mund innen knallrot war. Sie hatte sich als kleinkarierte Klatschtante etabliert und redete schlecht über Leute, die weniger hatten als sie. Ramchandra wußte nicht, auf welche alten Schriften der Verwandte sich bezog, aber in Hindutexte waren oft solche kleinkarierten Ratschläge eingestreut. »Ich glaube nicht an diese Regeln und Legenden«, hatte Ramchandra erwidert, und der Verwandte, der immer noch seine Frau anlächelte, hatte gesagt: »Das ist unsere Kultur.«

In ruhigen Augenblicken fragte sich Ramchandra in der Tat, weshalb Goma nicht früher geheiratet hatte, mit Anfang zwanzig, als ihre Eltern leicht eine Ehe mit einem Mann aus guter Familie hätten aushandeln können. Hatte sie als junge Frau etwas Skandalöses getan? fragte er sich. Aber wenn er seine Frau ansah – der fromme Tika auf ihrer Stirn, ihre aufrichtige, herzliche Art mit ihm und den Kindern –, wußte er, daß er sündigte, so etwas auch nur von ihr zu denken.

Ramchandra befand sich in einem Klassenzimmer im Keller eines dunklen Gebäudes. Er trug seine schmutzigen, dunkelblauen kurzen Hosen und das fleckige himmelblaue Hemd. Plötzlich zischte die Peitsche des Lehrers durch die Luft und traf ihn quer übers Gesicht, wo sie zu Zahlen wurde, Rechenaufgaben, die er nicht lösen konnte, so sehr er sich auch anstrengte. Die anderen Schüler in ihren frischgebügelten Uniformen und Krawatten machten sich über ihn lustig, und Ramchandra rief nach seiner Mutter, »Ama, Ama«, und wachte auf, um festzustellen, daß Rakesh im Nachbarzimmer nach seiner Mutter schrie. Goma, die normalerweise beim geringsten Geräusch aufwachte, schlief tief und fest. Ramchandra eilte ins Kinderzimmer, konnte aber das Licht nicht einschalten, wenn er Sanu nicht stören wollte. Doch sie war ohnehin wach und sagte: »Ba, ich glaub, er hatte einen Albtraum.« Ramchandra setzte sich zu Rakesh, der leise wimmerte, und strich ihm über das Haar, um ihn zu beruhigen. Allmählich wurde der Junge still, und dann fragte er: »Ba, was kriege ich zu Dashain?«

»Was möchtest du, mein Sohn?«

»Ein Fahrrad.«

»Fahrrad ist zu teuer. Wie wärs mit einem Spielzeugfahrrad?«

Rakesh verzog das Gesicht. »Alle meine Freunde haben ein Fahrrad.«

Ramchandra wandte sich an Sanu. »Und was möchtest du?«

»Nichts«, sagte sie. Mit jedem Tag schien sich Sanu der finanziellen Beschränkungen der Familie stärker bewußt zu werden. »Und der braucht auch kein Fahrrad.«

Rakesh fing an, mit ihr zu streiten, und da er befürchtete, daß sie Goma aufwecken würden, hob Ramchandra die Hand und sagte: »Ich kann dir jetzt sofort eine schöne Geschichte geben. Kostenlos.«

»Wenn er ein Fahrrad kriegt, dann will ich auch was Großes«, sagte Sanu.

»Darum kümmern wir uns später«, sagte Ramchandra. »Jetzt die Geschichte. In einem fernen Land lebte vor langer Zeit ein armes Mädchen«, begann Ramchandra zu erzählen. Er sprach leise, damit Goma nicht aufwachte. Im Licht der nackten Glühbirne, die im Flur von der Decke hing, zeichneten sich die Umrisse seiner Kinder ab.

Dieses Mädchen, fuhr Ramchandra fort, war siebzehn Jahre alt und lebte mit ihrer Mutter in einer Hütte. Durch das undichte Dach der Hütte tropfte in der Monsunzeit der Regen, und der Lehmboden stand völlig unter Wasser. Sie waren so arm, daß sie nur eine Mahlzeit am Tag aßen, meistens abends am Feuer, und in der Nacht knurrte dem Mädchen der Magen.

»Ist das eine traurige Geschichte?« fragte Sanu.

»Vielleicht. Hör einfach zu.«

»Wie hieß sie denn? Das Mädchen?«

Ramchandra war überrumpelt. Dann sagte er: »Malati.«

»Aber Malati heißt doch Eure Schülerin«, sagte Rakesh.

»Willst du die Geschichte hören oder nicht?«

Rakesh sagte nichts mehr, und Ramchandra erzählte weiter. Das Mädchen dachte immer an seinen Vater, der das Dorf vor ein paar Jahren verlassen hatte, um sich in der Stadt eine Arbeitsstelle zu suchen, und nie mehr zurückgekommen war. Wenn sie Gras für die Kuh schneiden ging, deren Milch sie verkauften, um genug Geld zum Leben zu verdienen, schaute sie unentwegt zum Horizont und hoffte, daß ihr Vater zurückkehren würde, die Taschen voller Geld und Schmuck für sie und ihre Mutter. Jede Nacht, wenn sie auf der Matte am Boden lag, auf der sie schliefen, horchte sie nach dem Klopfen an der Tür, das seine Ankunft ankündigen würde. In ihren Träumen sah sie ihn wohlgenährt und reich in der Stadt leben, wo er seine Tochter vermißte.

Eines Tages kam der reichste Kaufmann des Dorfes zu ihrer Hütte und hielt bei der Mutter um die Hand des Mädchens an. »Eure Tochter ist sehr schön«, sagte der Kaufmann, der einen langen Schnurrbart hatte, der ihm in dünnen Fäden bis ans Kinn reichte. »Sie arbeitet auch fleißig, und es wird eine gute Hausfrau aus ihr werden.« Die Mutter freute sich sehr. In ihrer Vorstellung sah sie sich schon einen leuchtendfarbigen, goldbesetzten Sari tragen, eine Diamantenkette um den Hals, fünf Diener um sich, die nur auf ihren Befehl warteten. Das Mädchen jedoch war nicht froh. Der Kaufmann war so alt wie ihr Vater, und es gefiel ihr nicht, wie seine Augen blitzten, wenn er sie ansah.

Ramchandra wußte nicht weiter und hörte auf zu erzählen, aber die Kinder drängten ihn weiterzumachen. »Und sie lebten glücklich bis an ihr Lebensende«, sagte er.

»Wer lebte glücklich bis ans Lebensende?« fragte Sanu. »Der Kaufmann und das Mädchen? Aber sie mag ihn doch gar nicht! Das ist doch keine Geschichte.«

»Schhh, du weckst noch Mutter auf«, sagte Ramchandra. »Wir machen morgen weiter.« Und all ihren Protesten zum Trotz steckte er sie unter die Decke und ging.

Im Nebenzimmer war Goma wach und sah ihn aus schlafverquollenen Augen an. »Ich war so müde, daß ich gar nichts gehört hab. Hat Rakesh schlecht geträumt?«

»Ja, und ich hab ihm eine Geschichte erzählt.«

»Welche?«

»Ich hab mir was ausgedacht.«

»Was denn?«

»Nichts.« Er kuschelte sich an sie. »Eine Unsinnskindergeschichte.«

2

MALATI ERSCHIEN NICHT zur nächsten Unterrichtsstunde, und Ramchandra konnte sich nicht auf Ashok konzentrieren, der lächelte und immer wieder sagte: »Ich frag mich ja, was mit diesem Mädchen passiert ist.« Nachdem er gegangen war, schlüpfte Ramchandra aus dem Suruwal in seine Baumwollhosen, das Paar, das er sich vor zwei Jahren hatte nähen lassen. Der Saum der Hosenbeine franste schon allmählich aus, und Goma drängte Ramchandra schon seit längerem, sich ein neues Paar nähen zu lassen, aber er hatte widerstanden, da er sofort die Kosten ausrechnete: mindestens fünfzig Rupien für den Stoff und weitere fünfzig für den Schneider. Das Hemd, das er trug, hatte ein Loch an der Brust, doch Goma hatte es vor ein paar Monaten gestopft, und die Leute mußten schon genau hinsehen, um die Stelle zu entdecken. Das Konfektionshemd aus feinem Nylonstoff, das er zum letzten Dashain-Fest von seinen Schwiegereltern bekommen hatte, hing ungetragen im Schrank. Er hatte den feinen Stoff ein paar Mal zwischen den Finger befühlt, das Hemd aber nie angezogen; nur so konnte er ihnen heimzahlen, daß sie ständig über seine Armut mäkelten. Erst neulich hatte Frau Pandey einen Schullehrer erwähnt, einen Verwandten, der von einer lausigen an eine prestigeträchtigere Schule gewechselt war, die von der Frau eines bekannten Geschäftsmanns geleitet wurde. »Wann passiert das mal bei unserem Schwiegersohn?«, hatte sie gesagt und dabei nicht Ramchandra, sondern Goma angesehen. Und als ob Ramchandra nicht im Raum sei, hatte Herr Pandey gesagt: »Träum weiter, Frau. Schon so viele Jahre, und immer noch nichts.«

Er rief Goma in der Küche zu, daß er für einen Spaziergang nach draußen gehe, und bevor sie antworten konnte, lief er schon die Treppen hinunter. Eines der Holzbretter knarrte gefährlich unter seinem Gewicht.

Malati hatte ihm gesagt, daß sie in der Gegend von Tangal wohnte, gleich hinter der Sunrise Boarding School, und in diese Richtung ging Ramchandra. Doch es war schon acht Uhr dreißig, und wenn er sie treffen, anschließend zu Hause essen und dann rechtzeitig in der Schule sein wollte, würde er ein Dreiradtaxi nehmen müssen. Er überlegte, ob er umkehren solle. Was brachte es, sein hartverdientes Geld für dieses Mädchen auszugeben? Aber er mußte sie sehen und ihr irgendetwas sagen. Er winkte ein Dreiradtaxi heran, wobei er im Kopf sieben Rupien von seinem Sparbuch abzog, und beschrieb dem Fahrer den Weg.

Der Wind peitschte in die kleine Fahrkabine, und Ramchandra zog seinen Schal fester ums Gesicht. Der Fahrer fuhr mit halsbrecherischer Geschwindigkeit und verfehlte Fahrräder und Fußgänger oft nur um Zentimeter. Ramchandra beugte sich vor und schrie ihm ins Ohr: »Fahrt langsamer. Warum die Eile?«

»Denkt Ihr, Ihr seid für mich der einzige Passagier heute?« sagte der Fahrer.

Man konnte heutzutage mit niemandem mehr vernünftig reden, dachte Ramchandra. Vor zehn Jahren war es noch nicht so gewesen, da war man in Kathmandu noch höflich miteinander umgegangen. In den letzten paar Jahren war die Stadt soweit angeschwollen, daß sie nur noch explodieren konnte. Täglich wanderten mehr Menschen aus den Hügeln und Bergen im Norden und aus den Ebenen im Süden ein, um sich ein Überleben zu sichern. Der Boden in ihren Dörfern gab keine guten Ernten, und bei der steigenden Inflation war es ihnen unmöglich, ihre Familien zu ernähren.

Weil ständig mehr Zuwanderer in die Stadt strömten, war der Stadthorizont mit Satellitenschüsseln übersät, und man konnte nirgendwo mehr hingehen, ohne die Abgase von Dreiradtaxis und alten, klapprigen Bussen einzuatmen. Ramchandra verstand das Leid all dieser armen Leute, die ihre Dörfer und Städte verlassen mußten, aber es führte dazu, daß Kathmandus Eingeweide von zu vielen Händen begrapscht, durchwühlt und benagt wurden. Bald würde nur noch der Leichnam übrigbleiben. Neulich hatte er die kleinen Hütten gesehen, die am Ufer des Bishnumati-Flusses aus dem Boden geschossen waren, ein Anblick, von dem er bislang geglaubt hatte, daß er sich auf indische Städte wie Bombay beschränke.

Jedoch – Bitterkeit überkam Ramchandra, wenn er daran dachte – es war nicht seine Stadt. Er besaß kein Haus; er besaß noch nicht einmal ein Grundstück. Er unterschied sich in nichts von diesem Dreiradtaxifahrer, der wahrscheinlich den ganzen Tag lang im Eiltempo Fahrgäste zu den verschiedensten Zielen befördern und dann zu dem kleinen Zimmer in einem ärmlichen Teil der Stadt zurückkehren mußte, wo Frau und Kinder auf ihn warteten.

Auf Putalisadak geriet das Dreiradtaxi in einen Stau, und sie mußten mehrere Minuten lang warten. Vor einem Laden in der Nähe standen Leute in einer langen Warteschlange, Plastikgefäße in den Händen.

»Seht Euch das an«, sagte der Fahrer. »Diese Scheiß-Inder. Daran sind nur die schuld.«

»Ist das wegen Kerosin?«

»Ja, weswegen sonst? Die Grenzen haben sie wieder aufgemacht, aber es dauert noch eine Weile.«

»Naja, zumindest ist es nicht so schlimm wie beim letzten Mal.«

»Naja, jetzt ist Dashain, und die Leute müssen viel kochen. Alles Esel, diese Politiker. So ein Hahakar, nur weil unser König und der indische Premierminister das Ego des anderen nicht ausstehen können.«

Ob etwas davon stimmte, wußte Ramchandra nicht. Gerüchten zufolge hatte der Wettstreit zwischen König Birendra und dem indischen Premierminister Rajiv Gandhi, die einander immer um eine Nasenlänge voraus sein wollten, dazu geführt, daß Indien seine Grenze zu Nepal fast vollständig geschlossen hatte. Angeblich hatten beide das Gefühl, daß der jeweils andere ihnen bei politischen Treffen nicht genügend Respekt gezollt habe. Aber am wahrscheinlichsten war es, dachte Ramchandra, daß Indien verstimmt war, weil König Birendra militärische Ausrüstung aus China erworben hatte, ganz zu schweigen davon, daß Nepal nun von indischen Arbeitskräften verlangte, sich eine Erlaubnis zu holen.

»Dhotis«, fluchte der Dreiradtaxifahrer und spuckte durch das Fenster auf den Gehsteig. »Die saugen dieses Land noch völlig aus.«

In den letzten paar Monaten hatte Ramchandra oft ähnliche Gefühlsäußerungen gehört. Hausfrauen, die Schlange standen, um Kerosin zu kaufen, fluchten auf Rajiv Gandhi, und Autofahrer schäumten vor Wut und schimpften auf die Inder, »Dhoti-Bhais«, während sie in ihren Autos saßen und darauf warteten, daß man ihnen ihre paar Liter rationiertes Benzin gewährte. Ramchandra hatte nichts gegen die Inder, die in Nepal arbeiteten – die meisten schienen ihm freundliche und fleißige Menschen zu sein. Aber es stimmte, daß die indische Regierung gegenüber den Nachbarn gerne mit den Muskeln spielte.

»Mit ihnen kann man nicht leben, und ohne sie auch nicht«, sagte Ramchandra. Doch zweifellos war die Stadt von wachsendem Zorn erfüllt. Ausdünstungen des Unmuts schienen von den Menschen aufzusteigen und sich in die verschmutzte Luft zu mischen. Die Bewohner von Kathmandu übten immer lautere Kritik am herrschenden Einparteien-Panchayat-Establishment, und der lange unterdrückte Widerwille begann durch die Straßen und Gassen zu wehen, wo die Leute offen darüber redeten, daß Nepal radikale Reformen brauche, so wie die, die schließlich die Berliner Mauer zum Einsturz gebracht hatten. Das Bild des einsamen Chinesen, der auf dem Platz des Himmlischen Friedens den Panzern gegenüberstand, ein Bild, das im Fernsehen und in den Zeitungen zu sehen gewesen war, hatte die Phantasie der Menschen angeregt. Die verbotenen politischen Parteien, hieß es, versuchten sich miteinander zu versöhnen, um aus dieser wachsenden Verbitterung Kapital zu schlagen.

Von den drei Häusern, die hinter der Sunrise Boarding School standen, hatte nur eines einen Hühnerstall nebenan. Ein reudiger Hund, der mit einem Strick auf dem ungepflegten Rasen angebunden war, verfolgte mit gelbsüchtigen Augen Ramchandras Schritte bis zur Tür. Hühnerfedern wehten vom Stall auf die Veranda, und die Hühner gackerten einstimmig, als er an die Tür klopfte. Eine kleingewachsene Frau mit gelben Augen, die denen des Hundes nicht unähnlich waren, öffnete die Tür. Sie trug einen zerknitterten Dhoti, und auf Hals und Stirn hatte sie große weiße Hautflecken. Es kam ihm der Gedanke, daß sie ein Albino sei.

»Sag Malati, daß ihr Mathematiklehrer da ist, um sie zu treffen, ja?« sagte Ramchandra zu dem Hausmädchen.

Sofort erkannte er seinen Irrtum. Wenn Malati arm war, dann konnte sich ihre Familie höchstwahrscheinlich kein Hausmädchen leisten. Auch die gebieterische Haltung der Frau, die mit einer Hand in die Hüfte gestemmt dastand, hätte ihm sagen sollen, daß sie kein Hausmädchen war. Aber wie Malatis Mutter sah sie nicht aus; sie hatte keine Ähnlichkeit mit ihr.

»Und wer seid Ihr?« fragte die Frau.

»Ramchandra. Ich gebe ihr Nachhilfe in Mathematik.«

»Warum wollt Ihr sie sehen? Was braucht Ihr?«

Die Grobheit ihrer Worte überraschte ihn, und im Zusammenspiel mit ihrer freundlichen Stimme wirkte sie sonderbar. Drinnen schrie ein Baby.

»Nein, nein«, sagte er. »Sie ist zur letzten Unterrichtsstunde nicht gekommen, und deshalb habe ich mich gefragt …«

»Geht Ihr immer zu Euren Schülern nach Hause, wenn sie nicht kommen?«

Er antwortete nicht. »Na gut, kommt rein«, sagte sie, und die Verärgerung auf ihrem Gesicht war unverkennbar.

Sie führte ihn durch ein Wohnzimmer, in dem ein abgewetztes Sofa stand, bis in die Küche, einen kleinen, düsteren Raum, dessen Wände mit Fettflecken übersät waren. Ein vergilbtes Poster mit der Göttin Laksmi, die in ihren vielen Händen den Dreizack, das Muschelhorn und die Lotusblüte hielt, hing an einer Tür in der Ecke. Diese Tür öffnete die Frau. »Malati, hier ist jemand, der dich sehen will. Sagt, er ist dein Lehrer.«

Als sich Ramchandras Augen an das Halbdunkel gewöhnt hatten, sah er Malati auf dem Boden sitzen, das Haar in Unordnung, ein Baby auf dem Schoß, und unterhalb des Blusensaums war eine ihrer Brüste zu sehen. Das Baby, das nicht viel älter sein konnte als ein Jahr, versuchte die Brustwarze zu finden, doch sein Geheul zeigte, daß es ihm nicht gelang. Ramchandra fiel auf, wie klein der Raum war – kaum schrankgroß. Dann wurde ihm klar, daß es tatsächlich ein Schrank war.

Ohne aufzuschauen mühte sich Malati weiter mit dem Baby, sprach beruhigend auf es ein und drückte seinen Kopf sanft zu ihrer Brust hin.

»Stell dir das vor«, sagte die Frau mit einem Auflachen. »Ein Lehrer, der seine Schülerin zu Hause besucht.«

»Wie geht es dir, Malati?«, sagte Ramchandra.

Malati gab keine Antwort, aber die Frau sagte. »Es geht ihr

sehr gut, seht Ihr das nicht? Ich hab ihr gesagt, sie soll das Kind loswerden, als es noch in ihrem Bauch war, aber hat sie auf mich gehört? Und jetzt das.« Sie deutete mit einer Handbewegung auf Malati und das Baby.

»Malekha-Didi«, sagte Malati zu der Frau, »seid Ihr bitte still? Eure Stimme stört Rachana.«

Didi. War die Frau also Malatis Schwester? Sie hatte keine Schwester erwähnt, aber *didi*, das konnte jede Frau sein, auch eine Fremde.

»Ja, jetzt bin ich die Böse«, sagte die Frau. »Ich hab soviel für dich getan, und Schlampe, die du bist, siehst du noch nicht mal, was ich alles getan hab.«

Das Wort *Schlampe* tat Ramchandra weh. Malati blickte schließlich mit einem schwachen Lächeln zu ihm auf, wie um zu sagen: Schaut, worauf Ihr Euch hier eingelassen habt. Dann wandte sie sich wieder dem Baby zu, das sich beruhigt hatte und dem die Lider schon schwer wurden. »Ich muß sie Lactogen füttern«, sagte Malati.

»Wo ist dein Lactogen? Wer soll das kaufen?«

»Ich hab gestern welches gekauft«, sagte Malati. »Sir, was führt Euch hierher?« Ihre Brust steckte wieder unter der Bluse, und sie wiegte das Kind auf ihrem Schoß.

Ramchandra sah Malekha-Didi an, und Malati sagte zu ihr: »Laßt uns einen Moment alleine miteinander reden.«

Malekha-Didi ging, aber nicht ohne Malati zu warnen, daß sie die Morgenmahlzeit zu kochen habe, wenn sie das Baby fertiggestillt habe.

Ramchandra wollte sich hinsetzen, aber dafür kam nur der kalte Küchenboden in Frage. Also blieb er, wo er war, und sagte: »Ich bin nur gekommen, um nachzusehen, wegen gestern – «

»Ich muß Babymilch anrühren«, sagte sie und stand auf. »Warum unterhalten wir uns nicht im anderen Zimmer?«

»Ist das hier dein Schlafzimmer?«

»Ja.«

»Mach dir keine Gedanken wegen Tee«, sagte er. »Ich bin gekommen, um zu reden.«

»Gehen wir ins andere Zimmer.«

Im Wohnzimmer setzte er sich aufs Sofa. Der Teppich hatte große Flecken, und es lag etwas Babykleidung herum. Eine gerahmte Photographie auf einem Tisch neben dem Sofa zeigte eine jüngere Malati mit einem Mann, der ungefähr in Ramchandras Alter war. Ein weiteres Photo, das an der Wand hing, zeigte denselben Mann mit der Albinofrau. Sie standen in kurzem Abstand nebeneinander, aber mit Vertrautheit zwischen sich, so daß Ramchandra davon ausging, daß sie verheiratet waren. Es gab keinen Heizer im Zimmer, und es war kalt.

Malati ging in die Küche, und als sie zurückkam, hatte sie das Baby nicht mehr auf dem Arm. Sie trug zwei Gläser Tee, die sie auf dem Beistelltisch absetzte, bevor sie neben Ramchandra Platz nahm. Er faltete seine Hände um das Teeglas, um sie zu wärmen.

»Wie alt ist dein Mädchen?« fragte er.

»Acht Monate.«

Ihr Gesicht, daß er bisher als das Gesicht eines Kindes gesehen hatte, schien sich zu verwandeln. Er bemerkte Züge der Reife, Falten unter den Augen. Das Zimmer wirkte auf Ramchandra auf einmal anders, als sitze er nicht, wo er saß, sondern an der Decke und schaue von dort auf den Ramchandra am Boden herab. Er schluckte den Speichel, der sich in seinem Mund gesammelt hatte, und fragte: »Ist sie deine Schwester?«

Malati lächelte: »Nein, das ist meine Stiefmutter.«

»Aber du sagst Didi zu ihr.«

»Ja, das scheint am besten zu passen.«

»Du hast deine Mutter erwähnt.«

»Meine Mutter ist vor langer Zeit aus meinem Leben verschwunden. Malekha-Didi ist jetzt meine Mutter.«

Keine gute Mutter würde ihre Tocher eine Schlampe nennen, dachte Ramchandra – dafür gibt es Stiefmütter. Natürlich wußte er, daß manche Stiefmütter liebevoll mit ihren Stiefkindern umgingen, aber eine ferne Erinnerung drängte sich ihm auf. Ein Lokal in der Nähe der New Road, wo er früher oft Tee trinken und, wenn er das Geld hatte, Samosas essen gegangen war, in der Zeit zwischen dem Collegeabschluß und seiner ersten Anstellung als Lehrer. Ein kleiner Junge in einem zerschlissenen Hemd und zu weiten halblangen Hosen, am Leib gehalten von einer dünnen Schnur, wurde unablässig von der Frau gescholten, für die er arbeitete. Sie mäkelte, weil er zu langsam sei, weil er den Tee nicht richtig aufkoche, weil er die Gläser nicht richtig saubermache. Der Junge sah aus, als sei er kaum zwölf Jahre alt, aber er hatte ein altes, trauriges Gesicht. Eines Tages, als die Frau gerade die Hand hob, um den Jungen zu schlagen, stellte Ramchandra sie zur Rede. Sie sah ihn voller Verachtung an und sagte: »Wenn seine Mutter ihm Manieren beigebracht hätte, müßte ich das nicht machen.« Später, als die Frau ins Hinterzimmer gegangen war, fragte er den Jungen, weshalb er es mit ihr aushalte, und der Junge sagte, daß er nicht fortgehen könne, denn das sei sein Zuhause; sie war seine Stiefmutter.

»Der Tee wird kalt«, forderte Malati ihn auf.

Er schlürfte einen Schluck. »Hast du Brüder und Schwestern?«

»Nein, nur wir beide. Mein Vater ist vor ein paar Jahren verstorben.«

»Und der Vater des Kindes?«

»Ich bin nicht verheiratet. Er wohnt nicht hier.«

Ramchandra wurde von einem süßen Vergnügen erfüllt, wie er es seit seiner späten Kindheit nicht mehr erlebt hatte. Er betrachtete dieses Mädchen, ihr empfindsames Gesicht, die Traurigkeit in ihren Augen, die zarten Züge der erwachsenen Frau um ihren Mund, und die Stimme, die aus ihm sprach, kam aus einer Tiefe, von deren Vorhandensein er nichts gewußt hatte. »Es tut mir so leid wegen gestern.«

Sie mußte den Unterschied in seiner Stimme gehört haben, denn sie sah ihn scharf an. Das Morgenlicht drang durch die dünnen Vorhänge und zeichnete staubige Strahlen in den Raum. Zwei rosa Wölkchen breiteten sich auf ihren Wangen aus, vielleicht aus Verlegenheit über ihre eigenen Gedanken. Sie sah ihn erneut an und ließ ein kurzes Lächeln auf ihrem Gesicht aufleuchten. Sie deutete auf den Tee, und sie nahmen beide ihr Glas in die Hand.

»Es war erniedrigend, Sir«, sagte sie mit ruhiger Stimme.

»Ich weiß nicht, was ich sagen soll. Sogar meine Frau war sauer mit mir.«

»Weiß Eure Frau, daß Ihr hier seid?«

»Ja«, log er.

»Was hat sie zu Euch gesagt?«

»Dazu, daß ich so streng mit dir war?«

»Ja.«

»Sie hat gesagt, du bist jung und empfindsam, und ich hätte freundlicher zu dir sein sollen.«

Malati schlürfte ihren Tee, zog ihre Beine aufs Sofa und wiegte sich sachte vor und zurück.

»Schläft dein Kind jetzt?«

»Ja, aber ich muß sie bald füttern und dann Malekha-Didi helfen.«

»Also kommst du wieder zum Unterricht?«

Sie zögerte. »Denkt Ihr, ich schaff die Prüfung?«

»Natürlich.«

»Ich fühl mich so hilflos.«

»Ich denke, das Problem ist Ashok«, sagte er.

»Warum ist Ashok ein Problem?«

»Du kannst dich nicht konzentrieren, wenn er im Zimmer ist. Ab jetzt unterrichte ich dich einzeln.«

Sie musterte ihn ruhig, wieder mit einem sanften Lächeln, und das war ihm unangenehm.

»Ich möchte, daß du durchkommst«, sagte er, und bevor er sich selbst zurückhalten konnte, sagte er: »Und du kommst jetzt jeden Tag, nicht nur zweimal in der Woche.«

»Ihr wißt, daß ich nicht das Geld dafür hab.«

»Mehr Geld verlange ich nicht von dir.« Seine vernünftigen Gedanken zankten sich in seinem Hinterkopf. »Du mußt es schaffen. Ich helfe dir.«

»Warum müßt Ihr mir eine Sonderbehandlung geben, Sir?«

Ihr Schrank hatte Ramchandra an die Unzahl winziger enger Zimmer erinnert, manchmal nicht größer als eine Toilette, in denen er und seine Mutter gelebt hatten, manchmal im Haus eines Verwandten, manchmal in einem Mietshaus in einer Nachbarschaft voll von Säufern und Prostituierten und offenen Abwasserrinnen, die nach Urin und Fäkalien stanken. In einem der Zimmer hatte sich der Vermieter über seine Mutter hergemacht, und sie hatte nicht nach den Nachbarn geschrien, weil sie wußte, daß sie denken würden, sie habe es selbst darauf angelegt. Da war Ramchandra zwölf; er war dem Vermieter auf den Rücken gestiegen und hatte auf ihn eingeschlagen, während ihm die Tränen die Wangen herabliefen.

»Ich gebe dir keine Sonderbehandlung«, sagte er zu Malati. »Ich möchte, daß meine Schüler durchkommen. Wenn du dann in ein paar Jahren erfolgreich bist, kannst du deine Schulden zurückzahlen.«

Sie warf ihm einen schelmischen Blick zu. »Jagt Ihr mich mit der Polizei, wenn ich Euch dann nichts zurückzahle?« Sie lachte über ihren eigenen Scherz, und um ihre Augen entstanden feine Falten.

Malekha-Didi kam herein. »Willst du den ganzen Vormittag lang hi-hi-ha-ha machen? Wer soll das Essen kochen?«

»Ihr geht jetzt besser, Sir«, sagte Malati.

Er stand auf. »Also kommst du morgen?«

Sie nickte.

Als er zur Tür hinausging, gluckste Malekha-Didi hinter ihm.

Es war bereits neun Uhr, und seine erste Unterrichtsstunde begann um neun Uhr dreißig, und daher hatte er keine Zeit mehr, zum Essen nach Hause zu fahren, bevor er zur Schule mußte. Ramchandra betrat einen Gemischtwarenladen in der Nähe von Malatis Haus und rief Goma vom Telephon auf dem Tresen aus an.

»Wo seid Ihr hingegangen? Ich hab mir schon Sorgen gemacht.«

»Sind die Kinder zur Schule gegangen?«

»Ja.«

Ramchandra küßte die Kinder immer auf die Wangen, bevor sie zur Schule gingen, und jetzt verfluchte er sich dafür, in Malatis Haus nicht auf die Wanduhr geschaut und auf die Zeit geachtet zu haben. Er sagte Goma, daß er das Essen ausfallen lassen müsse, daß er direkt zur Schule gehe. Sie sagte, sie werde ihm das Essen um elf vorbeibringen, in einer Pause zwischen zwei Unterrichtsstunden. Trotz seiner Widerrede ließ sie sich nicht davon abbringen. Als er schon auflegen wollte, sagte sie: »Ihr seid sie besuchen gegangen, nicht? Dieses Mädchen?«

»Ja, ich hatte kein gutes Gefühl wegen der ganzen Sache.«

»Was hat sie gesagt?«

»Ich hab mich bei ihr entschuldigt, und sie sagt, sie kommt wieder.«

»Ihr«, sagte Goma. »Sich solche Sorgen machen wegen eines Schülers.«

Er wollte ihr erzählen, daß Malati ein kleines Kind hatte, daß sie in einem Zimmer lebte, gegen das ihrer beider Wohnung in Jaisideval wie ein Palast wirkte, daß sie eine Stiefmutter hatte, die nicht ganz richtig im Kopf zu sein schien, aber alles, was er sagte, war »Bis dann«, und dann legte er auf.

Rechtzeitig in der Schule sein konnte er jetzt nur noch, wenn er wieder ein Dreiradtaxi nahm, und er ärgerte sich über sich selbst, daß er an diesem Vormittag soviel Geld ausgegeben hatte. Der Fahrer hatte sein Taxameter nicht eingeschaltet, und das bedeutete, daß er mehr als den üblichen Fahrpreis verlangen würde. Ramchandra war kurz davor, lauthals einen Streit anzufangen, aber er brachte sich dazu, sich zurückzulehnen und die Augen zu schließen. Was sollte man von diesen armen Leuten erwarten? Auch sie mußten essen, und die Benzinpreise stiegen immer weiter. Und mit Dashain vor der Tür mußten sie sich Gedanken machen, wo sie neue Kleider für ihre Familie und Geld für Fleisch hernehmen sollten. Auf gewisse Weise wünschte sich Ramchandra in seine Jugend mit seiner Mutter zurück; sie waren an Dashain auf den Markt gegangen und hatten ein oder zwei Kilo Ziegenfleisch fürs Festessen gekauft. Über neue Kleider mußten sie sich keine Gedanken machen, weil sie in der Stadt keine nahen Verwandten hatten, nur ein paar entfernte Vettern und Basen, die ihnen an Feiertagen ohnehin aus dem Weg gingen. Jetzt, unter dem wachsamen Blick seiner Schwiegereltern, war sich Ramchandra ständig bewußt, wie wenig Geld er für seine Familie ausgab. Letztes Jahr hatte Frau Pandey Sanus neuen Kittel befingert und dann gesagt: »Dieser Stoff kann nicht mehr als dreißig Rupien gekostet haben, eh, Goma?« Goma hatte gelogen und gesagt, er habe etwa einhundert gekostet, plus dreißig Rupien fürs Nähen, und Ramchandra hatte gekocht vor Wut.

Das Dreiradtaxi setzte ihn am Rand von Asan ab, und er ging zu Fuß zum Marktplatz. Am Eingang des Marktplatzes grüßte ihn der Inhaber eines Buchladens, wo er manchmal nach Lehrbüchern stöberte, und Ramchandra winkte zurück. Dann betrat er die Gasse, in der die Schule lag, und genau dort vor der Schule, mitten auf der Gasse, erhob sich ein riesiger Müllhaufen.

Bei seinem ersten Besuch in dieser Schule, war ihm der gleiche Anblick begegnet. Er hatte einen Anruf von einem Freund eines Klassenkameraden aus dem College erhalten. Herr Tiwari suchte einen Nachfolger für den Mathematiklehrer, der bei einem Fahrradunfall ums Leben gekommen war. Die Hochstimmung, die der Anruf bei Ramchandra ausgelöst hatte, weil das bedeutete, daß er in eine Vollzeitposition aufsteigen könnte, löste sich schnell in Luft auf, als er die Schule am nächsten Tag aufsuchte. Sie lag in einer engen, matschigen Gasse, hinter dem Bir-Krankenhaus, und genau vor der Schule waren Müllhaufen aufgeschüttet worden. Zwei streunende Hunde mit von Schrammen und Wunden übersäter Haut schnüffelten sich durch den Müll und beobachteten Ramchandra aus wachsamen Augen, während er auf ein verblichenes Schild an der Gebäudewand starrte. Dort war der Name der Schule zu lesen, auf Englisch und auf Nepali, handgemalt vor dem Hintergrund einer Lotusblüte. Das Gebäude war alt und der Eingang so niedrig, daß selbst Ramchandra, der kein großer Mann war, sich leicht bücken mußte, um hindurchzukommen. Nach wenigen Schritten hüllte ihn Dunkelheit ein, und er mußte sich durch eine weitere Tür tasten. Dann wurde ihm klar, daß das Schulgebäude einen Innenhof einfaßte; er hörte das Stimmengewirr aus den Klassenzimmern, in denen Kinder ihre Tageslektionen aufsagten. Ein Junge trank aus einem Wasserhahn in der Mitte des Hofes; Ramchandra fragte ihn, wo das Büro sei.

Herr Tiwari, der Schuldirektor, war ein freundlicher alter Mann, aus dessen Nase weiße Haarbüschel wuchsen. Er trug einen alten Anzug mit einer leuchtendroten Krawatte. »Was tun, Ramchandraji? Er war ein sehr beliebter Lehrer; die Schüler mochten ihn. Bis zu den SLC-Prüfungen ist es nicht mehr lange, also brauchen wir dringend jemanden.«

Die Frage, die Ramchandra auf der Zunge lag, galt natürlich dem Gehalt, aber es wäre unanständig gewesen, so früh schon über Geld zu reden, und Herr Tiwari kam nicht darauf zu sprechen. Er sagte allerdings: »Tja, wenn Ihr nebenher etwas dazuverdienen wollt, versteht Ihr, dann könnt Ihr ein paar Schüler mit etwas wohlhabenderen Eltern fragen, ob sie nicht bei Euch zu Hause Nachhilfe nehmen wollen.« Herr Tiwari schloß den Satz mit einem Augenzwinkern ab. Was er vorschlug, war gängige Praxis im ganzen Land, aber in jüngster Zeit war Besorgnis aufgekommen und in Zeitungsartikeln geäußert worden, daß viele Lehrer den vorgesehenen Stoff absichtlich nicht in den Schulstunden durchnahmen, sondern den Schülern sagten, wenn sie das alles entscheidende SLC schaffen wollten, müßten sie zusätzlich Geld für private Nachhilfestunden springen lassen. Eine Anzahl erzürnter Eltern hatte sich sogar zusammengetan und eine Beschwerdeschrift an den Bildungsminister gerichtet, der verständnisvoll genickt und vage Worte über »Qualitätsausbildung für jedes Kind – im Klassenzimmer« verloren hatte.

»Ich verstehe«, sagte Ramchandra zu Herrn Tiwari und sah auf den Innenhof hinaus, wo die Schüler sich nach dem Klingeln versammelt hatten. Das hier entsprach nicht seiner Vorstellung von einer Schule: Schüler in schmutzigen, zerknitterten Uniformen, kein Spielplatz mit grünem Gras, keine Wippen, keine Schaukeln, keine Rutschen. Vielmehr patschten in diesem Augenblick einige jüngere Schüler in eine große Pfütze, die der Regen der vergangenen Nacht in der Mitte des Hofes hinterlassen hatte.

Jetzt betrat eine kleine Gruppe Erwachsener den Raum, und Ramchandra wurde klar, daß eben dieser Raum, mit einem Schreibtisch und ein paar Stühlen, nicht nur als das Büro des Direktors, sondern auch als Lehrerzimmer diente. Ramchandra hatte großen Teedurst. Der Tee, den Goma kochte, war immer genau richtig, mit der richtigen Menge Milch und Zucker, lange gekocht, aber nicht zu lang, und Ramchandra hatte sich angewöhnt, ihn alle zwei Stunden zu trinken. Er hatte eine Tasse getrunken, bevor er aus dem Haus gegangen war, aber dieses trostlose Umfeld hatte seinen Durst verstärkt.

In diesem Augenblick kam ein kleiner Junge in einer viel zu großen Uniform herein, wischte sich den Schweiß von der Stirn und fragte Herrn Tiwari: »Soll ich Tee bringen, Sir?«

Herr Tiwari warf Ramchandra einen entschuldigenden Blick zu und sagte: »Das ist ein armer Bauernsohn. Konnte die Schulgebühren nicht bezahlen, und da haben wir diese Regelung getroffen.«

Ramchandra wären wahrscheinlich keine Bedenken gekommen, wenn Herr Tiwari es nicht angesprochen hätte, aber jetzt dachte er, ein Schüler als Diener des Lehrers? Der Junge lächelte ihn an. Als ob sie Ramchandras Mißbilligung spüre, sagte eine Lehrerin, eine dunkelhäutige Frau mit einem kleinen Gesicht: »Er ist ein sehr kluger Junge. Letztes Jahr war er der Beste des fünften Schuljahrs«, und sie tätschelte den Jungen an der Seite des Kopfes. Der Junge stand Habacht vor Ramchandra und fragte mit geübter Stimme: »Soll ich unserem *adarniya* Sir Tee bringen?«

Adarniya. Ehrwürdig. Ramchandra ließ sich seine Abscheu nicht anmerken, nickte, und der Junge sprang zur Tür hinaus auf den Hof.

Herr Tiwari stellte Ramchandra der geschlossenen Lehrerschaft vor, die sich in den Raum gedrängt hatte. Die Frau mit dem kleinen Gesicht und den scharfen Adleraugen hieß Bandana-Miss; der hochgewachsene, schlacksige Mann mit dem Schnurrbart hieß Gokul-Sir; der mürrische Mann mit einer Klappe über dem linken Auge hieß Khanal-Sir; der Mann, der nicht lächelte, hieß Manandhar-Sir; und die gutaussehende Frau mit der aufgebauschten Frisur hieß Miss Lama und stammte aus Darjeeling.

Der Junge brachte die Gläser mit Tee, und nachdem Ramchandra ein paar Schlucke getrunken hatte, fühlte er sich besser. Herr Tiwari zählte diverse Pläne für die Schule auf, darunter den Bau einer kleinen Mensa für Schüler und Lehrer. Ein reicher Geschäftsmann werde demnächst eine große Summe spenden, sagte er mit einem weiteren Augenzwinkern. Aus dem desinteressierten Gesichtsausdruck der anderen Lehrer schloß Ramchandra, daß das Wort von der großen Spende schon ein paar Jahre im Umlauf war und es noch ein paar Jahre bleiben würde. Er sah sich die Gesichter an – der düstere Ausdruck, die angespannten Züge, das beständige Wandern der Blicke, unterbrochen von zerstreutem Ins-Leere-Starren. Ja, diese Leute waren ihm nicht unähnlich. Sie alle hatten Pläne für sich selbst, für ihr kleines Leben mit den kleinen Kindern und der kleinen Mietwohnung in dunklen Ecken der Stadt. Er hatte Mitleid mit sich selbst, mit ihnen, mit Herrn Tiwari, der alt und albern optimistisch war. Und an jenem ersten Tag hatte sein Selbstmitleid merkwürdigerweise die Enttäuschung gelindert, die der Zustand der Schule in ihm auslöste.

Ramchandra hielt sich die Nase zu und bückte sich, als er unter dem Schild hindurchging, auf dem in zwei Sprachen KANTIPUR SCHOOL stand. Er ging direkt ins Lehrerzimmer, um im Anwesenheitsregister zu unterschreiben, und dort traf er Bandana-Miss an, die nach Herrn Tiwaris Tod letztes Jahr Direktorin geworden war. Sie hatte gute Laune, und das war ungewöhnlich. »Ramchandra-Sir, kommt, kommt, trinken wir eine Tasse Tee«, sagte sie. Sie bedeutete ihm, daß er sich hinsetzen solle.

»Bis zum Unterricht sind es nur noch ein paar Minuten.«

»Ein oder zwei Minuten zu spät zum Unterricht. Glaubt Ihr, das stört die Schüler?«

Bandana-Miss war normalerweise strikt, was die Pünktlichkeit ihrer Lehrer anging, und Ramchandra fragte sich, was heute anders war. Sie griff unter ihren Schreibtisch und holte eine Schachtel hervor. »Süßigkeiten«, sagte sie und reichte ihm die Laddus und Barfis über den Tisch. »Hier, nehmt eine.«

»Und was ist der Anlaß?«

»Mein Sohn geht nach Amerika.«

Ein Junge brachte zwei Gläser Tee. Es war ein armer Dorfjunge aus den Hügeln, den Bandana-Miss letztes Jahr eingestellt hatte, nachdem sie einen örtlichen Newar-Geschäftsmann dazu überredet hatte, der Schule etwas Geld zu spenden. Bandana-Miss' aggressive Persönlichkeit machte den Lehrern oft zu schaffen, aber sie mußten zugeben, daß ihre Unverfrorenheit der Schule nutzte. Jetzt stand eine Schaukelgarnitur auf dem Hof, an der sich jeden Tag in den Pausen eine lange Warteschlange bildete. Nagelneue Tafeln waren in den Klassenzimmern angebracht worden, und ein Mann wurde dafür bezahlt, die kaputten Wände und Böden im Gebäude zu reparieren.

Ramchandra schlürfte seinen Tee und fragte sich, wie Bandana-Miss es wohl geschafft hatte, eine Amerikareise für ihren Sohn zu arrangieren, der, wie er gehört hatte, mit Drogen zu tun hatte. Wie als Antwort auf eine nicht gestellte Frage sagte Bandana-Miss: »Ich habe eine amerikanische Familie gefunden, die sich bereit erklärt hat, seine Kosten zu übernehmen. Er geht in den Distrikt« – sie sah in einem Brief nach, der auf dem Tisch lag – »Nebraska. Eine sehr gute Universität. Eine der besten in Amerika.« Sie rasselte den Namen der Universität herunter, aber Ramchandra hatte noch nie davon gehört. Andererseits kannte er nur die Namen von ein paar berühmten Universitäten wie Harvard oder MIT. Während Bandana-Miss ihm die Pläne beschrieb, die sie für ihren Sohn hatte, schweiften Ramchandras Gedanken zum Morgen des Tages zurück. Der dunkle Schrank mit Malati und dem Baby, die Albino-Stiefmutter. Das erschien nun alles unwirklich, wenn er Bandana-Miss über Amerika und über all das reden hörte, was ihr Sohn dort erreichen könne. »Die Familie will ihm ein Auto geben, und bald wird er auch einen Fernseher haben. Amerika ist ein großartiges Land. Nicht wie unser Nepal. Hier, da arbeitet man und arbeitet und hat am Ende trotzdem nichts vorzuweisen. Dort arbeitet man hart und verdient Geld, und die Leute geben einem Anerkennung, und bald geht es einem sehr gut.«

Ramchandra trank seinen Tee aus, gratulierte Bandana-Miss und ging in seine Mathematikstunde. Er dachte immer noch an Malati und konnte sich nicht aufs Unterrichten konzentrieren. Nicht daß sein Unterricht viel Aufmerksamkeit erfordert hätte. Der Stoff war einfach, und es wurden jedes Jahr die gleichen Lehrbücher benutzt. Genauer gesagt waren die Lehrbücher vor Jahren vorgeschrieben worden, zur Zeit der ersten Bildungsreform, und hatten seitdem nicht gewechselt. Ein paarmal, besonders während seiner ersten Jahre an der Kantipur-Schule, hatte Ramchandra an den Direktor appelliert. Er hatte Exemplare neuer Lehrbücher aus der Bibliothek der Tribhuvan-Universität mitgebracht, Bücher mit innovativem Lernstil. Doch Herr Tiwari hatte sein freundliches Lächeln gelächelt und gesagt: »Warum wollt Ihr hier Staub aufwirbeln, Ramchandraji? Geht am Ende nicht alles seinen rechten Gang? Lernen die Schüler nicht, was sie brauchen, um das SLC zu schaffen? Außerdem ist dieses Lehrbuch von der Regierung vorgeschrieben, und was, wenn die Schüler mit Euren Lehrbüchern durchzufallen anfangen?« Ramchandra hatte es nicht auf eine Auseinandersetzung mit ihm ankommen lassen, aber er hatte mit den anderen Lehrern gesprochen, und auch bei ihnen war die Apathie zum Vorschein gekommen, die, wie er bald feststellen sollte, aus den Klassenzimmerböden quoll. Also hatte er aufgehört, die Lehrbücher wechseln zu wollen, und sich stattdessen darauf konzentriert, seine Nachhilfeschüler gut zu unterrichten, so daß seine Privatschüler bald hohe Punktzahlen im SLC erzielten und seine Reputation als guter Mathematik-Nachhilfelehrer wuchs.

An diesem Abend kamen Ramchandras Schwiegereltern zu Besuch. In der Regel zierten sie sich, in die kleine Wohnung zu kommen. Die Enge des Viertels, der dreckige Hof und das lange Treppensteigen bis in den dritten Stock verdarben ihnen die Laune. Sie erwarteten von Ramchandra und Goma, daß sie sie mit den Kindern in ihrem eigenen, palastartigen Haus besuchten, eine Erwartung, die Ramchandra ärgerte, weil sich die Schwiegereltern bei ihrem anderen Schwiegersohn, Nalinis Ehemann Harish, nicht so anstellten. Harish war Vertriebspartner von einem halben Dutzend internationaler Firmen mit großen Namen. Bei Nalini und Harish dachten sich Gomas Eltern alle möglichen Vorwände aus, um sie in ihrem schönen Haus aus chinesischen Backsteinen und mit einer großen geschlossenen Veranda zu besuchen, das in der Gegend von Jawalakhel lag. Tatsächlich verbrachten sie soviel Zeit bei Nalini, daß Harish Ramchandra bei einem Familientreffen seinen Wunsch anvertraut hatte, sie würden ihn und Nalini für eine Weile in Ruhe lassen. »Nur weil wir mit ihnen verwandt sind, heißt das doch nicht, daß sie uns jede Woche behelligen müssen, nicht, Ramchandra-Dai?« Ramchandra hatte gelächelt. Zwei Schwiegersöhne, zwei entgegengesetzte Probleme. Ramchandra hätte jederzeit mit Harish getauscht, aber das wollte er ihm natürlich nicht sagen, denn Harish wußte sehr genau, wie Ramchandra von seinen Schwiegereltern behandelt wurde. War bei Familientreffen Harish anwesend, verwöhnten ihn die Schwiegereltern, und während Frau Pandey ihn ständig drängte, noch zu essen und zu trinken, schalt Herr Pandey sie, daß sie sich nicht genug um Harish kümmere. Ramchandra hingegen, der im selben Zimmer saß, wurde einfach ignoriert.

Harish war ein hochgewachsener Mann mit heller Haut und einem Schnurrbart. Sein Geschäftsleben hielt ihn so auf Trab, daß er oft noch einen Anzug trug, wenn er zu Familientreffen erschien. Er war Anfang dreißig, ein paar Jahre jünger als Ramchandra, und sein Erscheinungsbild und Auftreten hatten etwas Jungenhaftes. Er prahlte nicht mit dem Erfolg seines Geschäfts, das jedes Jahr exponentiell wuchs, und wenn ihn seine Schwiegereltern dafür lobpriesen, wechselte er immer schnell das Thema. Vielleicht tat er das, hoffte Ramchandra, weil es ihm mißfiel, wie Gomas Eltern seinen Erfolg benutzten, um an Ramchandra herumzumäkeln. Harish hatte reputierliche Schulen in Darjeeling und Neu-Delhi besucht, so daß er sicher und flüssig Englisch sprach, zum Entzücken von Frau Pandey, die trotz ihrer unzulänglichen Kenntnisse oft versuchte, sich mit Harish in dieser Sprache zu unterhalten. Das war Harish offensichtlich sehr unangenehm, denn wenn sie ihn auf englisch ansprach, antwortete er ihr stets auf nepalisch. So wendete sich das ganze Gespräch ins Lächerliche, obwohl natürlich niemand lachte. »*You great son-in-law saheb*«, mochte Frau Pandey sagen. »*You success business. What you think?*« Harish nickte dann lächelnd, errötete leicht, wandte sich an Nalini und wechselte das Thema. Oder Frau Pandey sagte: »*You like dal and roti comfination?*« Und Harish antwortete auf nepalisch, daß er vielmehr eine Kombination aus Roti und Tarkari vorziehe und es nicht möge, wenn das Roti in der Dal-Suppe aufweiche. »*Special*«, beharrte Frau Pandey dann, »*dal good.*« Und sie durchsuchte ihr Gedächtnis nach dem Wort für Mung, bis schließlich Herr Pandey sie schalt und sagte, sie belästige ihren Jwain.

Sanu und Rakesh liebten ihre Großeltern, Rakesh mehr noch als Sanu, weil sie ihn mehr verwöhnten. Heute war es Rakesh, der seine Eltern über das Eintreffen der Großeltern alarmierte. Frau Pandey kündigte ihre Ankunft immer schon vom Hof aus an, als ob sie Angst habe, jemanden beim Auskleiden zu überraschen.

»Großmutter ist da«, schrie Rakesh und flitzte die Treppen hinunter. Goma ging mit erwartungsvollem Gesichtsausdruck ans Fenster, und als Ramchandra ihr zögerlich folgte, sah er das hintere Ende eines Sari in der Türöffnung am Fuß der Treppe verschwinden. »Das ist ein bißchen ungewöhnlich«, murmelte er, und Gomas Augen flehten ihn an: Meistert das jetzt, so gut Ihr könnt. »Es ist nichts zu essen im Haus«, rief sie und lief los, um Sanu in den Läden der Nachbarschaft Süßigkeiten kaufen zu schicken. Ramchandra stellte sich an den oberen Treppenabsatz. Er wußte, daß er für die nächsten paar Stunden die Zähne zusammenbeißen mußte.

Gomas Mutter war eine kleine Frau mit einem runden Gesicht und, wie Ramchandra zugeben mußte, täuschend freundlichen Augen. Sie leuchteten vor Freude, wenn sie mit ihren Enkelkindern zusammen war, besonders mit Rakesh, über den sie oft sagte: »Mein einziger Enkelsohn. Er wird unseren Familiennamen weitergeben.« Ihre Augen wurden auch feucht, wenn sie an Gomas mangelnden Komfort dachte. »Ich bin zu alt für das hier«, sagte sie, als sie das obere Ende der Treppen erreichte, ihr Mann ein paar Schritte hinter ihr, und dann machte sie gegenüber ihrem Schwiegersohn ein steifes Namaste. »Schwiegersohn, Ihr kommt uns nie besuchen, deshalb haben wir gedacht, genug ist genug, und haben beschlossen herzukommen.« Ramchandra lachte und sagte etwas von wegen Vorwarnung, um sie ordentlich bewirten zu können. »Aber wie soll ich Euch Bescheid sagen?«, sagte Frau Pandey und hob die Augenbrauen. »Ihr habt ja kein Telephon.« Ramchandras Antrag auf einen Telephonanschluß dümpelte nun schon seit vier Jahren in der Fernmeldebehörde vor sich hin, und die Leute dort hatten angedeutet, daß er sich nur großzügig zeigen müsse, im Bereich von fünftausend Rupien, dann würde seinem Antrag bald stattgegeben werden. Er war stur geblieben, hatte geschworen, lieber ohne Telephon auszukommen, als die hungrigen Mäuler korrupter Beamter zu füttern, und hatte mit dem Fahrradladen neben dem Hofeingang abgesprochen, daß seine Anrufe dort entgegengenommen wurden. Dort hatte ihn das Stellenangebot von Herrn Tiwari erreicht, und manchmal rief Ashok dort an, um sich mit einer Ausrede vom Unterricht zu entschuldigen.

Herr Pandey, der jetzt am Stock ging, war ein dünner Mann mit einem dreieckigen Gesicht, das viel strenger wirkte als das seiner Frau. Sein Großvater war ein enger Berater der Ranas gewesen, die das Land während ihrer hundertjährigen autokratischen Herrschaft ausgeweidet und seine Reichtümer vereinnahmt hatten. Die Familienbeziehung zu den Ranas gab Herrn Pandey offenbar das Gefühl, zu Höherem geboren zu sein, und er hielt sich sehr aufrecht, mit hochgerecktem Kopf, die Augen stets auf der Suche nach strafwürdigem Fehlverhalten. Diese Augen wurden enger und noch kritischer, sobald ihr Blick auf Ramchandra fiel. Und als Herr Pandey heute den oberen Treppenabsatz erreichte, fröhlich unterstützt von Rakesh, der ihn von hinten anschob, sah er Ramchandra mit einem spürbaren Maß von Verdruß an, als ob dies nicht der Anblick sei, den er am Ende seiner Reise verdient habe.

Nachdem die Schwiegereltern sich im Schlafzimmer niedergelassen hatten, sahen sie sich erneut um, als befänden sie sich im Wartebereich eines lebensfeindlichen Gebäudes, worin man ihre Tochter gefangenhielt. »Rakesh, bring mir ein Glas Wasser«, befahl Frau Pandey, und Rakesh sprang in Richtung Küche. Goma gab Sanu Geld, um Süßigkeiten und Zucker aus den Läden zu holen. Ramchandra beäugte das Geld – fünfzig Rupien.

Goma sagte, ihre Eltern hätten ihr vor dem Besuch Bescheid geben sollen, doch Herr Pandey sagte: »Du meinst, wir sollen einen Boten losschicken, bevor wir in unserer Tochter Haus kommen?«

»Unserer Tochter Wohnung«, kommentierte Frau Pandey. Sie kramte ein teuer wirkendes Päckchen Schokolade aus ihrer Tasche und gab es Rakesh, der ihr Wasser gebracht hatte. »Teile das mit deiner Schwester.«

Nachdem Goma in die Küche gegangen war, um Tee zu kochen, sagte Herr Pandey: »Nun, Schwiegersohn, wie geht es in der Schule?«

»Es läuft gut«, antwortete Ramchandra. Er saß am Boden, denn Herr und Frau Pandey hatten das Bett in Beschlag genommen. Rakesh studierte die Schokoladenverpackung.

»Wieviele Nachhilfeschüler habt Ihr zur Zeit?«

»Zwei am Morgen.« Vor ein paar Wochen hatte er auch einen Abendschüler gehabt, der aber nach einigen Sitzungen nicht mehr gekommen war, weil Ramchandra ihm gesagt hatte, daß sie nicht weitermachen könnten, wenn er ihn nicht im voraus bezahlte.

Frau Pandey seufzte, dann ließ sie ihren Blick durchs Schlafzimmer und an die Decke schweifen, wo stellenweise der Putz abbröckelte.

Ramchandra wich ihren Augen aus. »Und wie geht es Euch beiden?«

»Unser Leben ist sehr passiv geworden«, sagte Herr Pandey. »Nichts zu tun den ganzen Tag. Wir haben uns überlegt, jeden Abend einen Spaziergang zu machen, und dachten, wir fangen damit an, indem wir zu Fuß hierherkommen. Aber Eure Schwiegermutter hier konnte nicht, und so sind wir im Auto gekommen.« Die Pandeys besaßen einen blankpolierten roten Honda.

»Wir sollten den Fahrer zum Tee hereinholen«, sagte Ramchandra.

»Vergeßt es«, sagte Frau Pandey und sah sich erneut im Zimmer um, wie um anzudeuten, daß selbst ihr Fahrer eine solche Bruchbude nicht betreten wollen würde.

»Habt Ihr von dem Aufruhr heute gehört? Was denkt Ihr?« fragte Herr Pandey. Die Nachmittagszeitungen, die Ramchandra während der Teepause in der Schule gelesen hatte, berichteten, daß ein wütender Mob in der Stadt Biratnagar zwei Busse in Brand gesteckt und mit Steinen nach der Polizei geworfen hatte, die ihrerseits erst mit Tränengas und dann mit scharfer Munition geschossen und zwei Menschen getötet hatte. Eine der Zeitungen hatte wegen der Schießerei scharfe Kritik an der Regierung geübt, und in der Stadt ging das Gerücht um, daß man den Chefredakteur der Zeitung nun schnell an einen unbekannten Ort verschwinden lassen werde. Das Wort, das durch die Stadt schwirrte, war *khattam* – am Ende oder alle oder kaputt –, und nach einer Weile erhielt es eine besondere Geläufigkeit und rollte den Bürgern von den Zungen wie ein Mantra. Die Lage der Nation sei khattam; der vom König ernannte Premierminister sei khattam; die schlaglochperforierten, unfallgefährlichen Straßen seien immer khattam; der König, mit seiner englischen Ausbildung und den fürstlichen Koteletten, sei maha-khattam, super-alle.

»Was soll ich sagen?« sagte Ramchandra. Er wollte keine politische Diskussion mit seinem Schwiegervater anfangen, den die Meinung anderer Leute nicht interessierte, ganz zu schweigen von der Meinung seines Versagers von einem Schwiegersohn. Offenbar versuchte er nur ein wenig zu plaudern. Noch empörender war, daß Herr Pandey gar nicht daran dachte, seine Loyalitäten in Frage zu stellen. Er verdammte jeden Anflug von Rebellion und pries unablässig König Mahendra, den inzwischen verstorbenen Vater nicht nur des gegenwärtigen Königs, sondern auch des strikten Einparteiensystems. Was Ramchandra am meisten ärgerte, war Herrn Pandeys beharrliches Lob der Ranas, von Tyrannen also, die in ihren lächerlichen, im englischen Stil erbauten Palästen obszöne Mengen Reichtum angehäuft hatten, während ihre Landsleute in Lumpen herumliefen. Es war einer dieser Rana-Paläste, den Herr Pandey von seinem Großvater geerbt hatte. Pandey Palace, wie die Familie ihn nannte und dabei die Alliteration stolz von der Zunge rollen ließ, war ein vierstöckiges, altes, aber oft renoviertes Bauwerk in Bhatbhateni. Sein breiter Balkon gewährte einen schönen Ausblick auf die Nachbarschaft, und der große Rasen vor dem Haus war mit Marmorstatuen übersät.

Daß die Ranas die Reichtümer des Landes gehortet hatten, während dessen Bürger kaum ihre Familien zu ernähren vermochten, drang Herrn Pandey selten ins Bewußtsein. Und nie machte er auf Ramchandra den Eindruck, als bemerke er, daß er zum Mittäter wurde, indem er den Reichtum genoß, den sein Großvater gehortet hatte.

»Diese Leute«, sagte Herr Pandey, »die wissen nicht, was sie tun.«

Ramchandra schwieg.

»Die denken, Politik nach westlichem Vorbild ist die ganze Antwort. Aber denkt an meine Worte, Schwiegersohn, dieses System ist das beste für Nepal.«

»Kann sein.«

»Kann sein? Kann sein? Das ist alles, was Ihr sagen könnt?«

»Ich meine – «

»Laßt Euch von mir etwas gesagt sein. Ich habe mit einigen der mächtigsten Leute im Lande eng zu tun gehabt.« Dann begann er, die üblichen Namen der Leute herunterzurasseln, die er zu seiner Rana-Zeit und danach gekannt hatte, und die der Regierungsbürokraten und Staatsmänner, an die er sich noch immer wenden konnte, wenn er etwas brauchte.

Während er Herrn Pandey zuhörte, konnte Ramchandra nicht anders, als sich erneut die Gründe durch den Kopf gehen zu lassen, deretwegen ihn seine Schwiegereltern als so einen Versager betrachteten. Er hatte nie den Karrieresprung gemacht, den sie erwartet hatten, als sie ihm ihre Tochter zur Frau gaben. Nach dem Collegeabschluß war er von einer Lehrer-Teilzeitstelle zur nächsten gestolpert und hatte Konkurrenten entdeckt, die klüger waren als er, oder andere, die nicht klüger waren, aber mächtige Onkels oder Vettern oder Schwiegereltern hatten, die die Strippen zogen. Mal um Mal hatte Ramchandra hilflos zusehen müssen, wie ihm eine Stelle, die er fast sicher geglaubt hatte, entglitt und jemandem zufiel, der nicht halb so qualifiziert war wie er. Gelegentlich hatte ihm Herr Pandey Hilfe angeboten, aber dem war Ramchandras Stolz zuvorgekommen, und er hatte seinem Schwiegervater gesagt, er werde durch seine eigenen Leistungen eine Stelle finden.

Seine Verwandten und Freunde hatten von ihm erwartet, daß er an bekannten Schulen unterrichten werde, vielleicht St. Xavier's, die von weißen Priestern geführt wurde, oder an der Budhanilkantha-Schule, die idyllisch in den nördlichen Außenbezirken der Stadt lag und für ihren innovativen Lehrplan berühmt war. Er war Lehrern begegnet, die an diesen englischsprachigen Internaten unterrichten, und sie wirkten immer gut angezogen und zufrieden. Er konnte sie sich als Bewohner hübscher Backsteinhäuser vorstellen, mit Fernsehantennen auf dem Dach oder mit Miniaturpagoden, die dem Gott Ganesh geweiht waren, oder sogar der Göttin Laksmi, die, wenn wohlgestimmt, so mit der Windrichtung spielen konnte, daß mehr Wohlstand ins Haus floß. Doch seine Bewerbungen waren von beiden Schulen abgelehnt worden, und letztlich hatte er sich mit seiner Stellung als Teilzeitlehrer zufriedengeben müssen, als jemand, der nur vorübergehend an der Bhanubhakta-Schule unterrichtete. Manchmal ertappte er sich dabei, wie er immer wieder das Wort *asthai* aussprach, bis das Gefühl der Unbeständigkeit, des Flüchtigen und Hinfälligen, Teil seines Selbstbilds wurde, als ob die Götter bei seiner Geburt entschieden hätten, ihm eine Warnung an andere Menschen auf die Stirn zu stempeln – VORÜBERGEHEND.

Und dann hatte er vor ein paar Jahren seine derzeitige Stelle gefunden, an der finanziell eingeschränkten Kantipur-Schule, untergebracht in einem bröckelnden Gebäude in einer Gasse, wo streunende Hunde stritten und sich der Müll sammelte. Sein monatlicher Scheck über neunhundertneunzig Rupien war nur wenig mehr als das, was er verdient hatte, als er von Schule zu Schule hetzte und oft in überfüllten Bussen schwitzte, während er von einem Ende der Stadt ans andere fuhr. Aber es war eine feste Stelle, und er war jetzt ein Vollzeitlehrer, und wenn er daran dachte, hob das seine Stimmung wie ein scharfer verjüngender Atemzug.

Er hatte geglaubt, daß sein Status als festangestellter Vollzeitlehrer seine Schwiegereltern dazu bringen würde, anders von ihm zu denken, ihn als festangestellten Vollzeitschwiegersohn anzuerkennen. Doch Gomas Eltern hatten ihre Aufmerksamkeit schnell auf anderes verlagert. »Ihr müßt ein Haus bauen, Ramchandra-Babu«, sagten sie bei Familientreffen zu ihm. »Ohne eigenes Haus in dieser Stadt macht es keinen Unterschied, was Ihr arbeitet.«

Als Ramchandra ihnen sagte, daß es seine Zeit brauche, in Kathmandu ein Haus zu bauen, hatten sie verächtlich die Köpfe geschüttelt. »Natürlich braucht es Zeit«, sagte Gomas Vater. »Aber wenn Ihr nicht jetzt anfangt, darüber nachzudenken, wie soll es dann jemals fertig werden? Außerdem kann man immer etwas arrangieren, um einen Anfang zu machen.« Ramchandra wußte, worauf er anspielte. Die Pandeys hatten mehrere Male vorgeschlagen, daß sie Ramchandra das nötige Geld leihen würden, um mit dem Hausbau anzufangen. Sie hatten ihm dieses Angebot nie direkt unterbreitet; sie ließen es von Goma an ihn herantragen, die es weitergab und dann schwieg, wenn ihr Ehemann es kompromißlos zurückwies. Er wolle, sagte er, bei niemandem in der Schuld stehen. Erst recht nicht bei seinen Schwiegereltern, aber das sagte er Goma nicht. Denn wer wußte schließlich, wie lange er brauchen würde, um ein Darlehen zurückzuzahlen, und dann würde es ihm für den Rest seines Lebens auf den müden Schultern lasten wie ein schwerer Stein.

Wenn die Pandeys das Thema zur Sprache brachten, suchte Ramchandra Rückhalt bei Goma, aber obwohl sie, wenn sie beide in ihrem Schlafzimmer alleine waren, Ramchandras Meinung vollkommen teilte, zog sie es vor, sich nicht auf eine Auseinandersetzung mit ihren Eltern einzulassen. Einmal, als Goma die neugeborene Sanu ins Bett brachte, fragte Ramchandra sie: »Warum hast du nichts gesagt? Wenn du etwas gesagt hättest, würden sie vielleicht mit dieser ständigen Mäkelei aufhören. Wir können froh sein, daß ich jetzt eine Vollzeitstelle habe. Warum verstehen sie das nicht?« Und Goma hatte mit schuldbewußtem Gesicht geantwortet: »Ich weiß, ich weiß. Ja, beim nächsten Mal sage ich was, versprochen.«

Er wußte, daß sie nie etwas sagen würde, und so nickte er jedesmal, die bittere Einsicht im Hinterkopf. Er wußte auch, daß Gomas Eltern nie aufhören würden, an ihm herumzumäkeln, selbst wenn er ein prächtiges Haus mit vier Stockwerken bauen und an der Tribhuvan-Universität unterrichten sollte. »Bist du mit mir unglücklich?«, hatte er Goma einmal gefragt. »Sag mir das ganz ehrlich. Bist du, weil du früher in einem großen Haus gewohnt hast und jetzt in dieser Bruchbude wohnst, unglücklich mit mir?«

»Nur weil meine Eltern diese Sachen zu Euch sagen, sagt Ihr die nicht zu mir«, antwortete sie. »Die Sorte Frau bin ich nicht. Was Ihr mir auch gebt, ich bin glücklich damit.«

Und sie hatte auch gemeint, was sie sagte, denn in den folgenden Jahren hatte sie sich nie darüber beschwert, daß sie an Feiertagen die Paisas zählen mußten, oder daß sie Mühe hatten, die Schulgebühren ihrer Kinder zu bezahlen, oder daß sie zu mehreren Hochzeitsfeiern den gleichen Sari anziehen mußte, weil sie sich keinen neuen leisten konnten.

Ein Jahr bevor er an der Kantipur-Schule zu unterrichten begann, als seine Mutter noch lebte und es Ramchandra klar wurde, daß die Erwartungen, die seine Schwiegereltern an ihn richteten, ein dauerhaftes Ärgernis bleiben würden, hatte er seine Mutter voller Verbitterung gefragt, warum man ihm ihrer Ansicht nach Goma zur Frau gegeben habe. Ihre Eltern hätten sie mit Leichtigkeit an jemanden verheiraten können, der mehr Geld hatte. »Vielleicht war sie keine Jungfrau mehr«, hatte seine Mutter unvermittelt gesagt. »Vielleicht hat sie mit anderen Männern rumgemacht, und ihr Vater hatte Angst, daß sie keiner heiratet.« Ramchandra versuchte, nicht rot zu werden vor Verlegenheit. Im Alter sprach seine Mutter manchmal ihre Gedanken aus, ohne sich um Sitte und Anstand zu kümmern.

Ramchandra wußte, daß Goma eine Jungfrau gewesen war, als sie das erste Mal miteinander geschlafen hatten, aber er fragte sich, ob ihre Eltern irgendeiner Art von Skandal aus dem Weg zu gehen versucht hatten, indem sie sie an einen armen Studenten verheirateten.

Ramchandras Argwohn über Gomas Vergangenheit machte sich erneut bemerkbar, als sie sich eines Abends zu einem Familientreffen in Pandey Palace einfanden. Das ganze Essen über hatte sich Ramchandra den Sticheleien seines Schwiegervaters ausgesetzt gesehen, vor allen Verwandten, und mit Fortschreiten des Abends legte sich eine dunkle Wolke über seine Gedanken. Dann, als Goma in der Küche war, holte Frau Pandey die Barfis hervor. Sie bediente alle, angefangen bei Harish, bis die Reihe an Ramchandra kam – und keines mehr übrig war. »Wie dumm von mir«, sagte Frau Pandey. »Ich hätte mehr davon kaufen sollen.« Den ältesten Schwiegersohn so zu behandeln, war schlimm genug – Ramchandra starrte vor Scham auf den Fußboden –, aber was Frau Pandey als nächstes sagte, setzte ihn innerlich in Brand. »Aber was macht das schon, eh, Schwiegersohn? Diese Lust auf Süßigkeiten ist schließlich eine Sache der Gewohnheit. Wenn man nicht gewohnt ist, welche zu essen, dann vermißt man sie auch nicht.«

Sobald Ramchandra und Goma die Füße vor Pandey Palace setzten, brach aus ihm heraus, was ihm im Kopf herumgegangen war: daß ihre reichen Eltern sie wegen eines früheren Skandals an ihn verheiratet hätten, daß sie vielleicht einen Liebhaber gehabt habe, oder mehrere Liebhaber. Entgeistert schnappte Goma nach Luft und fing zu weinen an, auf der Straße, während sie die kleine Sanu auf der Hüfte hielt. Sofort bereute Ramchandra seinen Vorwurf. Sie hatte keinen Hinweis auf einen früheren oder gegenwärtigen Liebhaber gegeben. Er hatte keine geheimen Zettel unter ihren Kleidern im Schrank entdeckt; der Briefträger hatte keine verdächtigen Briefe gebracht; er hatte keinen verträumten Blick in ihren Augen gesehen, wie er ihn sich bei Frauen mit Liebhaber vorstellte. Er versuchte, sie zu trösten und entschuldigte sich bei ihr. Und sie antwortete: »Ich bin eine Hindu-Frau. Ich bin nicht die Sorte Frau.«

Jetzt, in Ramchandras Wohnung, sagte Frau Pandey: »Politik, Politik«, und sah ihren Mann zärtlich an, während er weiter von den mächtigen Leuten dröhnte, die er kannte. »Dieser Schwiegersohn weiß nichts über Politik«, sagte sie, als ob Ramchandra nicht anwesend sei. »Ich wünschte, Harish-Babu wäre hier. Er kennt ein paar Politiker in der Stadt.«

Goma, die den Raum gerade mit einem Tablett mit Tee und Süßigkeiten betreten hatte, hörte das Ende des Gesprächs. Ramchandra hatte den Kopf an die Wand gelehnt und die Augen fast geschlossen. Er wollte, daß Goma etwas zu ihrer Mutter sagte, aber wie üblich sagte sie nichts. Sie sah ihn lediglich schuldbewußt an und stellte dann das Tablett auf den Boden. Rakesh streckte die Hand nach einem Barfi aus, und Goma schalt ihn, daß er warten müsse, bis seine Großeltern zu essen anfingen. Sanu steckte den Kopf zur Tür herein. »Großmutter, habt Ihr den Schmuck mitgebracht, den Ihr mir versprochen habt?«

Frau Pandey hatte ihn vergessen. Offenbar hatte sie ihrer Enkeltochter zwei ihrer ganz alten Silberketten versprochen, die früher von den Frauen in den Rana-Palästen getragen wurden. Sie entschuldigte sich bei Sanu, die fragte: »Und was habt Ihr Rakesh geschenkt?« Darauf folgte die Entdeckung, daß sich die gesamte Tafel Schokolade in Rakeshs Bauch befand, und das führte zu Krach. Sanu warf ihren Großeltern vor, daß sie ihren Enkelsohn als Lieblingskind behandelten. »Ich weiß, warum Ihr ihn mögt und mich haßt«, sagte Sanu unter Tränen zu den Großeltern. »Weil er ein Sohn ist, stimmts?«

Herr Pandey starrte Sanu mit offenem Mund an. Seine Gedanken waren wahrscheinlich bei irgendeinem wichtigen Beamten im Innenministerium hängengeblieben. Frau Pandey versuchte, Sanu zu besänftigen, und sagte, daß sie natürlich keinen von beiden bevorzuge, daß ihr beide sehr wichtig seien. Aber als sie den Arm um Sanu legen wollte, schob das Mädchen ihn weg und sagte: »Glaubt Ihr, ich kenn Euch beide nicht? Ihr glaubt, Ihr seid so großartig, wie Ihr da in Eurem prächtigen Haus sitzt? Und Ihr behandelt Ba, als ob er ein Hund wäre. Er ist mein Vater!«

Sanus Ausbruch überrumpelte sie alle. Ramchandra hatte nie bemerkt, daß seine Tochter darunter litt, wie die Großeltern ihn behandelten.

»Sanu! Was redest du für Unsinn?«, rief Goma.

»Und Ihr«, sagte Sanu zu ihrer Mutter. »Ihr seid vor Euren Eltern ängstlich wie eine nasse Katze.« Sie stürmte davon, in ihr Zimmer, und knallte die Tür hinter sich zu.

»Was ist über sie gekommen?«, sagte Ramchandra.

»Ich weiß nicht, woher sie diese Ideen hat«, sagte Goma.

Herr und Frau Pandey starrten auf ihre Süßigkeiten und den Tee; dann sagte Herr Pandey zu seiner Frau, mit lauter Stimme: »Warum hast du den Schmuck nicht mitgebracht, den du ihr versprochen hast? Warum bei einem jungen Mädchen solche Erwartungen wecken?«

»Ich habs vergessen«, sagte Frau Pandey. »Man kann nicht von mir erwarten, daß ich an alles denke.«

»Macht Euch keine Sorgen deswegen«, sagte Goma. »Dieses Mädchen ist in letzter Zeit sehr überheblich.«

»Warum hat Didi zu Ba Hund gesagt?«, fragte Rakesh.

»Sei ruhig«, sagte Goma und strubbelte ihrem Sohn das Haar. »Warum hast du nicht ein bißchen Schokolade für deine Schwester aufgehoben? Dann wäre das alles nicht passiert.«

»Denkt Ihr, unser Ba ist ein Hund, Oma?«, fragte Rakesh.

Bevor Frau Pandey antworten konnte, sagte Goma: »Also, jetzt reichts. Geh draußen spielen«, und sie schob Rakesh zur Tür hinaus.

Für eine Weile schlürften die vier schweigend ihren Tee.

Niemand griff nach den Süßigkeiten, obwohl Ramchandra sich versucht fühlte. Er verspürte eine Art perverse Schadenfreude. Seine Tochter hatte ausgesprochen, was die Pandeys hören mußten.

»Das alles führt zu nichts Gutem«, sagte Herr Pandey schließlich, griff nach einem Stück Barfi und musterte es.

Alle sahen ihn erwartungsvoll an, gespannt darauf, was er als nächstes sagen würde. »Es werden grundlos Leute sterben. Wir brauchen den König.«

»Ich weiß nicht, was los ist«, sagte Goma, offensichtlich erleichtert, daß sich das Gespräch auf etwas anderes verlegt hatte. »Ich versteh nicht, warum die Leute sich so aufregen.«

»Die Leute sind dumm«, sagte Herr Pandey.

»Ich denke nicht, daß sie dumm sind«, sagte Ramchandra. »Am Panchayat-System stimmt vieles nicht.« Er freute sich über seinen Mut.

Herr Pandey warf sich den Barfi in den Mund und sagte: »Es ist das beste System, das wir haben.«

»Wie kann es das beste System sein, wenn so viele Leute unglücklich sind?«

Ramchandra machte sich darauf gefaßt, zur Rede gestellt zu werden, aber er lag falsch; offenbar hatte Sanus Ausbruch Herrn Pandey milde gestimmt. Er kaute friedfertig sein Barfi.

Das Gespräch ging allmählich zu anderen Dingen über, und nur die geschlossene Tür des Kinderzimmers erinnerte noch an das, was zuvor geschehen war. Da der Hof von Häusern eingefaßt war, konnten sie die Sonne nicht untergehen sehen, aber sie wußten, daß sie hinter den Bergen im Westen verschwunden war, als alles in der Wohnung allmählich grau wurde und im Zwielicht ein Staubfilm zu sehen war, der stieg und fiel, durch die Luft wirbelte, ihnen die Sicht aufeinander vernebelte, bis Goma aufstand und das Licht einschaltete. Rakesh war, den Bauch voller Schokolade, auf dem Boden eingeschlafen.

Die Pandeys beschlossen, daß es Zeit war zu gehen, und Frau Pandey deutete an, daß sie mit ihrer Tochter unter vier Augen sprechen müsse. Sie drängte die Männer, nach unten zu gehen. »Ich brauch nur eine Minute.«

Ramchandra konnte es nie leiden, wenn Frau Pandey bei Familientreffen Goma beiseite nahm und ihr ins Ohr flüsterte. Wenn sie so die Köpfe zusammensteckten, der Mund der Mutter dicht am Ohr ihrer Tochter, kam ein merkwürdiger Ausdruck über Gomas Gesicht, als ob sie und ihre Mutter verbündet seien, wohlmöglich gegen ihn. Er wußte, daß das nicht stimmte, aber wenn er Goma so sah, wie ein kleines Mädchen, das mit ihrer Freundin Geheimnisse austauschte, fühlte er sich als Außenseiter. Er fragte sie nie danach, was ihre Mutter ihr zugeflüstert hatte, aber manchmal spät in der Nacht, wenn sie alleine waren, sagte Goma: »Mutter hat gesagt …«, und es stellte sich gewöhnlich als Klatsch über einen Verwandten oder als Frau Pandeys Besorgnis über die Gesundheit ihres Ehemanns heraus, der Blasen- und Magenprobleme hatte. »Sagt sie jemals etwas über mich?«, hatte Ramchandra einmal gefragt, und Goma hatte gesagt: »Nichts, das sie Euch nicht auch ins Gesicht sagen würde.« Irgendwie hatte Ramchandra ihr nicht glauben können, und jetzt, während er mit Herrn Pandey die Treppen hinunterging, war er sich fast sicher, daß Frau Pandey ihrer Tochter etwas über ihn sagen würde, irgendetwas im Zusammenhang mit dem Hauskauf, vielleicht um vorzuschlagen, daß sie einen Kredit aufnehmen sollten. Er betrachtete den Hinterkopf seines Schwiegervaters, die dünnen Haarbüschel über der Kopfhaut.

Unten angelangt, wickelte Herr Pandey seinen Schal enger um sich und sagte: »Schwiegersohn, es wird Zeit, die Dinge ernstzunehmen.«

In einem der Fenster auf der anderen Hofseite erschien eine Silhouette. Es war Herr Sharma, der bei der staatlichen Versicherungsbehörde arbeitete. Um seinen Schwiegervater abzulenken, rief Ramchandra seinem Nachbarn zu: »Ist ein kalter Abend, nicht, Herr Sharma?« Herr Sharma winkte zurück, sagte aber nichts.

»Dabei kann es nicht für immer bleiben«, sagte Herr Pandey. »Schaut Euch das an.« Er wies mit einer Handbewegung auf den Hof und die alten Häuser, die ihn einfaßten. »Ist das ein anständiger Ort zum Leben?«

Ramchandra horchte nach Schritten auf der Treppe.

Herr Pandey seufzte tief und sagt: »Ein hübsches kleines Haus in Kathmandu; muß nicht groß sein. Zwei Zimmer wären genug.«

»In ein paar Jahren«, sagte Ramchandra.

Herr Sharma auf der anderen Seite des Hofes schien ihnen aufmerksam zuzuhören.

»In ein paar Jahren, in ein paar Jahren. Aussagen von der Art gibt es schon zu lange.«

»Aber es muß klar sein, daß bloßes Darüberreden kein Haus hervorbringt. Man braucht Geld.«

Herr Pandey schüttelte den Kopf, als sei Geld ein unbedeutender Faktor. »Man braucht nicht soviel. Außerdem, wenn man will, kann man immer zu etwas Geld kommen.«

Ramchandra überlegte gerade, was er darauf erwidern sollte, als er endlich Schritte auf der Treppe hörte. Goma und ihre Mutter kamen lachend aus dem Haus.

Zum Abendessen kam Sanu nicht aus ihrem Zimmer, trotz wiederholter Aufforderungen, und daraufhin ging Ramchandra zu ihr hinein. Sie saß auf dem Bett und las ein Buch, und sie sah nicht auf.

»Tochter, komm in die Küche. Das Essen wird kalt.«

Sie sagte, sie habe keinen Hunger.

Ramchandra ging zu ihr und setzte sich neben sie. »Bist du noch sauer?«

Sanu schüttelte den Kopf.

»Warum dann das beleidigte Gesicht? Wie« – er suchte nach einem lustigen Vergleich – »ein Affe, der seine Kokosnuß an einen Esel verloren hat.«

Sanu ließ nicht den Ansatz eines Lächelns erkennen.

»Komm, laß uns essen.«

»Warum sagt Mutter nie was?«

»Sie meinen es nicht böse.«

»Zu Onkel Harish sind sie anders.«

»Sie meinen es nicht so.«

»Ba, sind wir kleine Leute, weil wir in dieser Wohnung wohnen?«

»Ich denke nicht. Denkst du?«

Sie schüttelte den Kopf. »Ich glaub nicht, daß man davon klein oder groß wird, wo man wohnt. Aber ich weiß, daß ein paar von meinen Freunden in der Schule lachen, wenn sie mein Haus sehen.«

»Deren Gelächter kann uns nichts anhaben.«

»Wann glaubt Ihr können wir ein eigenes Haus bauen?«

»Ich weiß nicht, Sanu.« Er nahm ihre Hand und spielte mit ihren Fingern. »Es kann noch lange dauern.«

»Wird mich kein Ehemann haben wollen, weil ich in einem solchen Haus wohne?«

»Wer hat dir das gesagt? Warum sollte jemand meine schöne Tochter nicht haben wollen?«

Sie lächelte.

»Warum machst du dir Gedanken über einen Ehemann? Erst mal mußt du studieren, auf ein gutes College gehen.«

»Ich will Ärztin werden.«

»Was für eine Ärztin?«

»Ich werde Tierärztin. Eine Vete… eine Vetenirärin.« Sie plagte sich mit dem Wort, und Ramchandra lachte.

»Komm, gehen wir erst mal und behandeln unsere Bäuche. Sie sind krank, und das einzige Heilmittel ist Dal-Bhat.« Er nahm sie an die Hand und führte sie in die Küche.

Die Küche, der kleinste Raum im Haus, hatte ein Fenster, das auf den Hof hinausging, und von dort aus sah Ramchandra Herrn Sharma an seinem Fenster.

Rakesh aß bereits, und Goma tat Sanu und Ramchandra Dal-Bhat auf. Als Gemüse gab es an diesem Abend Blumenkohl, den sie nicht oft aßen, weil er teuer war. Ramchandra fragte Goma, wieso sie welchen gekauft habe, und sie antwortete, daß ihre Mutter ihr zwei Köpfe aus dem Garten von Pandey Palace mitgebracht habe. Die Pandeys hatten einen Gärtner, der sich hervorragend um das Gemüse und die Blumen kümmerte. Nachdem Ramchandra das gehört hatte, verlangte er keinen Nachschlag vom Blumenkohl, obwohl er köstlich schmeckte.

Die Familie saß auf den hölzernen Pirkas auf dem Fußboden und aß schweigend. Dann sagte Goma zu Sanu: »Und was ist heute Abend über dich gekommen? Warum hast du so mit deinen Großeltern gesprochen?«

Sanu gab keine Antwort, und Ramchandra machte Goma Zeichen, daß sie still sein solle.

Im folgenden Schweigen konnten sie sich gegenseitig kauen hören.

»Dieses Mädchen«, sagte Goma. »Das glaubt wohl, es ist groß geworden.«

Sanu spielte mit dem Reis auf ihrem Teller, und ihr Gesicht war düster.

»Ich will, daß meine Kinder Respekt für ihre älteren Verwandten haben«, fuhr Goma fort.

»Respekt«, sagte Ramchandra. »Vielleicht sollten die älteren Verwandten auch einmal lernen, was dieses Wort bedeutet.«

Rakesh, der mit dem Essen fertig war, beobachtete seine Eltern aufmerksam.

»Und warum ißt du nicht?«, fragt Goma Sanu.

»Kein Hunger mehr«, murmelte sie.

»Du kannst das nicht wegwerfen. Weißt du, wie hart dein Vater arbeitet, um dich zu ernähren?«

»So, jetzt reicht es«, sagte Ramchandra. »Nichts mehr zu diesem Thema.« Und er überredete Sanu zum Essen. Sehr zögerlich hob sie die reisgefüllten Finger zum Mund.

Später, als sich Ramchandra und Goma fürs Bett fertigmachten, sagte er zu ihr: »Rede nicht so mir ihr. Sie ist in letzter Zeit sehr empfindlich.«

»Ich befürchte, sie gerät außer Kontrolle«, sagte Goma. »Neulich hat sie mit mir über ein Kleid gestritten, daß ich sie nicht anziehen lassen wollte.«

»Was hat nicht gestimmt damit?«

»Es war an der Brust zu eng. Und, naja, sie wird größer.«

»Sie hat ihren eigenen Kopf.«

»Zuviel eigener Kopf wird ihr das Leben schwermachen. Irgendwann muß sie heiraten.«

Ramchandra dachte an Malati, die in so frühem Alter ein Kind zur Welt gebracht hatte, und er wußte, daß Goma recht hatte. Heutzutage brachten sich sogar Mädchen aus gutem Hause in Schwierigkeiten. »Es wird schon etwas aus ihr werden«, sagte er zu Goma. »Sie macht sich gut in der Schule. Sie möchte studieren. Sagt, sie will Ärztin werden.«

»Das ist gut.«

Er fragte sie, was Frau Pandey ihr an diesem Abend ins Ohr geflüstert habe.

»Ach, nichts.«

Er legte ihr eine Hand auf die Schulter. »Bin ich so ein Außenseiter, daß du es mir nicht sagen kannst?«

»Mutter hat von einem Mädchen aus Chitwan erzählt. Ihre Eltern sind sehr arm, und sie möchten, daß sie hier in der Stadt als Dienstmädchen arbeitet. Meine Schwester kann es einrichten, daß sie hergebracht wird.«

»Wir können uns kein Dienstmädchen leisten.«

»Ich weiß, daß wir uns keins leisten können, aber in letzter Zeit war ich sehr müde. Das ganze Kochen, die Kinder ...«

Daß sie kein Dienstmädchen hatten, war ein weiteres Dauerthema seiner Schwiegereltern. »Meine Tochter rackert sich in Eurem Haus ab, Schwiegersohn«, hatte Gomas Mutter einige Male bemerkt. »Wie wäre es mit jemandem, der ihr wenigstens mit dem Kochen und der Wäsche hilft?« Sie hatten sogar angeboten, ihr eigenes Dienstmädchen vorbeizuschicken, aber das hatte Ramchandra abgelehnt. Jetzt fragte er sich, ob Goma noch einmal mit ihrer Mutter darüber gesprochen hatte. Er musterte ihr Gesicht. Sie sah tatsächlich müde aus, aber andererseits sah sie immer so aus, wenn ihre Eltern zu Besuch gewesen waren.

»Wieviel wollen sie?«

»Ich kann auf hundert Rupien im Monat verhandeln. Und sie kann Sanus alte Sachen anziehen. Sie ist erst elf.«

»Darüber sollten wir gut nachdenken«, sagte er. »Wenn wir jemanden einstellen, bedeutet das noch weniger Ersparnisse. Und so wie die Dinge stehen, werden wir wegen Dashain diesen Monat nichts zurücklegen können.« Er war kurz davor, sie zu fragen, weshalb sie ihren Eltern an diesem Abend Süßigkeiten angeboten hatte, aber er erinnerte sich an das Geld, das er am Morgen ausgegeben hatte, und schwieg.

Kurz bevor er einschlief, dachte er erneut an Malati, und für einen kurzen Augenblick stellte er sich vor, er würde sie als Dienstmädchen einstellen. Auf diese Weise würde er sie aus den Fängen ihrer Stiefmutter befreien und ihr noch mehr Nachhilfe geben können. Aber auf den zweiten Blick wirkte die Idee lächerlich. Malati würde sich wahrscheinlich weigern, als Dienstmädchen bei wem auch immer zu arbeiten, und letztlich behagte die Idee ihm selbst nicht; sie wirkte, als wolle er eine zweite Ehefrau ins Haus holen. Er schob den Gedanken beiseite und konzentrierte sich auf eine seiner schönen Landschaften. Dieses Mal stand er auf einem Berggipfel; die Sonne ging gerade auf, und auf den Hängen in der Umgebung glitzerte Schnee. Die Sonne tauchte alles in ein orangerotes Licht.

3

ALS RAMCHANDRA am nächsten Morgen mit einem Krug Wasser und einem Handtuch zur Latrine auf dem Hof ging, fand er sie besetzt. Herr Sharma war darin, nach dem Grunzen und Stöhnen zu urteilen, das durch die Holztür nach draußen drang. Er war ein kleiner Mann mit einem Ziegenbart. Seine Frau war vor einigen Jahren gestorben, und jetzt verbrachte er die meiste Zeit mit dem Lesen religiöser Traktate. Ramchandra schaute auf seine Armbanduhr. Er war an diesem Morgen eine halbe Stunde zu spät aufgewacht. Er stand gerne um sechs Uhr auf, so daß er etwas Zeit in der Latrine hatte, bevor die anderen Hofanwohner herunterkamen. Bei zahlreichen Gelegenheiten hatte Ramchandra dem Hausbesitzer vorgeschlagen, Toiletten und Waschräume im Inneren der Häuser einzurichten, aber der Hausbesitzer hatte ihm gesagt, daß die Miete dann um hundert Rupien steigen würde. Das hatte Ramchandra zum Schweigen gebracht.

Einmal, als Sanu in der Latrine war, hatten ein paar Nachbarjungen den Riegel aufgebrochen und sich über sie lustig gemacht, während sie versuchte, sich zu bedecken. Sie hatte den ganzen Tag geweint, und Ramchandra war mit einem Gürtel in der Hand durch die Straßen gelaufen und hatte nach den Jungen gesucht. Er hatte sie nicht gefunden, sich aber mit den Eltern von einem von ihnen gestritten und war dann schnurstracks zum Vermieter gegangen, der zwei Häuser weiter wohnte. Der Vermieter hatte seine Beschwerde als unbegründet abgetan, denn das Problem sei der Riegel, nicht die Latrine, und versprochen, einen Riegel einzubauen, der sich nicht von außen öffnen ließ. Dafür hatte er einen ganzen Monat gebraucht, und bis der neue Riegel eingebaut war, hatte Ramchandra draußen Wache gestanden, mit Rakesh neben sich, jedesmal wenn Sanu auf die Latrine gehen mußte. Das Ding war alt und hatte winzige Löcher im Dach, so daß dem Benutzer bei starkem Regen das Wasser auf den Kopf tropfte.

Herr Sharma brauchte ganze zwanzig Minuten, bis er herauskam. »Ach, wußte nicht, daß Ihr hier seid, Ramchandraji. Sonst wär ich früher rausgekommen.«

»Ist schon gut«, sagte Ramchandra und ging hinein, den Krug in der Hand. Der Gestank war unerträglich, und Ramchandra mußte sofort wieder nach draußen. Er widerstand dem Bedürfnis, sich die Nase zuzuhalten, und sagte: »Braucht etwas Luft.«

Nach ein paar Minuten ging Ramchandra wieder hinein, und als er herauskam, hatte Herr Sharma bereits sein Bad am Wasserhahn begonnen. Das städtische Wasser floß reichlich in diesem Viertel, obwohl es in den meisten Teilen der Stadt rar war. Manchmal kamen Frauen aus der Nachbarschaft auf den Hof, um ihre Gagros zu füllen, weil ihre eigenen Wasserhähne trokken waren. Das hatte zu Streit geführt, denn die Anwohner behaupteten, daß der Wasserhahn austrocknen werde, wenn die Frauen ihn zu oft benutzten, und die Frauen machten geltend, daß der Anstand es den Anwohnern gebiete, ihren Nachbarn Zugang zu diesem Wasser zu gewähren, welches in seiner ätherischen Form niemandem gehöre. Das Rufen und Schreien, die Vorwürfe und Gegenvorwürfe hatten Ramchandra geärgert, und er hatte schließlich einen Kompromiß vorgeschlagen. Er und die anderen Hofanwohner ließen täglich zwei Familien aus der Nachbarschaft herein, und es war deren Sache, sich untereinander abzusprechen. Bisher hatte das ziemlich gut funktioniert.

An diesem Morgen war noch niemand gekommen, aber das war nur eine Frage der Zeit, und Ramchandra wollte mit dem Baden fertig sein, bevor viele Leute auf dem Hof waren.

»Diese Schülerin von Euch, wie alt ist die?«, sagte Herr Sharma und seifte seine Achselhöhlen ein. »Zwanzig? Einundzwanzig? Sie ist hübsch.«

Ramchandra goß sich gerade Wasser über den Rücken, und er brauchte einen Augenblick, um zu begreifen, daß Herr Sharma von Malati sprach. »Ich achte nicht auf solche Dinge, Sharmaji«, sagte Ramchandra. »Für einen Witwer wie Euch sind sie vielleicht wichtig. Für mich ist es wichtig, daß ich etwas verdiene, und daß die Schüler das SLC schaffen.«

Herr Sharma lachte. »Ich habe nur ein bißchen zu plaudern versucht, Ramchandraji. Sie ist attraktiv. Nur eine Feststellung.«

Ramchandra griff nach seinem Handtuch und sagte: »Es muß schwer für Euch sein, eh, Sharmaji? All diese Jahre ohne Eure Lebenspartnerin.« Er rubbelte sich kräftig den Rücken, damit die Reibungswärme die Kälte abhielt. Er konnte nicht vermeiden, daß ihm die Zähne klapperten, während Herrn Sharma, der seinen Kopf gerade erst unter dem Wasserhahn hervorgezogen hatte, die Kälte nichts auszumachen schien. Herr Sharma sagte: »Das ist überhaupt nicht schwierig. Ist alles eine Frage der Willenskraft. Selbstbeherrschung. Es geht darum, den Geist auf etwas zu konzentrieren und alle Energie in diese Richtung zu lenken.« Er zitierte einige Verse aus den Veden, um seine Aussage zu unterstreichen, und Ramchandras Gedanken schweiften zu Malati. Er stellte sie sich in dem kleinen, von Hühnerfedern umwehten Haus in Tangal vor, in der engen Küche, wo sie mit dem Baby im Arm Kartoffeln briet, während dem Kind die Nase lief und Malatis Stiefmutter auf dem Boden saß und einen Haufen Reis durch ihre Finger siebte, um Steinchen herauszufiltern, die sie hinter sich warf und später aufkehren würde.

Ramchandra rieb sich Bauch und Schritt mit dem Handtuch ab und sah Herrn Sharma an, der gemerkt hatte, daß ihm das Publikum abhanden gekommen war, und nun ein Lied summte. Die heilige Schnur, die er um den Oberkörper trug, ein Zeichen seines regeltreuen Brahmanentums, war verschrumpelt, und Ramchandra konnte nicht anders, als wie jeden Morgen die Ausbuchtung in Herrn Sharmas Unterhose zu bemerken, scheinbar unbeeindruckt von der Kälte, die sie soeben hatte erdulden müssen.

»Um Euch die Wahrheit zu sagen, Ramchandraji«, sagte Herr Sharma in einem kameradschaftlichen, lustigen Ton, »manchmal ist es schwer. Dieses Leben der Enthaltsamkeit.«

Ramchandra war nicht in der Stimmung, sich die Bekenntnisse seines Nachbarn anzuhören.

Herr Sharma schaute zum Himmel auf. »Seit meine Frau gestorben ist, ist es immer ein Kampf gewesen. Manchmal glaub ich, ich werde verrückt. Wenn ich an Eurer Stelle wäre, mit hübschen jungen Mädchen jeden Tag neben mir, ich wüßte nicht, was ich tun würde.«

»Warum heiratet Ihr nicht wieder?«

»Das ist es nicht«, sagte Herr Sharma. »Ich will keine neue Ehefrau. Die Erinnerung an meine verstorbene Frau würde es mir nicht gestatten, dauerhaft jemand anderen im Haus zu haben. Nur daß mein Körper manchmal …« Und selbst der Gedanke erregte ihn, denn plötzlich regte sich die Ausbuchtung in seiner Unterhose, und Ramchandra verabschiedete sich schnell und ging nach oben.

Herr Sharma hatte ihn beunruhigt, und er fragte sich, ob es eine gute Idee für ihn war, Malati jeden Tag zu sehen. Aber er hatte das Angebot bereits gemacht und sogar Goma davon erzählt, hatte ihr erzählt, daß ihm das Mädchen leid tue und er zugesagt habe, ihr für den gleichen Preis mehr Unterricht zu geben. Goma hatte seine Worte nicht in Frage gestellt. »Armes Mädchen«, hatte sie gesagt. »Ihr tut das Richtige.«

Ramchandra kämmte sich im Schlafzimmer die Haare und ging nach unten zum Fahrradladen, um Ashok anzurufen und ihn zu bitten, von jetzt an eine Stunde später zum Unterricht zu kommen.

Ashok gefiel die Idee nicht, und Ramchandra sagte: »Ich versuche hier ein Problem zu lösen, Ashok. Ich hoffe, Du verstehst das.«

»Es ist nicht wegen diesem Mädchen, Sir?«, fragte Ashok.

»Welchem Mädchen?«

»Das Mädchen, zu dem Ihr Affe gesagt habt?«

»Nein, nein.«

»Komisches Mädchen. Aber gutaussehend.« Ashok hatte eine seiner verspielten Launen.

»Also, geht das in Ordnung?«

»Krieg ich Preisnachlaß?«

»Wofür?«

»Daß ich Euch diesen Gefallen tue?«

»Nein.«

Ramchandra ging wieder nach oben in sein Schlafzimmer, und er und Goma setzten sich aufs Bett und tranken ihren Morgentee. Sanu und Rakesh waren nach unten gegangen, um sich die Zähne zu putzen und sich zu waschen.

»Woran denkt Ihr?«, fragte Goma. »Eure Gedanken scheinen weit weg zu sein.«

Ramchandra sah sie schuldbewußt an. »Ich hab an dieses Mädchen gedacht. Scheint, als hätte sie ein hartes Leben gehabt.« Er erzählte ihr von dem Baby.

Goma schüttelte den Kopf. »Das ist nicht gut. Ein junges Mädchen mit einem Baby, ohne Mann. Sie sieht nicht aus wie so eine.«

»Ich glaube nicht, daß sie so eine ist.«

»Naja, macht Euch nicht zu viele Gedanken über sie. Tut, was Ihr könnt.«

Malati kam zu ihrer Nachhilfestunde, kurz nachdem die Kinder zur Schule gegangen waren. Sie trug denselben abgetragenen Kurta-Suruwal, den sie bei ihrem ersten Besuch angehabt hatte, doch heute wirkte sie besorgt.

»Was ist los?«, fragte Ramchandra, als sie sich hinsetzte. »Ist alles in Ordnung?«

Sie nickte und schlug ihr Lehrbuch auf.

Es war offensichtlich, daß ihre Gedanken nicht bei den Mathematikaufgaben waren, denn sie kaute an ihrem Bleistift und schrieb langsam. Als er die Formel für die Zinseszinsrechnung erklärte, nickte sie noch nicht einmal, als ob sie verstehe; sie hielt lediglich den Kopf gesenkt. Nach einer Weile gab ihr Ramchandra ein paar Aufgaben zu lösen und verließ das Zimmer, mit dem Hinweis, daß er gleich zurücksein werde. Er ging in die Küche und trank etwas Wasser. Goma war auf den Markt gegangen, um Gemüse zu kaufen. Plötzlich hatte Ramchandra Lust auf mehr Tee, und so stellte er das Wasser zum Kochen auf den Herd und sah zum Fenster hinaus. Herr Sharma saß an seinem Fenster und sang, und seine Stimme klang klar auf den Hof hinaus. Erst als Ramchandra Milch und Zucker in das kochende Wasser gegeben hatte, fiel ihm ein, daß er auch für Malati ein Glas hätte machen sollen. Aber da er nicht noch einmal warten wollte, bis Wasser kochte, goß er sich den Tee ein und war kurz davor, ins Zimmer zurückzugehen, als er Malati im Türrahmen sah.

»Was ist los?«, fragte er.

»Sir, ich muß heute entschuldigt werden. Ich kann die Aufgaben nicht machen.«

»Warum?«

»Ich weiß nicht. Ich kann mich nicht konzentrieren.«

»Hier, ich hab etwas Tee für dich gemacht. Vielleicht hilft er dir.«

Sie lächelte schwach. »Ich hab meinen Tee schon getrunken.«

Trotzdem gab er ihr das Glas, das sie zögerlich annahm. »Wer singt da?«

Er winkte sie zum Fenster hinüber und zeigte auf Herrn Sharma. Da das Küchenfenster klein war, mußten sie eng beieinanderstehen, um gleichzeitig hinaussehen zu können, und ihre Schulter berührte die seine.

»Was singt er?«

Ramchandra zuckte mit den Schultern. Der Atem war ihm in der Kehle steckengeblieben. Malatis Augen wirkten geistesabwesend, und ihre Stirn war gerunzelt. Er legte den Arm um sie und zog sie an sich. »Was macht dir Sorgen?«

Sie versteifte sich, nur für einen Augenblick, und legte den Kopf an seine Schulter. »Nichts macht mir Sorgen«, sagte sie mit leiser Stimme.

So standen sie eine Weile. Er konnte das Baby an ihr riechen. Er sah wieder auf ihr Gesicht hinab, das an seiner Schulter lehnte. Das Glas mit Tee war noch in ihrer Hand, und ihre Augen waren geschlossen. Er küßte ihren Scheitel, dann ihre Stirn. Er nahm ihr das Glas aus der Hand, stellte es auf das Fensterbrett und hob ihr Gesicht an. Ihre Augen waren noch immer geschlossen, aber die Falten auf ihrer Stirn waren verschwunden. Er küßte sie sanft auf die Lippen und sagte: »Komm, lösen wir diese Aufgaben.« Sie schüttelte den Kopf und sagte, sie könne nicht. »Sieh mich an«, sagte er. Sie öffnete die Augen. »Du mußt dich stark machen«, sagte er zu ihr.

»Ich bin müde«, sagte sie.

»Ich bin auch müde. Aber ich mache weiter.«

»Ihr habt Menschen, die Euch lieben.«

»Du hast eine Tochter.«

Sie sah wieder zum Fenster. »Seine Stimme ist gut«, sagte sie.

»Ja, so singt er jeden Morgen.«

»Ich muß gehen.« Sie schlüpfte aus seiner Umarmung und ging ins Schlafzimmer. Er folgte ihr. Dort hob sie ihre Bücher auf, glättete mit der Hand ihr Haar und sagte: »Ich verspreche, daß ich das nächste Mal mit den Gedanken bei der Sache bin.«

»Alles wird gut. Du schaffst das SLC.«

Er sah ihr zu, wie sie die Treppen hinunterging, und trat dann ans Küchenfenster, so daß er sehen konnte, wie sie den Hof verließ. Herr Sharma unterbrach kurz seinen Gesang, um sie zu beobachten.

Goma kam etwa fünfzehn Minuten später nach Hause, und als sie merkte, daß Malati fort war, fragte sie ihn, was passiert sei. »Sie hatte Kopfschmerzen«, sagte Ramchandra.

Goma ging in die Küche, um die Morgenmahlzeit zu kochen.

Ashok kam bald danach und setzte sich mit Ramchandra hin. »Und, gebt Ihr Malati immer noch Nachhilfe?«, fragte er.

»Ja.«

»Ist sie besser geworden?«

»Nein.«

»Glaubt Ihr, sie kommt durchs SLC?«

»Woher soll ich das wissen, Ashok? Ich garantiere nicht für Bestehen oder Durchfallen.«

»Aber Ihr habt so einen guten Ruf. Es wäre eine Schande, wenn sie durchfällt.«

»Warum konzentrierst du dich nicht auf deine eigene Prüfung? Glaubst du, es ist garantiert, daß du sie schaffst?«

Ashok grinste. »Sir, was denkt Ihr? Denkt Ihr nicht, daß ich durchkomme?«

»Nur durchkommen ist nicht genug. Du brauchst gute Noten.«

»Ich muß nur deshalb durchkommen, weil mein Vater es so will. Er will, daß ich aufs College gehe, bevor ich das Geschäft übernehme.«

»Nicht jeder hat diesen Luxus.«

»Sir, warum fangt Ihr kein Geschäft an? Ich könnte Euch helfen. Dieses Unterrichten führt Euch zu nichts. Aber Ihr könntet in kurzer Zeit reich werden.«

»Reich zu werden, ist nicht mein Ziel«, sagte Ramchandra.

Nachdem Ashok gegangen war, aßen Goma und Ramchandra in der Küche. Ramchandra konnte nur die Hälfte seiner Portion aufessen. Er schob den Teller von sich und sagte: »Heb das für mich auf. Ich esse es heute Abend.«

»Aber dann habt Ihr tagsüber keine Energie.«

»Mir ist einfach nicht nach Essen«. Er wusch sich Hände und Mund, zog sich an und ging zur Schule.

Er dachte den ganzen Tag lang an Malati – während er unterrichtete, während er Teepause machte, während er einen Schüler, der sich beim Spielen in den Finger geschnitten hatte, schnell zu Bandana-Miss brachte, während er ihr dabei zusah, wie sie ein Erste-Hilfe-Päckchen hervorholte, Jod auftrug und dem Jungen einen Verband um die Hand anlegte. Er dachte an Malati, während er zu Fuß nach Hause ging und um ihn herum der Spätnachmittagsverkehr brummte. Er dachte an sie, als er in Ratnapark Mädchen in ihrem Alter sah, Schülerinnen des Padma-Kanya-College in ihren safrangelben Saris, die vorbeispazierten, Lachfalten um die Lippen. Er dachte an sie, als er eine Bettlerin mit einem Baby im Schoß dasitzen sah, ihre Hand nach den Münzen ausgestreckt, die die Leute in ihre Richtung werfen mochten.

Und er dachte an Goma und den Augenblick, als seine Mutter ihm zum ersten Mal Gomas Photo gezeigt hatte. Er wußte noch, daß er vor Aufregung leicht gezittert hatte. Sie war eher mollig, aber mit den großen Augen wirkte sie wie eine Frau, bei der er sich in kalten Nächten unter der Decke ankuscheln, eine Frau, deren Bauch er streicheln, eine Frau, mit der er Händchen halten und Fritiertes aus Straßenbuden essen konnte. Im Alter, nachdem sich ihre Kinder mit ihnen gestritten und ihre eigenen Familien gegründet hatten, würden sie sich gegenseitig mit ihren Gehstöcken helfen, beim Treppensteigen, auf der Straße. Wenn sie krank wäre, würde er ganz außer sich sein und loslaufen, um den besten Arzt der Stadt zu holen. All diese Phantasien waren in dem Augenblick auf ihn eingestürmt, als er ihr Photo sah.

Er hatte seiner Mutter zugesagt, und innerhalb weniger Monate wurden er und Goma verheiratet. Die Hochzeit war die erste Gelegenheit, bei der Ramchandra das Gefühl hatte, daß die Pandeys mit dieser Ehe nicht ganz glücklich waren. Ramchandra hatte einen prächtigen Empfang in Pandey Palace erwartet, als die Mitglieder des Hochzeitsgefolges an jenem verregneten Nachmittag dort eintrafen, aber man begegnete ihnen mit halbem Lächeln, ja man starrte sie an. Das Hochzeitsfeuer war klein, es gab nur einen einzigen Priester, und das Büffet, an das die Gäste nach der Zeremonie strömten, bestand aus nur wenigen Gerichten. Ramchandra bekam zwar einen großen goldenen Ehering von seinen Schwiegereltern, aber als die Brauteltern die Füße des Schwiegersohns waschen sollten, ein Ritual, das den gottgleichen Status eines Schwiegersohns symbolisierte, verkündete Herr Pandey, daß dies ein altes Ritual sein, welches er nicht durchführen wolle. Frau Pandey schwieg, aber die Abneigung, die die beiden gegen ihn fühlten, stand ihnen ins Gesicht geschrieben. Einige von Ramchandras Verwandten beschwerten sich und sagten, daß es als eine grobe Respektlosigkeit gelten müsse, dem Schwiegersohn nicht die Füße zu waschen. Ein kleiner Streit brach aus, und Ramchandra, der mit Sorge sah, wie sich die Feier entwickelte, hob die Hand und sagte: »Es macht nichts. Sasuraji hat recht – das ist ein veralteter Brauch. Warum sollte mir jemand die Füße waschen?«

In dem gemieteten Taxi, das ihn und seine neue Braut an jenem Abend von Pandey Palace zu seiner Wohnung brachte, saß Ramchandra die ganze Fahrt über steif da und dachte, daß die Tochter wahrscheinlich genauso dachte wie ihre Eltern und er nun dazu verdammt war, das den Rest seines Lebens zu ertragen.

Nachdem Ramchandras Mutter ihre neue Schwiegertochter begrüßt, den Brautschleier gelüftet, ihr Gesicht gesehen und die üblichen Bemerkungen darüber gemacht hatte, wie schön sie sei und daß eine wunderbare Schwiegertochter aus ihr werden würde, war Ramchandra nach draußen gegangen, um, wie er sagte, etwas frische Luft zu schnappen, obwohl andere ihn davon zu überzeugen versuchten, daß er in seiner Hochzeitsnacht nicht weggehen könne.

Er war durch die Straßen gelaufen, erschöpft von all der Betriebsamkeit der letzten paar Tage, sein Verstand benommen von der Angst vor dem, was geschehen würde, wenn die Hochzeitsgäste erst weg und er und seine neue Ehefrau nur noch zu zweit waren.

Er kehrte etwa eine halbe Stunde später in seine Wohnung zurück, unterhielt sich mit ein paar Freunden, und nachdem sie gegangen waren, betrat er das Schlafzimmer, wo Goma auf dem Bett saß und ihre Finger betrachtete. Sie blickte zu ihm auf und wandte schnell das Gesicht ab. Diese Geste hätte bezaubernd wirken können, diese schnelle Drehung des Kopfes, die ihren rechten Ohrring im Licht aufblitzen ließ, doch Ramchandra begriff sie als eine Zurückweisung. Er stand im Türrahmen und schloß die Augen. Als er sie wieder öffnete, sah Goma ihn verwundert an, wie um zu sagen: Was hält Euch noch zurück? Er nahm seinen Mut zusammen und ging einen Schritt auf sie zu, doch sein Blick fiel auf einen Korb mit Früchten, der auf dem Tisch stand. Er ging hinüber, nahm eine Banane heraus und brachte sie ihr. »Ich weiß nicht, wann sie dir etwas zu essen gegeben haben«, sagte er, »aber du mußt Hunger haben.« Sie nickte, nahm ihm die Banane aber nicht aus der Hand. »Hier«, sagte er, »ich schäle sie für dich«, und das tat er. »Hier«, und er hielt ihr die nackte Banane dicht vors Kinn. Immer noch keine Reaktion.

Er war beschämt und traurig. Die Tochter reicher Eltern, schon jetzt ist sie unglücklich mit meiner Armut. Aber ihre Eltern hatten seine finanzielle Lage gekannt und ihn trotzdem als Bräutigam für sie auswählt. Er suchte nach einem anderen Grund. Konnte es sein, daß sie sein Aussehen nicht mochte? Er war kein besonders gutaussehender Mann, aber mit der breiten Stirn und der spitzen Nase war sein Gesicht einigermaßen angenehm, dachte er. Er fragte sich, ob sie ein Photo von ihm gesehen hatte, bevor die Ehe arrangiert worden war. Er war kurz davor, die Banane auf den Tisch zu legen, als er ihre Schultern zucken sah. »Was ist los?«, fragte er. Sie bedeckte das Gesicht mit den Händen und versuchte, ihr Lachen zu unterdrücken. »Was habe ich gesagt?«, sagte er und lächelte. »Warum lachst du?« Und dann sah er sich selbst, eine nackte Banane in der Hand, in seiner Hochzeitsnacht, bei dem Versuch, sie seiner Frau in den Schlund zu schieben. Schließlich legte er die Banane beiseite, faßte Goma an der Schulter an, drehte sie zu sich um und versuchte, ihr die Finger vom Gesicht zu lösen. Sie lieferten sich einen kleinen Ringkampf. »Ihr seid ein Spaßvogel«, murmelte sie sanft. Bald lag er auf ihr, sein Brustkorb gegen ihren Busen gepreßt. Lachend griff er nach der Banane, bog ihre Finger auf und schob sie ihr in den Mund.

4

AN DEM TAG, nachdem er Malati geküßt hatte, stand Ramchandra vor Sonnenaufgang auf. Als er zur Tür hinausging, wachte Goma auf und fragte ihn, wo er hingehe. »Spazieren«, sagte er.

»Um diese Zeit?« Sie schaute auf die Uhr. »Es ist noch nicht mal um fünf.«

»Ich kann nicht schlafen. Ich bin in einer Stunde zurück.«

Die einzigen Leute auf der Straße waren Bauern, die Körbe trugen. Hunde lungerten in Gruppen an den Ecken herum und gähnten oder beschnüffelten sich gegenseitig. Ramchandra ging in Richtung New Road und überquerte Tundikhel, die große Freifläche. Das Gras war mit Rauhreif überzogen, und bis er den Rasen auf der anderen Seite verließ, waren seine Schuhe naß.

Am Anstieg von Dillibazar erleuchtete ein schwaches Glühen den östlichen Horizont, und einige Ladenbesitzer, besonders wenn sie Tee und Süßigkeiten verkauften, öffneten gerade die Türen. Er hatte Lust, nach Tangal zu gehen, um an Malatis Tür zu klopfen und ihr zu sagen, daß sie nicht mehr zu ihm nach Hause kommen solle, daß er sie nicht mehr unterrichten könne. Oder vielleicht, um zu ihr ins Bett zu kriechen.

Bis er nach Battisputali kam, brannten seine Füße. Es war fast um sechs, und wenn er jetzt umkehrte, wäre es um sieben, bis er zu Hause ankäme, und Malati würde dort auf ihn warten. Er ging auf die Kreuzung zu, die zum Pashupatinath-Tempel führte. Er war seit Monaten nicht mehr in dem Tempel gewesen, aber seine Beunruhigung über Malati sagte ihm, daß es ein guter Zeitpunkt war, um zu Shivaji zu beten. Männer und Frauen gingen den leichten Abhang hinunter auf das Haupttor zu. Einige hatten Opfergaben dabei, andere, deren Hände leer waren, kamen auf ihrem Morgenspaziergang vorbei oder waren zu einem Plausch mit Freunden unterwegs.

Auf dem Tempelgelände stellte er sich neben den riesigen Stier gegenüber vom Hauptschrein und begann zu beten. Er wollte um etwas Konkretes beten, aber ihm fiel nichts ein. Also griff er auf ein gewöhnliches Jay-Jagadish-Hare zurück, das er jeden Morgen auf Radio Nepal hörte. Aber er hatte das Gefühl, daß die Wirkung größer wäre, wenn er um die Erfüllung einer bestimmten Hoffnung betete. Vielleicht sollte er sich in der Reihe anstellen, um einen Blick auf den vierköpfigen Shiva zu werfen. Vielleicht würde der Anblick der schwarzen Gottesfigur seinen Gefühlsaufruhr beruhigen. Die Wartereihe war nicht lang, was sich bald ändern würde, aber Ramchandra sah auf die Uhr, wurde unruhig und gab die Idee auf.

Es war sechs Uhr dreißig, als er zur Hauptstraße hinausging, und so winkte er ein Dreiradtaxi heran. Der Fahrer raste durch den Morgenverkehr, und Ramchandra schloß die Augen und lehnte sich zurück. Erst als der Mann fragte: »Wo soll ich anhalten?«, bemerkte Ramchandra, daß er eingeschlafen war. Er bat den Fahrer, direkt vor seinem Haus zu halten. Er bezahlte die Fahrt und war kurz davor, den Hof zu betreten, als er auf einen plötzlichen Einfall hin kehrtmachte und in den Teeladen auf der gegenüberliegenden Straßenseite ging. Der Wirt kannte ihn und war überrascht. »Was ist los, Guruji? Hat sich Eure

Frau heute geweigert, Tee für Euch zu kochen?« Ramchandra murmelte etwas von wegen, es sei nicht genug Milch im Haus, bestellte ein Glas Tee und setzte sich ans Fenster.

Um sieben Uhr näherte sich Malati dem Haus, die Lehrbücher vor der Brust. Sie wirkte geschwächt, müde. Sie betrat den Hof, und Ramchandra wartete und vergaß das dampfende Teeglas vor sich. Um sieben Uhr fünfzehn kam sie heraus, blieb im Hofeingang stehen und suchte mit den Augen die Straße ab. Ramchandra zog sich vom Fenster zurück, damit sie ihn nicht entdeckte. Als er den Blick hob, sah er Goma am Schlafzimmerfenster sitzen und Malati beobachten.

Malati wartete mehrere Minuten, bevor sie wegging, nicht ohne immer wieder zurückzuschauen. Ramchandra wollte ihr nachgehen, aber er wußte, daß Goma ihn sehen würde. Seine Augen folgten Malati, bis sie in der Menge verschwunden war. Dann verließ Goma das Fenster. Ramchandra bezahlte seinen Tee und ging mit schnellen Schritten in die gleiche Richtung wie Malati. Nach ungefähr einem Häuserkarree fand sein Blick das rote Band, das sie um ihr Haar gebunden hatte. Jetzt wußte er auf einmal nicht, was er zu ihr sagen sollte. Er konnte sich dafür entschuldigen, nicht dagewesen zu sein, als sie kam, aber was konnte er als Grund nennen?

Er folgte ihr in einigem Abstand, behielt das rote Haarband im Blick und wünschte sich, ihr Gesicht sehen zu können. Er wußte, daß sie den ganzen Weg bis nach Tangal zu Fuß gehen würde, weil sie sich kein Dreiradtaxi leisten konnte. Sie ging in Richtung Indrachok und kam nach Darbar Square, wo sie vor der Hanuman-Statue stehenblieb und in Anbetung des Affengottes die Hände zusammenlegte. Ramchandra schlüpfte hinter einen Tempel in der Nähe und schreckte einen Taubenschwarm auf, der sich mit Gestöber in die Luft erhob. Als Malati wieder zur Straße zurückging, folgte er ihr, und die Gespräche der Passanten schwebten um ihn wie Gesang. Sein Körper wurde leicht, luftig. Alles um ihn herum – die Häuser, die Geschäfte, die Gesichter der Leute, die an ihm vorbeigingen – trat in den Hintergrund, und das einzige, was er noch deutlich wahrnahm, war ihr Hinterkopf, das rote Band in ihrem Haar.

Nach einer Weile hatte er das Gefühl, daß sie ihn im Blick behalte, so als habe sie Augen im Hinterkopf. Also verfolgten sie sich gegenseitig. Es war wie auf dem Bild, das sich die Leute an Nag-Panchami über die Tür hängten: zwei Schlangen, die kurz davor waren, sich gegenseitig in den Schwanz zu beißen. Diese Vision gab ihm Energie; das Gefühl, selbst auch verfolgt zu werden, beschleunigte seinen Puls. Er lächelte ein paar vertrauten Gesichtern zu, grüßte sogar eine Nachbarin, die Einkaufstüten trug, aber er machte diese Gesten anderswo, in einer anderen Welt als der, die er nun mit Malati bewohnte.

In der dichten Menge der Einkäufer in Asan verschwand sie, und Ramchandra fand sich eingezwängt zwischen den Rufen der Zeitungsverkäufer, die mit lauter Stimme die Schlagzeilen des Tages aussangen: INDIEN IM BUND MIT VERBOTENEN PARTEIEN; GEHEIMTREFFEN DER KPN. Eine Kuh stupste ihn an der Hüfte an, und er schob sie sanft beiseite, nur um festzustellen, daß er in ihren Kot getreten war, der an seinen Schuhen kleben blieb.

Aber er mußte Malati finden. Er versuchte, über die Köpfe der Menge hinwegzuspähen. Ein Aufscheinen von Rot, dann die Neigung einer Schulter. Ja, sie war bereits in die Straße nach Ratnapark eingebogen. Er rannte hinter ihr her, rammte Einkäufer, zog gemurmelten Tadel auf sich. Als er sie einholte, ging sie gerade an der Sajha-Bhandar-Ladenkooperative vorbei. Er blieb ein paar Meter hinter ihr, schwer atmend und schwindelig von der großen Erleichterung, die ihn durchflutete. Als sie schließlich Asans breiten Eingangsbereich mit den Buchläden erreichte, machte er sie mit einem Ausruf auf sich aufmerksam.

Sie drehte sich um und schien nicht überrascht, ihn zu sehen.

»Tut mir leid wegen heute Morgen.«

»Ist schon gut, Sir. Ich dachte, Ihr seid vielleicht mit etwas anderem beschäftigt.«

»Ich war nicht beschäftigt. Ich weiß nicht, was mit mir los war.«

Einen Augenblick lang schwiegen sie beide. Zusammen überquerten sie die Straße, in Richtung Ratnapark, und ihre Schultern berührten sich, während die Autos und Motorräder sich um sie herumschlängelten. Er ließ seine Hand die ihre streifen.

»Gehst du jetzt nach Hause?«, fragte er.

Sie nickte.

»Laß uns ein bißchen in den Park gehen.«

»Rachana ist zu Hause.«

»Ist keiner da, der auf sie aufpaßt?«

»Malekha-Didi paßt auf sie auf, aber manchmal wird sie ärgerlich, wenn ich nicht da bin.«

»In Ordnung, dann bringe ich dich nach Hause.«

»Ist nicht nötig, Sir. Ich kann alleine gehen.«

»Nein, ich möchte gerne.« Erneut wollte er sich irgendwie bei ihr entschuldigen, aber er hielt sich zurück. Plötzlich, mitten in Baghbazar, sagte sie: »Ich wußte, daß Ihr mir folgt.«

»Warum hast du dich dann nicht umgedreht?«

Sie gab keine Antwort, und sie gingen schweigend weiter. Schließlich sagte Ramchandra: »Ich hätte das nicht tun sollen, was ich gestern getan habe.«

Sie sagte nichts.

Als sie sich Tangal näherten, sagte er: »Ich hoffe, du kommst morgen. Ich verspreche dir, ich bin da.«

»Vielleicht geht es nicht.«

»Nein, es wird schon gehen. Du mußt das SLC schaffen. Du mußt aus diesem Haus raus.«

Sie musterte ihn aufmerksam. »Warum sagt Ihr das? Warum muß ich aus meinem Haus raus?«

»Die Umstände dort sind nicht die richtigen für dich.«

Sie wollte etwas sagen, zuckte dann aber mit den Schultern und sagte nur: »Sir, Ihr müßt Euch wegen mir keine Sorgen machen.«

»Ich will, daß es dir besser geht.«

»Ihr müßt an Eure Familie denken.«

»Das nimmt mich doch meiner Familie nicht weg. Also, kommst du?«

Sie nickte.

Zu Hause saß Goma an dem Fenster, von dem aus sie Malati beobachtet hatte, und suchte mit besorgtem Blick die Straße ab. Sobald sie ihren Mann entdeckt hatte, verließ sie das Fenster und ging nach unten, um ihn auf dem Hof zu treffen.

»Was ist mit Euch passiert?«

»Nichts ist passiert mit mir. Ich bin spazierengegangen.«

»Schaut auf die Uhr«, sagte sie. »Dieses Mädchen und Ashok sind schon hiergewesen und wieder gegangen. Wenn Ihr nicht schnell eßt und zur Schule geht, verpaßt Ihr Eure erste Unterrichtsstunde.«

Eine Welle der Erschöpfung überspülte Ramchandra. »Ich habe die Zeit vergessen.«

»Was bedrückt Euch?«

»Nichts, Goma. Gehen wir nach oben.« Er nahm sie an der Hand und führte sie die Treppen hinauf.

»Ihr habt sowas noch nie gemacht.«

Auf dem Absatz blieb er stehen und sagte: »Eigentlich fühlte ich mich auch nicht wohl. Vielleicht gehe ich heute nicht zur Schule.«

Instinktiv legte sie ihm die Hand auf die Stirn. »Warm ist sie nicht. Ihr scheint kein Fieber zu haben. Aber wenn Ihr Euch nicht wohlgefühlt habt, wieso seid Ihr dann nicht einfach heimgekommen? Warum den ganzen Morgen rumlaufen?«

»Nein, Fieber ist es nicht«, sagte er.

Er ging ins Schlafzimmer und legte sich hin. Bandana-Miss würde nicht erfreut sein, wenn er sich krank meldete. Sie mochte es nicht, wenn man in letzter Minute anrief, um Bescheid zu geben, daß man fehlen würde; das mache sie mißtrauisch, sagte sie. Aber was sollte er machen, wenn er nicht zur Schule ginge? Er würde verrückt werden, wenn er zu Hause bliebe und nachdächte.

Goma brachte ihm seinen Teller Dal-Bhat herein. »Ich hab auch etwas Suppe gemacht«, sagte sie. »Danach müßtet Ihr Euch besser fühlen. Ich geh runter und ruf Bandana-Miss an.«

Er bedeutete ihr dazubleiben; er wollte zuerst essen.

Sie sah ihm beim Essen zu. »Schaut Euch doch an. Ich weiß nicht, was an Euch frißt und wieso Ihr mir nichts sagen wollt.«

»Nichts frißt an mir«, sagte er; dann lächelte er: »Ich esse dieses Essen.« Er merkte, daß sie nicht mit ihm zusammen aß, und so bat er sie, ihren Teller zu holen. Sie sagte, sie wolle später essen.

»Vielleicht sollten wir mal Dr. Shrestha einen Blick auf Euch werfen lassen, nur um sicher zu gehen.«

Der junge Dr. Shrestha, der in der Nähe eine Klinik leitete, war ein paar Monate zuvor ins Haus gekommen, um sich um Rakesh und Sanu zu kümmern. Ramchandra erinnerte Goma daran, daß sie den Arzt für seine letzten beiden Besuche nicht bezahlt hatten. »Außerdem fühle ich mich schon besser«, sagte er. Und das stimmte. Das Essen hatte ihn beruhigt. Wenn er sich beeilte, konnte er immer noch rechtzeitig zu seiner ersten Unterrichtsstunde kommen. Das bedeutete, daß er wieder ein Dreiradtaxi nehmen mußte. Der Tag hatte schlecht angefangen.

Ein Stau am New-Road-Tor hielt das Dreiradtaxi auf, und Ramchandras Unruhe wuchs. Bis die Verstopfung sich aufgelöst hatte und das Dreiradtaxi in Richtung Bir-Krankenhaus raste, hatte er schon den Anfang seiner ersten Unterrichtsstunde verpaßt.

Bandana-Miss runzelte die Stirn, als er hereinkam, um im Register zu unterschreiben. »Ihr müßt Euch als verspätet eintragen«, sagte sie.

Ramchandra zeigte auf seine Armbanduhr. »Ich bin nur zehn Minuten zu spät.«

»Eine Minute oder zehn Minuten. Zu spät ist zu spät. Ich will, daß jeder in dieser Schule pünktlich ist.«

Als Ihr neulich von Eurem Sohn erzählt habt, habt Ihr Euch nicht um die Pünktlichkeit geschert, wollte er sagen, aber stattdessen notierte er einfach die Ankunftszeit neben seiner Unterschrift.

»Außerdem muß ich in der Teepause mit Euch sprechen.«

»Worüber?«

»Sag ich Euch dann.«

Ramchandra sammelte seine Bücher und Notizen zusammen und machte sich auf den Weg zum Klassenzimmer, leicht besorgt über die Frage, was Bandana-Miss wohl mit ihm besprechen wolle. Malati? Aber das war lächerlich. Sie hatte keinen Zugriff auf seine Gedanken.

Im Klassenzimmer herrschte großer Lärm, aber die Schüler beruhigten sich, als er hereinkam. Er rechnete einige Aufgaben an der Tafel durch, aber weil er so zerstreut war, machte er ein paar Fehler, und einige der klügeren Schüler zögerten nicht, ihn darauf hinzuweisen. »In Ordnung, in Ordnung«, sagte er, wenn er seine Fehler korrigierte. Er mußte diese Woche ein bestimmtes Kapitel abschließen, aber er wußte, daß er nicht die Kraft hatte, die ganze Stunde über zu stehen, und so gab er den Schülern Aufgaben aus dem Buch zu rechnen und ließ sich in seinen Stuhl fallen. Seine Gedanken kehrten zum Morgen zurück, zu dem Augenblick, als Malati sagte, sie habe die ganze Zeit gewußt, daß er ihr folge.

Ihn weckte das zornige Flüstern von Bandana-Miss. »Ihr werdet nicht dafür bezahlt, im Unterricht zu schlafen, Ramchandraji.«

Er wischte sich übers Gesicht. »Ich habe letzte Nacht nicht gut geschlafen.«

Ein paar Schüler kicherten, weil ihr Lehrer ausgeschimpft wurde. Bandana-Miss marschierte mit grimmiger Miene aus dem Klassenzimmer. Während der nächsten Unterrichtsstunde blieb Ramchandra wach und aufmerksam. Herr Tiwari hatte seine Lehrer nie kontrolliert, was angenehm war für die Gelegenheiten, wenn man die Zügel besser locker ließ, den Schülern unerhörte Geschichten erzählte oder ihnen erlaubte, an etwas Kreativem zu arbeiten. Aber einige Lehrer hatten Herrn Tiwaris entspannte Einstellung ausgenutzt, und das hatte zu einem allgemeinen Nachlassen der Schülerleistungen geführt, eindeutig ablesbar an der Anzahl der Schüler, die die SLC-Prüfung nicht bestanden. Ramchandra bewunderte Bandana-Miss' Wachsamkeit, aber heute erschien sie ihm zu streng, und seine Unlust wuchs.

Während der Zwanzigminutenpause wartete er im Lehrerzimmer auf Bandana-Miss. Gokul-Sir und Miss Lama sprachen in einer Ecke darüber, daß wohlhabende Kathmanduer Eltern ihre Kinder auf Privatschulen nach Darjeeling und Kalimpong in Indien schickten. Gokul-Sir sagte, daß dies lediglich eine Modeerscheinung sei, daß diese Schulen überbewertet würden, und Miss Lama verteidigte ihre Heimat und machte geltend, daß diese Schulen eine hohe Erfolgsrate hätten, anders als gewisse, ihr bekannte Schulen, wo die Kinder erst einmal durch den Stadtmüll waten mußten, bevor sie sich zum Lernen hinsetzen konnten. Khanal-Sir las ein Buch mit Gedichten eines jungen nepalischen Dichters; Manandhar-Sir starrte aus dem Fenster auf die Rückseite des Gebäudes, wo ein paar streunende Hunde spielten. Der einzige, der fehlte, war Shailendra-Sir, der letztes Jahr als Geschichtslehrer eingestellt worden war. Er war jung, um die fünfundzwanzig, und studierte an der Tribhuvan-Universität auf seinen Master-Abschluß.

Als Bandana-Miss schließlich auftauchte, nahm sie Ramchandra mit auf den Flur.

»Ist alles in Ordnung, Ramchandraji?« Ihr Gesicht wirkte jetzt milder. »Ihr seid der letzte, von dem ich erwarten würde, ihn schlafend im Unterricht anzutreffen.«

»Wie ich schon sagte, ich habe in der Nacht nicht gut schlafen können.«

»Geht es der Familie gut? Euren Kindern?«

»Es ist alles in Ordnung, Bandana-Miss. Nur Schlafmangel. Ganz einfach.«

»Ich habe Euch gerufen, um mich mit Euch wegen Shailendra-Sir zu beraten.«

Ramchandra wartete.

»Es gibt Gerüchte in der Schule. Er hat ein Verhältnis mit einem Mädchen.«

»Einer Schülerin?«

»Ja. Namita aus der zehnten Klasse. Mit Brille. Hat immer eine sehr ordentliche, gebügelte Uniform an.«

Ramchandra wußte, welches Mädchen sie meinte, und er erinnerte sich sofort daran, Shailendra vor ein paar Tagen zusammen mit Namita gesehen zu haben. Die beiden hatten vor einem Klassenzimmer miteinander geredet und gelacht; sie hatte an der Wand gelehnt und er mit der Hand vor ihrem Gesicht gestikuliert. Zu diesem Zeitpunkt hatte Ramchandra sich nichts dabei gedacht; eine gewisse Vertraulichkeit zwischen Lehrern und Schülern wurde erwartet.

»Es könnte bloß ein Gerücht sein.«

»Ja, abgesehen hiervon. Dies hier habe ich auf dem Klassenzimmerfußboden des zehnten Jahrgangs gefunden.« Sie gab ihm einen Zettel. Es war ein Liebesgedicht, mit vielen blumigen

Ausdrücken und Herzchen überall auf dem Papier. Es handelte davon, wie schön Shailendra-Sir sei und daß die Dichterin so sehr in ihn verliebt sei. Es war von Namita unterschrieben.

»Es ist nicht ungewöhnlich, daß sich junge Mädchen verknallen. Bedeutet nicht, daß Shailendra-Sir ihre Gefühle erwidert.« Er gab ihr den Zettel zurück.

»Sie hat in seinem Fach hervorragende Noten bekommen, und sie ist keine gute Schülerin.« Sie nahm ein Blatt Papier aus der Tasche und zeigte ihm ein paar Zahlen. Namita schwebte in den meisten Fächern gerade so im ausreichenden Bereich, außer in Geschichte, wo sie zu den Klassenbesten gehörte.

»Es könnte sein, daß sie in Geschichte gut ist.«

Bandana-Miss steckte die Papiere wieder ein und sagte: »Ist einfach nicht möglich. Wißt Ihr, daß die beiden gerade jetzt, während wir sprechen, zusammen sind?«

Sie faßte ihn am Arm, führte ihn zu einem der Klassenzimmer und ließ ihn durch die Hintertür hineinschauen. Shailendra-Sir und Namita saßen in der ersten Bank, nebeneinander, ein Buch auf dem Tisch vor sich aufgeschlagen, aber sie unterhielten sich.

Nachdem sie zu ihrem ursprünglichen Standort im Flur zurückgekehrt waren, fragte Ramchandra Bandana-Miss: »Und was kann ich dabei tun?«

Seine Frage schien sie zu verletzen. »Ramchandraji, ich respektiere Euch sehr. Ihr seid ein gutes Beispiel dafür, wie ein Lehrer sein sollte, und deshalb war ich überrascht, Euch dösend im Unterricht anzutreffen. Aber ich verstehe, daß Ihr müde wart. Jetzt brauche ich zu dieser Situation einen Rat. Namitas Eltern sind reich und haben gute Beziehungen. Wenn sie die Sache mitbekommen, schadet das dem Ruf der Schule.«

Diese Schule hat keinen Ruf, dachte Ramchandra, aber er bewunderte Bandana-Miss' Versuch, der Schule ihre Würde zu erhalten. »Bandana-Miss, sagt es mir. Was soll ich tun?«

»Ich dachte, vielleicht könntet Ihr mit ihm sprechen.«

»Und was soll ich sagen?«

Sie verlor die Fassung. »Das sollte ich Euch nicht erzählen müssen! Sprecht mit ihm darüber, wie gefährlich das ist.«

»Was, wenn er alles abstreitet und wütend wird?«

»Wenn Ihr es ihm sagt, wird er nicht wütend werden. Ich könnte es ihm selbst sagen, aber wenn ich dabei bin, ist er immer gereizt.«

»In Ordnung, ich spreche mit ihm«, sagte Ramchandra. »Aber der Rest ist seine Sache. Wenn er wütend wird, sage ich nichts mehr.«

Es klingelte zum Pausenende, und sie sahen, daß Shailendra-Sir und Namita das Klassenzimmer verließen. Shailendra-Sir bemerkte die beiden Kollegen, entfernte sich von Namita und ging in Richtung Lehrerzimmer. Als er an ihnen vorbeiging, grüßte er.

Den ganzen Tag über hielt Ramchandra nach einer Gelegenheit Ausschau, mit Shailendra zu sprechen. Seine anfängliche Angst löste sich auf, als ihm klar wurde, daß dieses Vorhaben ihn von Malati ablenkte. Während er Aufgaben an die Tafel schrieb oder einen Schüler eine Multiplikationsreihe aufsagen ließ, studierte Ramchandra seinen Text für das kommende Gespräch ein. Er probierte mehrere Eröffnungen aus. Manche waren sanft: »Shailendra-Babu, als jemand, der älter ist als du, behalte ich mir das Recht vor, dir zu deinem eigenen Wohl gewisse Dinge zu sagen.« Andere waren weniger verblümt: »Shailendra, ihre Eltern zerren dich vor Gericht und lassen dich aufhängen.« Die Vielfalt der Eröffnungen wurde für Ramchandra zu einem Spiel, und oft verlor er den Faden der Trigonometrie-Aufgabe, die er seiner neunten Klasse zu erklären versuchte. Immer wieder sah er zum Flur hin, wo möglicherweise ein Blick auf Shailendra zu erhaschen war, oder auf Shailendra und Namita zu zweit, kichernd und flüsternd, bis schließlich Alu, der so hieß, weil sein Kopf wie eine Kartoffel aussah, bemerkte: »Sir, erwartet Ihr jemanden? Die Direktorin vielleicht?«

Ramchandra wußte, daß er Shailendra im Lehrerzimmer antreffen würde, wenn der Unterricht vorbei war, aber er wollte ihn dort nicht zur Seite nehmen, weil das bei den anderen Lehrern Verdacht erregen würde. Als er Shailendra schließlich am Klassenzimmer vorbeigehen sah, eilig, vielleicht auf dem Weg zur Toilette, gab Ramchandra seinen Schülern eine Aufgabe aus dem Buch zu lösen und eilte auf den Flur hinaus. Shailendra war in der Toilette, also ging auch Ramchandra hinein.

Er stellte sich neben Shailendra ans Urinal und sagte etwas in der Richtung, daß er es nicht erwarten könne, bis der Tag vorbei sei. Shailendra stimmte ihm zu, obwohl auf ihn noch ein paar Stunden Abendstudium zukamen. Die Toilette, die drei Urinale und zwei Hocktoiletten hatte, war dank der Bemühungen von Bandana-Miss vor kurzem renoviert worden und wurde regelmäßig geputzt, so daß sie viel erträglicher war als zu Herrn Tiwaris Amtszeit, als Urin und Fäkalien über den Boden flossen.

Als sie fertig waren und nach draußen gingen, fragte Ramchandra Shailendra: »Und, habt Ihr Hochzeitspläne?«

Shailendra war überrascht und sagte: »Nein. Nicht bis ich mit dem Master-Abschluß fertig bin.«

Ramchandra schwieg einen Augenblick und fuhr dann fort: »Es gibt ein paar Gerüchte in der Schule, Shailendraji.«

»Über meine Hochzeit?«

In einem benachbarten Klassenzimmer sagten Viertklässer die Namen der vierzehn Verwaltungszonen des Landes auf.

»Nein. Über Namita.«

Shailendra runzelte die Stirn. »Was? Was ist mit ihr?«

»Ich weiß, daß sie nicht stimmen«, sagte Ramchandra. »Aber Ihr solltet vorsichtig sein.«

»Was sagen die Leute? Ich hab nichts getan.« Er begann mit seinem Ohr zu spielen.

»Egal, was die Leute sagen«, sagte Ramchandra, »es ist am besten, wenn Ihr außerhalb des Unterrichts nichts mit ihr zu tun habt.«

Shailendra fing an, die Sache zu erklären, aber Ramchandra hob die Hand. »Shailendraji, egal, was da los ist, ich tue das hier nur Euch zuliebe. Es ist nicht gut, wenn die Leute über Euch reden. Es ist nicht gut für einen Lehrer, mit einer Schülerin außerschulische Beziehungen zu haben, welcher Art auch immer.«

»Aber ich helfe ihr bei Geschichte.«

»Und ich gebe Euch bloß einen Rat. Der Rest ist Eure Sache.« Ramchandra berührte ihn am Arm. »Ihr seid jung; Ihr habt das ganze Leben vor Euch. Macht keine Dummheiten.« Und damit ließ er Shailendra stehen, der sich am Ohr rieb und ihm nachstarrte.

Für den Rest des Schultages hallten Ramchandra Bruchstücke dessen durch den Kopf, was er selbst und Bandana-Miss zum Verhältnis zwischen Lehrer und Schüler gesagt hatten. Beim Verlassen der Schule hämmerte ihm der Schmerz in den Schläfen.

Er ging nach Hause, schluckte zwei Tabletten Citamol und legte sich aufs Bett. Sanu und Rakesh kamen ins Zimmer.

»Wo wart Ihr den ganzen Morgen?«, fragte Sanu.

Er dachte sich eine Ausrede aus.

»Malati und Ashok waren da. Ich glaube, Malati war enttäuscht.«

»Und Ashok nicht?«

»Ashok hat gelächelt«, sagte Rakesh.

Rakesh holte ein paar Bilder, die er in der Schule gemalt hatte, und für eine Weile steckten die drei die Köpfe zusammen, kommentierten die Bilder und machten Vorschläge, wie Rakesh sie verbessern könnte. Goma brachte ihm Tee. »Fühlt Ihr Euch wieder unwohl?«

»Nein, nur Kopfschmerzen heute«, sagte Ramchandra. »Warum gehen wir heute Abend nicht ins Kino?«

Sanu und Rakesh begannen vor Aufregung zu schreien. Sie waren ihren Eltern seit Tagen auf die Nerven gegangen, und Goma hatte jedesmal ein Machtwort gesprochen und gesagt, daß die Filme, die heutzutage gezeigt wurden, nichts für Kinder seien.

»Was ist mit Euren Kopfschmerzen?«

»Die sind schon weg«, log Ramchandra.

»Und wo soll das Geld herkommen?«, sagte Goma mit einem Stirnrunzeln.

Ramchandra wedelte mit der Hand durch die Luft. »Geld kommt, Geld geht. Man muß sich manchmal ein schönes Leben machen.« Wenn ich das nur wirklich glauben würde, dachte er reumütig. Aber er brauchte wirklich eine Ablenkung, irgendetwas, das ihm half, dieses Haus und seine Gedanken hinter sich zu lassen.

»Das ist eine starke Philosophie«, sagte Goma. »Damit werden wir wirklich weit kommen, mit Miete zu zahlen und Schulgebühren und Büchern für die Kinder. Sicher wird uns auch jemand ein Haus schenken, mit den besten Empfehlungen.«

Sanu sah Goma flehentlich an. »Mutter, wir machen nie was Lustiges. Wir sind dieses Jahr noch nicht mal auf die Ramailo Mela gegangen, wie Ihr versprochen hattet.«

»Also, warum gehen wir nicht stattdessen auf die Ramailo Mela?«, schlug Ramchandra vor.

Sanu und Rakesh wurden noch aufgeregter. Goma trug innerlich eine Schlacht aus, das konnte er sehen. Es machte ihr Spaß, all die herausgeputzten Leute anzuschauen, die herumspazierten, Eis kauften oder Riesenrad fuhren. Aber sie dachte auch an die Kosten und daran, wieviel damit von ihren Ersparnissen abgezweigt wurde.

Ramchandra stellte ein paar schnelle Berechnungen an. Sieben Rupien Jahrmarkteintritt für Erwachsene und drei fünfzig für jedes der Kinder, machte insgesamt einundzwanzig Rupien. Und etwas für die Fahrten, also würden sie wahrscheinlich dreißig bis fünfunddreißig Rupien ausgeben. Am Kino würden sie die Eintrittskarten möglicherweise auf dem Schwarzmarkt kaufen müssen, und das würde fast fünfzig kosten, vielleicht mehr. So oder so würden sie diesen Monat sehr wenig zurücklegen können. »Vielleicht sollten wir nicht gehen. Vielleicht sollten wir zu Hause bleiben und stattdessen Karom spielen. Oder Karten. Das wäre auch lustig, oder nicht?«

Die Kinder machten lange Gesichter. Sanu sagte nichts, und Rakesh sah aus, als werde er gleich in Tränen ausbrechen. Die Eltern tauschten Blicke. »In Ordnung, wir können auf die Ramailo Mela gehen«, sagte Ramchandra schließlich. »Aber nur eine Fahrt.«

»Eis?«, fragte Rakesh.

»Bei diesem Wetter?«, sagte Goma. »Du kriegst eine Erkältung.«

»Wenn Ihr darauf besteht, Herr Rakesh Eiscremewallah«, sagte Ramchandra, »aber nur die billige Sorte.«

Vor Bhrikuti-Mandap stand eine lange Warteschlange, und Ramchandra ärgerte sich darüber, daß die Preise seit letztem Jahr angehoben worden waren. Jetzt kostete der Eintritt insgesamt dreißig Rupien. Aber als sie erst drinnen waren und die Gesichter der Kinder vor Freude leuchteten, konnte Ramchandra den Ausflug nicht bereuen.

Scharen von Leuten spazierten im hellen Licht umher, das die Lampen der Jahrmarktstände warfen. In der Mitte des Geländes, auf einer großen Wiese, stand ein Riesenrad, das bis in den Himmel vorstieß, und das Pfeifen der Kindereisenbahn kam um eine Ecke. Die Leute an den Ständen priesen laut schreiend ihre Waren an. Einige kamen sogar heraus und führten sich wie Clowns auf, um Kunden anzulocken. Einer verkaufte unidentifizierbare dunkle Objekte in seriös wirkenden Gläsern – Arznei, erfuhr Ramchandra auf Nachfrage. Aber die meisten Stände boten Spiele an, bei denen es in der Regel darum ging, einen Reifen, einen Ball oder einen anderen Gegenstand auf etwas anderes zu werfen – was eine gewisse Genauigkeit erforderte. Wenige Leute gewannen überhaupt etwas, bemerkte Ramchandra, und wenn, dann meistens etwas Kleines, Enttäuschendes.

Sanu und Rakesh stiegen ins Riesenrad, und Ramchandra und Goma sahen ihnen dabei zu, wie sie in den Himmel verschwanden und wieder herunterkamen, hinauf und herunter, die Gesichter gerötet. Sie aßen Gol-Gappas, die ihnen ein Mann von einem Karren servierte; aufgrund seiner dunklen Haut und des Akzents vermutete Ramchandra, daß der Verkäufer aus Indien stammte. Sie sahen fasziniert zu, wie er die Oberseite jeder papierdünnen Waffel mit dem Daumen durchstieß, sie mit zerdrücktem Gemüse füllte und in eine Schüssel voll gewürztem Wasser tauchte, aus dem sie tellerfertig wieder auftauchte. Die Waffeln lösten sich auf ihren Zungen auf, köstlich, und das würzige Wasser kitzelte den Gaumen.

Ramchandra erinnerte sich an sein Gespräch mit dem Dreiradtaxifahrer neulich, und er fragte den Gol-Gappa-Mann: »Von wo in Indien stammt Ihr?«

»Ich bin kein Inder, Hajur«, sagte der Mann lächelnd. »Ich bin ein Nepali, aus Rautahat.«

Ramchandra war peinlich berührt.

»Aber Ihr seid nicht der erste. Viele Leute nennen mich Inder. Manche behandeln mich sogar schlecht. Einmal hat eine Bande Jugendliche meinen Karren umgeworfen.«

»Die Leute kennen die Wahrheit nicht«, sagte Goma.

»Hat köstlich geschmeckt«, sagte Ramchandra zu dem Mann, als er bezahlte. »Geht zur Polizei, wenn Euch jemand belästigt. Sitzt nicht still.«

»Die Polizei ist auch nicht besser«, sagte der Mann. Und er

gab Rakesh einen Gol-Gappa extra. »Zu Hause im Dorf hab ich einen Sohn in deinem Alter«, sagte er.

Rakesh nahm den Gol-Gappa gierig entgegen und fragte den Mann nach dem Namen seines Sohns. Als der Verkäufer »Rakesh« sagte, brachen alle in Gelächter aus, und Rakesh wurde rot. Ramchandra erklärte dem verdutzten Verkäufer, was für ein Zufall vorlag, und dieser gab Rakesh lächelnd noch einen Gol-Gappa. »Dann bist du mein Sohn.«

Rakesh wollte seine Geschicklichkeit an einem Kinderschießstand ausprobieren, und Ramchandra zählte die zehn Rupien sorgfältig ab, die der Mann hinter dem Stand von ihm verlangte. Ramchandra mußte seinem Sohn helfen, das Spielzeuggewehr gerade zu halten und damit auf die ausgestopften Rehe und Eulen und Bären im Laub wenige Meter vor ihnen zu zielen. Rakesh verpatzte alle seine Schüsse und beklagte sich, daß er ohne die Hilfe seines Vaters besser getroffen hätte. Sanu wurde von einer rosa Puppe mit großen blauen Augen hypnotisiert, die in einem Laden ausgestellt war. »In Japan hergestellt«, sagte der Verkäufer. Sanu sah Ramchandra flehentlich an, doch dieser machte kehrt, als er entdeckte, daß die Puppe fünfundzwanzig Rupien kostete. Sanu war so enttäuscht, daß Ramchandra wortlos Goma befragte, die ihr Nein zu verstehen gab. Ramchandra nahm Goma beiseite und sagte: »Sie hat bald Geburtstag. Warum kaufen wir sie nicht und heben sie für ihren Geburtstag auf?«

»Tut, was Ihr wollt«, sagte sie. »Aber geht mir nicht weiter damit auf die Nerven, daß Ihr in einem Höllenloch wohnt.«

Ramchandra ging zum Laden zurück und kaufte die Puppe. »Die ist nicht für jetzt«, sagte er zu Sanu. »Die ist für den Geburtstag von jemand Besonderem.« Sanu fragte, ob sie die Puppe halten dürfe, nur kurz, und Ramchandra gab sie ihr und sagte: »Bist du nicht ein bißchen zu alt, um damit zu spielen?«

»Aber sie ist so hübsch. Ich werd sie meiner Tochter geben

und ihr sagen, daß sie die von ihrem Großvater bekommen hat.«

Da bemerkte er, daß er schon eine ganze Weile nicht an Malati gedacht hatte, und daraufhin dachte er an sie, und das ließ ihn den Mut verlieren. Jetzt, in dieser festlichen Atmosphäre, konnte er nicht anders, als sich zu fragen, wie es wäre, mit Malati herzukommen und ihre Hand zu halten, während sie sich die Stände ansahen. Er stellte sich vor, wie sie zu zweit hinter einem Stand verschwinden und sich ins Gras setzen würden, um miteinander zu reden, sein Kopf in ihrem Schoß, und um die Leute zu beobachten, ohne selbst gesehen zu werden. Er hatte eine sehr klare Vorstellung von den Kleidern, die Malati tragen würde: nämlich solche, die er für sie gekauft hatte. Ein leuchtendroter Kurta-Suruwal, mit kleinen verspiegelten Pailletten, in denen er Teile ihres Gesichts sehen konnte; eine Perlenkette, die er ihr an einem der Schmuckstände kaufen würde; und ein Paar Kohlapuri-Sandalen wie die, die er gerade in einem Schuhladen gesehen hatte. Sie würde leuchten, und wenn er neben ihr ginge, würde er ihr die Hand drücken und mit dem Daumen über ihre Handfläche reiben.

Diese Jungenphantasie machte ihn traurig, und Goma, die die Veränderung auf seinem Gesicht bemerkte, fragte ihn, ob er wieder Kopfschmerzen habe.

»Vielleicht sind mir diese Gol-Gappas nicht bekommen«, sagte er.

»Wir gehen doch jetzt noch nicht, oder?«, sagte Sanu. »Wir sind noch nicht in der Bingohalle gewesen.« In Sanus Schule spielten sie oft Bingo, und sie liebte das Spiel.

»In Ordnung, wir gehen Bingo spielen und dann ab nach Hause.« Ramchandra versuchte, nicht mehr nachzurechnen, wieviel der Ausflug sie kostete; es war ein teurer Abend, und damit hatte es sich.

In der Halle kaufte Sanu die Bingokarten und setzte sich mit Goma und Rakesh hin, um zu spielen; Ramchandra stand abseits, lehnte sich an die Wand und lauschte dem Sprachrhythmus des Mannes, der die Zahlen ansagte. Draußen war das Tageslicht dem grauen Dunst der Dämmerung gewichen. Er schloß die Augen und beschwor sofort ein Bild von Malati herauf, diesmal in einem leuchtendroten Sari, wie eine Braut. Sie lächelte ihn an. Ramchandra riß die Augen auf. Goma rief von ihrem Sitzplatz aus, der ein paar Meter entfernt war, seinen Namen. Sie zeigte nach vorne und sagte: »Ist das nicht einer von Euren Lehrern?« Er schaute in diese Richtung und sah Shailendra und neben ihm Namita. Sie saßen eng beieinander, und ihre Schultern berührten sich. Shailendra flüsterte Namita etwas ins Ohr, und sie lachte auf.

Bevor sie nach Hause gingen, erinnerte Rakesh seine Eltern an das Eis, und so holte Ramchandra mit schicksalsergebenem Seufzen zwei Waffeln Pistazieneis. Als sie Bhrikuti-Mandap verließen und in Richtung Shahid-Tor gingen, fragte Goma, ob die Frau bei Shailendra seine Ehefrau gewesen sei. Goma hatte Shailendra letztes Jahr beim Schulpicknick kennengelernt und bemerkt, was für ein höflicher junger Mann er sei. »Sie sah schrecklich jung aus«, sagte sie. Ramchandra erzählte ihr von dem Gespräch, das Bandana-Miss am Vormittag mit ihm geführt hatte, und seiner anschließenden Unterredung mit Shailendra. »Es ist nicht richtig, was er tut«, sagte er. »Das Mädchen ist zu jung, und sie ist eine Schülerin. Sie bewundert ihn wahrscheinlich. Er nutzt sie aus.«

»Vielleicht ist er hilflos.«

Ihre Aussage überraschte ihn. »Hilflos? Wogegen? Er ist ein Lehrer. Er sollte es besser wissen.«

»Die Leute haben ihre eigenen Gedanken.«

Rakesh und Sanu gingen vor ihnen, den Arm um den jeweils anderen gelegt, verloren in ihrem Eis.

Nach einer Weile sagte Ramchandra: »Ich bin überrascht, daß du ihn unterstützt.«

»Ich hab nicht gesagt, daß ich ihn unterstütze. Ich hab nur

gesagt, wir können nicht über Leute urteilen, ohne zu wissen, was sie plagt.«

Es kam ihm der Gedanke, daß sie an sein Urteil über ihre Eltern denken mochte, und das ärgerte ihn. Aber er wollte sich an diesem schönen Abend nicht mit ihr streiten, an dem die Kinder glücklich waren und die Luft frisch und belebend, und daher sagte er: »Liebe kann es nicht sein. Wenn er sie lieben würde, würde er um ihre Hand anhalten.«

»Vielleicht will er das. Vielleicht wartet er nur auf den richtigen Augenblick.«

»Wie würdest du dich fühlen, wenn einer von Sanus Lehrern so etwas machen würde?«

»Sanu ist zu jung.« Dann fügte sie hinzu: »Naja, nicht ganz so jung. Sie hat schon angefangen.«

Es dauerte einen Augenblick, bis Ramchandra verstand. »Schon?«

»Ja, letzte Woche. Sie hat über Schmerzen geklagt, und da war Blut.«

Ramchandra sah seine Tochter an, die nun ihrem Bruder ins Ohr sang.

Sie sprachen erneut über die Idee, das Dienstmädchen aus Chitwan einzustellen, aber Ramchandra, dem noch immer das Gespräch über Shailendra im Kopf herumging und der noch immer die Ausgaben des Abends zusammenzählte, sagte: »Wir müßten ihr Essen geben und ihr Kleider kaufen.«

»Aber wenn sie für uns arbeitet, hab ich Zeit zum Nähen. Den Bekleidungsunternehmen geht es jetzt immer besser in der Stadt; es ist eine gute Zeit zum Anfangen.« Goma hegte schon seit langem den Wunsch, zu Hause als Näherin zu arbeiten, um das Familieneinkommen aufzubessern. Sie besaß die Singer-Nähmaschine, die sie bei ihrer Heirat mitgebracht hatte, und sie war gut im Nähen. Sie konnte mit Unterröcken und Blusen anfangen und zunächst Kleider für Frauen in der Nachbarschaft ändern und ihr Geschäft dann ausbauen, indem sie auf Vertragsbasis Kleidung für Läden herstellte. Ramchandra hatte die Idee anfänglich abgelehnt, weil er dachte, daß es irgendwie unter der Würde einer Lehrergattin sei, als gewöhnliche Schneiderin zu arbeiten. Aber Goma hatte das Thema oft zur Sprache gebracht, und ihm selbst war aufgefallen, daß sich die Kultur in der Stadt änderte. Sogar Brahmanen machten heutzutage Läden auf; manche verkauften sogar Alkohol. Was wäre so schlimm an ihrer Idee, wenn das Nähen sie glücklich machte und, was wichtiger war, das Familieneinkommen aufbesserte?

»Na gut, richten wir es ein, daß sie herkommt«, sagte er.

Die Kinder waren glücklich nach dem Jahrmarktbesuch, und am Abend baten sie Ramchandra, mit der Geschichte weiterzumachen, die er neulich angefangen hatte. Er plädierte auf Kopfschmerzen, aber Rakesh sagte, daß er ohne Geschichte nicht schlafen könne. Und da Rakesh seine Drohungen oft Wirklichkeit werden ließ, gab Ramchandra nach. Er mußte sich ins Gedächtnis rufen, was er ihnen erzählt hatte: armes Mädchen lebt bei ihrer Mutter; Vater ist vor Jahren in die Stadt gegangen, um zu arbeiten; jetzt will reicher Dorfkaufmann sie heiraten.

»Also, dieses Mädchen, Mandakini, konnte den Dorfkaufmann nicht leiden. Aber –«

»So heißt sie nicht«, sagte Rakesh. »Sie hatte letztes Mal einen anderen Namen. Welcher war das?«

»Malati«, sagte Sanu. »Der Name von Bas Schülerin.«

»Naja, sie heißt jetzt anders, in Ordnung?«

»Aber wie kann sich ihr Name ändern?«, widersprach Sanu. »Sie hieß vorher Malati, also muß sie jetzt auch Malati heißen.«

Goma, die gerade mit dem Abspülen fertig war, steckte den Kopf herein. »Was sagst du da über dieses Mädchen?«

Sanu erklärte ihrer Mutter den Sachverhalt, und Goma sah Ramchandra verärgert an. »Konntet Ihr keinen anderen Namen nehmen?«

»Deshalb wollte ich ihn jetzt ändern.«

»Benutzt ihren Namen nicht«, sagte Goma scharf und entfernte sich, wobei sie die Tür des Kinderzimmers fast zuzog.

»Seht ihr? Jetzt habt ihr es geschafft, daß eure Mutter sauer mit mir ist«, flüsterte Ramchandra den Kindern scherzhaft zu, und sie kicherten. Aber er wußte, daß Goma etwas gespürt hatte; es stand ihr ins Gesicht geschrieben. Er kehrte zur Geschichte zurück.

»Als der Tag der Hochzeit heranrückte, wurde das Mädchen Mandakini immer trauriger und trauriger. Sie ging zum örtlichen Tempel und betete zu Gott Shiva, daß er sie davor bewahren sollte, einen Mann heiraten zu müssen, der so alt war wie ihr Vater. Sie suchte den Handleser des Ortes auf, und dieser fuhr die Linien auf ihrer Hand nach und sagte ihr, daß sie sehr reich, aber sehr unglücklich sein würde. Sie bestieg einen Berg und sah von seinem Gipfel auf den dünnen, milchig-weißen Fluß hinab, der zwischen zwei tiefen Schluchten dahinströmte, und sie schloß die Augen und bat die Gottheit, die dort wohnte, etwas geschehen zu lassen, damit sie nicht den alten Kaufmann mit den blitzenden Augen heiraten mußte.

Aber nichts geschah, bis zum Abend der Hochzeit, als der alte Kaufmann auf seinem Elefanten angeritten kam und die Zeremonie anfing. Dann, mitten im Gesang des Priesters, geschah etwas Unglaubliches, etwas, das allen den Mund offenstehen ließ.

Und soviel für heute,« sagte Ramchandra, der nicht wußte, wie er weitermachen sollte. »Fortsetzung folgt.« Die Kinder protestierten, aber nicht allzu viel, vielleicht weil sie glaubten, daß die Geschichte noch zu lange dauern werde.

In sein Zimmer zurückgekehrt, sah Ramchandra, daß Goma schon schlief oder sich schlafend stellte. Als er ins Bett geschlüpft war, streichelte er ihren Rücken und wartete. Schließlich drehte sie sich zu ihm um.

»Bist du sauer auf mich?«, fragte er.

»Es ist zuviel von diesem Mädchen im Haus«, sagte sie.

»Ich hatte lediglich nach einem Namen geangelt.«

»Was geht bei Euch im Kopf vor?«, fragte Goma.

»Nichts. Warum?«

»Ihr seid in letzter Zeit sehr zerstreut. Ich hab das Gefühl, daß Ihr mir irgendwas nicht erzählt.«

»Es gibt etwas«, sagte er. »Ich bin müde.« Er rollte sich auf die andere Seite und schloß die Augen.

»Soll ich Euch eine Massage geben?«, fragte sie sanft, und nur um sie davon abzuhalten, ihn weiter auszufragen, nickte er.

Sie begann mit der unteren Rückenpartie. Ihre Hände waren warm; sie fühlten sich überraschend gut an. Er stellte sich vor, daß es Malatis Hände seien, und seine Wonne verstärkte sich. Er drehte sich wieder um und griff mit geschlossenen Augen nach ihren Brüsten. Goma lachte leise. »Was macht Ihr da? Ich dachte, Ihr seid müde?«

Er hob ihr Nachthemd an und zog ihr die Unterwäsche herunter. Es war schon eine Weile her, daß sie sich das erlaubt hatten.

Sein Glied war hart, und als er in sie eindrang, machte er die Augen zu. Malati schwebte verführerisch in seine Gedanken, aber er schob sie fort und konzentrierte sich stattdessen auf eine seiner Phantasielandschaften: ein Park mit strahlenden Blüten, Astern und Hibiskus und Kamille und Rhododendron, quakende Frösche, ein bunter Papagei auf einem Ast, der Himmel blau wie ein Kristallsee. Seine Gedanken lichteten sich, und er öffnete die Augen und sah Goma an, die jetzt stöhnte.

5

VON IHREM STANDORT auf einer Erhebung am gegenüberliegenden Ufer des Flusses konnten sie deutlich die Steinstufen erkennen, die vom Ghat zum Pashupatinath-Tempel hinaufführten. Gläubige stiegen die Treppe hinauf und hinunter, einige auf dem Weg hinab zum Ufer, um ihre Körper in den heiligen Bagmati-Fluß zu tauchen; andere auf dem Weg nach oben, um den Tempel und vielleicht den Hauptschrein zu betreten, von dem Ramchandra und Malati nur das oberste Stockwerk und die glänzende Goldpagode sehen konnten. Der Pavillon im Inneren des Tempelkomplexes, von dem der Blick auf den Fluß hinausging und der gewöhnlich von singenden Gläubigen und einem Harmoniumspieler belegt war, lag heute verlassen da, bis auf einen Mann, vielleicht einen Arbeiter, der dort ein Nickerchen machte. Gelegentlich erklang eine der zahlreichen Glocken, die es im Umfeld des Tempels gab – ein Gläubiger, der einen Gott aufweckte, damit er ihm Segen spendete.

Am Flußufer unter ihnen wusch eine Frau Wäsche, und der Seifenschaum trieb nach Süden davon, unter der Brücke hinweg. Der Fluß war dreckig, seine Farbe die von Abwasser; das tiefe Schwarz mußte irgendeine ungeheure Sünde enthalten, da war sich Ramchandra sicher, auch wenn der Fluß als der Bewahrer des Lebens verehrt wurde. Trotzdem nahm ein nackter Junge von etwa zwölf Jahren ein Bad im Fluß; er hielt sich die Nase zu, tauchte in der Brühe unter und schoß mit einem Jauchzen wieder heraus. An die Ghat-Mauer gelehnt saß ein Sadhu, trotz der Kälte des Tages mit nichts als einem Lendenschurz bekleidet. Sein Körper war mit Asche eingerieben – all dies Zeichen eines asketischen Lebens, das er Gott Shiva gewidmet hatte. Er hielt eine kleine Chilam in den Händen, inhalierte ab und zu daraus und blies den Haschischrauch in die Morgenluft, die Augen auf den Jungen gerichtet.

»Es muß schwierig sein, alles aufzugeben, um als Asket zu leben«, sagte Malati. Heute trug sie einen blauen Sari; er ließ sie heiter wirken, rein. »Keine Familie, keine Heimat«, sagte sie. »Man weiß nicht, wo man nächsten Monat hingeht.«

»Es hat einen gewissen Reiz, findest du nicht? Stell dir vor, was für eine Freiheit man hätte.«

Sie standen nebeneinander, und ihre Körper berührten sich, und jetzt ging Malati ein paar Schritte zurück und setzte sich auf eine Plattform aus Stein. Er setzte sich zu ihr und nahm ihre Hand. »Wie geht es Rachana?«

»Sie ist bei Malekha-Didi.«

»Sie ist so ein süßes Baby«, sagte er, obwohl er nur einen kurzen Blick auf Malatis Tochter erhascht hatte, an jenem Tag, als er zum ersten Mal zu ihr nach Hause gegangen war.

»Alle Babys sind süß«, sagte sie zerstreut. Dann sah sie ihn an und sagte scharf: »Ich weiß nicht, was ich hier mit Euch mache.«

Früher an diesem Morgen, als sie mit der Nachhilfestunde fertig waren, hatte sie bereitwillig zugesagt, ihn am Tempel zu treffen. Nachdem sie gegangen war, hatte er vom Laden unten im Haus in der Schule angerufen und Bandana-Miss gesagt, daß er sich nicht wohlfühle und nicht kommen könne. »Ein bißchen Unwohlsein sollte Euch nicht vom Unterrichten abhalten«, hatte sie gesagt. »Wie soll ich so kurzfristig eine Vertretung finden?« Ramchandra hatte schrecklich gehustet, gesagt, er brenne vor Fieber, und den Hörer aufgelegt. Nach seiner Morgenmahlzeit war er dann aus dem Haus gegangen, als sei er auf dem Weg zur Schule. Er wußte nicht, was Malati ihrer Stiefmutter erzählen würde, ob sie sie überhaupt anlügen mußte, was ihre Stiefmutter von so einem Treffen mit ihrem Nachhilfelehrer halten würde. Aber Malati hatte sich gefreut, mit ihm zusammenzusein, und sich fröhlich mit ihm unterhalten, bis jetzt, als sich ihre Laune geändert hatte. Auf ihrer Stirn zeichnete sich deutlich eine Anspannungsfalte ab. Vielleicht war sie ein launisches Mädchen, dachte er, wie der Monsunhimmel, klar im einen Augenblick und im nächsten voller dunkler Wolken.

Er hatte keine Antwort für sie, und so streckte er die Hand aus und berührte ihr Gesicht.

Sie wich zurück. »Jemand wird das sehen, Sir.«

»Soll er es sehen«, sagte er und versuchte, dabei unbekümmert zu klingen. »Was macht es für einen Unterschied?«

»Es macht den ganzen Unterschied«, sagte sie. »Goma-Bhauju erfährt davon. Dann fällt alles auseinander.«

Er war verärgert. »Warum hast du dann zugestimmt, dich mit mir zu treffen?«

»Ich wollte Euch sehen.« Sie musterte ihre Fingernägel.

»Du hättest mich morgen früh gesehen, in der Sitzung.«

»Was ist mit Euch? Warum habt Ihr mich gebeten, mich hier mit Euch zu treffen?«, fragte sie herausfordernd.

»Ich wollte dich unter freiem Himmel sehen, im Sonnenlicht.«

»Warum?«

»Damit ich eine andere Perspektive bekomme, dein Gesicht deutlich sehen kann.«

Ihre Angriffslust löste sich auf, und sie tastete sein Gesicht mit ihren großen Augen ab. »Gefällt Euch, was Ihr seht?«

Er berührte ihre Lippen.

»Sir.« Diesmal wandte sie sich nicht ab.

Er küßte sie, grub seine heftig Lippen in ihre, und sie sagte: »Gehen wir woanders hin. Hier sehen uns alle.«

Sie spazierten durch den Wald, der hinter ihnen begann, und fanden schließlich Unterschlupf in einem zerfallenen, verlassenen Tempel. In seinem Inneren war es fast dunkel; eine Steinfigur von Gott Ganesh lag in der Ecke, an der die untere Hälfte des Elefantenrüssels abgebrochen war. Jemand hatte ihm einen roten Schnurrbart auf die Oberlippe gemalt, so daß er wie ein Krieger mit gebrochener Nase aussah. Spinnweben hingen aus den Ecken herab, und der Boden war staubig. Ramchandra schlang seinen Arm um Malatis Hüfte und zog sie an sich heran. Diesmal reagierte sie. Sie preßte ihr Becken an ihn, und er fühlte sich wachsen. Sie erkundeten ihre Münder, und er knetete ihre Brüste. Sie begann zu stöhnen. Er ließ sie auf den Boden gleiten – und wegen des Staubs mußten sie beide gleichzeitig niesen. Sie lachten. Seine Lippen an ihren, mühte er sich mit ihren Blusenknöpfen. Sie streichelte ihm den Hinterkopf.

Er fühlte ein Zupfen an seiner Hose und dachte, es sei ihre Hand, aber als er sich umdrehte, sah er einen großen Affen vor sich. Er war eine Armlänge entfernt und beobachtete sie. Ramchandra wedelte mit der Hand, um den Affen zu verscheuchen, aber der blinzelte einmal und blickte sie weiter an, die Augen wäßrig, als mache ihn der Anblick der beiden traurig. Malati schrie auf. Ramchandra stemmte sich vom Boden hoch und sah sich gerade nach etwas um, mit dem er den Affen bewerfen konnte, als zwei weitere in den Tempel kamen. Alle drei hockten sich auf ihre Hinterbeine und beobachteten Ramchandra und Malati. »Tut was«, rief Malati, und Ramchandra, dessen Augen den Boden absuchten, sah den abgebrochenen Elefantenrüssel neben der Figur liegen. Er hob ihn auf und warf ihn nach den Tieren, die bloß die Köpfe einzogen. Jetzt tauchten noch ein paar weitere Affen am Tempeleingang auf.

»Beeil dich«, sagte Ramchandra zu Malati. »Gehen wir.« Aber Malati war am Boden festgefroren. Einer der Affen näherte sich ihr, bekam das Ende ihres Saris zu fassen, zerrte daran, und die Stoffbahn begann sich aufzuwickeln. Ein anderer Affe eilte zu Hilfe, und bald war ein Tauziehen zwischen den Affen und Malati im Gang. Malati kreischte und zog an den Säumen ihres Saris, während die Affen plärrten und mit großer Kraft weiterzerrten. Ramchandra drohte und schrie, aber die Affen am Eingang waren auf ihn zugeschlichen, und einige von ihnen bleckten die Zähne. Dann, mit einer einzigen schnellen, kaum faßbaren Bewegung, war Malatis Sari in den Händen eines großen Affen, und ein Teil davon bedeckte dessen Körper, so daß es aussah, als sei es der Affe, der den blauen Sari anhabe. Das Tier rannte zum Eingang hinaus, den Sari hinter sich herschleifend. Malati stand in Unterrock und Bluse da und versuchte matt, ihren Busen mit den Händen zu bedecken, während sie schluchzte und ihr die Tränen das Gesicht hinabliefen. Und dann, als wäre alles eine große Schaudarbietung gewesen, verließen die Affen einer nach dem anderen den Tempel.

Ramchandra ging auf Malati zu und legte ihr die Hand auf die Schulter. Sie riß sie herunter und vergrub das Gesicht in den Knien. Ihre Beine waren mit Kratzern übersät, und ihr Haar war zerzaust. Ramchandra stand da, hilflos, und wagte nicht, sie noch einmal anzufassen. Aber er hatte eine Idee. »Bleib, wo du bist«, sagte er. »Ich bin gleich zurück.«

»Ich will nicht alleine hierbleiben«, sagte sie mit erstickter Stimme.

»Ich brauche nur ein paar Minuten.«

Er ging nach draußen und in Richtung des Pashupatinath-Haupttempels. Er fragte sich, ob die Götter die Affen geschickt hatten, um ihn für das zu bestrafen, was er zu tun im Begriff gewesen war. Nachdem er die kleine Brücke überquert hatte, fand er einen Laden, der Saris verkaufte, und mit vielen stummen Flüchen gegen sich selbst kaufte er einen baumwollenen Dhoti für siebzig Rupien. Es war ein billig wirkender leuchtendroter Dhoti, wie Dorffrauen ihn trugen, wenn sie nach Kathmandu kamen, um am Tij-Fest zu singen und zu tanzen und zu fasten.

Als er zurückkehrte, saß Malati noch immer in der gleichen Haltung da. Sie nahm den Sari schweigend entgegen, und als sie ihn anzog, schaute er weg. Sie verließen den Tempel, gingen die Stufen in Richtung Guheswari hinunter, und als sie ihm sagte, daß sie alleine nach Hause gehen wolle, widersprach er nicht.

Es war erst elf Uhr, und Ramchandra fragte sich, ob er zur Schule gehen und noch ein paar Stunden unterrichten sollte. Das würde Bandana-Miss vielleicht ein Stück weit besänftigen. Wenn er sich beeilte, konnte er in der Mittagspause dort sein und seine drei verbleibenden Unterrichtsstunden abhalten. Aber die Aussicht, vor der Klasse zu stehen und an der Tafel Mathematikaufgaben zu lösen, deprimierte ihn. In seinem Kopf wirbelten Bilder von Malati umher, wie sie in Unterrock und Büstenhalter auf dem Boden hockte, die Hüften von Affenklauen zerkratzt und das Gesicht vor Schreck verzerrt, während die Affen sie auszogen.

Ramchandra machte sich auf den Weg in die Stadt. Wenn er nach Hause ginge, würde Goma ihn fragen, warum er die Schule so früh verlassen hatte. Er ging am Jay Nepal vorbei, wo ein Film mit Amitabh Bachchan lief. Die Fassade des Gebäudes war mit einem riesigen Plakat zum aktuellen Film verziert, auf dem der Schauspieler mit einem roten Stirntuch abgebildet war. Er sah zornig aus, die Augen stechend, die Körperhaltung angriffslustig. Im Hintergrund war die Figur einer tanzenden Frau zu sehen, die Heldin, die ihre üppige Brust in die Luft reckte. Ramchandra hatte einen von Amitabh Bachchans Filmen gesehen, in dem er den sanftgesitteten Freund eines anderen Filmstars gespielt hatte, der zu jener Zeit sehr beliebt gewesen war. Jetzt war derselbe Schauspieler als »zorniger junger Mann« berühmt geworden, und junge Männer in Kathmandu banden sich rote

Stirntücher um und warfen sich finstere Blicke zu, wenn sie einander auf der Straße begegneten.

Ramchandra war schon seit mehreren Jahren nicht mehr im Kino gewesen. Bevor die Kinder zur Welt kamen, waren Goma und er ungefähr alle sechs Monate ins Kino gegangen, auch wenn sie mit ihren Rupien vorsichtig umgehen mußten. Goma pflegte ihren besten Sari anzulegen, und Ramchandra schlüpfte in seinen Daura-Suruwal und ölte und kämmte sich das Haar. Bevor sie in den dämmrigen Vorführsaal hineingingen, bot er ihr jedesmal an, Fritiertes zu kaufen, aber Goma lehnte stets ab: »Warum diesen Müll essen, wenn ich Euch zu Hause was Besseres kochen kann?« Ramchandra erinnerte sich nicht so sehr an die Filme selbst als an die Berührung ihrer Schultern im Dunkeln. Ein paarmal hatte Ramchandra seine Hand auf Gomas Schenkel gelegt, aufgereizt von dem Gedanken, daß die anderen Leute um ihn herum nicht sehen konnten, was er tat, und sie hatte seine Hand sofort verschämt weggeschoben. Aber er war hartnäckig geblieben, und schließlich wehrte sie sich nicht mehr. Er hatte sogar den Verdacht, daß sie über seine Berührung lächelte. Er konnte sich kaum auf die Leinwand konzentrieren, und bis der Film zu Ende war, hatte er eine Erektion. Wenn sie nach Hause kamen, steuerte sie auf die Küche zu, um Tee zu kochen, aber er hielt sie fest und führte sie in Richtung Schlafzimmer.

Einen Augenblick lang versank Ramchandra in diesen Erinnerungen, bis er merkte, daß er ein idiotisches Grinsen auf dem Gesicht hatte. Er riß sich sofort zusammen.

Vor dem Tor des Königspalasts blieb er stehen, um die Wache zu beobachten, die, Gewehr an der Schulter, vollkommen stillstand. Ramchandra konnte sich nicht vorstellen, stundenlang so dazustehen – dafür brauchte man wohl unendliche Ausdauer. Woran dachte der Mann, während er so dastand? Sein Gesicht war ausdruckslos; seine Augen starrten leer auf die Straße vor ihm. Dachte er an seine Frau im Dorf? War er überhaupt verheiratet? Hatte er irgendwo ein Mädchen, daß er zu heiraten hoffte, oder würde er seine Ehe von seinen Eltern aushandeln lassen, wie Ramchandra es getan hatte? Oder hatte er angesichts all der politischen Demonstrationen, die zur Zeit stattfanden, Angst davor, daß eine aufgebrachte Menschenmenge ihn umrennen und den Palast stürmen könnte? Als ob der Soldat Ramchandras Gedanken lesen könne, sagte er scharf: »Wo starrt Ihr hin? Geht weiter!« Ramchandra wollte sagen: »Bruder, ist Eure Arbeit hart?« Der Blick des Mannes war wieder nach vorne gerichtet, aber aus dem Mundwinkel heraus murmelte er: »Geht weiter, hab ich gesagt!« Jemand schrie aus dem kleinen Wachhäuschen am Tor: »Eh, wer ist da? Mit wem redest du?«

Ramchandra ging weiter, überquerte die Straße und folgte der Darbar-Marg, mit ihrer Aufreihung von Hotels und schikken Restaurants. Er blieb vor der Bäckerei des Annapurna-Hotels stehen und betrachtete die Kuchen und Gebäckstücke im Schaufenster. Er hatte sich schon immer gefragt, wieviel diese Kuchen kosteten. Manchmal hatte er Lust gehabt, hineinzugehen und etwas für Sanu und Rakesh zu kaufen, besonders für Rakesh, der ein Süßmaul war, aber er wußte, daß das Geld, das man für einen dieser Kuchen bezahlte, wahrscheinlich für eine Zweiwochenration Reis reichte. An die Bäckerei schloß sich eines der Hotelrestaurants an, durch dessen klare Glasfenster die Fußgänger sehen konnten, wer darin was verspeiste. Er bemerkte einige indische Familien an den Tischen und ein paar weiße Ausländer, und einer von diesen lächelte ihn an und winkte. Ramchandra ging verlegen weiter.

Gerade als er den Ghantaghar-Uhrturm erreichte, fing die Uhr zu läuten an. Es war Mittag, und er hatte noch mindestens zwei Stunden, bis er nach Hause gehen konnte, ohne Gomas Neugier zu wecken. Gegenüber vom Turm lag das Tri-Chandra-College, und einem plötzlichen Einfall folgend ging Ramchandra durch das Tor. Studenten saßen in kleinen Gruppen auf dem Rasen und genossen die Spätherbstsonne. Ihre Stimmen waren laut, ungestüm, und Ramchandra dachte an seine eigene Collegezeit zurück: die Fröhlichkeit, das Lachen seiner Freunde, die geistige Klarheit, mit der er morgens aufwachte, wie sich der Nachmittag weit vor ihm ausdehnte, die tiefe, lächelnde Welt des Schlafs, in die er nachts versank. Und jetzt? Was passierte jetzt mit ihm? Er versuchte, sich selbst durch die Augen seiner Schwiegereltern zu sehen, und was er sah, war ein kleiner Mann unter reichen, mächtigen Leuten, ein Mann, der wertlos war, wenn er nicht unablässig von einem besseren Job und größeren Haus zum nächsten strebte.

Ramchandra betrat ein Gebäude und ging ziellos durch die Flure. Gelegentlich spähte er in eines der Klassenzimmer, wo die Lehrer Vorträge hielten und die Studenten zuhörten, Langeweile auf den Gesichtern. Er hätte in einem dieser Klassenzimmer stehen und Collegestudenten unterrichten sollen, und wieder einmal zogen ihn seine Gedanken auf die dunkle Grube zu, in die er dieser Tage häufig fiel. Doch jetzt blieb er auf dem Flur stehen und dachte an Malati – nicht die zerschlagene und zerschundene Malati von heute morgen, sondern diejenige, die vor seiner Tür gestanden und ihn um Hilfe gebeten hatte, die ihm gesagt hatte, sie habe gehört, er sei ein guter Lehrer. Im ersten Stock des Gebäudes sah Ramchandra drei Mädchen in einer Ecke kichern. Falls Malati die SLC-Prüfung bestand, würde sie eines dieser Mädchen werden.

Ein Geräusch schreckte ihn auf, und er sah zwei Studenten, von denen der eine den anderen verfolgte. Der Verfolger, der dicht an Ramchandra vorbeilief, hielt ein Messer in der Hand. Plötzlich erschienen drei Studenten und nahmen sich den Mann vor. Sie warfen ihn so gewaltsam zu Boden, daß sein Kopf mit einem Klatschen aufschlug. Sie traten ihn, und einer von ihnen riß das Messer an sich und hielt es dem Mann auf dem Boden dicht vors Gesicht. »Arschloch«, sagte er und schnitt ihm in die rechte Wange. Blut quoll aus der Wunde und überzog das Gesicht des Mannes.

Ramchandra rannte die Treppen hinunter. Andere rannten an ihm vorbei die Treppen hinauf und schrien: »Wo sind diese Panches?« Schnell folgte er dem Flur in Richtung des Haupteingangs, während Ströme von Studenten, die alle durcheinanderredeten, die Klassenzimmer verließen. Auf dem Rasen standen noch mehr Studenten und reckten die Hälse, um zu sehen, was sich im ersten Stock abspielte. »Wer war der Student mit dem Messer?« fragte Ramchandra einen der Studenten.

»Woher soll ich das wissen?« sagte der Student. »Ich kann Panches und Kommunisten und Kangresis nicht auseinanderhalten. Für mich sehen die alle gleich aus. Ich bin in die Stadt gekommen, um einen Abschluß zu machen, aber auf dem Dorf wars besser.«

Ramchandra verließ den Campus in dem Augenblick, in dem ein Polizeibus eintraf und einige Männer mit Helmen ins Tri-Chandra liefen. Er ging in den Park und setzte sich auf die Plattform unter einem der Beton-Sonnenschirme, die im Park verstreut standen. Ein paar Leute lagen rücklings im Gras und dösten oder lasen eine Zeitung. Zwei obdachlose Jungen mit Jutesäcken auf dem Rücken fischten nach leeren Dosen oder Flaschen. Sie schubsten sich gegenseitig, dann klapste der eine den anderen auf den Kopf und lief weg, und die Verfolgungsjagd begann. Während Ramchandra den beiden verwahrlosten und verhärteten Jungen zusah, dachte er, daß sie seinen eigenen Kindern sehr ähnlich seien, die sich ebenso zankten und neckten. Auf einen plötzlichen Einfall hin rief Ramchandra nach ihnen, und als einer der Jungen herüberkam, griff er in die Tasche und nahm zwei Rupien heraus. »Geht und eßt ein bißchen Eis«, sagte er in strengem Ton, als ob er den Jungen schelte. Der Junge sah auf das Geld in seiner Hand und sagte: »Mit zwei Rupien? Damit kriegen wir noch nicht mal Erdnüsse.« Ramchandra gab ihm noch eine Rupie und sagte: »Lauf. Mehr hab ich nicht.« Das Kind schüttelte den Kopf und zeigte das Geld seinem Kumpel. »Er hat gesagt, das ist für Eis.« Und beide sangen: »Eismann«, und liefen davon. »Esel«, murmelte Ramchandra, aber er fühlte sich gut, weil er ihnen wenigstens einen kleinen Betrag gegeben hatte. Die beiden Jungen waren aus dem Park hinausgelaufen und überquerten nun die Straße, hin zu ein paar Fritierständen. Die Sonnenwärme war auf ihrem Tageshöhepunkt angelangt, und Ramchandra spürte die Hitze auf seinen Schultern. Er ließ sich nach hinten auf die Plattform sinken. Die Sonne schwebte am Himmel wie ein weiches, köchelndes Eidotter, und bald fühlte er sich schläfrig.

Er wachte auf, als er seinen Namen hörte, und erkannte überrascht, daß Goma vor ihm stand. »Was macht Ihr hier?« Einen Augenblick lang glaubte er zu träumen, aber da stand sie, eine Plastiktüte in der Hand, in dem vertrauten dunkelgrünen Sari, den sie anzog, wenn sie Besorgungen machte.

»Warum schlaft Ihr hier? Was ist mit der Schule?«

»Ich weiß nicht, was passiert ist«, sagte er, seine Zunge schwerfällig vor Erschöpfung.

»Ihr habt nicht getrunken?« Es war mehr eine Feststellung als eine Frage. In ihren dreizehn Ehejahren hatte er selten einmal Alkohol getrunken.

»Nein, nein«, sagte er, wischte sich mit der Hand über das Gesicht und hüpfte von der Plattform. »In der Schule hat es einen Unfall gegeben und der Unterricht ist ausgefallen.« Er war schon dabei, sich eine ausgefeilte Geschichte über den Unfall auszudenken, als sie ihn fragte, warum er nicht einfach nach Hause gehe. Er habe sich nicht wohl gefühlt, sagte er, und nur wieder zu Atem kommen wollen, sei aber eingenickt. Er fragte sie, was sie im Park mache, und sie sagte, daß ihr sein Daura-Suruwal aufgefallen sei, als sie an der Apotheke beim Bir-Krankenhaus ein Hustenmittel für Rakesh kaufte. Dieser sei früher aus der Schule heimgeschickt worden, weil er huste. Ramchandra erinnerte sich an seinen eigenen falschen Husten von heute morgen, als er Bandana-Miss angelogen hatte, und fragte sich, ob diese Lüge seinen Sohn krank gemacht hatte. Er verwarf den abergläubischen Gedanken.

»Wieviel hat er gekostet?«, fragte er Goma. »Der Hustensaft.«

»Fragt nicht«, sagte Goma. »Die Gesundheit der Kinder ist wichtig.«

Und so gingen sie zusammen nach Hause, und die Sonnenwärme ließ nach, und ein kühler Wind wehte durch die Stadt, und Frauen wickelten ihre Schals enger, und Männer zogen ihre Jacken wieder an. Schräges Licht fiel auf Ramchandra und Goma, als sie den Hof betraten; während sie vor ihm die Treppen hinaufstieg, beobachtete Ramchandra den Hintern seiner Frau, der sich mit jedem Schritt verlagerte, und er versicherte sich selbst, daß sie keinen Verdacht oder Zweifel an ihm hegte. Statt sich schuldig zu fühlen, war er froh und stolz, nicht weil er ungestraft davonkam, sondern weil ihn Goma als einen ganzen Mann akzeptierte, als jemanden, der keiner korrigierenden Eingriffe bedurfte, um vollkommen zu sein. Und er wußte, daß Malati, soviel Vergnügen sie ihm auch bereitete, ihn niemals so sehen würde wie Goma, daß die Wahrnehmung, die sie von ihm hatte, selbst wenn sie sich in ihn verlieben sollte, Lücken und Löcher haben würde, die ihre Liebe, egal wie aufrichtig sie auch wäre, niemals zu füllen vermöchte.

Zu seiner Überraschung kam Malati doch. Sie hatte rote Flekken im Gesicht, und einen langen Kratzer, der von ihrem linken Auge bis hinunter ans Kinn reichte. Als Goma sie fragte, was passiert sei, antwortete Malati, Rachana habe sie in einem Wutanfall gekratzt. »Ganz schön jähzornig, das Mädchen«, kommentierte Goma. »Die wird dir noch zu tun geben, wenn sie älter wird.« In der Nachhilfestunde fragte Ramchandra, wie

Malati sich fühle, und sie lachte leise. »War das nicht unglaublich?«, fragte sie. »Ich hätte nie geglaubt, daß mir so was passieren kann. Das Unglück scheint eine besondere Vorliebe für mich zu haben.« Und sie lachte wieder. »Ich dachte schon, du kommst nicht«, flüsterte er und ließ seinen Finger ihren Arm hinaufgleiten. Ihre Augen folgten seinem Finger, ein angedeutetes Lächeln bog ihre Lippen, und als sein Finger ihr Kinn erreichte, sah sie ihm fest in die Augen. »Ich bin entschlossen, das SLC zu schaffen«, sagte sie. »Wenn mich irgendjemand dazu bringen kann, es zu schaffen, dann Ihr.«

Eine halbe Stunde später, nachdem die Kinder angezogen und in die Schule geschickt waren, auch Rakesh, dessen Husten etwas besser geworden war, machte sich Goma auf den Weg zum Markt, um Kerosin zu kaufen. Sie sagte, sie werde wahrscheinlich schlangestehen müssen und eine ganze Weile unterwegs sein. Ein paar Minuten, nachdem sie losgegangen war, krachte es unten auf der Straße. Erschrocken standen sie beide vom Boden auf und eilten zum Fenster, wo ihre Schultern sich berührten, während sie hinaussahen. Eine Menschenmenge hatte sich um ein Dreiradtaxi versammelt, dessen Seite von einem Auto eingerammt worden war. Das Auto stand nun am Straßenrand, mit einer Delle links in der Stoßstange. Leute schrien und gaben Anweisungen, und bald wurde ein blutiger Körper aus dem Dreiradtaxi gehoben. Der verletzte Mann stöhnte. Die Leute, die ihn hielten, setzten ihn auf der Straße ab, und jemand rief nach Wasser, das der Teeladenwirt in einem Krug hinbrachte. Der Autofahrer, ein Mann im Geschäftsanzug, wurde von drei jungen Männern festgehalten, die ihm außerdem Fauststöße versetzten. »Nur weil Ihr einen Anzug anhabt und ein Auto fahrt, heißt das nicht, daß Ihr arme Leute plattmachen könnt«, sagte einer der Männer. Der Fahrer versuchte gleichzeitig, die Fäuste abzuwehren und eine Erklärung zu geben.

»Das hätte ich sein können«, sagte Ramchandra. »Zur Zeit scheine ich ständig Dreiradtaxi zu fahren.«

»Sowas solltet Ihr nicht sagen.«

Er sah, daß sie einen großen Chandan-Tika trug. War sie an diesem Morgen im Pashupatinath-Tempel gewesen?

Der Aufruhr unter dem Fenster legte sich, nachdem die jungen Männer den Autofahrer dazu gebracht hatten, den Verletzten ins Krankenhaus zu fahren. Ein paar Leute liefen immer noch herum und gingen die Einzelheiten des Unfallgeschehens durch. Der Teeladenwirt schaute nach oben und sagte zu Ramchandra am Fenster: »Das ist interessanter als Nachhilfe, nicht, Ramchandraji?«

Ramchandra und Malati setzten sich wieder auf den Boden, aber sie hatten das Interesse an der Mathematik verloren.

»Möchtest du lernen?« fragte er.

»Was möchtet Ihr tun?« Sie lächelte.

Er rückte näher an sie heran und nahm ihre Hand. Sie hatte an ihren Fingernägeln gekaut, die ausgefranst wirkten.

»Das ist eine schlechte Angewohnheit«, sagte er.

»Das mach ich, wenn ich mir Sorgen mache.«

»Worüber machst du dir jetzt Sorgen?«

»Über so vieles«, sagte sie. »Aber ich will Euch damit nicht belästigen.«

»Sag mir eine Sache, die dir Sorgen macht.«

»Ob ich das SLC schaffe. Aber ich sitze hier und lerne nichts.«

»Ich sorge dafür, daß du es schaffst.«

»Aber wie? Ihr haltet gerade meine Hand.«

Er ließ los und sagte: »In Ordnung, machen wir noch ein paar Aufgaben.«

»Ich bin nicht in Stimmung.«

»Siehst du? Wie soll das so funktionieren?«

Sie schwiegen eine Weile. Er fand es schwer zu glauben, daß

der dünne Körper neben ihm ein lebendes, atmendes Baby beherbergt und schließlich herausgedrückt hatte. Er beäugte ihren Bauch, und indem er tat, als zupfe er Flusen von ihrem Kurta-Suruwal, strich er mit der Hand über ihren Bauch und stellte fest, daß er flach war. Nachdem Goma Sanu zur Welt gebracht hatte, hatte sie ungefähr zwanzig Kilo zugenommen und mußte sich an seinem Arm festhalten, wenn sie die Treppen hinaufstieg. Ihre Wangen waren aufgequollen und ihre Finger geschwollen. Er hatte ihrer Gewichtszunahme keine Beachtung geschenkt, obwohl er es vermißt hatte, mit ihr zu schlafen; die Tradition verlangte, daß Mutter und Baby zusammen schliefen.

»Warum erzählst du mir nicht von Rachanas Vater?« fragte er.

»Es gibt nichts zu erzählen. Er ist nicht mehr in unserem Leben.«

»Was ist passiert?«

Sie schien zu zögern, aber er wartete geduldig. Ihre Augen musterten ihn, um festzustellen, ob er sie verurteilen würde.

Zuerst fiel ihr das Erzählen etwas schwer. Nach und nach entspannte sie sich und sprach ungezwungen. Ramchandra hörte aufmerksam zu und beobachtete ihr Gesicht: wie ihre Nase zuckte, wenn sie sich ein Bild ins Gedächtnis rief, wie sie den Blick sinken ließ, wenn ein Gedanke sie traurig machte.

Rachanas Vater war ein Taxifahrer, der Malati von einer Bushaltestelle in der Nähe ihres Hauses bis zu ihrer Schule gefolgt war. Er war sehr gutaussehend, mit lockigem Haar und einem Schnurrbart, der ihm bis ans Kinn reichte. Er trug Ringe an allen Fingern, und er sang Hindi-Lieder aus dem Taxifenster: *mere sapano ki rani kab ayegi tu* – oh, Königin meiner Träume, wann kommst du zu mir? Er flüsterte, daß sie in ihrer Uniform – dem roten Rock und der weißen Bluse – sehr hübsch aussehe, und bot ihr an, sie zur Schule zu fahren. Er werde sich wie ein König fühlen, sagte er, wenn sie ihm erlaube, sie zur Schule zu chauffieren. Da die Schule nur ein paar Viertel entfernt war, lächelte sie bloß und ging zu Fuß weiter. Eines Tages erschien er nicht, und sie drehte sich immer wieder um, um zu sehen, ob er gekommen war. Am nächsten Tag wartete sie an der Bushaltestelle, bis sie das Taxi sah. »Hast du mich vermißt?« fragte er, den Ellenbogen auf der Fensterkante. Die Zigarette zwischen seinen Lippen bewegte sich auf und ab, als er sprach.

Diesmal stieg sie ein. Als sie die Schule erreichten, fragt er sie, ob sie an diesem Tag wirklich zum Unterricht wolle. Sie sah ihre Freundinnen am Tor auf sie warten, weil sie sich angewöhnt hatten, gemeinsam hineinzugehen. »Wenn ich nicht hingehe, wo fahren wir dann hin?« fragte sie. Er lächelte und trat aufs Gaspedal. Sie fuhren nach Balaju, saßen bei den Wasserspeiern, und er erzählte ihr von seiner sterbenden Mutter und seinem tyrannischen Bruder, und sie erzählte ihm, daß sie vaterlos sei, daß sie eine Stiefmutter habe, die sie manchmal behandelte, wie Stieftöchter oft behandelt wurden. Aus seiner Gesäßtasche zog er ein Geschenk: einen kleinen Spiegel. So könne sie sich den ganzen Tag lang selbst ansehen, um sich daran zu erinnern, wie schön sie sei.

Jeden Tag nahm er sie im Taxi mit, und schließlich ging sie gar nicht mehr zur Schule. Sie fuhren den ganzen Tag in der Stadt herum. Er nahm sie mit zu den Sehenswürdigkeiten des Tales: zur Kuppe mit dem Swayambhunath-Tempel, in die Wälder von Gokarna, sogar den weiten Weg bis zum Dakshinkali-Tempel, wo sie vor der Göttin standen und einander ihre Liebe erklärten. Dann begannen sie, sich in den Dschungeln von Balaju zu lieben, ein paar hundert Meter oberhalb von eben dem Ort, den sie besucht hatten, als Malati das erste Mal zu ihm ins Taxi gestiegen war.

Als sie bemerkte, daß sie schwanger war, zog sie eine Abtreibung in Betracht, brachte es aber nicht übers Herz. Sie sagte ihm, daß sie schwanger sei, und zuerst sagte er, er werde sie heiraten, er werde bald bei ihrer Stiefmutter vorsprechen. Aber dann kam er ein paar Tage lang gar nicht. Sie wartete an der Bushaltestelle auf ihn, die Hände vor dem Bauch, wie um ihre Schande zu verbergen, obwohl es noch zu früh war, als daß man ihr etwas angesehen hätte. Seine Abwesenheit zwang sie, wieder in die Schule zu gehen, und es gelang ihr, die Abschlußprüfungen abzulegen und zu bestehen, kurz bevor ihr Bauch sich zu wölben begann. Eines Nachmittags machte sie sich auf die Suche nach seinem Haus, das unweit vom Ufer des Bagmati-Flusses in Thapathali liegen mußte. Nachdem sie zwei Stunden lang an Türen geklopft hatte, fand sie es. Eine Frau machte die Tür auf, und als Malati ihr sagte, wen sie suche, sagte die Frau: »Mein Mann ist für ein paar Tage nach Birganj gefahren. Wer seid Ihr?«

Malati fand irgendeine Ausrede und ging fort.

»Das wars«, sagte Malati zu Ramchandra. »Und seitdem hab ich nichts mehr von ihm gehört.«

Sie erhob sich aus dem Schneidersitz und begann, sich die Bilder an der Wand anzusehen. Sie betrachtete sie genau und nahm sich für jedes von ihnen Zeit. Sie stellte ihm keine Fragen zu den Leuten, die darauf zu sehen waren, doch ihre Vertiefung brachte ihn auf den Gedanken, ins andere Zimmer zu gehen, um die Photoalben zu holen, die Goma über die Jahre angelegt hatte.

»Das ist für heute unsere Mathematik«, sagte er, und sie setzten sich wieder hin. Sie blätterten die Seiten um und verweilten bei den Bildern von Sanu und Rakesh, als sie jünger waren. Sie nahm sich Zeit für die Photos, als betrachte sie Bilder der eigenen Familie. Sie fragte ein paarmal nach, wann und wo die Bilder aufgenommen worden seien, und er antwortete ihr und lehnte sich zurück, um ihr Gesicht ansehen zu können. Als sie seinen Blick bemerkte, fragte sie voller Ernsthaftigkeit: »Warum schaut Ihr mich so an?« Er war kurz davor, ihr Gesicht zu berühren, ihre Lippen mit dem Finger nachzufahren, als er Schritte auf der Treppe hörte. Er begann, die Alben aufzusammeln, und Goma erschien in der Tür, ein Plastikgefäß voll Kerosin in der Hand. Draußen hupte ein Lastwagen.

»Schon zurück?« fragte Ramchandra. Sein Gesicht wurde heiß.

»Die Lage bessert sich offenbar. Die Schlange war heute nicht so lang.«

Ramchandra sah zu Malati hinüber, deren Gesicht nichts verriet.

»Wird heute nicht gelernt?« fragte Goma. Auch ihr Gesicht gab keine Gefühlsregung preis.

»Sir hat mir gerade Bilder von Sanu und Rakesh gezeigt«, sagte Malati.

Goma stellte das Gefäß an der Türschwelle ab und kam herein. »Welche Bilder?«, und sie setzte sich neben Malati. Sie sah Ramchandra nicht an, sondern ging gemeinsam mit Malati die Alben durch. Sie erzählte von den Umständen hinter einigen der Bilder, Umstände, die Ramchandra nicht kannte oder vergessen hatte. Goma vergaß selten etwas, und auch Ramchandra fand sich eingenommen von den Einzelheiten, die sie erwähnte. Es überraschte ihn zum Beispiel, daß ein Bild von ihm zusammen mit Goma, auf dem sie unter dem Ghantaghar-Uhrturm standen, von einem Kollegen von einer der Schulen aufgenommen worden war, an denen er früher unterrichtet hatte. »Warum waren wir an dem Tag zusammen?«, fragte er Goma, und sie sagte, sie seien im Begriff gewesen, in Ratnapark in den Bus zu steigen und zu einem Picknick zu fahren, das von ein paar Freunden organisiert worden war. Ramchandra versuchte, sich das Picknick ins Gedächtnis zu rufen, aber er hatte absolut keine Erinnerung daran. Als sie die Seiten mit den Hochzeitsbildern erreichten, sagte Malati zu Goma: »Ihr seht schön aus, Bhauju.«

»Ja, ich war jung«, sagte Goma und warf Ramchandra einen Blick zu. »Jetzt ist dieser Körper alt und müde geworden.«

»Ihr seid nicht so alt«, sagte Malati und legte Goma eine Hand auf den Arm.

»Naja, ich bin sicher nicht so jung wie du.«

»Ich fühl mich nicht jung.«

Goma nahm Malatis Hand und sagte: »Du hast viel, worauf du dich freuen kannst im Leben.«

Sie könnten Schwestern sein, dachte Ramchandra, und ihre Vertrautheit machte ihn unruhig. »Fast Zeit für Ashok«, sagte er.

Goma sagte zu Malati: »Gehen wir ins andere Zimmer und schauen die fertig an.«

Malati warf ihm im Hinausgehen einen Blick zu, wie um zu sagen: Ihr seid grundlos nervös geworden.

Ashok kam. Ramchandra zeigte ihm bestimmte abgekürzte Rechenwege in der Infinitesimalrechnung, horchte aber weiter auf das schwache Murmeln, das durch die Wand zwischen den beiden Zimmern drang. Er fing an, Fehler zu machen. Ashok wies ihn schadenfroh darauf hin und bemerkte sogar listig lächelnd: »Sir, wenn Ihr jetzt das SLC machen würdet, weiß ich nicht, ob Ihr durchkommen würdet.« Soviel Unverschämtheit aus dem Mund eines Schülers konnte Ramchandra kaum fassen, und er dachte daran, ihn zu schelten, doch er sagte nur: »Mach keine Späße mit mir.« Er gab Ashok eine Aufgabe zu lösen und ging aus dem Zimmer. Aus dem Kinderzimmer, vor dem er stehenblieb, hörte er ein Lachen – das von Malati. Dann sagte sie etwas, das er nicht ausmachen konnte, gefolgt von Gomas Lachen. Ramchandra beugte sich weiter vor und legte sein Ohr an den kleinen Riß in der Tür. Er machte Wort wie »dumm« und »peinlich« aus und gelangte zu der Überzeugung, daß sie über ihn redeten. Ashok tauchte neben ihm auf. »Ich dachte, Ihr geht aufs Klo«, flüsterte er, und Ramchandra war im Begriff, ihn in ihr Zimmer zurückzubegleiten, als die Tür aufging und Malati herauskam, das Lächeln noch auf dem Gesicht. »Ich seh Euch morgen, Sir«, sagte sie zu Ramchandra und sprang die Treppen hinab. Sie hielt etwas in der Hand.

»Ist die Nachhilfe vorbei?« rief Goma von drinnen.

Ramchandra wies Ashok an, zurückzugehen und seine Aufgabe fertigzumachen, und zu Goma sagte er: »Worum ging es bei diesem ganzen Lärm?«

»Dieses Mädchen«, sagte Goma mit einem Kopfschütteln. Sie war dabei, die Alben in einen Schrank zu stellen.

»Was ist passiert?«

»Nichts«, sagte sie. »Wir haben uns unterhalten.«

»Worüber?«

»Warum diese ganzen Fragen?«, fragte sie. »Ich hab nicht so viele Fragen gestellt, als ich merkte, daß Ihr sie mit unseren Photos unterrichtet.«

»Was willst du damit sagen?«

»Nichts will ich damit sagen.«

»Warum bist du dann so gereizt?«

Goma schloß den Schrank ab, räumte den Schlüssel auf und sagte: »Ich hab ihr einen überzähligen Abzug von unserem Hochzeitsphoto gegeben.«

»Warum?«, fragte Ramchandra. »Du kennst sie ja kaum.«

»Sie hat gesagt, ich sehe schön aus, und ich konnte nicht widerstehen.« Sie begann, das Kinderbett zu machen, zog die Laken gerade und strich die Kissen glatt. »Außerdem, Ihr kennt sie inzwischen ziemlich gut, oder nicht?«

Ramchandra wußte nicht, was er sagen sollte.

Später, als Goma ihm Dal-Bhat auftrug, war sie schweigsam, und da er ihre Frage noch im Ohr hatte, sagte auch er nichts. Einmal bat er sie, ebenfalls zu essen, und sie tat sich schweigend auf. Sie konnten einander kauen hören. Goma machte bei vollständig geschlossenem Mund leise Schmatzgeräusche, und Ramchandra stopfte sich mit den Fingern große Brocken in den Mund und kaute mit großen Bewegungen. Als Goma ein Geräusch machte, das sich wie Schluckauf anhörte, sah er zu ihr hin und stellte fest, daß sie ein Lachen zu unterdrücken versuchte. »Was?«, fragte er. Sie wurde wieder ernst, aber kurz darauf machte sie wieder das gleiche Geräusch.

»Was ist mit dir los? Im einen Augenblick schmollst du, im nächsten kicherst du.«

»Ihr hört Euch beim Essen an wie ein langsamer Zug«, sagte sie. »der mit Keuchen und Schnaufen auf den Bahnhof zufährt.«

»Zumindest ist ein Zug ein Zeichen des Fortschritts. Du, du hörst dich an wie eine alte Frau ohne Zähne. Bloß weiches Zahnfleisch, das *tschap-tschap* macht.«

Sie hielt sich die Hand vor den Mund, dann fiel ihr etwas ein, und sie wurde wieder ernst.

»Ich weiß nicht, was du denkst«, sagte Ramchandra. »Was es auch ist, es stimmt nicht.«

»Es ist bloß, daß ich noch nie gesehen hab, daß Ihr soviel Interesse an einem Schüler zeigt«, sagte Goma.

»Sie tut mir leid. Sie hat Probleme. Sie hat niemandem im Leben.«

»Manchmal scheint Ihr in letzter Zeit mehr an sie zu denken als an uns, an Sanu und Rakesh.«

Er streckte die Hand aus und berührte sie am Arm. »Was für Unsinn. Ihr seid meine Familie. Ich habe bloß Mitleid mit dem Mädchen und will ihr helfen.« Er fügte hinzu: »Will ihr das Gefühl geben, daß sie auch jemanden hat, auf den sie sich verlassen kann.«

Goma ließ sich das durch den Kopf gehen. »Sie ist ein liebes Mädchen«, sagte sie schließlich. »Alt für ihr Alter.«

»Sie hat ein schweres Leben gehabt. Es ist hart, erst die Mutter zu verlieren und dann auch noch den Vater. Stell dir mal vor, wie einsam du dich fühlen würdest.«

»Ich hoffe, daß wenn einem von uns was passiert, der andere sich um Sanu und Rakesh kümmert.«

»Rede doch nicht solchen Unsinn. Wir sind beide bei guter

Gesundheit. Wir werden beide hier sein, wenn unsere Kinder heiraten, sich niederlassen und uns Enkelkinder schenken.«

Sobald sie mit dem Essen fertig waren, sagte Goma: »Ich lade Malati für Samstagfrüh zum Essen ein. Armes Mädchen; ich hab ein schlechtes Gefühl wegen ihr. So jung und hat schon ein Kind.«

Am Freitagabend, dem Tag von Ghatasthapana, mit dem das Dashain-Fest begann, waren sie zum Abendessen bei Harish und Nalini in Jawalakhel eingeladen. Der Bus quoll über vor Leuten, und sie mußten stehen und sich an der Stange festhalten, die an der Decke entlanglief. Der Bus stank nach Schweiß, und jemand mußte die Schuhe ausgezogen haben, denn es schlug ihnen ein starker Geruch von alten Socken entgegen. Sanu war zwischen zwei Männern eingezwängt, und in Thapathali bemerkte Ramchandra, daß einer der Männer sich mit dem Schritt gegen ihren Körper drückte. Der Mann, der eine Glatze hatte, sah sie auf eine Art an, die Ramchandra zornig machte. »Warum drängelt Ihr Euch an sie ran?«, fragte Ramchandra ihn angriffslustig, und der Mann antwortete ruhig, daß der Bus überfüllt sei und Ramchandra ein Taxi nehmen solle, wenn ihm das nicht gefalle. »Was für ein Idiot«, sagte Ramchandra laut.

»Was habt Ihr gesagt?«, schrie der Mann über die Köpfe hinweg.

»Laß gut sein«, sagte Goma zu Ramchandra und streckte die Hand aus, um Sanu dichter an sich heranzuziehen.

»Was macht Ihr denn?«, fragte der andere Mann, der an Sanu gedrängt war. »Es ist kein Platz.«

Goma schaffte es, Sanu zu sich heranzuholen, und der Rest der Busfahrt verlief ohne besondere Vorkommnisse. Erst als der Mann mit der Glatze in Kupandol ausstieg und an Ramchandra vorbeimußte, sagte er: »Ich hab Euch nur davonkommen lassen, weil Ihr mit Eurer Familie unterwegs seid.«

Ramchandra hielt es für das Beste, nicht zu antworten, aber der Vorfall hinterließ einen sauren Geschmack in seinem Mund. Wenn sie sich keine Sorgen ums Geld hätten machen müssen, hätten sie mit dem Dreiradtaxi fahren können. Er musterte seine Tochter, die aus dem Fenster sah. Die kleinen Wölbungen ihrer Brüste fielen ihm auf, und die langen Ohrringe, die sie trug. Sie sah hübsch aus.

Sie stiegen in Jawalakhel aus, und als sie zu Fuß zu Nalinis Haus gingen, zeigte Ramchandra Rakesh die St. Xavier's School. »Da möchte ich, daß du in ein paar Jahren zur Schule gehst.« Die Gebühren waren nicht allzu hoch, obwohl die Schule als eine der besten des Landes galt. Wenn Ramchandra den Xavier-Schuljungen über den Weg lief, in ihren feschen Hosen und blauen Hemden mit Krawatte, hörte er sie immer flüssig auf englisch daherplaudern, als seien sie mit dieser Sprache geboren worden. In den stadtweiten englischsprachigen Debattierwettbewerben gewannen die Xavier-Jungen immer den ersten Preis. Gegenüber Schülern von Einrichtungen wie der Kantipur-Schule traten sie oft herablassend auf, und diese Arroganz konnte Ramchandra nicht leiden. Aber ihr Selbstvertrauen hatte etwas Anziehendes, und er wollte, daß Rakesh diese Selbstsicherheit gewann.

Rakesh betrachtete das große gelbe Gebäude, einen Rana-Palast, den die Jesuiten in eine Schule umgewandelt hatten. Einige Studenten in Uniform hingen vor dem Tor herum, das in die ovale Einfahrt führte. Einer von ihnen schubste einen anderen und sagte: »Gib mirn bißchen Geld, yare.« Rakesh hörte es und fing an, »yare« vor sich hinzusingen.

»Können wir reinschauen?«, fragte Sanu.

Goma hatte Angst, daß sie sich verspäten würden, aber Ramchandra sagte, es dauere nur ein paar Minuten. Sie passierten das Tor und waren im Begriff, die Einfahrt zu überqueren, als ein Wachmann, der wie aus dem Nichts auftauchte, ihnen sagte, daß sie nicht ohne Erlaubnis hineingehen dürften. Ramchandra erklärte ihm, daß sein Sohn bald auf diese Schule gehen werde, aber der Wachmann blieb unnachgiebig. »Kein Einlaß für Besucher ohne Erlaubnis.«

»Aber ich habe die Erlaubnis«, log Ramchandra. »Einer der Lehrer hat mich eingeladen. Ich bin auch Lehrer, an der Kantipur-Schule.«

Das beeindruckte den Wachmann nicht, und er fragte nach dem Namen des Lehrers. Als Ramchandra zu stottern begann, scheuchte der Wachmann sie hinaus.

»Ich hab Euch gesagt, daß wir nicht reingehen sollten«, sagte Goma.

Ramchandra verfluchte den Wachmann, dann die Schule, dann die ausländischen Priester, und sagte: »Warte bloß, bis mein Sohn da aufgenommen wird. Dann komm ich jeden Tag her, und dieser Wachmann wird vor mir salutieren.«

Sanu und Goma tauschten ein Lächeln. Sanu nahm ihren Vater an der Hand und sagte: »Was ist mit mir, Ba? Muß ich auf St. Mary's gehen?« St. Mary's, eine Partnerschule, die von Nonnen geleitet wurde, lag neben St. Xavier's.

»Möchtest du?«, fragte Ramchandra.

»Eigentlich nicht. Ich bin glücklich, wo ich bin. Da hab ich Freunde.«

Sie aßen auf der geschlossenen Veranda zu abend, die sich ans Eßzimmer anschloß. Zwei Heizer summten auf der Veranda, und so war ihnen überhaupt nicht kalt, trotz des Wetters, das draußen herrschte. Ein alter Mann, der zuvor für die Pandeys gearbeitet hatte, servierte das Essen auf elegantem Porzellangeschirr: Chilihuhn, Eiercurry, gebratenes Lamm, Raita, Samosas, Tomatensuppe. Mit den Jahren hatte Nalini sich einen Ruf als hervorragende Köchin erworben, und manchmal unterschied sich das Essen, das sie auftrug, nicht von dem, das man vielleicht im Restaurant eines Fünfsternehotels bekommen mochte – so köstlich war der Geschmack, so makellos die

Präsentation. Die beiden Kinder wirkten unsicher angesichts des Bestecks – des Suppenlöffels, der beiden Gabeln. Sie saßen mit zusammengelegten Händen da und warteten darauf, daß die Erwachsenen anfingen. Von Besuchen bei Tante und Onkel waren sie nicht so begeistert wie von Ausflügen nach Pandey Palace. Harish war distanziert; er nahm sie kaum wahr. Jedesmal wenn man ihn traf, so beklagte sich Sanu, sei es wie die Begegnung mit einem Fremden. Nalini andererseits sprach mit den Kindern, als seien sie Erwachsene, und zeigte kaum Zuneigung. Fünf Jahre jünger als Goma, war Nalini dünn, mit Augen, die um Rettung zu flehen schienen. Sie trug stets teuren Schmuck und einen leuchtendfarbigen Kurta-Suruwal, sogar bei der Hausarbeit. Sie bewegte sich langsam, als prüfe sie die Nützlichkeit jeder Bewegung. Ramchandra fand, daß es schwer war, sich mit ihr zu unterhalten. Nur Goma war gegenüber Nalini völlig unbefangen. Goma schwatzte vor sich hin, während ihre Schwester, mit dem Flehen in den Augen, jedem Wort lauschte. Gegenüber Harish war Goma respektvoll, und als sich Sanu später darüber beklagte, wie distanziert Harish sei, sagte Goma, er sei ein netter Mann, nur nicht sehr gesellig.

»Du könntest leicht als Chefköchin arbeiten«, sagte Goma jetzt, als sie ein Stück Huhn probierte, »in jedem Oberklasserestaurant dieser Stadt.«

Ramchandra nickte und sagte ein paar anerkennende Worte. Er zog eigentlich Gomas Art zu kochen vor, die bodenständiger und heimeliger war. Aber Nalini hatte viel Zeit darauf verwendet, diese Mahlzeit zuzubereiten. Bei dieser Menge an Essen fragte sich Ramchandra, warum Nalini nicht auch ihre Eltern eingeladen hatte.

»Wie ist dein Sportunterricht?«, fragte Goma. »Wie sagt man dazu? Arabik?«

»Aerobic«, verbesserte sie Sanu.

Nalini warf Sanu ein schwaches Lächeln zu und sagte: »Ich hab aufgehört.«

»Warum?«

»Es war so anstrengend.«

»Langweilst du dich nicht, den ganzen Tag zu Hause zu sitzen?«, fragte Goma.

Trotz fünf Jahren Ehe hatten Harish und Nalini keine Kinder, was für Herrn und Frau Pandey eine Quelle großer Enttäuschung war, auch wenn sie nie direkt darüber sprachen. »Sie warten auf den richtigen Zeitpunkt«, pflegte Frau Pandey zu Goma zu sagen. Das Gesicht ihrer Mutter verriet jedoch, daß sie sich Sorgen machte. Goma hatte Nalini ein paarmal darauf angesprochen, aber Nalini war wortkarg geblieben. Daß sie keine Kinder bekam, hatte in der Verwandtschaft zu Spekulationen geführt. Manche sagten, Harish sei impotent; andere waren sich sicher, daß Nalini keine Kinder bekommen könne. Herr und Frau Pandey verteidigten ihre jüngere Tochter und den Schwiegersohn energisch, und sie tadelten die betreffenden Verwandten oft dafür, daß sie Gerüchte verbreiteten.

Wenn er Nalini und Harish zusammen erlebte, hatte Ramchandra sich oft gefragt, was für eine Ehe sie führten. Sie verhielten sich mehr wie Bürokollegen als wie Mann und Frau. Ihr Umgang war förmlich, und sie wurden nie laut, äußerten nie eine Beschwerde. Nicht ein einziges Mal hatte Ramchandra gesehen, daß Nalini ihren Mann berührte. Sie tauschten keine Blicke, wie es verheiratete Paare oft taten, wenn sie in Gesellschaft waren. Keine Signale. Es bestand eine merkwürdige Distanz zwischen ihnen, so daß sie, selbst wenn sie nebeneinander auf dem Sofa saßen, weit voneinander entfernt zu sein schienen. An einem Abend hatte Ramchandra diese Beobachtung gegenüber Goma ausgesprochen, und sie hatte ihn zurechtgewiesen. »Nicht alle gehen auf die gleiche Art miteinander um.

Woher wißt Ihr, was sie machen, wenn niemand anderes dabei ist? Sie lieben sich. Ich weiß, daß das so ist.«

»Siehst du, das meine ich«, hatte Ramchandra gesagt. »Hast du je gehört, daß einer von ihnen mit dem anderen schimpft, so wie du gerade mit mir geschimpft hast?«

»Wenn es nichts zu schimpfen gibt, warum dann schimpfen? Vielleicht waschen sie ihre schmutzige Wäsche nicht gerne in der Öffentlichkeit.«

Ramchandra hatte die Sache auf sich beruhen lassen. Aber jetzt, als Nalini unter seinem aufmerksamen Blick in die Küche ging, um mehr Tomatensuppe zu holen, die Rakesh wie ein Wolf verschlang, kam ihm der Gedanke, daß Harish und Nalini wahrscheinlich im Bett nicht intim wurden. Darum hatten sie keine Kinder. Er verwarf seine Theorie noch im gleichen Augenblick; er setzte zuviel voraus. Goma hatte recht. Natürlich verhielten sie sich anders, wenn sie alleine waren. Um sich von seinen Spekulationen über ihr Sexualleben abzulenken, begann Ramchandra, Harish über sein Geschäft zu befragen.

Mitten beim Essen klopfte es an der Tür. »Hast du noch jemanden eingeladen?«, fragte Harish Nalini, die den Kopf schüttelte. Der alte Diener ging die Tür aufmachen, und sobald sie die Stimmen der Besucher hörten, stöhnte Ramchandra stumm auf.

»Wer ist da?«, sagte Herr Pandey, als er das Zimmer betrat. Rakesh sprang vom Stuhl und ging auf seinen Großvater zu, weil er ein Geschenk erwartete.

»Hätte ich gewußt, daß du hier bist, hätte ich auf jeden Fall etwas mitgebracht«, sagte Herr Pandey und tätschelte dem Jungen den Kopf. »Aber hat uns jemand eingeladen?«

Frau Pandey kam hinter ihrem Mann herein, begutachtete das Essen auf dem Tisch und sagte ärgerlich zu Goma und Ramchandra: »Ach, ich glaube, wir sind zur falschen Zeit gekommen.«

Der Diener brachte zwei Stühle aus der Küche.

»Aber wir sind nicht eingeladen«, sagte Frau Pandey. »Sonst hätten wir einen Anruf bekommen. Sogar an Dashain denkt keiner mehr an uns.«

Verunsichert sagte Nalini: »Es war eine Verabredung in letzter Minute.«

»Also sind wir jetzt zu Fremden geworden?«, sagte Frau Pandey. »Oder sind wir zur Last geworden?«

»Sei ruhig«, sagte Herr Pandey zu seiner Frau und fuchtelte mit seinem Stock, »und setz dich hin.«

Der Diener trug mehr Essen auf, und als Frau Pandey probierte, was ihre Tochter gekocht hatte, besserte sich ihre Laune sofort. Sie griff in die Tasche und holte zwei Silberohrringe heraus, die sie über den Tisch hinweg vor Sanu hin- und herbaumeln ließ. »Schau, was ich Tag und Nacht in meiner Tasche herumgetragen habe, nur für meine Enkeltochter.« Sanu sah die Ohrringe an und schürzte die Lippen. Goma sagte: »Na los, Sanu, sei nicht mehr sauer.«

»Ich will sie nicht«, sagte Sanu.

Goma wies sie zurecht. »Sei nicht dumm.«

Sanu verschränkte die Arme vor der Brust und wiederholte: »Ich hab gesagt, ich will sie nicht. Habt Ihr nicht gehört?«

Frau Pandey ließ die Ohrringe weiter vor Sanu hin- und herbaumeln.

»Sanu, nimm die Ohrringe,« sagte Goma. »Benimm dich nicht so.«

»Ich nehm sie nur, wenn Hajurba und Hajurma aufhören, solche Sachen zu meinem Vater zu sagen.«

»Was für Sachen?«, fragte Herr Pandey. Er trank etwas Wasser. »Wer hat ihr solchen Unsinn beigebracht?«

»Niemand«, sagte Ramchandra. »Meine Tochter hat ihren eigenen Kopf.« Er wußte nicht, wo er diesen Mut hernahm, aber etwas in seiner Brust hatte sich gelöst.

»Seid ruhig«, sagte Goma zu Ramchandra. »Sagt man sowas?«

»Was habe ich gesagt? Ich habe nur gesagt, daß sie ausspricht, was sie denkt.«

Frau Pandey warf Ramchandra einen stechenden Blick zu, steckte die Ohrringe wieder in die Handtasche und sagte: »Ich werde jemand anderen finden, dem ich sie gebe.«

Sanu stand auf. »Geht! Geht! Wer braucht Eure Ohrringe? Ich spucke auf Eure Ohrringe!«

»Sanu, sprich nicht so«, warnte Ramchandra.

»Großartig«, sagte Herr Pandey zu Ramchandra. »Erst bringt Ihr ihr bei, so zu reden, und dann tut Ihr, als ob Ihr unschuldig wärt.« Er war sichtlich wütend auf Ramchandra, aber er hielt sich zurück.

»Bitte, laßt uns in Frieden essen«, sagte Harish.

»Es gibt keinen Frieden in dieser Familie«, sagte Frau Pandey. »Warum würden wir sonst von unserer Enkelin solche Dinge zu hören bekommen?«

Es gab ein kurzes Schweigen. Alle starrten aufs Essen.

»Kommt, essen wir«, sagte Goma. »Die Sache ist erledigt.«

»Ich esse nicht«, sagte Sanu und ging ins Haus.

»Du solltest sie nicht ermutigen«, sagte Goma zu Ramchandra.

Er spürte den Stachel des Zorns. »Wie habe ich sie ermutigt? Denkst du, sie hört nicht, was andere Leute ständig über mich sagen?«

Jetzt stand Frau Pandey auf. »Wenn Ihr mit anderen Leuten uns meint, gut; dann sind wir jetzt wohl zu anderen Leuten geworden. Aber alles, was wir wollen, ist, daß unsere Tochter ein angenehmes Leben hat. Das ist alles, worum wir gebeten haben.«

»Warum streitet Ihr Euch?«, fragte Rakesh mit leiser Stimme.

»Immer mäkeln, immer sich beklagen«, sagte Ramchandra zu Frau Pandey. Erneut wallte Hitze in ihm auf, und er wußte, daß er im Begriff war, sich noch mehr Ärger einzuhandeln, aber er konnte nicht aufhören. »Ihr behandelt mich, als wäre ich ein Straßenverkäufer«, sagte er. »Wenn Ihr einen reichen Schwiegersohn gewollt hättet, hättet Ihr Eure Tochter an jemand anderen verheiraten müssen.«

Goma, die den Kopf in die Hände gelegt hatte, sagte: »Ich kann das nicht hören«, und verließ die Veranda, öffnete die Haustür und ging nach draußen.

Der Diener begann nervös, allen noch mehr Essen auf die Teller zu häufen. Harish, der bis dahin mit dem Reis auf seinem Teller gespielt hatte, sagte nun: »Ist das notwendig?«

»Ja, das ist notwendig«, sagte Ramchandra. »Es ist zu weit gegangen.« Seine Hände zitterten, und er versteckte sie unter dem Tisch. »Es gibt sichtlich einen Unterschied zwischen der Art, wie Ihr behandelt werdet und wie wir behandelt werden.«

»Schwiegersohn, wir haben nie schlecht von Euch gedacht«, sagte Herr Pandey. »Wir versuchen nur zu helfen.«

»Und eine große Hilfe seid Ihr«, sagte Ramchandra. »Ihr sorgt dafür, daß ich mich jedesmal so klein fühle, wenn wir uns sehen.« Mit Daumen und Zeigefinger zeigte er ungefähr zwei Zentimeter.

Frau Pandey schickte ein Stoßgebet zur Decke. »Hare Bhagwan, warum müssen wir das ertragen? Wir haben nie einen Unterschied zwischen Euch gemacht.«

»Laßt es gut sein«, sagte Nalini. Sie sah aus, als werde sie gleich in Tränen ausbrechen.

Ramchandra nahm einen Löffel und begann, auf den Tisch zu trommeln. Er atmete schwer und schwitzte unter seiner Weste. Er wünschte sich, Goma möge zurückkommen, nur damit sie sah, daß er nicht nachgegeben hatte, daß er sich nicht länger damit abfinden würde. Keiner sagte etwas. Ramchandra wollte gehen, aber er war entschlossen, nicht der erste zu sein; er saß da und trommelte leicht mit dem Löffel auf den Tisch, bis Rakesh die Hand ausstreckte und ihn wegschnappte. »Ist das ein Streit?«, sagte Rakesh. Niemand antwortete.

»Das Essen wird kalt«, sagte Nalini.

»Zur Hölle mit dem Essen«, sagte Frau Pandey und stand von ihrem Stuhl auf, das Gesicht erhitzt. »Jetzt kenne ich die Wahrheit. Jetzt weiß ich, was Ihr wirklich von uns denkt. Ich bleibe nicht länger in diesem Raum.« Sie klapste ihrem Mann auf den Rücken. »Steht auf. Was macht Ihr da, was sitzt Ihr da wie ein Idiot? Wir sind hier nicht erwünscht.«

»Mutter«, flehte Nalini. Doch Herr Pandey gehorchte kleinlaut seiner Frau. Sie gingen zur Haustür hinaus, und ein paar Augenblicke später kam Goma herein, mit ernstem Gesicht. »Ihr habt heute ganze Arbeit geleistet«, sagte sie zu Ramchandra. Nalini ging auf sie zu, legte den Arm um ihre Schwester und führte sie ins Schlafzimmer. Harish stand auf und murmelte etwas von wegen, er müsse mal auf Toilette. Ramchandra und Rakesh starrten einander an; dann begann Rakesh zu weinen, und Ramchandra brauchte eine Weile, um ihn zu beruhigen. »Hol deine Mutter und Schwester«, sagte er. »Wir müssen gehen.«

»Aber ich hab noch nicht aufgegessen.«

»Wir essen zu Hause.«

»Aber das Essen zu Hause ist nicht so gut.«

»Sohn, bitte tu, was ich sage.«

Rakesh ging, und Ramchandra blieb sitzen; der Diener stand hinter ihm. In der Stille konnte Ramchandra den Mann atmen hören, konnte spüren, wie der Blick des Mannes sich ihm in den Rücken bohrte. Er drehte sich um und fragte: »Holt Ihr mir etwas Wasser?« Der Diener zeigte auf das Glas mit Wasser, das vor Ramchandra stand. Er trank es aus und lauschte dabei dem eigenen Gluckern. Bald hörte er die gedämpften Stimmen von Nalini und Goma aus dem Schlafzimmer dringen. Wo war Sanu? Wohin war Harish verschwunden? Selbstzweifel begannen an ihm zu nagen, aber er fegte sie zornig beiseite. Es tat den Pandeys gut zu hören, was er ihnen gesagt hatte, und er hoffte, daß sie ihn von nun an besser behandeln würden. Aber ein Teil von ihm wußte, daß diese Hoffnung trügte.

Er schloß die Augen und beschwor das Bild von Malati in einem leuchtendroten Kurta-Suruwal herauf, das Gesicht sauber und eifrig, und allmählich erfüllte ihn wonnige Wärme. Die harschen Worte, die angespannten Gesichter seiner Schwiegereltern lösten sich auf, und stattdessen hatte er ein liebliches Gefühl in der Kehle, der Brust.

Er fühlte eine Hand auf seiner Schulter. Sanu sagte: »Ba, weint Ihr?«

Er nahm ihre Hand und sagte: »Nein.«

»Hätte ich diese Sachen nicht sagen sollen?«

Natürlich hast du sie sagen sollen, dachte er, aber er sagte: »Vielleicht war jetzt nicht der richtige Zeitpunkt. Deine Mutter ist sauer.«

Ihr Gesichtsausdruck war düster. Sie setzte sich neben ihn. »Was passiert jetzt?«

»Ich weiß nicht. Ich denke, wir sollten gehen.«

Goma kam mit verquollenen Augen aus dem Schlafzimmer, begleitet von Nalini und Rakesh. Nalini streichelte ihr den Rükken. Kurz darauf ging Nalini auf die Suche nach Harish, damit er sie nach Jaisideval zurückfuhr. Goma stand an der Tür, ohne etwas zu sagen. Rakesh betrachtete die Familienbilder an der Wand.

»Das Essen hier ist nur halb aufgegessen, verschwendet«, sagte der Diener.

Im Auto setzte sich Ramchandra mit Rakesh auf dem Schoß nach vorne, und Goma, Sanu und Nalini setzten sich nach hinten. Lange Zeit sprach niemand, bis Harish sich räusperte und etwas darüber sagte, daß das Wetter in den kommenden Tagen wärmer werden solle. Ramchandra fügte hinzu, warmes Wetter ohne Regen werde wahrscheinlich dazu führen, daß es mehr Staub in der Stadt gebe, die auch so schon dreckig genug sei.

In Jaisideval stapften die vier die Treppen hinauf, und Goma ging direkt ins Bett. Rakesh beschwerte sich, daß er Hunger habe, und so kramte Ramchandra in der Küche herum und entdeckte einen Rest Blumenkohl und Reis. Sanu stand in der Tür, mit mißmutigem Gesicht. Als Ramchandra sie fragte, ob sie auch etwas essen wolle, schüttelte sie den Kopf. Er steckte die Kinder ins Bett, und dabei fiel ihm ein, daß Sanu, jetzt wo ihr Körper wuchs, bald getrennt von ihrem Bruder würde schlafen müssen. Er schaltete das Licht aus und ging in sein Zimmer.

Im Bett lag er da und starrte an die Decke. Er konnte Goma leise atmen hören. Sie lag mit dem Rücken zu ihm, aber er wußte, daß sie wach war. Nach einer Weile sagte er: »Es war zuviel geworden, Goma. Verstehst du das?«

Langsam drehte sie sich zu ihm um. »Sie sind meine Eltern. Versteht Ihr das nicht? War das alles notwendig?«

»Es mußte einmal passieren. Du weißt, wie deine Eltern mich immer behandeln.«

»Sie denken nicht schlecht von Euch. Sie wollen nur, daß wir beide ein besseres Leben haben.«

Das klang genau wie die Pandeys, aber er wollte so spät nicht mit Goma streiten. »Wir können nicht zurücknehmen, was passiert ist«, sagte er schließlich.

»Ich mach mir Sorgen wegen Sanu. Diese Einstellung gegenüber ihren älteren Verwandten, besonders gegenüber ihren Großeltern, die sie so sehr lieben; das bedeutet nichts Gutes.«

»Sie ist ein empfindsames Mädchen, das ist alles.«

»Und Ihr ermutigt sie noch.«

»Ich habe sie nie ermutigt«, sagte er scharf. »Wenn du mir weiter die Schuld geben willst, sollten wir uns jetzt vielleicht nicht unterhalten.« Er wandte sich ab und schloß die Augen. Er konnte sie heftig atmen hören. Dann ging ihr Atem allmählich ruhiger.

Bald fühlte er ihre Hand auf der Schulter. »Wie geht es ihr? Sanu? Was hat sie gesagt?«

»Ich denke, du solltest besser mit ihr reden. Es geht ihr mies.«

»Ich vertrag mich morgen wieder mit ihr.«

Er drehte sich um, so daß er ihr Gesicht sehen konnte, und fragte: »Willst du immer noch, daß Malati morgen zum Essen kommt?«

»Ach, das hab ich fast vergessen«, sagte Goma. »Ja, ich hab sie schon eingeladen, und sie schien gerne kommen zu wollen. Ich hab ihr gesagt, sie soll ihre Tochter auch mitbringen.«

»Wir sollten uns etwas überlegen, daß wir zusammen spielen können, so daß Sanu und Rakesh auch ihren Spaß haben.«

»Warum spielen wir nicht Karom?«

Ramchandra fragte sich, ob er und Malati Spielpartner sein könnten, und merkte dann, was für ein lächerlicher Gedanke das war. Er nahm Goma fest in den Arm. »Vergessen wir, was heute passiert ist, und schlafen jetzt schön. Was kochen wir morgen?«

»Ich geh früh auf den Markt und kaufe etwas Kürbis und Ziegenfleisch.«

»Ziegenfleisch ist teuer zur Zeit. Wieviel? Vierzig Rupien das Kilo?«

»Was nützt es, Leute einzuladen, wenn wir ihnen dann nichts Vernünftiges zu essen geben? Ich habs satt, jeden Paisa umdrehen zu müssen.«

»Schon gut, schon gut«, sagte er. »Ich meine ja bloß, daß wir auf unser Geld achten sollten.« Er vergrub seine Nase in Gomas Busen.

Die Anspannung löste sich, aber er wußte, daß ihn noch einiges erwartete. Wenn er seine Schwiegereltern das nächste Mal traf, würde ihr Streit die Atmosphäre belasten und noch mehr Distanz zwischen ihnen schaffen. Frau Pandey war kein Mensch, der leicht verzieh. Sie würde beleidigt sein, und Goma würde die Einstellung ihrer Mutter widerspiegeln. Aber er wollte nicht so weit vorausdenken, und so drückte er das Gesicht noch tiefer in den Busen seiner Frau.

*

Als ob Ramchandras Tagträume feste Gestalt annähmen, erschien Malati in einem leuchtendroten Kurta-Suruwal an der Wohnungstür, Rachana auf die Hüfte gehuckelt. Zwei silberne Ohrringe baumelten an ihren Ohren, und an den Handgelenken hatte sie Reifen, die klimperten, wenn sie redete und die Hände bewegte. »Wir hatten keine Zeit ausgemacht, aber ich dachte, zehn Uhr ist vielleicht Eure Essenszeit.«

»Ja, ja«, sagte Goma. »Du kommst zur rechten Zeit.« Sie lächelte das Baby an. »Sieht aus wie du«, sagte sie. »Gleiche Nase, gleiche Augen.«

Ramchandra betrachtete Rachana vom Bett aus, wo er saß. Ja, Malatis Tochter sah tatsächlich aus wie sie. Das war ihm bis dahin noch nicht aufgefallen. Er fragte sich, ob Rachana auch irgendeine Ähnlichkeit mit ihrem Vater zeigte.

»Setz dich, setz dich«, sagte Goma, und als Malati sich auf dem Boden niederlassen wollte, hielt Goma sie am Arm fest und sagte: »Nicht heute. Heute bist du keine Schülerin. So, auf dem Bett«, und sie bat Ramchandra Platz zu machen, so daß Malati bequem sitzen konnte. Rakesh kam hereingerannt, tat schüchtern gegenüber Malati und schnitt Rachana Grimassen, worauf sie zu weinen anfing. Ramchandra schalt Rakesh und scheuchte ihn aus dem Zimmer. Als Sanu hereinkam, setzte sie sich neben Malati und fragte, ob sie das Baby auf den Arm nehmen dürfe. »Du läßt sie vielleicht fallen«, sagte Goma. Sanu sagte, sie sei jetzt schon erwachsen. Malati gab ihr vorsichtig das Baby, und Sanu hielt die Kleine in ihrer Armbeuge. Sie sprach sanft mit ihr, und alle sahen zu und lächelten. »Sie wird mal eine gute Mutter«, sagte Malati.

Sie tranken Tee und plauderten. Malati äußerte ihre Beunruhigung wegen der Prüfungen. Ramchandra versicherte ihr, daß sie sich gut schlagen werde. Goma sagte zu Ramchandra, daß er ihr mehr Nachhilfe geben solle, daß er sie vielleicht sogar während der Feiertage unterrichten könne, außer vielleicht am Tika-Tag, an dem sie Verwandte besuchen würden.

»Nein, nein«, sagte Malati, »Das kann ich Euch eindeutig nicht zumuten. Auch Ihr müßt das Fest feiern. Außerdem kann ich nicht mehr bezahlen, als ich jetzt schon zahle.« Goma sagte, daß es keine Zumutung sei, daß Ramchandra es gerne tue. Und wer habe von zusätzlicher Bezahlung gesprochen? Goma sah Ramchandra an, und der sagte: »Natürlich sollst du während der Feiertage herkommen, außer am Tika-Tag, und kein Wort über zusätzliche Bezahlung.«

Das Baby wurde herumgereicht, und als es zu Ramchandra kam, hielt er es ungelenk im Arm. Rachana lächelte ihn an und sagte etwas, daß wie »ba, ba« klang. Alle lachten, auch Malati. Goma scherzte: »Vielleicht denkt sie, Ihr seid ihr Vater«, und Ramchandra wurde verlegen. Er küßte das Baby und sah aus den Augenwinkeln Malati an, die erneut dieses sanfte Lächeln auf den Lippen hatte. Goma ging in die Küche, um nach dem Essen zu sehen, und Sanu folgte ihr. Für eine Weile waren Ramchandra und Malati allein, abgesehen vom Baby und Rakesh, dessen Aufmerksamkeit von seinem Spielzeug-Armeelaster in Anspruch genommen wurde.

»Ich bin froh, daß du hier bist«, sagte Ramchandra. »Ich dachte, du kommst vielleicht nicht.«

»Warum sollte ich nicht kommen?«, sagte Malati und sah das Baby an, das jetzt in ihrem Schoß lag. »Goma-Bhauju hat mich so offenherzig eingeladen.«

»Sie mag dich.«

»Ich mag sie auch. Sie ist so gutmütig.«

Ramchandra zeigte auf Rachana. »Hat sie Hunger?«

»Sie hat getrunken, bevor wir hergekommen sind, aber man weiß nie.«

»Du kannst sie jetzt stillen«, sagte er.

»Nicht vor Euren Augen!«, sagte sie.

Rakesh sah von seinem Spielzeug auf. »Hat das Baby Hunger?«

»Vielleicht«, sagte Malati.

»Kann ich ihm beim Essen zuschauen?«

»Sie ißt kein Dal-Bhat wie wir«, sagte Ramchandra. »Sie trinkt die Milch von ihrer Mutter.«

»Ich will ihr beim Essen zuschauen«, sagte Rakesh.

Wie auf ein Stichwort von Rakesh, begann das Baby nach Malatis Brust zu grapschen.

»Sieht aus, als ob sie Hunger hat«, sagte Ramchandra. »Warum gehst du nicht ins andere Zimmer und stillst sie?«

Er begleitete Malati zum Kinderzimmer, und als er die Tür zumachte, schlüpfte Rakesh im letzten Augenblick mit hinein.

In der Küche rührte Goma das Ziegenfleisch um, und Sanu schälte die grünen Erbsen. »Es riecht toll hier«, sagte er.

Goma antwortete nicht. Von hinten wirkte sie angespannt, und so fragte er: »Was ist los?«

»Nichts«, sagte sie.

Er sah Sanu an, die wieder einmal ein beleidigtes Gesicht machte. »Was ist passiert?«

»Sie weigert sich, sich bei ihren Großeltern zu entschuldigen.«

»Und warum mußtest du jetzt damit anfangen? Sie sind nicht hier, oder?«

Goma legte die Kelle ins Ragout und sah ihn an. »Ich hab nur mit ihr gesprochen und versucht, die Sache wieder in Ordnung zu bringen. Sie kann ihre Großeltern nicht weiter so behandeln.«

»Du hast mir gesagt, du verträgst dich wieder mit ihr, und jetzt bei der erstbesten Gelegenheit streitest du wieder.«

Ihre Stimmen waren lauter geworden. Das ist eine Wiederholung von letzter Nacht, dachte Ramchandra. Sanu hatte mit dem Erbsenschälen aufgehört und starrte auf den Boden.

»Ihr scheint Euch nicht klarzumachen, was aus Eurer Tochter geworden ist.«

»Meine Tochter ist in Ordnung«, sagte Ramchandra. »Vielleicht solltest du dir klarmachen, was aus dir geworden ist.« Er konnte sich nicht daran erinnern, wann sie sich zum letzten Mal so gestritten hatten.

»Was aus mir geworden ist? Ich will nur, daß meine Kinder ihre älteren Verwandten respektieren. Ist das zuviel verlangt?«

»Ältere Verwandte, die respektiert werden wollen, sollten andere respektieren.«

»Sie waren zu niemandem respektlos.«

»Wie kannst du das sagen? Wie kannst du hier vor deiner Tochter stehen und so tun, als sei nichts verkehrt daran, wie sich deine Eltern aufführen?«

Auf Gomas Gesicht vollzog sich eine plötzliche Wandlung, und sie begann zu weinen. Sanu sprang vom Boden auf und ging zu ihrer Mutter. Goma zog ihre Hand weg und wandte ihnen den Rücken zu. Vater und Tochter tauschten einen Blick, und Ramchandra bedeutete Sanu, noch einmal zu ihrer Mutter zu gehen. Sanu stellte sich neben sie und sagte: »Wenn es Euch so wichtig ist, Mutter, dann entschuldige ich mich.«

Goma gab keine Antwort. Ramchandra legte ihr die Hand auf die Schulter. »Gut, genug jetzt. Wir haben einen Gast im Haus. Was soll sie denken?«

»Diese ganze Sache macht mir Kopfschmerzen«, sagte Goma.

»In Ordnung. Sanu wird sich entschuldigen, also mach dir bitte keine Sorgen mehr.«

Es dauerte ein paar Minuten, bis Goma die Fassung wiedergewonnen hatte. Dann umarmte sie Sanu.

Sie hörten die Kinderzimmertür aufgehen, und Malati und Rakesh erschienen in der Küchentür. Malati spürte offenbar, daß etwas Unangenehmes vorgefallen war; sie wirkte betreten. Goma lächelte und sagte: »Das Essen ist in ein paar Minuten fertig. Deine Tochter schläft?«

Malati nickte. Sie stand dicht bei Ramchandra, und als Sanu den Raum verließ, mußte Malati sich noch dichter zu ihm hinbewegen. Jetzt berührten sich ihre Schultern. Goma drehte sich kurz zu ihrem Masu um, rührte im Fleisch und schöpfte etwas Brühe, um daran zu riechen, und Ramchandra ließ seinen kleinen Finger Malatis Handgelenk streicheln. Sie errötete.

»Probiert mal und sagt mir, wie es schmeckt«, sagte Goma. Sie löffelte ein Stück Fleisch und etwas Brühe in eine Schüssel und gab sie Ramchandra. Er probierte und gab beifällige Laute von sich. »Köstlich«, sagte er, und als Goma sich wieder ihren Töpfen zuwandte, sah er Malati offen an und sagte: »Köstlich.« Erst da bemerkte er, daß Rakesh, der mit dem religiösen Kalender an der Wand neben der Tür gespielt hatte, ihn beobachtete.

Sie aßen in der Küche, während das Baby im Kinderzimmer schlief. Malati hatte eine komische Art zu essen. Sie schöpfte den Reis mit den Fingern vom Teller, senkte den Kopf und schob sich das Essen in den Mund, hielt jedoch den Kopf beim Kauen weiter gesenkt, als sei es ihr peinlich, beim Essen beobachtet zu werden. »Wie schmeckts?«, fragte Goma, und sie warteten, bis Malati geschluckt hatte. »Schmeckt köstlich.« Es faszinierte Ramchandra, wie ihre schlanken, zur Schaufel geformten Finger das Essen anhoben und dann in ihren Mund schoben. Ihre Armreifen klimperten. Goma fragte ihn, ob genug Salz am Fleisch sei, und er nickte, unfähig zu sprechen. »Sagt mir, wenn es nicht gut ist«, sagte Goma lachend. »Ich halts aus.« Sie erklärte Malati, daß Ramchandra nie etwas an ihrem Essen auszusetzen habe, was sie gut finde, aber sie wisse nicht, ob er dabei ganz ehrlich sei.

Herr Sharma begann auf der anderen Seite des Hofes seine religiösen Verse zu singen, und Malati schaute ruckartig auf.

Ramchandra sagte: »Scheinbar ist unser Nachbar heute spät dran.«

»Am Samstag steht er spät auf«, sagte Goma.

»Herr Sharma ist komisch«, sagte Sanu.

»Warum?«

»Er starrt mich an.«

»Mich starrt er nicht an«, sagte Rakesh.

»Wann hat er dich angestarrt?«, fragte Ramchandra Sanu.

»Jedesmal wenn ich auf dem Hof bin, schaut er mich an, als ob ich was falsch gemacht hätte.«

Ramchandra erinnerte sich an Herrn Sharmas Bemerkung über Malati. Er hörte auf zu kauen, trank etwas Wasser und sagte zu seiner Tochter: »Das nächste Mal, wenn er das macht, frage ihn, warum er dich anstarrt.«

»Ihr fangt schon wieder damit an«, sagte Goma, »ihr beizubringen, daß sie Erwachsenen ein Maul anhängt.«

»Aber warum schaut er sie so an? Was ist sein Motiv?«

»Er ist bloß ein etwas sonderbarer Mensch«, sagte Goma. Sie war mit dem Essen fertig und zog sich nun Ziegenfleischfasern aus den Zähnen, wobei sie mit der anderen Hand den Mund verdeckte. »Er meint es nicht böse.«

»Woher weißt du das? Er lebt schon zu lange allein.«

»Beruhigt Euch«, sagte Goma. »Warum seid Ihr so hitzig? Heizt das Essen Euer Gehirn auf?«

Als sie fertig waren, wuschen sie sich am Spülbecken Hände und Gesicht. Ramchandra sah aus dem Fenster zu Herrn Sharma hinüber, der sich beim Singen vor- und zurückwiegte. Er schaute auf und winkte Ramchandra zu, der nicht zurückwinkte.

Sie setzten sich alle ins Schlafzimmer und machten es sich beim Karomspielen gemütlich. Das Brett war ein Geschenk der Pandeys zu Sanus sechstem Geburtstag gewesen, und mit den Jahren war die Farbe abgeblättert, so daß einige Stellen rauh waren. Oft flitzte eine der kleinen Scheiben über das Brett und blieb plötzlich hängen, kurz bevor sie ihr Ziel traf, und so holte Goma etwas Puder und bestreute damit die Oberfläche des Spielbretts. Ramchandra fragte: »Gut, wer ist wessen Partner?« Sowohl Sanu als auch Rakesh wollten Malatis Partner sein, und es gab einen kurzen Streit, bevor Sanu zugunsten ihres Bruders nachgab. »Ich schau zu«, sagte Goma, denn es konnten nur vier Leute mitspielen.

Die Scheiben wurden angeordnet, und das Spiel begann. Malati stellte sich als versierte Spielerin heraus. Sie legte die Schußscheibe jedesmal sehr sorgfältig zurecht, traf den gewünschten Spielstein, und der plumpste zielsicher in das Loch in der Ecke. Rakesh war entzückt über die Kunstfertigkeit seiner Partnerin, und die beiden gewannen jedes Spiel.

»Wo hast du so zu spielen gelernt?«, fragte Ramchandra.

Sie sagte, ihr Vater sei ein großer Fan gewesen, und sie hätten ein Spielbrett zu Hause gehabt, als sie ein Kind gewesen sei. »Ich bin vielleicht ein Mathe-Affe, Sir«, sagte sie mit einem Lächeln, »aber bestimmt bin ich kein Karom-Affe.«

Der Klang dieses Wortes gefiel Rakesh, und er drehte sich zu seinem Vater um und begann zu singen, sein Vater sei der Karom-Affe. Es stimmte; Ramchandra stellte sich bei dem Spiel ungeschickt an.

Das Baby begann zu schreien, und Malati ging schnell ins Kinderzimmer. Goma sagte, sie sei müde, und legte sich mit einem Gähnen aufs Bett. Sanu und Rakesh gingen zum Seilspringen auf den Hof hinunter. Ramchandra setzte sich neben dem Bett auf den Boden und massierte mit einer Hand Gomas Fuß. »Das Essen liegt mir schwer im Magen«, sagte Goma schläfrig. Bald schnarchte sie, das schwach raspelnde Atmen, das Ramchandra so oft in den Schlaf gelullt hatte. Er rieb ihr weiter den Fuß und wußte dabei, daß nur er und Malati noch wach waren. Aus dem anderen Zimmer drang das leise Glucksen des Babys herüber. Ramchandra ließ Gomas Fuß los und stand auf. Ein Laster rauschte draußen vorbei und machte solchen Radau, daß Gomas Augenlider flatterten. Sie änderte ihre Stellung und schlief wieder ein. Aus dem Hof waren die Stimmen von Sanu und Rakesh zu hören, die beim Seilspringen mitzählten.

Ramchandra blieb an der Tür zum Kinderzimmer stehen, die einen Spalt weit offenstand. Malati sang leise ein Schlaflied. Als er die Tür aufdrückte, schaute sie vom Boden aus zu ihm auf, wo sie saß und das Baby stillte. Für einen kurzen Augenblick versuchte sie, ihre Brust zu bedecken, aber dann entspannte sich ihr Gesicht und sie lächelte. Ramchandra legte einen Zeigefinger an die Lippen, schloß hinter sich die Tür und setzte sich neben sie. Er legte den Kopf an ihre Schulter, machte die Augen zu und spürte bald ihre Hand an seinem Kinn. Sie streichelte ihn. Das Baby saugte heftig an ihrer Brustwarze. »Wo sind alle?«, flüsterte sie. Er flüsterte ihr zu, daß Goma schlafe. Er öffnete die Augen und betrachtete ihre Brust, dann streckte er die Hand aus und strich darüber. Er konnte fühlen, daß er hart wurde. Das Baby hörte auf zu saugen und schlief ein. Ramchandra beugte sich hinab und nahm Malatis Brustwarze in den Mund. Sein Kopf war so nahe an dem des Babys, daß er das Auf und Ab des winzigen Brustkorbs spüren konnte. Er saugte kurz und setzte sich dann wieder auf. Das Zimmer schien in Bewegung zu sein. Mit der Hand berührte er Malati am Kinn. »Was passiert?«, sagte er. Seine Augen wurden feucht. »Sir, sir«, sagte sie, »was macht Ihr?« Er beugte sich vor und gab ihr einen satten Kuß auf die Lippen. Goma konnte jede Minute aufwachen, und trotzdem saß er hier und roch an Malati, saugte an ihrem Körper.

Ungefähr um vier, nachdem sie Tee und Pakodas gegessen hatten, brach Malati auf, und eine Betäubung legte sich über Ramchandras Verstand. Die anderen sprachen weiter über Malati und sagten, was für ein liebes Mädchen sie sei. Goma sagte, sie würde sie gerne wieder einladen – die Kinder hatten sie so gern. Sanu sagte, Malati habe sie zu sich nach Hause eingeladen, um bei ihr nähen zu lernen, und daß sie es kaum erwarten könne hinzugehen. Sie bat Ramchandra, sie bald einmal zu Malati nach Hause mitzunehmen.

Sanu und Rakesh setzten sich hin, um ihre Hausaufgaben zu machen, und Goma begann, das Abendessen zu kochen. Ramchandra sagte ihr, daß er etwas frische Luft brauche; er zog einen Pullover an und ging aus dem Haus.

Es war ein kühler Abend. Ramchandra wanderte ziellos umher. Der dämmrige Himmel war voller Steigdrachen. Als er die New Road mit ihren hell erleuchteten Geschäften überquerte, wo Einkäufer mit Tüten in den Händen unterwegs waren und froh und erschöpft wirkten in Vorfreude auf das Fest, wußte er, daß er einen weiteren Schritt hin zu Malati gemacht hatte. Was vor ihm lag, erschien ungeheuer bedeutungsvoll. Er blieb unter dem großen Pipalbaum stehen, dessen lange Äste den Himmel verdeckten, und sah sich um. Unter Straßenlampen und Schatten priesen Zeitungsverkäufer und Schuhputzjungen ihre Waren an. Männer liefen in kleinen Gruppen umher und diskutierten das Rumoren der Nation. Ramchandra blieb stehen und hörte zu. Letzte Nacht waren handgemalte Losungen auf den Wänden von Gassen und Häusern in Patan aufgetaucht, und Polizeitrupps hatten durch die Straßen zu patrouillieren begonnen, um die Schuldigen zu fangen. Einige Zeitungen berichteten vom mysteriösen Verschwinden einiger Politaktivisten.

Bevor er geheiratet hatte, war Ramchandra oft abends hierhergekommen, um zu rauchen und die Tagespolitik mit Freunden und Fremden zu diskutieren. Sie kauften die einheimischen Zeitungen und debattierten heftig darüber, ob ein bestimmter Politiker korrupt sei, ob Indien nach Nepal einmarschieren und es zu einem Teil seines eigenen Territoriums erklären würde, wie es mit Sikkim geschehen war, und erörterten im Flüsterton, ob die Monarchie schließlich aus Nepal verbannt und durch eine Demokratie von der Art ersetzt werden würde, wie es sie in westlichen Ländern gab. Natürlich waren damals solche lautstarken Proteste gegen die Regierung und den König undenkbar gewesen, so daß die Abenddebatten heimlich stattfanden. Ramchandra und seine Freunde schluckten im Verlauf des Abends gläserweise Tee, rauchten eine Gainda-Zigarette nach der anderen und fanden große Befriedigung in den eigenen Worten, die sich mit dem Rauch vermischten und in Spiralen zum Himmel aufstiegen.

Obwohl Ramchandra und seine Mutter in armseligen Unterkünften hausten, war das Leben für ihn damals unkompliziert gewesen, auch wenn er Mühe gehabt hatte, seinen allabendlichen Anteil Tee und Zigaretten zu bezahlen.

Jetzt begannen seine Schläfen zu pochen, und so ging er am Indrachok in ein kleines Lokal mit Bar und verlangte ein Glas einheimischen Rum. Er brannte ihm beim Herunterschlucken in der Kehle. Ramchandra trank noch einen und lachte in sich hinein, als er das Geld austeilte. Mein Haus versinkt in meinem Magen, dachte er, und da wird es bleiben und mir die Innereien zerfressen.

Allmählich verstummten die Stimmen in seinem Kopf, und als er auf unsicheren Beinen nach Hause ging, summte er eine Melodie aus seinen jüngeren Tagen vor sich hin, ein beliebtes Volkslied: *rato bhale kwaink kwaink* – über einen roten Hahn und wie der Sänger ihn einer schwangeren Frau zu essen gab und dabei selbst den Kopf verschlang. Die Beschwingtheit des Liedes brachte ihn zum Lächeln, aber als er seinen Hof betrat, fiel ihm wieder ein, was heute in seiner Wohnung geschehen war, und das Lied bekam einen bedrohlichen Beiklang.

Goma roch den Alkohol in seinem Atem und war überrascht. Er erzählte ihr, er sei einem alten Freund über den Weg gelaufen, der ihn überredet habe, gemeinsam einen trinken zu gehen. Sie akzeptierte die Erklärung mit gewissem Argwohn und schwieg über das Geld, das er ausgegeben hatte.

Er wachte etwa um zwei Uhr auf, mit wild schlagendem Herzen und ausgetrockneter Kehle. Er streckte die Hand nach dem Wasserkrug aus, den Goma normalerweise neben das Bett stellte, konnte ihn aber nicht finden. Im Dunkeln stand er auf, tappte in die Küche und trank am Fenster stehend ein Glas Wasser. Bei

Herrn Sharma brannte das Licht, und Ramchandra konnte ihn hin- und hergehen sehen. Der Mann schien mit sich selbst zu reden, ab und zu hob er eine Hand zur Decke und sagte etwas. Ramchandra fiel ein, was Sanu erzählt hatte, und die Abscheu schien sich körperlich in ihm zu regen; ihm wurde übel, und er stellte sich an die Spüle und würgte. In diesem Augenblick, schwer atmend, sein Blick verschwommen, die Hände um den Rand der Spüle geklammert, wußte Ramchandra, daß er etwas tun mußte.

Er ging in sein Zimmer und setzte sich aufs Bett. Gomas Lippen klafften einen Spalt weit auseinander, ihre Augen waren zum Teil geöffnet. So schlief sie, und während der ersten Monate ihrer Ehe hatten ihn diese Augen amüsiert, die sich niemals ganz schlossen. Er hatte Goma aufgezogen und gesagt, sie wolle ständig ein Auge auf ihn haben, selbst nachts im Dunkeln, damit er ihr nicht davonlief. In übermütigen Augenblicken hatte er, wenn sie schlief, etwas Zucker genommen und ihn ihr in den offenen Mund gestreut. Dann war sie aufgewacht, weil ihre Zunge die Süße schmeckte, und hatte mit ihm geschimpft, und er hatte gelacht.

Jetzt legte er ihr die Hand auf die Hüfte und rüttelte daran. Sie wachte sofort auf und sagte: »Was? Was?«

»Ich muß dir etwas sagen.«

»Wieviel Uhr ist es?« Sie setzte sich auf und schaltete die Nachttischlampe ein. »Warum bist du auf?«

»Es geht um Malati und mich.«

Sie starrte ihn an. »Was ist mich Euch beiden?«

»Es ist etwas vorgefallen.«

Ihr Gesicht wurde regungslos.

»Ich habe sie geküßt.«

»Seid Ihr noch betrunken?«, fragte sie leise.

Er schüttelte den Kopf. Ein seltsames Geräusch schwebte vom Hof herauf, wie das Heulen eines weit entfernten Hundes. Dann klärte es sich; Herr Sharma sang. Goma legte sich hin.

»Goma.«

»Warum habt Ihr das gemacht?«

»Ich weiß nicht.« Er zupfte eine Fluse vom Bett. »Ich weiß nicht, was über mich gekommen ist. Ich weiß nicht, warum – «

»Ich denke, ich verstehe.« Ihr Gesicht war leicht abgewandt. »Ihr wollt mich nicht mehr.«

»Das stimmt nicht.«

»Bitte verlaßt das Zimmer.«

»Goma.« Er legte ihr eine Hand auf den Arm.

Sie rückte von ihm ab. »Bitte.«

Er wollte ihr mehr erzählen, wollte ihr erzählen, daß er sich nicht im Griff hatte, daß er sich mit ihrer Hilfe vielleicht wieder in den Griff bekommen würde. Aber da sie nicht auf ihn reagierte, verließ er das Zimmer und ging in die Küche und setzte sich auf den kalten Boden.

Er hatte keine Ahnung, wie lange er dort saß und ob er eingenickt war. Aber im Fenster erschien ein graues Licht, und Herrn Sharmas Gesang hatte aufgehört. Stille umgab Ramchandra.

Goma stand in der Tür. »Ich gehe mit den Kindern nach Pandey Palace«, sagte sie.

»So kurz vor dem Tika-Tag? Vielleicht kannst du danach gehen?«, schlug er ihr vor.

»Es macht keinen Unterschied«, sagte sie. Und sie hatte recht. Kurz darauf sagte sie: »Ich weiß nicht, was ich den Kindern sagen soll.«

»Vielleicht sollten wir einen Dienstboten besorgen, um Euch Essen zu kochen und das Geschirr und Eure Kleider zu waschen.«

»Wie lange wirst du weg sein?«

Sie antwortete nicht auf seine Frage. »Ich schicke für ein paar Tage den Dienstboten meiner Eltern vorbei, bis wir jemand Festes finden. Es ist gut, daß Eure Schule jetzt über die Feiertage für ein paar Wochen geschlossen ist. So habt Ihr Zeit, selbst für Euch zu kochen.«

»Was ist mit diesem Mädchen aus Chitwan?«

»Es ist schwierig für Euch, ihr alles beizubringen. Ich behalt sie bei mir, dort. Ihr Vater müßte sie in ein paar Tagen in die Stadt bringen.«

»Sanu wird unglücklich sein in Pandey Palace.«

»Ich fang jetzt an zu packen.«

Sie blieb jedoch, als warte sie auf seine Erlaubnis. Dann kam sie in die Küche, setzte etwas Wasser für Tee auf und blieb am Fenster stehen. Er sah sie an. Sie machte den Tee und stellte ihn vor ihn hin. »Trinkst du keinen?«, fragte er.

»Mir ist jetzt gerade nicht danach.« Sie zögerte, als ob sie darauf warte, daß er etwas sagte. Aber in seiner Kehle hatte sich ein Klumpen gebildet; er konnte nicht sprechen. Er schlürfte den Tee. Er schmeckte bitter – sie hatte den Zucker vergessen.

»Ich fang jetzt an zu packen«, wiederholte sie und ging.

Später hörte er sie die Kinder aufwecken. Rakesh klang aufgeregt, so früh am Morgen zu den Großeltern zu gehen, und freute sich wahrscheinlich darauf, die nächsten paar Tage in Pandey Palace zu verbringen, wo er Geld und Geschenke bekommen würde. Sanu klang nörgelig. Ramchandra hörte, wie sie Goma fragte, ob ihr Vater auch mitkomme. Als Goma keine Antwort gab, stellte Sanu die Frage noch einmal, und Goma schimpfte mit ihr. Niemand kam in die Küche, und bald gingen Schritte die Treppen hinab.

6

RAMCHANDRA SASS LANGE in der Küche und hörte den Vögeln zu, die im Guavenbaum auf dem Hof zwitscherten. Das graue Zwielicht war einem Goldton gewichen, der den Hof ausmalte, und allmählich erwachten die Menschen in den umliegenden Häusern. Jemand hustete und gurgelte dann an einem Fenster. Die alte Dame, die in der Wohnung über Herrn Sharma lebte, stimmte ihre Sitar.

Ramchandra steckte den Kopf zwischen die Knie und versuchte, sich darüber klar zu werden, was geschehen war, aber vor Schlafmangel gingen seine Gedanken durcheinander; er konnte nicht denken. Er ging ins Schlafzimmer, um zu sehen, was Goma eingepackt hatte. Alle ihre Kleider waren aus dem Schrank verschwunden. Im Kinderzimmer war einer von Rakeshs Schuhen liegengeblieben. Ramchandra hob ihn auf und dachte, daß der Schuh ihm als Vorwand dienen könne, um nach Pandey Palace zu gehen und Goma zu überreden, wieder nach Hause zu kommen. Er würde sie anflehen; er würde ihr sagen, daß alles ein Fehler war, daß ihm in einem Augenblick der Verwirrung ein Fehltritt unterlaufen war.

Aber er war sich nicht sicher, daß ihm das nicht noch einmal passieren würde. Selbst jetzt, während er einstudierte, was er Goma sagen wollte, verbanden sich seine Gedanken zu einer

Kette, die ihn zu Malati führte. Sie würde bald zu ihrer Sitzung eintreffen; dieser Gedanke wehte in seinen Kopf wie ein warmer Wind. Er begann sich vorzustellen, was sie zusammen machen würden. Vielleicht konnte er ihr Essen kochen. Oder sie würde für ihn kochen. Dann schämte er sich. Goma und seine Kinder hatten ihn verlassen, und er saß hier und dachte an jemanden, den er erst seit ein paar Monaten kannte.

Es kam ihm der Gedanke, daß vielleicht in einem früheren Leben zwischen ihm und Malati irgendeine Verbindung bestanden hatte. Normalerweise spottete er über den Glauben an Wiedergeburt, aber gerade jetzt fiel ihm keine andere Erklärung ein. Wie konnte er sich sonst erklären, daß ihn die Vorfreude auf Malatis Ankunft wie eine Welle überkam, in dieser schäbigen Wohnung, am selben Morgen, an dem seine Familie ihn verlassen hatte? Selbst dieses Höllenloch fand er jetzt nicht schlimm. Er sah sich im Schlafzimmer um. Die spärlichen Möbel: ein Bett und ein kleiner Nachttisch mit Lampe, ein paar Photographien an der Wand, ein religiöser Kalender mit der Göttin Kali, die ihre Reißzähne zeigte und zu deren Füßen abgehackte Köpfe lagen. Das war es. Und ja, der Verkehrslärm. Als er sich vorstellte, den Nachmittag mit Malati im Bett zu verbringen, lief ein Zittern durch seinen Körper, und er ging schnell in die Küche zurück.

Er setzte etwas Reis auf und fand im Regal ein paar Frühlingszwiebeln und Kartoffeln. Aber es war kein Fleisch im Kühlschrank; er würde welches kaufen müssen. Schnell zog er seine Sachen an und ging nach unten. Es gab ein Fleischgeschäft, das nur ein paar Meter entfernt lag. Gewöhnlich mied er den Laden, weil er teuer war und der Ladenbesitzer schreckliches Fleisch verkaufte, mit Knochen, die erst auftauchten, wenn man mit dem Paket zu Hause war. Aber Malati würde jede Minute hier sein, und er hatte keine Zeit, zum Geschäft am anderen Ende des Karrees zu gehen.

Nachdem er mit dem Hühnerfleisch in die Wohnung zurückgekehrt war, schnitt Ramchandra Zwiebeln und zerteilte das Fleisch in kleine Stücke. Er wollte gerade den Kerosinherd anmachen, als er im Treppenhaus Schritte hörte und vor die Wohnungstür ging. Malati trug den gleichen alten Kurta-Suruwal wie damals, als sie zum ersten Mal zu ihm gekommen war. Sie lächelte zu ihm herauf. Der lange Kratzer auf ihrer linken Wange machte sie sogar noch schöner, dachte er. Er streckte ihr die Hand entgegen. Sie gab ihm nicht die Hand, sondern deutete mit einer Kopfbewegung die Frage an, ob Goma zu Hause sei.

»Die sind alle zu Gomas Eltern gegangen.«

»So früh? Ist was passiert?«

»Nein, nur ein Besuch«, sagte er. »Wie fühlst du dich?«

»Gut«, sagte sie scheu.

»Keine Nachhilfe heute«, sagte er. »Wir kochen.«

»Keine Nachhilfe?«

»Ich hab ein bißchen Huhn für dich gekauft.« Sie wirkte enttäuscht, und so fragte er: »Was? Willst du nicht kochen?«

»Sir, es ist bald soweit mit den SLC-Prüfungen. Wenn es so weitergeht, schaff ich sie nicht.«

»Ich sorge dafür, daß du sie schaffst.«

Sie verschränkte die Arme und sagte: »Sir, sagt mir Eure ehrliche Meinung. Wo denkt Ihr, daß ich stehe?«

»Du hast einige bedeutende Fortschritte gemacht«, sagte er im gleichen ernsthaften Ton wie sie. »Meine ehrliche Meinung: Du schaffst es.«

»Ihr lügt mich nicht an?«

»Warum sollte ich dich anlügen?« Sie mußte noch ein paar Tage intensiv lernen, aber im Augenblick war er bereit, alles zu sagen, damit sie sich sicher fühlte.

Seine Zuversicht schien ihr Auftrieb zu geben, denn sie sagte: »Na gut, wir können kochen und essen, und dann können wir lernen.«

Ihre Nähe ließ seinen Atem schneller gehen. »Was ist mit Rachana?«

»Malekha-Didi hat heute gute Laune. Sie hat eine große Bestellung Huhn für eine Dashainfeier bekommen, also wirds sie nicht stören, wenn ich mich verspäte. Was kochen wir?«

Sie stellte sich als sehr geschickte Köchin heraus. Ihre Bewegungen waren von einer Flinkheit, der man mit Vergnügen zusah. Sie schien instinktiv zu wissen, wo die Sachen waren, so daß sie den Koriander, noch bevor Ramchandra ihr sagen konnte, wo er war, schon über die Kartoffeln streute. Im Vergleich zu ihr bewegte sich Goma in der Küche langsam, auch wenn ihr Essen köstlich schmeckte. Goma überlegte besorgt, wieviel Salz sie ans Essen geben sollte oder wieviel Öl am besten war. Malati schien zu kochen, ohne zu denken. Ihre Hände flogen in alle Richtungen.

Unvermeidlich berührten sich ihre Körper, und er roch den Jasmindurft in ihrem Haar. Einmal, als sie im Hühnerfleisch rührte, nahm er sie von hinten in die Arme. Sie lehnte ihren Kopf nach hinten an seine Schulter und sagte: »Sir, warum macht Ihr das mit mir?«

»Ich mache gar nichts mit dir«, flüsterte er. Er bekam eine Erektion, und sie spürte es, denn sie schob ihn weg und sagte: »Ihr seid schamlos.«

Sie setzten sich zum Essen hin, und als er ihr Essen von seiner Hand anbot, machte sie den Mund weit auf. Dann machte sie das Gleiche mit ihm. Sie fütterten sich gegenseitig, und jeder Gedanke an Goma und die Kinder im Haus begann zu verblassen wie eine ferne Erinnerung. Draußen auf dem Hof sang Herr Sharma ein Gebet, während er sein Bad nahm.

Nach dem Essen führte Ramchandra sie ins Schlafzimmer. Er legte sich hin und zog sie auf sich. Er küßte sie und streichelte ihre Brüste, die sich unter seiner Berührung aufrichteten. Er legte seine Lippen auf den Stoff über ihren Brüsten und leckte sie. »Sir, Sir«, sagte sie. Sie hatte die Augen zugemacht und begann zu stöhnen. Er tastete sich unter ihre Kurta und zog den

Bendel auf, der ihre Hosen am Bauch hielt. Er half ihr aus dem Suruwal, der Unterhose, der Kurta und dem Büstenhalter. Sie setzte sich breitbeinig auf ihn, vollkommen nackt, und bedeckte die Brüste schüchtern mit den Armen. Ihr Gesicht war purpur angelaufen, als sei sie seine schamhafte Braut. Die Affenkratzer zogen sich ihren rechten Unterarm hinab, und an ihrem Bein sah er kleine Entzündungen. Er schob sein Becken unter sie, und allmählich reagierte sie auf seine Bewegungen. Ihre Hände verließen die Brüste und enthüllten ihre Brustwarzen, und sie mühte sich mit dem Bendel seines Suruwals. Bald war auch er nackt.

Ein Schrei war auf der Straße zu hören, und einen Augenblick lang lagen sie beide still. Aber der Ruf galt jemand anderem. Das *Ratt-ratt-ratt* eines Motorrades drang von der Straße ins Zimmer herauf, aber das Geräusch störte Ramchandra nicht mehr. Eine große Heiterkeit überkam ihn. Es war jetzt mehr Licht im Zimmer – die Sonne war höher gestiegen –, und alle Gegenstände hatten klarere Farben. Er lächelte Malati an, die auf ein Zeichen zu warten schien. Ihr Gesicht war ernst. Er hätte über seine Gedankenkette lachen mögen. Natürlich war dies eine ernste Angelegenheit. Er war im Begriff, mit seiner Schülerin zu schlafen, in seinem Schlafzimmer, in demselben Bett, in dem er noch vor ein paar Stunden mit seiner Frau gelegen hatte, in demselben Bett, in dem seine Kinder miteinander gespielt hatten. Seine Frau und seine Kinder waren weg, und das war eine ernste Angelegenheit. Ein Ausbruch von Melancholie und wunderbarer Freude durchflutete Ramchandra, und er drang schnell in Malati ein, die sich auf ihm hin- und herzuwiegen begann. Ihre anfängliche Schamhaftigkeit löste sich auf, und jetzt bewegte sie sich mit der gleichen Flinkheit, die sie in der Küche gezeigt hatte. Sie beugte sich vor und nahm seinen Kopf in die Hände und küßte ihn auf den Mund. »Sir, Sir«, sagte sie.

»Goma«, rief er, als er sich ergoß, aber die erste Silbe blieb ihm in der Kehle stecken, und heraus kam »O Ma«, mehrmals, als rufe er in der Not nach seiner Mutter.

Sie mußten eingeschlafen sein, denn sie wurden beide von den Schritten auf der Treppe aufgeschreckt. Malati zog hastig ihre Kleider an, und Ramchandra lief zur Tür und machte sie zu. Er verriegelte sie von innen und lehnte sich dagegen, mit angehaltenem Atem. Zuerst dachte er, Goma sei zurückgekommen, um etwas zu holen. Aber es waren schwere Schritte, und in Ramchandras Kopf machte es klick, als er das Klopfen an der Tür hörte. Ashok, sagte er mit lautlosen Lippenbewegungen zu Malati, die sich abmühte, ihren Suruwal zuzubinden. »Sir? Jemand da?«

»Einen Moment«, rief Ramchandra. Er hob seine Kleider auf und zog sie an.

»Soll ich mich verstecken?«, flüsterte Malati.

»Es gibt keinen Platz zum Verstecken«, flüsterte er zurück. »Tu einfach so, als sei nichts.« Er sagte laut zu Ashok: »Warum bist du hier? Heute ist keine Nachhilfe.«

»Ich weiß, Sir. Ich komm wegen was anderem.«

Als Ramchandra die Tür öffnete, hatte Ashok ein Grinsen auf dem Gesicht. »Ich hab mich schon gefragt, ob ich ins falsche Haus gegangen bin.« Sein Blick fiel auf Malati, und sein Lächeln wurde breiter. »Namaste, Malati«, sagte er.

Malati murmelte etwas und setzte sich aufs Bett.

Ramchandra bat Ashok nicht herein. »Alles in Ordnung, Ashok?«

»Natürlich, Sir. Warum soll nicht alles in Ordnung sein?« Er reckte den Hals, um an Ramchandra vorbei Malati anzusehen. »Wie läuft die Nachhilfe?«

»Gut.«

»Denkst du, du kommst durch?«

»Natürlich schaffst sie es«, sagte Ramchandra gereizt. »Aber was ist mit dir? Glaubst du, dieses Lächeln beeindruckt die SLC-Prüfer?«

»Lieber lächeln als weinen«, sagte Ashok. »Aber ich bin nicht hergekommen, um irgendwen zu stören. Ich bin hier, um Euch das hier zu geben. Ist von meinem Vater.« Er gab Ramchandra einen Briefumschlag. Ramchandra öffnete ihn und sah einen Hundertrupienschein. »Dashain-Bonus. Er möchte, daß Ihr sicherstellt, daß ich durchkomme.«

»Kein Lehrer kann diese Art von Garantie geben. Das weißt du.«

»Ich weiß, Sir. Ich wünsche mir bloß, auch ein bißchen besondere Aufmerksamkeit zu bekommen.« Erneut lächelte er Malati an, die aufstand, murmelte, daß sie für irgendetwas spät dran sei, und ging. Kurz darauf brach auch Ashok auf.

Ramchandra ging in die Küche und wusch sich das Gesicht mit Wasser aus einem Krug. Dann verließ er das Haus, aber er kam nicht weiter als bis zum New-Road-Tor, wo ihn eine Welle der Übelkeit überkam. Er setzte sich auf die Straße, gleich neben einen Zeitungsverkäufer, der seine Ware vor einem Laden ausgebreitet hatte. Der Verkäufer lief zu ihm, zog ihn am Arm auf die Beine und fragte, was los sei. »Mir gehts gut«, sagte Ramchandra. Er wischte sich den Staub von der Hose und ging in Richtung Bhatbhateni.

Alle paar hundert Meter war er außer Atem, orientierungslos, und mußte sich einen Sitzplatz suchen. Bis er Pandey Palace erreichte, liefen ihm Schweißperlen den Nacken hinab, obwohl die Luft kalt war. Einen Augenblick lang stand er vor dem Tor, holte Atem und fragte sich, was er sagen solle. Der große Schäferhund der Pandeys kam auf das Tor zugesprungen und bellte. Er erkannte Ramchandra und wedelte mit dem Schwanz. Ramchandra öffnete das Tor und ging hinein, während der Hund um ihn herumtanzte.

Herr Pandey saß auf der Veranda und rauchte seine Wasserpfeife, und als Ramchandra sein Namaste machte, bedeutete ihm Herr Pandey, er solle sich neben ihn setzen.

»Was ist zu Hause passiert?«, sagte Herr Pandey.

»Nur eine kleine Meinungsverschiedenheit«, sagte Ramchandra.

»Goma hat so etwas noch nie getan.«

»Manchmal gibt es in einer Familie Streit. Das ist keine große Sache.« Er sah nach drinnen. »Ist sie da drin?«

»Ich denke, sie schläft. Die Kinder sind mit ihrer Großmutter auf den Markt gegangen.«

Eine Dienstbotin brachte Ramchandra ein Glas Tee, das er dankbar annahm. Die beiden Männer wechselten kaum ein paar Worte. Herr Pandey schien in seiner eigenen Welt verloren zu sein.

Ramchandra stellte sein Glas auf den Boden und sagte: »Ich gehe mit ihr reden.« Herr Pandey sah ihn nicht an. Er ging die Treppe hinauf und klopfte an die Tür eines der Schlafzimmer, und Goma antwortete, daß sie nichts zu essen haben wolle.

»Ich bins«, sagte er.

Sie kam nicht an die Tür, obwohl er sie mehrmals darum anflehte. Nach einer Weile ging er auf die Veranda hinunter, und Herr Pandey fragte: »Also ist es ernst, eh? Ihr müßt wirklich etwas Schlimmes getan haben, Schwiegersohn. Ich mische mich nicht gerne in anderer Leute Angelegenheiten ein, aber was es auch ist, Ihr bringt das besser gleich in Ordnung.« Bevor Ramchandra antworten konnte, zeigte Herr Pandey auf den Rosengarten und sagte: »Dieser Mistgärtner macht seine Arbeit nicht. Schaut, was aus diesen Rosen wird.« Er versuchte, Ramchandra in eine Diskussion über die Pamphlete zu verwikkeln, die die Leute lasen, voll mit Artikeln, die die Königsfamilie verspotteten und mit Schimpfnamen belegten. »Gift spucken gegen das Königshaus«, sagte Herr Pandey. »Wo ist dieses gottverlassene Land hingekommen?«

Ramchandra fiel ihm abrupt ins Wort. »Ich komme später wieder«, sagte er und ging zum Tor. Als er ein paar hundert Meter die Straße entlanggegangen war, fuhr der Honda der Pandeys an ihm vorbei, und er erhaschte einen Blick auf Sanu und Rakesh, die auf dem Rücksitz saßen und mit ihrer Großmutter sprachen. Er winkte. Sie sahen ihn nicht, aber einen kurzen Augenblick lang dachte Ramchandra, daß sie nur vorgaben, ihn nicht zu sehen, als betrachteten sie ihn bereits durch die Augen ihrer Mutter.

Ramchandra wanderte eine Weile durch die Straßen, und mit einem wachsenden Gefühl der Leere in sich machte er sich schließlich auf den Weg nach Tangal.

Malatis Stiefmutter öffnete die Tür. »Ach, der Professor«, sagte sie und zog die Lippen zusammen. Sie bat ihn herein und rief nach Malati, die mit Rachana auf dem Arm ins Wohnzimmer kam.

»Und, wie macht sich meine Tochter beim Lernen fürs SLC?«, fragte Malekha-Didi.

»Ich denke, sie schafft es.«

»Denkt Ihr das bloß? Oder schafft sies wirklich?«

»Sie schafft es.«

Malati bat Ramchandra, sich hinzusetzen, übergab Rachana an Malekha-Didi und ging in die Küche, um Tee zu kochen. Malekha-Didi küßte das Baby, das den Hals reckte, um Ramchandra sehen zu können. Er schnippte mit den Fingern nach dem Baby und sagte zu Malekha-Didi: »Sie sieht genau aus wie ihre Mutter.«

»Vielleicht sieht sie auch wie ihr Vater aus. Wir wissen es nicht.« Unvermittelt fügte sie hinzu: »Was geht zwischen Euch und Malati vor?«

»Was meint Ihr?«

»Ihr beide … ja?« Ihr Gesicht verzog sich zu einem obszönen Lächeln.

»Da ist nichts.«

Malati kam zurück und fragte, worüber sie sprachen, und Malekha-Didi sagte, sie habe sich nach ihnen beiden erkundigt. »Ihr«, sagte Malati zu ihrer Stiefmutter und klopfte sie auf die Schulter. »Da ist nichts. Ihr seid so neugierig.«

Das Gespräch war zu salopp; es verunsicherte Ramchandra. Nachdem Malati den Tee gebracht hatte, sprach Malekha-Didi über ihren jüngsten Streich, eine große Bestellung Hühnerfleisch für eine Hochzeitsfeier. Ramchandra hörte zu, aber ihre Worte flogen an ihm vorbei; seine Gedanken waren bei Goma und den Kindern. Kurze Zeit später übergab Malekha-Didi Rachana wieder an Malati und ging hinaus.

»Ihr seht nicht gut aus«, sagte Malati.

»Goma ist mit den Kindern weggegangen.«

»Ich weiß – « Dann schien ihr zu dämmern, was er gesagt hatte. »Ihr meint … sie weiß es?«

»Ich habs ihr gesagt.«

Sie starrte ihn an.

»Ich konnte ihr nicht nichts sagen. Es hat mich zerfressen.«

Sie setzte Rachana auf den Boden und verbarg die Augen in den Händen. »Was soll sie jetzt von mir denken?«

»Es ist nicht dein Problem. Es ist meines.«

Lange behielt Malati die Hände vor den Augen. Als sie ihr Gesicht wieder sehen ließ, wirkte sie erschrocken. Sie sah zur Tür, als erwarte sie, daß Goma auftauchte. »Was machen wir jetzt?«

»Ich weiß nicht. Ich bin zum Haus ihrer Eltern gegangen, aber sie wollte die Tür nicht aufmachen.«

»Die Kinder …?«

»Sie denken, sie sind nur für eine Weile bei ihren Großeltern zu Besuch.«

Malati legte das Kinn in die Hände und sagte: »Ich bin nicht richtig im Kopf.«

»Was sagst du da?«

»Ich bin komisch; ich weiß nicht, was ich tu. Alle sind ohne mich besser dran.« Sie begann zu weinen. »Bhauju hat mich wie eine Schwester behandelt, und ich hab ihr Vertrauen betrogen.«

Ramchandra schüttelte den Kopf. Das war nicht das, wofür er hergekommen war. Er haßte diese Art von Selbstmitleid, und daher sagte er: »Das macht es nicht besser, Malati. Es ist nicht deine Schuld.«

»Warum ist mein Leben so?«

»Hör auf«, sagte er etwas lauter.

Sie hörte auf, ging auf ihn zu und nahm seine Hand. »Es tut mir so leid, daß das passiert ist«, flüsterte sie.

Er strich mit dem Zeigefinger ihr Kinn entlang und wischte ihr die Tränen ab. »Ich weiß nicht, was passiert ist.«

Sie streichelte ihm das Haar, und bald küßten sie sich. »Es tut mir so leid«, sagte sie immer wieder. Sie wurde leidenschaftlicher, als sie diese Worte sagte, und er war es, der sie sanft wegschob und sagte: »Deine Stiefmutter kommt wieder«, obwohl ihre Küsse ihm Trost gaben. Rachana war aufgestanden, hielt sich an der Armlehne des Sofas fest und begann zu heulen.

»Was machen wir jetzt?«, sagte Malati. »Bhauju muß mich hassen.«

»Sie haßt nie jemanden.«

»Was macht Ihr heute Nachmittag?«

»Ich weiß nicht. Ich gehe nach Hause und versuche zu schlafen. Heute Abend versuche ich noch einmal, mit ihr zu sprechen.«

»Warum bleibt Ihr nicht bei mir?«, sagte sie. »Hier?«

»Was ist mit Malekha-Didi?«

»Sie geht weg, so in einer Stunde. Sie verbringt den Tag bei ihrer alten Mutter in Bhaktapur.«

»Dann komme ich in einer Stunde wieder.«

Als er an Malekha-Didi beim Hühnerstall vorbeikam, rief sie ihm zu: »Ach, Professorji, warum geht Ihr schon so bald? Hattet Ihr genug Zeit mit unserer Malati?«

Ramchandra sah sich um, um festzustellen, ob die Nachbarn sie gehört hatten. »Ich habe etwas Arbeit zu tun.«

»Laßt sie nicht allein. Sie braucht Euch.« Sie lachte. Vulgär, dachte Ramchandra.

Die Sonne hatte der Morgenluft etwas von ihrer Kühle genommen. Was konnte er eine Stunde lang tun? Er ging wieder in Richtung Bhatbhateni. Seine Orientierungslosigkeit war weitgehend verschwunden, und er ging schnell. Zwei Grundstückkarrees von Pandey Palace entfernt lief er einem alten Freund über den Weg, einem Lehrer aus seinen Tagen als Teilzeitangestellter. Sie plauderten eine Weile. Der Freund erkundigte sich nach seiner Familie, und Ramchandra sagte, daß alles in Ordnung sei.

Er ging am Tor von Pandey Palace vorbei und kehrte dann um. Goma saß alleine auf der Veranda und sah in den Garten. Er konnte ihren Gesichtsausdruck nicht erkennen, aber er hörte Rakesh aus dem Inneren des Hauses rufen. Als Goma den Kopf umwandte, um zu antworten, bewegte sich Ramchandra schnell zur Seite, damit sie ihn nicht sah. Er lehnte sich mit geschlossenen Augen gegen die Mauer. Langsam schob er sich zum Tor und lugte hindurch. Sie war ins Haus gegangen.

Er ging ein paarmal ums Karree und machte sich dann auf den Weg zu Malati.

In der Stadt pulsierte die Feiertagsenergie. Am Phulpati-Tag schob sich ein Festzug durch die Straße von Ranipokhari. Am nächsten Tag wurden an den zahlreichen Devi-Tempeln der Stadt Ziegen, Schafe und Wasserbüffel geschlachtet. Die Menschen verzehrten das Fleisch als himmlischen Segen von der Göttin. Sie brieten Ziegenblut und verspeisten es mit Genuß. Sie kochten Ziegenhoden, tauchten sie in Salz und Chilipulver. Ziegenohren wurden über Gasflammen gegrillt und an die Kinder verteilt. Die Leute aßen, bis ihre Bäuche sich blähten, bis es ihnen schlecht ging und sie ins Krankenhaus gefahren werden mußten. Andere Leute aßen, bis sie essensschwer einschliefen und davon träumten, wie Reichtümer auf sie herabregneten, direkt aus den offenen Mündern der schrecklichen Durga.

Für eine kurze Zeit vergaßen die Menschen die Spannungen der Stadt, ignorierten die Zeitungen, in denen es hieß, in ihren dunklen Straßenecken braue sich eine Revolution zusammen. Gelegentlich machte ein Gerücht die Runde in der Stadt: Der König denke über die Ausrufung des Kriegsrechts nach; die Kommunisten schmiedeten Pläne für ein Massaker an der Königsfamilie; die Inder arbeiteten mit den Panches zusammen, um die Rebellion niederzuschlagen. Solcher Tratsch kam und ging, und die Feiertagsstimmung machte die Straßen der Stadt fröhlich.

Am Vorabend des Tika-Tages lag Ramchandra im Bett in Malatis schrankgroßem Zimmer, Malati neben sich, und Rachana schlief an der Wand. Das Bett war so schmal, daß Ramchandras linker Arm an der Seite herabhing. Unter der Decke waren sie beide nackt und zitterten leicht, weil es kalt war. Sie hatten vorsichtig miteinander geschlafen, wegen des Platzmangels und weil sie fürchteten, Rachana einzuquetschen. Sie hatten sich langsam bewegt, mit fest ineinandergepreßten Hüften. Selbst auf dem Höhepunkt der Erregung hatte Ramchandra keine Stoßbewegungen mit seiner Hüfte machen können, aus Angst, Rachana wachzurütteln, aber er stellte fest, daß diese Zurückhaltung den Genuß noch steigerte.

Als sie fertig waren und Malati ihre Augen ein paar Minuten lang geschlossen gehalten hatte, sagte sie, als ob ein Traum ihr den Gedanken zugetragen habe: »Bhauju muß mich hassen.« Lange versuchte er sie zu trösten, aber sie rief: »Ich zerstöre eine Familie. Ich sollte aufhören, bei Euch zu lernen.«

Verärgert hatte er erwidert: »Warum machst du das dann nicht? Was hindert dich daran?«

»Ich weiß nicht«, sagte sie. Sie zitterte. »Ich weiß nicht, warum ich so für Euch fühle.«

»Was fühlst du für mich?«

Sie nahm seine Hand in ihre. »Wenn ich mit Euch zusammen bin, hab ich das Gefühl, wirklich jemand zu sein.«

»Aber du bist jemand, auch ohne mich.«

Sie schüttelte den Kopf. »Schaut Euch mein Leben an. Was hab ich denn? Das hier« – mit einer Handbewegung wies sie auf das Zimmer um sie herum. »Dieses kleine Mädchen, das keinen Vater hat? Und Malekha-Didi. Sie könnte mich jeden Moment aus dem Haus werfen, und wo sollte ich dann hingehen?«

»Was für eine Frau ist sie? Sie wirkt …« Er wollte *vulgär* sagen, aber das hätte zu harsch geklungen. »Sie ist wie eine andere Sorte Mensch.«

»Sie ist unberechenbar. Einen Tag Vollmond, am nächsten Tag kein Mond.«

Er langte mit der Hand über sie hinweg und streichelte Rachanas Kopf. »Bedeutest du ihr etwas? Und Rachana?«

»Ich weiß, daß sie Rachana liebt, aber manchmal will sie ihr Gesicht nicht sehen.«

»Und dich? Liebt sie dich?«

Malati hob die Arme und streckte sich. »Manchmal schon. Dann wieder behandelt sie mich, wie mich jede Stiefmutter behandeln würde.«

»Du mußt nicht bei ihr leben, weißt du.«

»Aber wo soll ich hingehen? Wie würde ich für Rachana sorgen? Darum will ich das SLC schaffen, damit ich aufs College gehen kann, eine gute Stelle bekomme, in eine eigene Wohnung ziehen kann.«

Sie hielt inne, als stelle sie sich die Möglichkeiten vor. Dann sagte sie: »Jetzt sind es nur noch ein paar Wochen bis zu den Prüfungen, und ich hab Angst, daß ich nicht durchkomme.«

»Du schaffst es«, versicherte er ihr. »Wenn du dir dabei vorstellst, daß du den Fängen dieser Frau entkommst, schaffst du es.«

»Malekha-Didi ist nicht so schlimm«, sagte Malati, obwohl

sie von ihren eigenen Worten nicht überzeugt schien. »Sie hätte mich aus dem Haus werfen können, aber das hat sie nicht.«

»Sie wirkt seltsam.«

»Ich denke, das ist wegen ihrem Dubi«, sagte Malati. Sie meinte Malekha-Didis Albinohaut. »Sie muß ihr ganzes Leben lang gelitten haben. Ihr wißt, wie sich die Leute in unserer Gesellschaft gegenüber jedem mit dieser Farbe verhalten.«

»Wie ist sie dazu gekommen, deinen Vater zu heiraten?«

Malati erzählte, daß ihre Mutter mit einem Lastwagenfahrer nach Indien abgehauen sei und alles Geld und allen Schmuck im Haus mitgenommen habe. Danach sei Malati mit ihrem Vater nach Kathmandu gekommen. Malekha-Didi habe ihrem Vater geholfen, eine Stelle in einer Regierungsbehörde in Singha-Darbar zu bekommen. Malati könne sich nicht daran erinnern, wann ihr Vater und Malekha-Didi Liebhaber geworden waren, aber sie wisse, daß ihr Vater immer mehr Zeit in Malekha-Didis Haus verbracht habe. Bald seien Vater und Tochter bei ihr eingezogen, und die beiden Erwachsenen hätten zusammen im selben Zimmer geschlafen. Als Malati sechzehn gewesen sei, hätten die beiden in einer kleinen Tempelzeremonie geheiratet, und etwa drei Monate danach sei ihr Vater vor Singha-Darbar von einem Motorrad angefahren worden und im Krankenhaus an einer Gehirnblutung gestorben.

»Was Malekha-Didi auch für Fehler hat, sie hat meinen Vater wirklich geliebt.«

Ramchandra spielte mit ihrem Nabel, und sie schliefen wieder ein. Im Morgengrauen weckte sie das Schreien von Rachana, die Hunger hatte. Ramchandras Armbanduhr zeigte sechs Uhr. Überall in der Stadt bereiteten sich die Leute auf Tika vor, legten ihre Jamaras zurecht, kochten Essen für die Leute, die den ganzen Tag über in ihr Haus strömen würden, um Tika zu bekommen, planten, wann und wie sie zu ihren älteren Verwandten gehen würden, um Tika zu bekommen. Und er lag hier mit Malati in diesem engen Raum. Er hätte irgendwo hingehen, irgendetwas tun sollen, aber was? Malekha-Didi hatte ihn gebeten, heute hierzubleiben und Malati und Rachana Tika zu geben, und er hatte gesagt, ja, gerne. Aber im Augenblick machte ihn der Gedanke traurig, an diesem wichtigen Tag nicht bei seinen Kindern und Goma zu sein.

Er sah Malati dabei zu, wie sie ihre Tochter zu stillen versuchte, die vor der Brust ihrer Mutter zurückscheute.

»Ich muß Babymilch für sie machen«, sagte Malati. »Könnt Ihr eine Sekunde auf sie aufpassen?«

Ramchandra nahm das schreiende Baby, und Malati ging in die Küche. Rachana hörte nicht auf zu schreien, und so sang er ihr etwas vor, ein Lied, das er Sanu oft vorgesungen hatte, als sie ein Baby auf seinem Arm war. Sanu pflegte dann allmählich mit dem Schreien aufzuhören und ihm aufmerksam ins Gesicht zu sehen, als wolle sie sich keinen Ton entgehen lassen. Aber bei Rachana wirkte das Lied nicht; stattdessen heulte sie noch lauter.

Als Malati mit der Flasche zurückkam, sagte Ramchandra: »Ich denke, ich gehe jetzt besser.«

»Wo wollt Ihr hin?«

Er zuckte mit den Schultern. »Ich gehe wahrscheinlich nach Pandey Palace, um zu sehen, ob ich den Kindern Tika geben darf.«

»Kommt Ihr zum Tika hierher zurück?«

»Ich versuche es. Schauen wir, wie es in Pandey Palace läuft.«

In Naxal war auf einem kleinen Feld zwischen einer Schule und einer Häuserreihe eine Schaukel aufgestellt worden. Kinder in nagelneuen Kleidern schaukelten hoch an dem Babiyo-Seil, das an langen Bambusstangen hing. Einige Kinder hatten schon den leuchtendroten Tika auf der Stirn und den gelben Jamara hinters Ohr geklemmt. Das Schlaflied, das er Rachana vorgesungen hatte, hallte Ramchandra durch den Kopf. Familien, die erhitzt, aber glücklich wirkten, spazierten in ihren neugeschneiderten Kleidern durch die Straßen, auf dem Weg zu Verwandten, um Tika zu bekommen und zu geben. Es war der Tag des Sieges über das Böse, an dem Gott Ram das Ungeheuer Ravana erschlug, an dem Göttin Durga über Mahisasur triumphierte, den schrecklichen Dämon, der in Gestalt eines Büffels Unheil angerichtet hatte, mit rasiermesserscharfen Hörnern, die die Luft zerschnitten.

Gelächter, Rufe – all die Fröhlichkeit der Feiertage – klang durch die Luft unter dem klaren blauen Himmel. Als Ramchandra ein paar Leuten begegnete, die ihn kannten, sahen sie ihn, der in zerknitterter Kleidung unterwegs war, neugierig an.

In der Ansammlung von Läden in Bhatbhateni fand er ein Telephon und rief in Pandey Palace an. Frau Pandey nahm den Anruf entgegen, aber als Ramchandra nach Goma fragte, murmelte sie: »Zuviele Anrufe in diesem Haus«, knallte den Hörer irgendwohin und ging Goma holen.

Ramchandra mußte lange warten, bis Goma ans Telephon kam. Sie sagte nichts, aber ihr Atmen verriet ihm, daß sie dort war.

»Goma, heute ist Tika. Bitte komm nach Hause.«

Nach längerem Schweigen sagte sie: »Es gibt nichts, wofür ich nach Hause kommen kann.«

»Ich vermisse die Kinder.«

Sie sagte nichts.

»Laß wenigstens mich vorbeikommen und den Kindern Tika geben. Ansonsten …« Seine Stimme verfing sich in der Kehle, und er hustete.

Zwei andere Stimmen, von einem Mann und einer Frau, hallten durch die Leitung wie ferne Glocken, eine Querverbindung. Ramchandra hörte Koseworte, und dann sagte die

Frauenstimme, daß sie ein Gedicht für den Mann geschrieben habe. »Na gut, Ihr könnt herkommen und sie besuchen«, sagte Goma. »Aber nur für den Tika. Sie gehen nicht mit Euch mit.«

Ist es ein Liebesgedicht? fragte der Mann, und Goma legte auf.

Ramchandra sah in seine Brieftasche; er wollte den Kindern etwas schenken. Er hatte ungefähr zweihundert Rupien und würde jedem von ihnen fünfzig geben. So einen großen Betrag hatte er ihnen noch nie gegeben – in der Regel gab er ihnen nicht mehr als zwanzig Rupien –, aber Geld war im Augenblick seine geringste Sorge.

Zu seinem Befremden war es Nalini, die ihm in Pandey Palace die Tür öffnete. Sobald sie Ramchandra sah, schürzte sie die Lippen und sagte: »Die Kinder sind gleich bei Euch. Ihr könnt Euch ins Wohnzimmer setzen.«

Ihre Kälte versetzte Ramchandra einen Stich. Hatte Goma ihr erzählt, was geschehen war? Er wartete lange, fragte sich, wo sie alle waren, weshalb ihm niemand eine Tasse Tee anbot. Dann kamen Sanu und Rakesh herein, in ihren neuen Kleidern und schon mit Tika und Jamara versehen. Ramchandra bemerkte sofort Sanus düsteres Gesicht. Rakesh sprang ihm auf den Schoß. »Ba, schau mal, wieviel Großvater mir gegeben hat«, und er öffnete die Hand, um einen Hundertrupienschein sehen zu lassen. Selbst an seinem großzügigsten Tag konnte Ramchandra nicht mit seinen Schwiegereltern mithalten. Aber er gab vor, sich zu freuen, umarmte seinen Sohn und küßte ihn auf die Wange. Sanu blieb auf Distanz, bis er sie zu sich rief. Er tätschelte ihren Arm und fragte: »Und wieviel hast du bekommen?«

»Warum sind wir hier, Ba? Ich will nicht hier sein.«

»Es ist nur für kurze Zeit.«

»Habt Ihr Euch mit Mutter gestritten?«

»Hat sie dir das erzählt?«

»Sie hat uns gar nichts erzählt. Sie bleibt die meiste Zeit im

Bett. Selbst heute hat sie nichts gemacht. Sie hat uns keinen Tika gegeben. Nur Hajurba und Hajurma.«

»Jetzt wo ich hier bin, wird Eure Mutter herunterkommen.« Er bat Rakesh, seine Mutter zu holen. Während er unterwegs war, saß Sanu still auf der Sofakante, die Hände im Schoß zusammengelegt.

Rakesh kam zurück und sagte, Goma fühle sich nicht wohl. Dann erschien Nalini mit einem Tablett mit Tika und Jamara und sagte: »Hier ist es. Laßt die Sachen einfach hier stehen, wenn Ihr fertig seid, Schwager.«

»Ich habe noch nicht einmal deine Eltern begrüßt.« Das wollte er auch gar nicht, aber er glaubte, etwas sagen zu müssen. »Und heute ist so ein wichtiger Feiertag.«

Sie hielt das Gesicht abgewandt und ging weg.

Die Kinder saßen vor ihm und sagten das Gebet *Om Jayanti Mangalakali Bhadrakali Kapalini* auf, an das er sich stets nur mit einiger Mühe erinnern konnte. Ramchandra tauchte seine Fingerspitzen in die Reis-Joghurt-Mischung, die leuchtendrot gefärbt war, und tupfte sie Sanu auf die Stirn. Dann legte er ihr ein paar Jamara-Halme aufs Haar. Er beugte sich vor, um ihre Füße mit der Stirn zu berühren. Gewöhnlich mußte Sanu dabei kichern, aber heute behielt sie ihren ernsten Gesichtsausdruck. Ramchandra gab ihr den Fünfzigrupienschein und sprach den Segen für Glück und Wohlstand. Als Rakesh an der Reihe war, wiederholten sich die Bewegungen, nur daß der Sohn die Füße des Vaters zu berühren hatte. An dieser Stelle rebellierte Rakesh und sagte, es sei nicht fair, daß seine Schwester das nicht machen müsse. Er streckte seinem Vater die Füße hin, und überwältigt von der Liebe für seinen Sohn und von der Traurigkeit, die ihre Flügel in ihm ausbreitete, beugte er sich vor und berührte mit der Stirn die Füße seines Sohnes.

7

DIE TAGE KROCHEN DAHIN, und Goma und die Kinder kamen nicht nach Hause. Er spürte ihre Abwesenheit in den Knochen, der Brust, den Membranen seiner Kehle, so daß ihm manchmal das Sprechen schwerfiel.

Anfänglich ging er fast jeden Tag nach Pandey Palace, rief zuerst dort an, um sein Kommen anzukündigen, und verbrachte dann im Wohnzimmer etwas Zeit mit den Kindern. Man bot ihm nichts von der Gastfreundschaft an, die einem Schwiegersohn gewöhnlich zustand, nicht einmal Tee. Die Pandeys mieden ihn offensichtlich, soweit sie nur konnten. Vielleicht sahen sie dies als Gelegenheit, ihre Tochter einem Schwiegersohn zu entreißen, der sich als kompletter Versager herausgestellt hatte. Wenn ihm doch einmal Herr Pandey begegnete, war der alte Mann mehr daran interessiert, über Politik zu reden als über das Zerwürfnis zwischen Ramchandra und Goma. Und Frau Pandey ließ ihr Gesicht kaum sehen. Die Meinung, die sie von ihm hatten, war so niedrig, dachte Ramchandra mit großer Verbitterung, daß es sie noch nicht einmal kümmerte, wie kritisch die Gesellschaft über Frauen urteilte, die in Trennung von ihrem Ehemann lebten. Gut, daß wir ihn los sind, konnte er sie stumm sagen hören.

Einmal, als eine Dienstbotin die Kinder nach unten brachte,

bestand er ihr gegenüber darauf, mit Goma zu sprechen, und sie erschien. Er schickte die Kinder weg und redete mit ihr. Sie hörte ihm zu, sagte aber, sie könne zu diesem Zeitpunkt nicht nach Hause zurückkommen. Sie wirkte lethargisch, als habe die ganze Sache sie erschöpft. Um die Augen hatte sie dunkle Ringe, wie Nalini. »Ich gebe ihr keine Nachhilfe mehr«, log Ramchandra, aber diese Mitteilung zeigte keine Wirkung auf Goma. »Nicht jetzt«, sagte sie. Als er die Hände ausstreckte, um sie in den Arm zu nehmen, entschlüpfte sie ihm und verließ den Raum.

Danach ließ er sie nicht mehr rufen, und sie kam nicht mehr nach unten. Was ihn noch mehr verletzte, war der Eindruck, daß Sanu ihr Leben in Pandey Palace bei jedem Besuch mehr zu genießen schien. Sie zeigte ihm einen Kittel, den ihre Großmutter ihr gekauft hatte, erzählte vom Gärtner, mit dem sie sich angefreundet hatte. Und da war das Mädchen aus Chitwan, Hasina, ein paar Jahre jünger als Sanu, ein dürres Kind mit einem frechen Mundwerk. Sanu war vernarrt in sie. Jedesmal wenn Ramchandra nach Pandey Palace ging, fand er die beiden zusammen. Als er Sanu fragte, ob sie ihr Zuhause vermisse, wurde sie ernst und sagte: »Natürlich. Ich will nach Hause.« Aber er wußte, daß sie dachte, genau das wolle er hören. Rakesh war so jovial wie immer. Er pflegte sich nach ein paar Freunden zu erkundigen, die in den Häusern um den Hof wohnten, verlor dann aber irgendwann das Interesse und rannte nach oben.

Inmitten von alledem war Malati. Sie redete nicht mehr über Goma, und wenn Ramchandra auf ihre Abwesenheit zu sprechen kam, sagte Malati: »Ich kann mein Gesicht nie mehr bei ihr sehen lassen.« Er beobachtete sie aufmerksam und versuchte einzuschätzen, was sie wirklich dachte. Er zweifelte nicht an ihrer Aufrichtigkeit, aber oft spürte er, daß ein Teil von ihr – etwas, das sie auszeichnete, das sie zu einer Person machte – ungreifbar blieb. Er ertappte sich dabei, wie er versuchte, ihre

Gedanken zu erraten. Manchmal, wenn sie am Wohnzimmerfenster stand und hinaussah, wirkte ihr Gesichtsausdruck befremdlich auf ihn. Es lag Traurigkeit darin, ja, aber auch Sehnsucht, ein Verlangen nach etwas, daß er nicht verstehen konnte. Und dieser Ausdruck, betont durch die Nachmittagssonne, die durch die Vorhänge strömte, gab ihm das Gefühl, daß sie zwar körperlich bei ihm im Zimmer, aber mit ihren Gefühlen anderswo war, mit jemand anderem lachte, jemand anderem eine dringende Einzelheit ins Ohr flüsterte, jemandem, bei dem sie wahrhaftig Malati war, Malati, die das Leben zu genießen wußte, Malati, die bekam, was sie wollte. Er sah dieses alternative Leben so deutlich in ihr, daß die Malati, die vor ihm stand, zu einem bloßen Schatten wurde, einer armen Base. Er mußte über seine eigenen Worte den Kopf schütteln. Arme Base? Natürlich war sie arm, so wie er. Und als ob sie seine Gedanken hören könne, sah sie ihn dann an und lächelte.

In Vorfreude auf Tihar leuchtete die Stadt heller als sonst. Um die Außenwände ihrer Häuser hatten viele Bewohner bereits Lichterketten gewickelt, die den ganzen Abend lang blinkten und funkelten. Wer reich war, ließ sie die ganze Nacht brennen, und das schwache Glühen erhellte die Straße, ließ manchmal eine Meute Hunde sichtbar werden. In Ranipokhari war der gesamte Ufersaum des Weihers erleuchtet, und ebenso die Brücke, die zum Shiva-Tempel in der Mitte führte. Die Lichter, die sich im Wasser spiegelten, schienen zu schwanken, wenn ein Luftzug die Oberfläche kräuselte. Ein paar Mal stand Ramchandra abends am schwarzen Geländer, das den Weiher umgab, und schaute. Er dachte an die Kinder und daran, wie sie an Tihar immer in Aufregung gerieten, wenn sie mit Knallfröschen spielen und sich einer herumstreifenden Bande von Nachbarskindern anschließen konnten, die zu jedem Haus in der Gegend ging und Deusi spielte. Wenn Sanu und Rakesh mit ihren Freunden zu ihnen ins Haus kamen, sorgte Ramchandra dafür, daß er genug Unterhaltung aus ihnen herausholte, bevor er ihnen Geld schenkte. Oft bat er auf dem Hof darum, daß Rakesh ein bekanntes Lied sang und Sanu dazu tanzte. Goma pflegte herunterzukommen, um ihren Kindern zuzusehen, und sie und Ramchandra tauschten stolze Blicke, während Sanu und Rakesh und ihre Freunde mit den Hüften wackelten und die Arme schwangen.

Überall in der Stadt versammelten sich die Menschen in Wohnzimmern, um Karten zu spielen – Flush, Paplu, Neunundzwanzig, Hochzeit. Man saß auf dem Boden im Kreis und schmiß das Geld in die Mitte. Man trank, stritt und verließ manchmal wutschnaubend den Raum. Die Frauen des Hauses brachten endlose Tassen Tee und würziges Hackfleisch oder lauerten hinter ihren Ehemännern und Onkels, um zu sehen, was auf dem Spiel stand. Die Kinder beäugten gierig das Geld und schrien »Bakshish«, sobald jemand große Beute machte. Manche waren innerhalb von Minuten pleite; andere stopften sich die Taschen voll Geld und stolzierten in den Straßen herum. Ramchandra war von ein paar Leuten eingeladen worden, mit ihnen Tas zu spielen, aber er lehnte ab. Er hatte nie gerne um Geld gespielt, in erster Linie weil er immer arm gewesen war. Er hatte nie verstanden, wie die Leute so gedankenlos ihr Geld riskieren konnten.

Malatis Mathematikkenntnisse wurden allmählich besser. Sie hatte die Zinseszinsrechnung und analytische Geometrie gemeistert, und Ramchandra war mehr und mehr davon überzeugt, daß sie, wenn sie weiterhin intensiven Unterricht erhielt, das SLC definitiv schaffen würde. Sie kam daraufhin früher ins Haus, so daß Ramchandra vor Sonnenaufgang aufstehen mußte, um sein Bad zu nehmen und sich eine Tasse Tee zu machen. Jetzt unterrichtete er sie fast zwei Stunden lang. Aber wenn sie gegangen war, dehnte sich der Vormittag vor ihm aus wie ein langes Gähnen.

Die Schule war über die Feiertage geschlossen, so daß er die Tage für sich hatte, und wenn Malati gegangen war, wandten sich seine Gedanken sofort Goma und den Kindern zu. Ein Dienstbote von Pandey Palace kam jeden Morgen vorbei, um für Ramchandra zu kochen, so daß er sich keine Gedanken um seine Mahlzeiten machen mußte. Der Dienstbote, ein fülliger junger Mann mit einem dünnen Schnurrbart, kochte gut und soviel, daß es auch fürs Abendessen reichte, aber diese Portion landete oft im Abfall, weil Ramchandra am Ende doch bei Malati aß. Ein paarmal hatte Ramchandra versucht, dem Jungen Auskünfte über Goma zu entlocken – was sie den ganzen Tag lang tue, ob sie seinen Namen erwähne –, aber der Junge wußte nicht genug, oder wenn er etwas wußte, dann hatte er Anweisung, Ramchandra nichts zu erzählen.

Ramchandra verbrachte die Nachmittage bei Malati zu Hause, wo sie in ihrem Zimmer miteinander schliefen, manchmal sogar, während Malekha-Didi in der Küche herumwirtschaftete. Diese hatte sich offenbar an Ramchandras Anwesenheit gewöhnt, denn sie brachte ihm oft Tee und Kekse, ohne daß Malati sie dazu aufforderte. Einmal, während Malati im Badezimmer Rachanas Kleider wusch, hatte Malekha-Didi ihm von ihrer Kinderheit in einem Dorf außerhalb von Kathmandu erzählt, wo ihre entstellte Haut sie dem Spott und der Verachtung ihrer Umgebung ausgeliefert hatte. Sie sprach mit Ramchandra, als sei er ihr älterer Bruder, als verstehe er genau, was sie erlitten hatte, und weil er dieser Rolle gerecht werden wollte, schüttelte er den Kopf und sagte »tsk, tsk«, während sie ihm ihren Leidensweg schilderte. Einmal streckte sie die Hand aus und berührte ihn, während sie sprach, und er fühlte sich merkwürdig ergriffen.

Am Morgen von Laksmi-Puja, als alle Leute in der Stadt zur Göttin beteten, auf daß sie sie reich mache, betete Ramchandra zu dem kleinen Laksmi-Bild in seiner Küche und zündete ein paar Räucherstäbchen an. Jahr um Jahr hatte er Laksmi gebeten, daß sie etwas an seiner finanziellen Lage ändern möge.

Wenn er mit zusammengelegten Händen vor ihr stand, stellte er sich ein Haus vor, nur ein kleines Haus, mit genug Platz für seine kleine Familie. Dieses Jahr erschien das Haus nicht mehr wichtig. Er betete darum, daß seine Frau und Kinder zu ihm zurückkommen möchten. In der Abenddämmerung rief er in Pandey Palace an, um zu sehen, ob man ihn einladen würde, aber es ging niemand ans Telephon. Wahrscheinlich waren sie draußen und genossen die Lichter oder spielten mit den Knallfröschen. Er ging an diesem Tag nicht zu Malati nach Hause; er blieb am Fenster in Jaisideval und sah auf die Straße hinaus. Gruppen von Jungen und Mädchen kamen vorbei, tanzten, trommelten auf der Madal. Einige kamen in den Hof und sangen, verlangten Geld oder andere Dinge, von denen die Haushalte abgeben konnten. Ramchandra löschte die Wohnungslichter und sah ihnen vom Fenster aus zu.

Selbst am Tag von Bhai-Tika, zwei Tage später, als Sanu an Rakesh Puja vollzog, um die Bindung zwischen Schwester und Bruder zu stärken, bekam Ramchandra keinen Anruf aus Pandey Palace. An diesem Abend ging er schließlich zu Malati nach Hause, und Malekha-Didi bestand darauf, ihm Tika zu geben und ihn zu ihrem Bruder zu machen. Die Idee gefiel Ramchandra nicht, aber wie konnte er nein sagen? Also ließ er es zu und gab ihr anschließend zögernd einen Zwanzigrupienschein als Dakshina.

Ungefähr um neun Uhr, nachdem sie zu Abend gegessen hatten, hörten sie es donnern, und bald prasselte Regen aufs Dach. Die Hühner im Stall nebenan begannen zu kreischen. Ramchandra kaute Betelnuß von dem Teller, den Malekha-Didi herumgereicht hatte, und wartete darauf, daß der Regen endete. Aber stattdessen regnete es noch heftiger, und der unaufhörliche Lärm des Wolkenbruchs machte ihn schläfrig. Er kam erst wieder zu sich, als Malekha-Didi ihn in Malatis Zimmer führte. Er sagte immer wieder, er müsse nach Hause gehen, aber er konnte die Augen nicht offenhalten.

Er erwachte in einer Stille, die ihm sagte, daß der Regen nachgelassen hatte. Malati lag schlafend neben ihm, und Rachana war in die Ecke gezwängt. Er legte die Hand auf Malatis Hüfte, in der Hoffnung, daß die Berührung sie wecken würde. Aber sie war im Tiefschlaf, und seine Gedanken wurden immer lauter – klagten ihn an, redeten ihm gut zu, verdammten ihn –, bis er sich zwang, sich aufzusetzen, den Kopf zu schütteln und laut zu stöhnen. Selbst das weckte Malati nicht auf, obwohl das Baby im Schlaf zu weinen und zu strampeln anfing.

Vorsichtig stieg Ramchandra aus dem Bett, suchte sich im Dunkeln einen Weg durchs Haus (und das quälte ihn noch zusätzlich: wie vertraut ihm dieses Haus geworden war), erreichte die Haustür und ging.

Die Straßen glänzten vom Regen, und er hatte keine Ahnung, wie spät es war. Kaum ein Mensch war unterwegs. Gelegentlich sauste ein Auto vorbei, und einmal rief ein Betrunkener etwas Unverständliches aus einem Auto, das für Ramchandra wie eine Ermahnung klang, eine Warnung. Mit ängstlichen Schritten ging er in Richtung Pandey Palace. Der Regen kehrte wieder, ein Niesel, der ihn durchnäßte, noch bevor er das Haus erreichte und vor dem Tor stand. Das Dach leuchtete von bunten elektrischen Lichtern. Die Zimmer waren alle dunkel, bis auf ein Fenster im ersten Stock. Das war Gomas Schlafzimmer gewesen, bevor sie geheiratet hatten. Konnte sie dort sein, wach? Wo schliefen die Kinder? Er hielt sich an den Eisenstangen fest, lehnte die Stirn dagegen und schloß die Augen.

Das Quietschen von Reifen schreckte ihn auf; es war ein Polizeibus. Ein uniformierter Polizist stieg aus und fragte, was er am Tor dieses Hauses mache.

»Ich ruhe mich bloß aus.«

Der Polizist kam näher. »Versucht Ihr reinzuschleichen? Danach siehts nämlich aus.« Er fuchtelte mit dem Schlagstock herum, den er in der rechten Hand hielt. »Versucht Ihr, an diesem Haus eine Bombe zu legen? Seid Ihr ein Kommunist? Zu welcher Partei gehört Ihr?«

»Zu keiner Partei.« Ramchandras Augen begannen zu tränen. »Ich ruhe mich aus.«

»Betrunken? Seid Ihr betrunken? Ich bring Euch ins Gefängnis.«

Ein anderer Polizist rief aus dem Bus: »Was ist los?«

»Ich glaub, er wollte rein, um zu klauen.«

»Das ist mein Sasurali«, sagte Ramchandra.

»Ja, natürlich.« Der Polizist lachte. »Wenn Ihr nicht weitergeht, nehm ich Euch zu Eurem wahren Schwiegerelternhaus mit. Auf die Wache.« Er verpaßte Ramchandra einen harten Schlag auf die Schulter. »Weitergehen.« Ramchandra hielt sich mit der linken Hand die rechte Schulter und krümmte sich. »Abgang«, sagte der Polizist, bevor er wieder in den Bus stieg. Mit brennender Schulter stolperte Ramchandra davon. Er stellte sich vor, wie er am Morgen nach Pandey Palace kommen und Goma erzählen würde, was ihm zugestoßen war. Er malte sich aus, wie sie Tigerbalsam auf die Stelle reiben, wie die Wärme der Salbe und ihre wohltuenden Finger den Schmerz auflösen würden.

Wie er es bis nach Hause schaffte, wußte er nicht; sein Verstand waberte. Aber er stolperte die Treppen hinauf und fiel aufs Bett. Der Schmerz in der Schulter hinderte ihn daran, auf der rechten Körperseite zu liegen. Durchs Fenster sah er den Vollmond, den gleichen Mond, der von Gomas Fenster aus zu sehen war, der gleiche Mond, der über Malatis Haus schien, nur daß sie ihn von ihrem fensterlosen Zimmer aus nicht sehen konnte. Die ganze Nacht über bildete er sich Geräusche in der Wohnung ein, knarrende Schritte auf der Treppe, das Scheppern von Geschirr in der Küche.

Nachdem Vorfall mit der Polizei zauderte Ramchandra, Pandey Palace erneut zu besuchen. Er dachte ständig an die Kinder, aber die Erkenntnis, daß Goma ihn aufgegeben, daß sie ihre Beziehung abgebrochen hatte, betäubte ihn. Während Tihar auf sein Ende zuging, besuchte er Sanu und Rakesh nicht, sondern telephonierte nur mit ihnen. In einem Laden in Malatis Nachbarschaft hatte er ein öffentlich zugängliches Telephon gefunden. Um ungestört zu sein, konnte er den Apparat in einen kleinen Raum mitnehmen, wo sich das Kabel über Reissäcke und Kerosinbehälter wand, und er rief die Kinder jeden Abend an. Aber diese Gespräche bekamen allmählich einen lethargischen Tonfall. Sanu und Rakesh hatten ihrem Vater nichts zu berichten, und er hatte nichts zu sagen, was sie interessierte. Einmal erinnerte Rakesh ihn daran, daß die Geschichte, die er angefangen hatte, die von dem armen Mädchen, noch nicht zu Ende erzählt worden war. Ramchandra versicherte ihm, daß er den letzten Teil nachliefern werde, sobald sie nach Hause kamen.

Eines Tages geschah das Unvermeidliche. Malati kam abends zu einer Extrasitzung und blieb dann die ganze Nacht.

Nach der Sitzung hatte er sie ermuntert, mit ihm zu Abend zu essen, und sie aßen, was der Dienstbote am Morgen für Ramchandra gekocht hatte. Sie liebten sich und schliefen danach ein. Er erwachte ein paar Stunden später und sah sie an. Ihre Lippen zuckten im Schlaf, und manchmal zitterten ihre Augenbrauen. Ein paarmal wimmerte sie, weil irgendetwas sie im Traum quälte. Ramchandra fühlte eine tiefe Zuneigung für sie, nicht unähnlich dem Gefühl, das er für seine Kinder empfand, wenn er sie im Schlaf betrachtete. Naja, Malati war ein Kind, dachte er. Er beugte sich über sie und küßte sie, und sie öffnete die Augen. »Ama, wie spät ist es?«, rief sie. Und als sie sah, daß es schon um elf war, geriet sie in Panik. »Malekha-Didi bringt mich um«, sagte sie und zog hastig ihre Kleider an.

»Du gehst nachts um diese Zeit nicht nach Hause.«

»Aber ich muß.«

Ramchandra dachte daran, sie nach Hause zu begleiten, aber

um diese Zeit in der Nacht torkelten viele Betrunkene durch die Straßen, und man konnte nicht abschätzen, was sie tun würden, wenn sie eine junge Frau sähen. Also schlug er vor, daß sie Malekha-Didi anrufen und ihr sagen sollten, Malati komme früh am nächsten Morgen nach Hause.

»Aber von wo kann ich anrufen?«

Der Laden mit dem Telephon war jetzt sicher schon geschlossen, aber Ramchandra wußte, daß der Fahrradhändler im Laden schlief, weil er Angst vor Dieben hatte. Ramchandra würde ihn aufwecken müssen; es gab keine andere Möglichkeit.

Sie stapften nach unten, und Ramchandra klopfte an die Ladentür. Die schlaftrunkene Stimme des Ladenbesitzers fragte, wer da sei, und als Ramchandra sich zu erkennen gab, wollte ihm der Ladenbesitzer nicht glauben. »Ich ruf die Polizei«, drohte er. Erst nach einem langen Moment machte er die Tür auf, und dann schalt er Ramchandra dafür, ihn geweckt zu haben. Als er Malati sah, wurde er sogar noch wütender. »Das sieht nicht gut aus«, sagte er zu Ramchandra. Jeder in der Nachbarschaft hatte inzwischen gehört, daß Goma und die Kinder ihn verlassen hatten. Ramchandra beruhigte den Mann und sagte, er mißverstehe die Situation, und schickte Malati mit Handzeichen zum Telephon.

Ihr Gespräch mit Malekha-Didi verlief nicht gut. Malati klang defensiv und schuldbewußt und sagte immer wieder: »Was tun? Ich bin eingeschlafen. Es tut mir leid.« Malekha-Didis rauhe Stimme krächzte durch die Leitung, und Ramchandra zuckte vor Verlegenheit zusammen, als er die Worte »Schlampe« und »Hure« hörte. Der Ladenbesitzer tat, als höre er nicht zu, aber seine Stirn spannte sich. Ramchandra schnappte Malati den Hörer aus der Hand und sagte zu Malekha-Didi: »Hier ist Ramchandra. Es war ein Versehen. Sie ist morgen früh bei Euch. Bitte beruhigt Euch.«

Seine Stimme löste offenbar etwas in der Frau aus, denn sie

begann ihn mit Ausdrücken zu beschimpfen, die er noch nie gehört hatte. »Wichser. Sauarsch.« Ramchandra gab den Hörer an Malati zurück und sah den Ladenbesitzer entschuldigend an, der an der Theke stand, bereit, ihnen das Telephon wegzuschnappen. Malati sagte: »Bitte sagt nicht solche Sachen, Malekha-Didi. Bitte.« Und dann legte sie auf, weil Malekha-Didi den Hörer hingeknallt hatte.

Ramchandra gab dem Ladenbesitzer fünf Rupien extra, die dieser mit einem Grunzen annahm.

Als sie wieder oben in der Wohnung waren, blieb Malati im Bett sitzen und konnte nicht schlafen. »Sie war schon lange nicht mehr so sauer.«

»Aber ich verstehe das nicht«, sagte Ramchandra. »Es hat ihr nichts ausgemacht, daß ich bei euch im Haus geschlafen habe. Warum ist sie jetzt so empfindlich?«

»Sie war schon immer unberechenbar«, sagte Malati. »Jetzt weiß ich nicht, ob sie Euch noch mal ins Haus läßt.«

Beide konnten für den Rest der Nacht nicht gut schlafen, und etwa um vier stand Ramchandra auf, um Tee zu machen.

»Ich mach das«, sagte Malati.

Während sie das Wasser aufkochte, legte er die Arme um sie. »Ich weiß nicht, ob ich dich in nächster Zeit sehen kann.«

Sie goß etwas Milch in den kochenden Tee.

»Hast du gehört, was ich gesagt habe?«

Sie murmelte etwas, daß er nicht verstand.

»Ich gehe heute nach Pandey Palace und bitte Goma zurückzukommen«, sagte er.

Sie rührte im Tee.

»Selbst wenn sie nicht sofort zurückkommt, ist es am besten, wenn du und ich uns nicht sehen.«

»Wenn Ihr das für richtig haltet.«

»Aber das bedeutet, daß ich dir möglicherweise keine Nachhilfe mehr geben kann.«

Ihr Gesicht wirkte traurig, als sie den Tee eingoß. In Herrn

Sharmas Fenster war das Licht angegangen, und er spähte in ihre Richtung, so daß sie ins Schlafzimmer umzogen. Ramchandra hielt Malatis Hand und sagte: »Alles wird gut werden in deinem Leben.« Er sagte ihr, daß sie sich auf die Kapitel über quadratische Gleichungen und Wahrscheinlichkeitsrechnung konzentrieren solle, da das ihre schwachen Gebiete waren. Er streichelte ihr Gesicht.

»Ich hab Euch nichts als Ärger gemacht«, sagte sie.

»Das ist mein Schicksal. Ich muß damit zurechtkommen.«

Um fünf Uhr, noch bevor sich im Himmel über Kathmandu das erste Licht ausbreitete, machte sich Malati auf den Weg nach Hause und zu Rachana.

Ramchandra stand vor der Ganesh-Figur in der Küche und bat den Elefantengott darum, ihm an diesem Tag Erfolg zu schenken. Das Gebet stärkte sein Selbstvertrauen.

Der Ladenbesitzer mit dem Telephon kicherte hämisch, als er an ihm vorbeiging. »Wann kommt Goma-Bhauju nach Hause, Ramchandraji?«, fragte er.

»Heute«, sagte Ramchandra.

Die Luft war kälter als in den vergangenen Wochen, und Ramchandra wickelte sich den Schal enger um den Hals. Er ging zügig und täuschte ein Selbstvertrauen vor, von dem er hoffte, es möge in seine Umgebung ausstrahlen und Eindruck auf Goma machen, so daß sie mit den Kindern nach Hause zurückkehrte.

Koste es, was es wolle, sagte er sich immer wieder, heute kriege ich sie zurück.

Als er durch das Tor von Pandey Palace trat, sah er Herrn und Frau Pandey auf der Veranda sitzen. Er begrüßte sie mit einem Lächeln und erkundigte sich nach ihrem Wohlbefinden. Ihr kühler Empfang bremste ihn nicht. Er sagte: »Ich bin gekommen, um Goma und die Kinder mit nach Hause zu nehmen.«

»Das hängt von ihr ab«, sagte Frau Pandey.

Herr Pandey starrte in die Ferne und tat so, als ob Ramchandra nicht da sei.

Ramchandra lehnte sich an das Verandageländer. »Ihr könntet versuchen, sie zu überreden.«

»Warum sollten wir sie zu überreden versuchen?«, fragte Frau Pandey. »Was habt Ihr unserer Tochter anderes gegeben als Unglück? Und jetzt habt Ihr etwas getan, das Euer wahres Wesen enthüllt hat.«

»Was hat sie Euch erzählt?«

»Sie hat uns gar nichts erzählt, aber das kommt daher, daß unsere Tochter ein liebes Mädchen ist und nicht schlecht von Euch sprechen möchte. Was Ihr auch getan habt, es muß ziemlich schlimm sein. Warum hätte sie Euch sonst verlassen?«

»Das stimmt«, sagte Herr Pandey, obwohl er keinen von ihnen ansah.

Ramchandra war wütend. »Ihr habt einen guten Vorwand gefunden, nicht? Mehr habt Ihr nicht gebraucht, als daß Goma einen Schritt macht. Und jetzt wollt Ihr alles tun, um uns zu trennen. Ich konnte nicht einmal Dashain und Tihar mit meiner Familie verbringen.«

»Was machen wir?«, sagte Frau Pandey. Ihr Gesicht wurde rot. »Wir machen gar nichts. Was da auch immer vorgeht, es ist zwischen Goma und Euch; es hat nichts mit uns zu tun.«

»Ihr habt mir nie die geringste Achtung entgegengebracht.« Er wollte die beiden verletzen. »Ihr wollt uns nicht zusammen sehen; das ist das Problem.«

»Ja, das ist es«, sagte Herr Pandey, indem er sich auf seine Füße erhob und Ramchandra drohend ansah. »Was wollt Ihr tun? Was habt Ihr unserer Tochter angetan?«

Ramchandra stand ebenfalls auf, für den Fall, daß Herr Pandey ihn anspränge. »Ihr seid armselige Menschen«, sagte er. »Ihr seid statushungrige, geldbesessene, armselige Menschen.« Er wußte nicht, wo er diesen Mut hernahm. Das war nicht gerade ein guter Einstieg, um seine Frau und Kinder zurückzubekommen, aber er konnte seine Zunge nicht im Zaum halten. »Ihr werdet in der Hölle schmoren dafür, wie Ihr mich behandelt habt.«

Herr Pandey setzte sich hin und war dabei sichtlich unentschieden, ob er seinen Schwiegersohn körperlich angreifen sollte.

»Hölle?«, sagte Herr Pandey. »Ihr seid derjenige, der uns diese ganzen Jahre über durch die Hölle hat gehen lassen. Mit Eurer schäbigen Wohnung, mit Eurer armseligen Stelle.«

Die Fliegengittertür knarzte, und Goma trat heraus.

»Du gehst heute mit mir nach Hause«, sagte Ramchandra.

»Siehst du, was dein Mann hier tut?«, sagte Frau Pandey. »Wie ein gemeiner Schuster ist er hergekommen, um sich mit uns zu streiten.«

»Was ist passiert?«, fragte Goma Ramchandra.

»Nichts ist passiert«, sagte er. »Mach die Kinder fertig, so daß wir nach Hause gehen können.«

»Sie geht nirgendwo hin mit Euch «, sagte Frau Pandey.

Ramchandra trat einen Schritt auf seine Schwiegermutter zu. »Und warum nicht? Und wer seid Ihr, daß Ihr so etwas sagen könnt?«

Frau Pandey rief nach ihren Dienstboten (und sie hielt sich viele davon), vermutlich um Ramchandra von ihnen hinauswerfen zu lassen.

»Warum geht Ihr nicht rein, Mutter, so daß wir uns unterhalten können?«, sagte Goma.

»Ich will ihn nicht hierhaben.«

»Er ist mein Mann«, sagte Goma. »Er hat das Recht herzukommen.«

Drei Dienstboten waren aufgetaucht, aber Goma bat sie, ins Haus zu gehen. Herr und Frau Pandey gingen ebenfalls, zögerlich.

»Und warum führt Ihr Euch auf wie ein Randalierer?«, fragte Goma.

»Laß uns nach Hause gehen, Goma. Es ist zu viel. Ich halte es nicht mehr aus.«

»Ach, es geht also nur um Euch? Was ist mit mir?«

Er nahm ihre Hand. »Bitte. Laß uns nach Hause gehen und darüber reden.«

»Es gibt nichts zu bereden, oder etwa doch? Ihr habt Eure Entscheidung bereits getroffen.«

»So ist es nicht.«

»Wie ist es dann?«

Ramchandra sagte mit weinerlicher Stimme: »Ich brauche Hilfe. Ich kann ohne dich und die Kinder nicht leben. Was geschehen ist, lag daran, daß mit mir etwas nicht in Ordnung ist, und nur du kannst mir helfen. Niemand sonst.«

»Ach, also Ihr verletzt mich, und jetzt soll ich Euch heilen? Ich bin kein Zauberer.«

»Goma, bitte.«

»Ich habe Sanu gestern erzählt, was passiert ist.«

Ramchandra starrte sie ungläubig an. »Warum hast du das getan?«

»Warum sollte ichs nicht tun? Sie hat mich gefragt, was passiert ist. Sie war schon länger bedrückt.«

»Und daß du es ihr erzählt hast, hat sie glücklich gemacht?« Er wollte sich nicht mit Goma streiten, aber ihm wurde übel bei der Vorstellung, daß Sanu ihn verachten könnte.

»Sie ist alt genug, um mit der Wahrheit umgehen zu können.«

Er schwieg und sagte dann: »Ich dachte, sie sei glücklich hier.«

»Sie ist ein empfindsames Mädchen. Sie hat so getan, damit ich mir keine Sorgen um sie mache.«

Ramchandra setzte sich auf den Stuhl, den sein Schwiegervater geräumt hatte. »Goma, laß uns nach Hause gehen.«

Sie drehte sich zum Tor um. »Was soll ich dort?«

»Es ist dein Zuhause. Es gehört dir.«

Die Tür sprang auf, und Sanu und Rakesh kamen heraus. Rakesh beschwerte sich sofort bei seinem Vater, daß er so lange nicht zu Besuch gekommen sei. Sanu blieb auf Distanz und wich seinem Blick aus.

»Geht und packt Eure Sachen ein. Wir gehen zurück nach Jaisideval.«

Rakesh sah seine Mutter an. »Jetzt schon? Davon habt Ihr uns nichts gesagt.«

Goma tätschelte ihm den Kopf.

»Was ist dann mit der Schule?«, fragte Rakesh, eine Spur Hoffnung auf dem Gesicht.

»Darum kümmern wir uns, wenn wir zu Hause sind«, sagte Ramchandra.

Sanu ging ins Haus.

Ramchandra wartete atemlos auf Gomas Antwort.

»In Ordnung«, sagte sie zu Rakesh. »Es wird Zeit, daß wir nach Hause gehen.«

Die Taxifahrt nach Jaisideval war von Schweigen erfüllt. Selbst Rakesh hörte mit dem üblichen Geplapper auf und drückte die Nase ans Fenster, um an die Scheibe zu hauchen. Sanu saß mit den Händen im Schoß da, den Blick auf dem dichten Straßenverkehr. Nachdem sie vor der Abfahrt im Haus verschwunden war, hatten die anderen nach ihr suchen müssen. Sie wurde im Garten hinter dem Haus gefunden, wo sie im Gras lag und in den Himmel starrte. Ramchandra wollte sich bei ihr entschuldigen, doch er überließ Goma die Gelegenheit, auf ihre gemeinsame Tochter zuzugehen und sie zu bitten, sich fertigzumachen. Für einen langen Augenblick regte sich Sanu nicht; dann begann sie, leise vor sich hinzumurmeln, und ging ins Haus, um ihre Sachen zu packen.

Der Taxifahrer sang ein altes nepalisches Lied, das vom gebrochenen Herzen des Protagonisten kündete, trotzdem dieser einer Maid namens Sani bergauf und bergab nachgejagt war und den Fluß von Bijapur überquert hatte: *Ukali orali chadhera, Bijapur khola tarera, Sanilai bolaunda boldina, parnu pir paryo.* Zunächst summte Ramchandra nur mit, um die Spannung zu lösen. Und indem er »Sani« durch »Sanu« ersetzte, begann er zu singen. Rakesh begann ebenfalls mitzujohlen und stieß Sanu jedesmal an, wenn ihr Name vorkam. Ramchandra, der neben dem Fahrer saß, drehte sich um und sagte zu seiner Tochter: »Und, Sanu, wer jagt dir nach, eh?« Sanu lächelte nicht, und Goma sagte mit kalter Stimme zu Ramchandra: »Ihr braucht meinen Kindern nichts vom Jagen und Grapschen zu erzählen.«

Ramchandra hörte auf, und Rakesh drückte wieder seine Nase ans Fenster. Nur der Taxifahrer summte weiter.

Beim Aussteigen aus dem Taxi wurden sie von den Nachbarn beobachtet. Der Teeladenwirt starrte sie an, während er einem Gast Geld herausgab. Eine Münze schlüpfte ihm durch die Finger und sprang klirrend die Straße hinab. Ein Nachbar lächelte und nickte. Im Hof lehnte Herr Sharma auf seinem Fensterbrett, ohne Lächeln, und Ramchandra behielt ihn genau im Auge, um zu sehen, wie er Sanu anschaute, aber Herr Sharma beobachtete Goma.

Sie stapften die Treppen hinauf, und für einen kurzen Augenblick blieb Goma auf dem Treppenabsatz stehen, als spüre sie Spuren von Malatis Gegenwart. »Ich schlafe im Kinderzimmer«, sagte sie zu Ramchandra. Sanu ging in ihr Zimmer, und Rakesh ging ans Fenster eines Nachbarn und schrie nach seinen Freunden vom Hof. Ramchandra mußte ihn daran erinnern, daß sie alle zur Schule gegangen waren. Es war schon um neun, und auch seine Schule nahm heute wieder den Betrieb auf. Die Entscheidung, ob die Kinder zur Schule gehen sollten, wollte er Goma überlassen.

Als lese sie seine Gedanken, sagte Goma: »Na gut, zieht Euch für die Schule an.«

Rakesh zog vor Enttäuschung einen Schmollmund. »Aber

wir haben gar nichts gegessen. Und die Schule hat schon angefangen.«

»Ich geb euch Geld für einen Imbiß. Na los.«

Sie ging mit den Taschen ins Kinderzimmer und half ihnen, sich fertigzumachen.

Als Sanu auf dem Weg zur Treppe an Ramchandra vorbeikam, sah sie ihm nicht in die Augen.

Nachdem die Kinder gegangen waren, wurde es still in der Wohnung. Goma blieb in der Küche. Ramchandra schnüffelte im Schlafzimmer, ob Malatis Geruch in der Luft lag. Er spähte in die Küche: Goma saß auf einem Pirka in der Ecke, die Knie hochgezogen, und malte mit den Fingern Schlangenlinien auf den Boden.

»Was sollen wir heute früh essen?«, fragte er.

»Ich muß nichts essen. Ich koch was für Euch.«

»Es ist nichts zum Kochen da.«

»Ich geh auf den Markt.«

»Nicht nötig, nur für mich zu kochen«, sagte er. Zweitausend Erklärungen, Rechtfertigungen, Entschuldigungen fluteten ihm durch den Kopf, aber auch er schaffte es bloß, auf den Boden zu malen.

Unten an der Tür war ein lautes Klopfen zu hören. »Wer kann das sein?«, sagte Ramchandra. Einen Moment lang bewegte er sich nicht; dieser Augenblick mit Goma war ihm zu wichtig, um ihn zu zerstören. Aber es klopfte weiter, gefolgt von Schritten auf der Treppe. Er ging vor die Wohnungstür und sah Malati heraufkommen, mit Rachana auf der Hüfte. Er hielt die Luft an, rannte die Treppe hinunter und gab Malati durch sanftes Schieben zu verstehen, daß sie wieder nach unten gehen solle. Sie wollte etwas sagen, aber er schüttelte heftig den Kopf. Auf dem Hof flüsterte er: »Goma ist wieder da.«

»Tut mir so leid, Sir«, sagte sie. »Malekha-Didi hat mich aus dem Haus geworfen.«

»Warum?«

»Sie hat gesagt, sie ist sauer wegen allem.«

»Aber du hast doch nichts getan.«

»Ich hab sie angefleht. Es hat nichts genutzt.«

»Wo sind deine Sachen?«

»Sie hat alles in die Vorlaube geschmissen. Sagt, wenn ich nicht alles bis heute Abend mitnehme, schmeißt sies auf die Straße.«

Herr Sharma war an sein Fenster zurückgekehrt und beobachtete sie. Ramchandra warf ihm einen finsteren Blick zu, dann dachte er angestrengt nach und sagte zu Malati: »Also gut, jetzt gerade spreche ich mit Goma. Warum kommst du nicht um elf zur Schule, und wir finden eine Lösung.« Er fragte sie, ob sie schon etwas gegessen habe, und sie schüttelte den Kopf, also angelte er in seinen Taschen und fand einen Zwanzigrupienschein. Er beschrieb ihr den Weg zu seiner Schule. »Wenn ich im Unterricht bin, warte einfach draußen vor der Tür. Ich finde dich.«

»Wie geht es Bhauju?«, flüsterte sie.

»Wird schon wieder.«

»Das alles tut mir so leid, Sir«, sagte sie, und Tränen quollen ihr in die Augen. »Aber ich weiß nicht, wo ich sonst hingehen soll.«

»Das muß dir nicht leidtun. Also gut, geh jetzt.«

Er ging nach oben. Goma war in der Küche und saß noch in der gleichen Haltung da. Es war für ihn fast schon Zeit, zur Schule zu gehen. Er hatte heute nicht hingehen wollen, weil er darauf gehofft hatte, Zeit mit Goma zu verbringen und sich irgendwie mit ihr zu versöhnen, aber er konnte Malati nicht im Stich lassen. »Ich zieh mich jetzt besser an«, sagte er zu Goma, die nicht aufschaute.

Als er ins Schlafzimmer ging, hörte er sie mit leiser Stimme sagen: »Das war Malati, oder?« Er sagte nichts, sondern stand nur in der Tür, mit dem Rücken zu ihr.

»Was will sie?«

»Nichts. Sie wollte nichts. Es ist vorbei zwischen uns.«

»Sie hat Ärger, oder?«

»Ja, aber es ist keine große Sache.«

Sie sagte nichts mehr, und er zog sich an. Sein Magen knurrte. Vielleicht konnte er in der Pause einen Samosa essen.

Er ging in die Küche zurück. Goma stand jetzt am Fenster und sah hinaus.

»Ich gehe jetzt«, sagte er.

Sie drehte sich um. Ein seltsamer Ausdruck lag auf ihrem Gesicht, eine Mischung aus Schmerz und Entschlossenheit, und es machte ihm etwas Angst, sich vorzustellen, was für Gedanken ihr durch den Kopf gehen mußten. »Was wollt Ihr mit ihr machen?«, fragte sie.

»Es ist vorbei, Goma. Vertraue mir. Bitte. Ich habe meine Lektion gelernt.«

»Wollt Ihr sie verlassen, einfach so?«

»Es war eine kurzzeitige Sache, ein Fehltritt. Es wird nicht wieder vorkommen.«

»Ein feiner Mann seid Ihr«, sagte sie. »Wo soll sie hingehen?«

»Was willst du damit sagen?«

»Hat sie Euch nicht gesagt, daß ihre Stiefmutter sie aus dem Haus geworfen hat?«

Wie hatte sie das hören können? War sie die Treppe hinuntergegangen, um sie zu belauschen?

»Ja, aber das ist ihr Problem, nicht unseres.«

Goma lachte kurz und bitter auf. »Ein feiner, edler Mann seid Ihr.«

»Ich habe sie gebeten, zur Schule zu kommen«, gab er zu. »Ich will ihr etwas Geld geben.«

»Geld wollt Ihr ihr geben? Ist sie eine Prostituierte?«

»Was willst du, daß ich tue, Goma? Ich weiß nicht, was ich tun soll.«

Sie schwiegen. Dann sagte Goma: »Bittet sie herzukommen.«

»Hierher?«

»Ja, hierher, in diese armselige Wohnung.«

Ramchandra lachte.

»Jawohl, Ihr beiden könnt im Schlafzimmer schlafen. Ich schlaf bei den Kindern.«

Ramchandra lehnte sich an den Türrahmen. Goma war todernst. »Ist das deine Art, mich zu bestrafen? Indem du solche Dinge sagst?«

»Ich bestrafe Euch nicht. Ihr habt mich gebeten, Euch zu helfen.«

»Wie soll mir das helfen?«

»Seht Ihr das nicht?«, sagte sie und schüttelte den Kopf, als sei er ein Kind, dem das Offensichtliche entging. »Ihr habt in ihr etwas gefunden, das Ihr in mir nicht gefunden habt. Ihr müßt für Euch selbst genau entscheiden, was es ist. Und die einzige Art, das zu tun, ist, ehrlich zu sein und mit ihr zusammenzuleben, als wärt Ihr Mann und Frau.«

»Was für Unsinn, Goma. Wir sind hier nicht in einem Hindifilm.«

»Sie braucht jetzt Hilfe, oder nicht? Sie kann nicht in den Straßen herumlaufen mit dem Kind auf der Hüfte. Die Stadt verschlingt sie. Sie wird zur Prostituierten.«

Ramchandra stöhnte.

»Und Ihr braucht Hilfe anderer Art. Ihr müßt herausfinden, wonach Ihr Euch sehnt. Und deshalb ist das die einzige Möglichkeit.«

»Unmöglich«, sagte er. »Goma, du hast den Verstand verloren.«

»Ja, genau«, sagte sie. »Ich bin derjenige, der den Verstand verloren hat.«

»Was sollen die Kinder denken?«, sagte er schließlich. Er dachte an seine Tochter, und ein Stöhnen drang ihm aus dem Mund. »Ich kann das nicht. Was soll Sanu denken?«

»Ich erklär ihr die Sache.«

»Sie ist erst dreizehn. Wie soll sie das deiner Ansicht nach verstehen?«

»Ihr kennt Eure Tochter nicht.«

»Sie wird mich für den Rest ihres Lebens hassen. Goma, das ist absurd.«

»Was Ihr mit ihr gemacht habt, ohne mein Wissen, das ist noch absurder.«

»Nein, nein.«

»Und was wollt Ihr ihr heute in der Schule erzählen?«

»Ich weiß es nicht.«

Sie trat näher an ihn heran. »Hört mir zu.« Ihre Stimme war fest. »Was Ihr getan habt, ist nicht wiedergutzumachen. Wenn Ihr beiden zusammen sein wollt, steh ich Euch nicht im Weg.«

Er lehnte sich an ihre Schulter und weinte. »Was bist du für ein Mensch? Du verlangst von mir, jemanden ins Haus zu bringen, als ob sie meine Zweitfrau wäre. Das geht so nicht. Es ist verkehrt.«

»Sagt wer?«

»Die Gesellschaft akzeptiert es nicht.«

»Warum kümmert Ihr Euch jetzt auf einmal um die Gesellschaft?«

»Die Leute werden uns verachten. Sie werden dich auslachen.«

»Mir ists egal, wer mich auslacht.«

»Was ist mit deinen Eltern?«

»Das ist nicht ihr Problem, und darum müssen sie es auch nicht lösen.«

Das Zimmer drehte sich, und Ramchandra setzte sich auf den Boden. »Das ist verkehrt, das ist verkehrt.«

»Es ist die einzige Möglichkeit. Die einzige Möglichkeit, wie wir zur Wahrheit gelangen können. Die einzige Möglichkeit, wie ich von jetzt an zufrieden mit Euch zusammenleben kann. Ansonsten bleibt unsere Beziehung immer kalt, so wie sie in den letzten Wochen war.«

»Bitte tu mir das nicht an, Goma.«

»Ich tue Euch gar nichts an. Ich biete Euch eine Lösung an für ein Problem, das Ihr verursacht habt. Ich biete einem Mädchen ein Dach über dem Kopf an, das keins mehr hat. Wenn Ihr eine bessere Lösung wißt, laßt sie mich hören.«

Ramchandra schloß die Augen. »Ich brauche ein Glas Wasser.«

Sie brachte ihm eines, und er goß es hinunter. Sie brachte ihm noch eines, und auch das trank er aus.

»Geht und holt sie her. Ich mach die Zimmer fertig«, sagte Goma und ging ins Kinderzimmer.

Ramchandra stand auf und rannte die Treppen hinunter.

In der Schule hatte er Angst vor Malatis Eintreffen. Die Schüler merkten, daß er abgelenkt war, und wurden unruhig. Ein paar von ihnen sprachen sogar miteinander, während er an der Tafel eine Mathematikaufgabe zusammenfaßte. In der zweiten Stunde unterrichtete er die zehnte Klasse und schrieb gerade an die Tafel, als ihn etwas hart am Rücken traf. Er drehte sich um, und auf dem Boden lag eine tote Ratte. Die Schüler spielten ihm normalerweise keine Streiche, wie sie es mit anderen Lehrern machten, und mit einer gewissen Selbstzufriedenheit hatte er immer angenommen, daß sie ihn respektierten. Jetzt sah er die kichernden Schüler finster an, und sein Blick fiel auf einen von ihnen, der in der Mitte des Klassenzimmers saß, einen schlacksigen Jungen mit langen Haaren und rotem Kopftuch. Die Schulordnung untersagte es ausdrücklich, auffällige Bekleidung wie Kopftücher oder Hüte zu tragen, aber einige der älteren Schüler ignorierten diese Regel. Bandana-Miss mochte außerdem kein langes Haar, und mit diesem speziellen Schüler hatte sie bereits Streit gehabt.

»Also gut, wer war das?«, sagte Ramchandra laut. »Mukesh, steh auf.«

Mukesh stellte sich träge auf seine Füße. »Braucht Ihr was, Sir?«

»Komm mit mir ins Büro von Bandana-Miss.«

»Weswegen, Sir?«

Die anderen Schüler lachten. »Ja, er wars, Sir. Er ist ein böser, böser Junge«, rief jemand.

Mukesh sah sich mit einem Lächeln im Klassenzimmer um. »Beweise, meine lieben Genossen. Wo sind die Beweise?«

»Gut, das wars. Gebt nicht mir die Schuld, wenn ihr durchs SLC fallt. Du, komm mit.« Er zeigte auf Mukesh, hob die tote Ratte am Schwanz auf, was seinen Schülern johlendes Gelächter entlockte, und verließ das Klassenzimmer. Mukesh folgte ihm, die Hände in den Hosentaschen. Ramchandra bemerkte eine Schnur, die man der Ratte um den schlaffen Hals gebunden hatte, und daran einen kleinen Zettel. Darauf stand: »Die Zukunft des Panchayats«.

Ramchandra wollte über diesen Streich lachen, aber dies war eine Ratte, und man hatte damit nach ihm, einem Lehrer, geworfen. »Willst du der Schule verwiesen werden? Machst du deshalb solche Sachen?«, sagte Ramchandra.

Bandana-Miss telephonierte, aber sobald sie die Ratte sah, die aus Ramchandras Hand baumelte, beendete sie das Gespräch.

Ramchandra erzählte ihr, was geschehen war.

»Ich wars nicht«, sagte Mukesh. Er sah Ramchandra herausfordernd an.

»Er hat damit nach mir geworfen, während ich an die Tafel schrieb.«

»Habt Ihr ihn werfen sehen?«, fragte Bandana-Miss. Den Zettel am Rattenhals würdigte sie nicht einmal eines Blickes.

»Ich hab es nicht gesehen, aber ich weiß, daß er es war.«

»Beweist es«, sagte Mukesh.

Ramchandra, dem plötzlich bewußt wurde, daß er die Ratte in der Hand hielt, ließ sie auf den Boden fallen.

»Ramchandraji«, sagte Bandana-Miss, »hebt das sofort auf, und Ihr verlaßt beide mein Zimmer. Es ist der erste Schultag, und ich hab viel Arbeit zu erledigen.«

»Bandana-Miss – «

Bandana-Miss schlug sich mit der Handfläche gegen die Stirn. »Ramchandraji, Ihr habt ihn nicht werfen sehen, also kann ich nichts machen. Ich muß mich auf eine Schulratssitzung vorbereiten.«

Auf dem Flur sagte Mukesh, »Sir, Ihr habt mich ohne Grund herausgepickt. Was habt Ihr für ein Problem? Seid Ihr ein Panche, ein Panchayat-Liebhaber?«

Ramchandra winkte ihn verächtlich weg und ging mit der Ratte, die aus seiner Hand baumelte, den Flur entlang, sehr zur Belustigung der Schüler, die an ihm vorbeikamen.

»Ist das Eure neue Liebe, Sir?«, sagte jemand mit lauter Stimme.

Ramchandra brachte die Ratte zum Bürojungen, der sich auf dem Hof sonnte. »Das ist jetzt dein Problem«, sagte er.

Der Rest der Stunde war vergleichsweise ruhig, und Ramchandra dachte erneut daran, was er zu Malati sagen sollte, wenn sie kam. Gelegentlich hob er die Hand zur Nase, um zu prüfen, ob der Rattengeruch noch daran haftete.

Malati erwartete ihn im Lehrerzimmer, die Augen verquollen. Rachana zappelte in ihrem Schoß. Zwei Lehrerinnen saßen in einer Ecke, schauten in ihre Richtung und flüsterten.

Ihm blieben ungefähr zwanzig Minuten bis zur nächsten Unterrichtsstunde, und so bedeutete er Malati, sie solle ihm in den kleinen Teeladen folgen, der in der Gasse vor der Schule lag. Er ging selten dorthin, weil der Laden vor Fliegen schwirrte, aber es war der einzige Ort, wo er unter vier Augen mit ihr sprechen konnte.

In dem Laden tranken zwei Schüler Tee, und zu seiner Bestürzung sah Ramchandra, daß einer von ihnen Mukesh war, der ihn hämisch anlachte, als er sich mit Malati auf eine Bank setzte.

»Du siehst müde aus«, sagte er zu ihr.

Rachana lächelte zu ihm auf.

»Hast du Glück gehabt und eine Unterkunft gefunden?«

»Ich weiß überhaupt nicht, wo ich hingehen soll«, sagte Malati. Sie rührte den Tee nicht an, der vor ihr stand.

Ramchandra bestellte Samosas für sie beide. »Du mußt Hunger haben.«

»Ich hab keinen Hunger«, sagte sie mit leiser Stimme.

Mukesh und sein Freund hörten aufmerksam zu.

»Goma will, daß ich dich mit nach Hause nehme.«

Malati sah ihn ungläubig an. »Was sagt Ihr da?«

»Sie will dir Unterschlupf geben; das sage ich.«

»Nachdem sie alles über – «

»Ja, ja, du mußt es nicht sagen.« Er sah zu den Schülern hinüber.

»Aber wie kann ich auch nur mein Gesicht bei ihr sehen lassen? Das ist absurd. Ist sie nicht sauer auf mich?«

Ramchandra schüttelte den Kopf. Die Samosas kamen, und Ramchandra bat Malati zu essen, aber sie aß nicht. »Sie ist nicht sauer auf mich?«

Ramchandra nahm einen Bissen. Der Samosa war alt und triefte vor Öl. Er legte ihn auf den Teller zurück. »Ich weiß nicht, was sie fühlt. Sie denkt, es ist die beste Lösung.«

»Die beste Lösung«, murmelte Malati. Der Schock war ihr deutlich anzusehen. Nach einem Augenblick sagte sie: »Ich kann das nicht machen. Wie kann ich das machen?«

»Was hast du für eine Wahl?«

Sie lehnte den Kopf an die Wand und schloß die Augen. Er legte ihr die Hand auf den Unterarm. »Es ist besser, als auf der Straße zu betteln.«

»Aber nach dem, was ich Bhauju angetan hab.«

Die Schulklingel läutete, und die beiden Jungen kamen an Ramchandras Tisch vorbei. »Machts Spaß, Sir?«, sagte Mukesh im Vorbeigehen. Ramchandra mußte wieder in den Unterricht, aber diese Angelegenheit bedurfte der Klärung.

»Die Entscheidung liegt bei dir. Wieviel Geld hast du?«

»Ich hab bloß zweihundert Rupien.«

»Das reicht nicht einmal, um ein Zimmer zu mieten.«

»Was soll ich machen? Was wird mit ihr?« Sie streichelte Rachanas Kopf.

»Also haben wir keine Wahl.«

Sie schloß erneut die Augen.

»Warum gehst du nicht jetzt nach Jaisideval? Goma ist dort.«

»Was soll ich ihr sagen?«

»Du mußt ihr gar nichts sagen. Es war ihre Idee.«

»Ich warte auf Euch. Ich kann Bhauju nicht alleine gegenübertreten.«

»Aber ich bin erst um vier Uhr fertig.«

»Das ist in Ordnung. Ich warte hier.«

Ramchandra sprach mit dem Ladenbesitzer und gab ihm etwas Geld, damit Malati dortbleiben konnte, bis er mit dem Unterricht fertig war. Er küßte sie auf die Stirn, bevor er den Laden verließ. Er hatte bereits fünfzehn Minuten Verspätung.

Bandana-Miss fing ihn auf dem Flur ab. »Das ist nicht gut, Ramchandra-Sir. Im Unterricht schlafen, und jetzt zu spät zum Unterricht.«

»Ich mußte mich um eine dringende Angelegenheit kümmern.«

»Alles ist dringend, nicht wahr? Wer war dieses Mädchen?«

»Eine Bekannte.«

»Ramchandra-Sir, mir sind in letzter Zeit ein paar Dinge zu Ohren gekommen. Unter allen Leuten würde ich von Euch am ehesten erwarten – «

»Ich bin schon zu spät zu meinem Unterricht. Warum haltet Ihr mich auf?«

»In welchem Verhältnis steht Ihr zu ihr?«

»Sie ist die Tochter eines Freundes.«

»Hoffen wir, daß das stimmt. Ihr seid Lehrer. Ich habe Euch gebeten, mit Shailendra zu reden, weil ich dachte, Ihr wärt ein guter Mensch.«

»Bandana-Miss. Bitte. Behaltet Eure Belehrungen für Euch.« Er eilte an ihr vorbei und ging zu seinem Klassenzimmer.

Um vier Uhr regnete es. Ramchandra hielt sich eine Zeitung über den Kopf und lief zum Teeladen, wo er Malati in eine Ecke gekauert fand, die Augen geschlossen und Rachana im Schoß, die mit ihrer Kette spielte. Er weckte sie, und sie rappelte sich erschrocken auf die Füße. Er beruhigte sie und führte sie nach draußen. Der Regen wurde noch stärker, und sie blieben in der Tür stehen. »Das wird eine Zeitlang nicht aufhören«, sagte der Ladenbesitzer. »Könnt genauso noch eine Tasse Tee trinken.« Sie tranken noch einmal Tee und lauschten dem Regen. Rachana begann zu plärren, und Malati ging in eine Ecke und gab ihr die Brust.

Der Regen ging schließlich in Niesel über, und sie beschlossen aufzubrechen. Ramchandra hielt Malati die Zeitung über den Kopf, während sie durch die Pfützen in den Gassen zum Bir-Krankenhaus gingen, wo sie, dachte er, ein Dreiradtaxi finden würden – obwohl ein Teil von ihm hoffte, daß sie keines fänden, so daß er nicht noch mehr Geld ausgeben mußte. Wie stets bei schlechtem Wetter waren alle Taxis besetzt. Leute wuselten umher und suchten entweder einen Unterstand oder trotzten dem Regen, um ihre Besorgungen abzuschließen. »Sollen wir warten und einen Bus nehmen?«, fragte Ramchandra, und Malati zuckte mit den Schultern. »Nein, es ist nicht so schlimm. Gehen wir zu Fuß.«

Bis sie die New Road erreichten, waren sie völlig durchnäßt. Er sah sie an. Sie sah schön aus, und auf ihrem Gesicht glitzerte der Regen. Und sie war jung; er mußte sich ins Bewußtsein rufen, daß sie wirklich jung war, erst einundzwanzig. Sie umklammerte seine Hand und fragte: »Liebt Ihr mich?« Einen Augenblick lang dachte er, sie sei verrückt, diese Frage gerade jetzt zu stellen, aber sie beobachtete ihn und wartete auf eine Antwort, und als er »Ja« sagte, füllten sich ihre Augen mit einem Blick, der ihm verriet, daß sie genau wußte, was sie tat.

Als sie in Jaisideval die Treppen hinaufstiegen, wurde Malati langsamer. »Na komm«, drängte er sie. Sie konnten die Stimmen der Kinder hören, als sie den Treppenabsatz erreichten.

Goma erschien in der Tür, die Kinder hinter sich. »Ihr hättet ein Taxi nehmen können«, sagte Goma zu Ramchandra. »Das Baby kriegt eine Erkältung.« Sie ging ins Kinderzimmer und kam mit einem Handtuch zurück, in das sie das Baby einwickelte, nachdem sie es Malati aus den Armen genommen hatte. »Ihr hättet einfach warten können, bis der Regen nachläßt«, sagte sie zu Ramchandra.

Er hatte nichts zu sagen. Das hier war ein verrückter Traum, aus dem er jeden Augenblick aufwachen würde.

Malati hielt den Blick gesenkt. Niemand schien zu wissen, was als nächstes zu tun war. Dann brachte Goma das Baby, das eingeschlafen war, ins Kinderzimmer. Als sie wieder herauskam, sagte sie: »Warum geht Ihr beiden nicht ins Schlafzimmer, und ich bring Euch was zu essen.«

Plötzlich kniete Malati zu Gomas Füßen nieder. »Bhauju, bitte vergebt mir.«

Goma beugte sich vor und hob sie auf. »Was ist los mit dir? Wir haben keine Zeit für diesen Unsinn. Du mußt trockene Sachen anziehen.« Sie fragte Ramchandra, wo Malatis Habseligkeiten seien.

Er zuckte mit den Schultern.

»Die sind noch in der Vorlaube zu Hause«, sagte Malati.

»Ich laß sie vom Dienstboten meiner Eltern herbringen, nachdem Ihr beiden gegessen habt.«

Ihre Stimme war voller Energie, als ob Malatis Anblick Goma verwandelt habe. Auf ihrem Gesicht zeichnete sich eine neue Persönlichkeit ab, und Ramchandra konnte kaum glauben, daß dies die Frau war, mit der er all diese Jahre zusammengelebt hatte.

»Vergebt Ihr mir, Bhauju?«, fragte Malati.

»Das steht nicht in meiner Macht. Du mußt dir selbst vergeben.«

Rakesh, der aufmerksam zugehört hatte, fragte: »Vergeben für was? Was hat sie angestellt?«

»Das braucht dich nicht zu kümmern, Schlauberger«, sagte Goma.

Sanu sagte nichts, und Goma bat beide Kinder, ins Kinderzimmer zu gehen und sich um das Baby zu kümmern; sie sollten sie rufen, wenn Rachana aufwachte. Dann brachte sie Malati einen Dhoti. » Das kannst du anziehen, bis heute Abend deine Sachen kommen. Los, steht da nicht in diesen nassen Sachen rum, beide.« Und sie scheuchte sie ins Schlafzimmer und ging in die Küche.

»Was passiert jetzt, Sir?«

»Ich geh kurz hinaus. Warum ziehst du dich nicht um?«

Auf ihrem Gesicht lag noch immer Verwirrung. Sie erschien wenige Minuten später in Gomas Dhoti und sagte: »Ich geh Bhauju helfen.«

Im Schlafzimmer zog sich Ramchandra trockene Kleider an und setzte sich aufs Bett. Goma hatte alle Photographien von den Wänden genommen. Er stand auf und sah in den Schrank: Ihre Kleider waren verschwunden. Er sah unter das Kissen, unter dem sie als Glücksbringer die Kette aufbewahrte, die seine Familie ihr zur Hochzeit geschenkt hatte; sie war nicht mehr dort. Draußen schellte eine Fahrradklingel, und das Geräusch rumorte in Ramchandras Kopf. Er strich mit der Hand über das saubere Bettlaken. Hier sollte er nach Gomas Willen zusammen mit Malati schlafen. Er hielt sich mit den Händen den Kopf.

Goma rief nach ihm, und zögerlich ging er in die Küche, wo Malati damit beschäftigt war, Reis aus dem Topf auf die Teller zu schaufeln. Sie sah nicht auf, als er eintrat. Goma rief nach den Kindern, aber nur Rakesh kam.

»Wo ist Sanu?«

»Sie macht ihre Hausaufgaben.«

»Na, es ist Zeit zum Essen.«

»Sie sagt, sie hat keinen Hunger.«

»Ich gehe sie holen«, sagte Ramchandra und ging zu seiner Tochter.

Sanu saß auf dem Boden in ihrem Zimmer, ihre Bücher vor sich ausgebreitet. Das Baby schlief nicht weit von ihr.

»Sanu«, sagte Ramchandra, »warum kommst du nicht?«

»Ich hab keinen Hunger.«

»Du machst bald deine Prüfungen. Wenn du nicht ißt, wirst du nicht gut abschneiden.«

Sie antwortete nicht, und er fragte: »Was ist los?«

»Nichts.«

»Warum ist dein Gesicht dann wie« – er suchte nach einem lustigen Vergleich – »der Ringelschwanz eines Ferkels?«

»Warum ist diese Frau hier?«

»Sie braucht eine Unterkunft.«

»Das hier ist eine große Stadt. Warum konnte sie nicht woanders hingehen?«

Ramchandra nahm seinen Mut zusammen. »Tochter, du solltest ihr nichts nachtragen. Die Schuld liegt bei mir, nicht bei ihr.«

»Ich gebe niemandem Schuld. Wenn jemand Schuld hat, dann ich.«

»Und warum das?«

»Ich bin bloß ein dummes Mädchen.«

Er ging neben ihr in die Hocke. »Nein, dein Vater ist dumm. Du weißt über alles Bescheid, nicht?«

»Ich will Euer Gesicht nicht anschauen.«

»Das mußt du nicht. Komm bloß und iß etwas. Irgendwann wirst du mir vergeben.«

»Ich werd Euch nie vergeben. Ich vergebe Mutter nie, daß sie ihr erlaubt hat, in dieses Haus zu kommen.«

»Deine Mutter hat ein gütiges Herz.« Er berührte ihre Schulter, aber sie zuckte zurück. »Na gut, ich bringe dir das Essen her«, sagte er.

»Ich eß nicht, was ihr anfaßt. Ich will zurück nach Pandey Palace.«

»Das hier ist dein Zuhause, Sanu.«

»Was für ein Zuhause ist das?«, sagte sie. »Sie ist nicht meine Schwester; sie ist nicht meine Mutter; sie ist nicht meine Base. Also warum ist sie hier?« Jetzt drehte sie sich um und sah ihn an, und in ihren Augen brannte Zorn. »Und Ihr seid nicht mein Vater. Warum geht Ihr beiden nicht woanders wohnen?«

Ramchandra schrak vor dem Zorn seiner Tochter zurück. »Bitte, Sanu, bitte finde in deinem Herzen die Kraft, deinem Vater zu vergeben.«

»Nie.«

In der Küche redeten sie über Alltäglichkeiten. Genauer gesagt war es Goma, die redete; Ramchandra und Malati hörten größtenteils zu. Goma hatte Sanu ihr Essen aufs Zimmer gebracht, aber Ramchandra war sich sicher, daß sie es nicht anrühren würde. Mitten beim Essen fing Rachana zu schreien an, und Malati ging zu ihr.

»Ich schlafe in diesem Haus nicht bei ihr«, sagte Ramchandra.

»Und warum nicht?«

»Mit den Kindern? Bist du verrückt? Hast du den Verstand verloren, Goma?«

»Es ist komisch, daß Ihr mir diese Frage stellt.«

»Das ist Wahnsinn.«

»Diese Welt ist wahnsinnig. Es ist besser so.«

»Goma, bitte tu das nicht.«

Rakesh drehte seinen Kopf hin und her wie ein Pendel, während er seine Eltern beobachtete.

»Wir haben dieses Gespräch schon mal geführt«, sagte Goma. »Und ich dachte, wir sind uns einig.«

Ramchandra konnte nichts mehr essen. »Mir ist schlecht.«

»Ihr habt um Hilfe gebeten, und das ist die einzige Art, wie ich sie Euch geben kann.«

Malati kam zurück. Sanu habe nicht gegessen, sagte sie leise, und habe nicht geantwortet, als Malati sie ansprach.

»Warum ist sie so sauer?«, fragte Rakesh.

»Das wird schon wieder.«

Nach dem Essen half Malati Goma beim Abwasch, während sich Ramchandra um Rachana kümmerte. Die Kinder waren beide ins Bett gegangen. Als Malati feststellte, daß sie mit Ramchandra im Schlafzimmer schlafen sollte, war sie schockiert. »Bhauju, was macht Ihr?«, rief sie.

»Ich schlafe bei den Kindern«, sagte Goma.

»Ich kann das nicht machen. Warum bestraft Ihr mich?«

»Das ist keine Strafe. Ich erlaube euch beiden, zusammen zu sein.«

»Bitte tut mir das nicht an.«

Goma führte sie zum Schlafzimmer. »Was ich tue, ist richtig. Bitte vertrau mir.«

Malati versuchte weiter, sie davon abzubringen, aber Goma gab nicht nach. Als sie im Schlafzimmer waren, wo Rachana auf einer Matte in der Ecke schlief, schloß sie die Tür hinter sich. Ramchandra und Malati sahen einander an. »Ich kann hier nicht mit Euch schlafen, Sir«, sagte Malati. »Ich kann es einfach nicht. Nicht mit Bhauju im nächsten Zimmer. Ich kann so nicht einschlafen.«

Ramchandra schaute in den Schrank und fand ein Bettlaken,

das er auf dem Boden ausbreitete. »Warum schläfst du nicht hier mit Rachana?«

»Aber es gibt nur eine Decke.«

»Ich brauche keine.«

»Natürlich braucht Ihr eine. Es ist kalt.«

Ramchandra ignorierte sie, gab ihr die Decke und legte sich dann aufs Bett.

Lange Zeit konnte er nicht einschlafen und fragte sich, was mit ihm und Goma geschehen werde. Malati wälzte sich ebenfalls hin und her.

Er wachte auf, als das Baby schrie und Malati aufstand, um ihm die Brust zu geben. Er lag zitternd im Dunkeln und betrachtete den Umriß von Mutter und Baby.

»Trinkt sie?«, flüsterte er.

Malati bejahte es. Als Rachana wieder eingeschlafen war, hörte er Malati sagen: »Ich kann nicht schlafen.«

»Ich auch nicht. Aber irgendwann gelingt es uns.«

Malati sagte: »Sir, ich kann sehen, daß Ihr zittert. Warum kommt Ihr nicht runter?«

Er brauchte nur einen Augenblick, um die Entscheidung zu treffen. Ihr warmer Körper fühlte sich gut an, und bald wanderten seine Hände über ihre Brust. »Nicht jetzt, nicht heute«, sagte sie, aber kraftlos, und plötzlich küßten sie sich, und er kämpfte mit dem Bendel an ihrem Unterrock, und er dachte: Das ist verrückt, das ist verrückt, und er glaubte Goma im Nachbarzimmer lachen zu hören.

8

IN DEN FOLGENDEN WOCHEN nahm das Leben in der Wohnung eine Selbstverständlichkeit an, die Ramchandra in Erstaunen versetzte. Goma benahm sich, als sei alles in bester Ordnung, als sei Malati ihre jüngere Schwester. Rakesh begann, Malati »Malu-Didi« zu nennen, und zeigte große Zuneigung für Rachana. »Meine kleine Schwester« gurrte er dem Baby zu, das ihn anlächelte und den winzigen Zeigefinger ausstreckte, um seine Nase zu berühren. Er küßte das kleine Mädchen oft und teilte sein Spielzeug mit ihr, was er mit Sanu nie getan hatte. Ein Teil dieser Zuneigung, vermutete Ramchandra, rührte daher, daß sich der Junge freute, nicht mehr der Jüngste im Haushalt zu sein. Doch Sanu war nach wie vor unglücklich. Sie sprach kaum mit ihrem Vater, und gegenüber Goma blieb sie mißmutig. Sie sah Malati nie in die Augen. Was das Baby anging, ignorierte Sanu es, wenn andere anwesend waren, aber Ramchandra entdeckte, daß sie Rachana tätschelte und ihr zuflüsterte, wenn sie sich unbeobachtet glaubte.

Doch es war Goma, die Ramchandra am meisten verblüffte. Die Traurigkeit war weitgehend aus ihrem Gesicht verschwunden. Sie lachte wieder, und er hörte in ihrem Lachen keine Spur verborgenen Schmerzes. In unerwarteten Augenblicken, wenn sie alleine in der Küche oder auf dem Treppenabsatz waren, lächelte sie ihn an, wie um ihm zu versichern, daß alles nach Plan laufe, und das verwirrte ihn. Einmal paßte er sie alleine in der Küche ab und fragte: »Und, also …?« Aber er war nicht in der Lage, seine Gedanken in Worte zu fassen. Sie tat, als spreche er vom Essen, sah ihn unverwandt an und sagte, es sei in ein paar Minuten fertig. Wenn sie nicht in der Küche war, verbrachte sie ihre Zeit im Kinderzimmer. Eines Morgens entdeckte er, daß sie dort das Mahabharata las, eine alte Ausgabe, die er von einem Onkel zur Hochzeit geschenkt bekommen hatte. Das Buch hatte bis dahin in einer Ecke Staub gefangen. Goma saß auf dem Boden, das Buch vor sich, und ihre Lippen formten die gedruckten Worte. Als sie spürte, daß er in der Tür stand, sah sie auf und fragte: »Ihr habt das nie gelesen, oder?« Er glaubte eine Spur Sarkasmus in ihrer Stimme zu hören, als ob, wenn er das Mahabharata gelesen und den Rat befolgt hätte, den Gott Krishna dem Arjun über die wichtigen Dinge im Leben gab, ihrer beider Leben anders verlaufen wäre.

Die Hoffnung wuchs in Ramchandra, daß es eines Morgens bei Goma klicken und sie ins Schlafzimmer kommen würde, wo Ramchandra und Malati sich umschlungen hielten, und ihnen sagte, daß sie ihre Meinung geändert habe, daß Malati nicht mehr hier leben könne. Jeden Morgen hoffte Ramchandra, daß dies geschehen möge; er stellte sich sogar vor, wie Goma sie beide mit den Händen auseinanderzuzerren versuchte. Oder Malati an den Haaren die Treppe hinabschleifte und ihr die Tür ins Gesicht schlug.

Der Winter in Kathmandu verschärfte sich. Morgens war es so kalt, daß Ramchandra keine Lust hatte, seine Sirak und Malatis warmen Körper neben sich zu verlassen. Aber bis zu den Prüfungen waren es nur noch ein paar Wochen, und so zwangen sie sich aufzustehen, wärmten sich die Hände, indem sie sie zu Fäusten ballten und hineinbliesen, und setzten sich auf den Boden, um ihren Nachhilfeunterricht abzuhalten. Goma brachte ihnen Tee und machte dann leise die Tür hinter sich zu. Rakesh hatte Anweisung, keinen Lärm zu machen. Wenn Ashok eintraf, waren sowohl Malati als auch Ramchandra bereits erschöpft. Ashok, der sich überrascht gezeigt hatte, daß Malati im Haus wohnte, wurde jetzt von den nahenden Prüfungen abgelenkt, und er riß keine Witze mehr über Malati. »Mein Vater ist zum Diktator geworden«, sagte er zu Ramchandra. »Hitler, Sir; er ist ein richtiger Hitler. Er hat mir angedroht, mich zu enterben, wenn ich nicht durchkomme.«

In der Schule begegneten Ramchandra Geflüster, Blicke und unterdrücktes Gelächter. Bandana-Miss war ihm gegenüber wortkarg, und die anderen Lehrer erhielten eine Höflichkeit aufrecht, die, das wußte er, künstlich war. Niemand fragte ihn, wie es zu Hause laufe. Einmal hatte jemand in der nachmittäglichen Teepause im Lehrerzimmer einen früheren Kollegen erwähnt, der eine Zweitfrau ins Haus geholt hatte, weil seine erste Frau keine Kinder bekommen konnte. Alle Blicke richteten sich auf Ramchandra. »Das passiert viel häufiger, als wir denken«, sagte Bandana-Miss. »Das Ausbleiben von Kindern ist eine Sache, aber die Leute tun es aus allen möglichen Gründen. Die alte Denkweise ist immer noch lebendig.«

Ein Lehrer scherzte, daß Bandana-Miss aus persönlicher Erfahrung spreche. Jeder wußte, daß Bandana-Miss' Ehemann sie bald nach der Geburt ihres Sohnes verlassen hatte, wobei sich allerdings niemand sicher war, ob es an einer anderen Frau gelegen hatte. Bandana-Miss warf dem Lehrer einen finsteren Blick zu, und er lächelte entschuldigend.

»Ramchandraji, kennt Ihr jemanden, der sich eine Zweitfrau geholt hat?« Das war Shailendra. Ein Lächeln umspielte seine Lippen. Vor ein paar Wochen hatten Namitas Eltern sie ohne viel Aufhebens aus der Schule genommen. Sie war einfach nicht mehr gekommen. Shailendra war seitdem unglücklich gewesen, und hier sah er wohl eine Gelegenheit, sich zu rächen.

»Nein, ich kenne niemanden«, sagte Ramchandra.

»Niemand in Eurer Nachbarschaft? Ist eine alte Nachbarschaft, Jaisideval. Viele Leute mit altmodischen Denkweisen dort.«

»In was für einer Welt lebt Ihr, Shailendra-Sir?«, sagte Ramchandra. »Vielleicht ist Eure Nachbarschaft alt.«

»Kein junges Fleisch, das Ihr selbst heimgebracht habt?«

Ramchandra war im Begriff, eine scharfe Bemerkung zu machen, als Bandana-Miss die beiden unterbrach. »Wir müssen besprechen, ob wir nächstes Jahr Debattierprüfungen abhalten wollen. Die Schule schließt in einer Woche wieder für den Winter, also laßt uns jetzt gleich eine Entscheidung treffen.«

Ramchandra schluckte Zorn und Scham hinunter und täuschte Interesse an den Debattierprüfungen und den anderen außerunterrichtlichen Aktivitäten vor, über die Bandana-Miss nachdachte.

Eines Morgens, nachdem er mit Malati zwei Stunden lang mehrere Mathematikaufgaben durchgearbeitet hatte, ging Ramchandra nach unten, um sein Bad zu nehmen, und traf dort Herrn Sharma. Bisher hatte Ramchandra seine Badezeit so eingerichtet, daß er den Hof dann betrat, wenn Herr Sharma gerade ging. Aber heute war Herr Sharma spät dran.

»Wie geht es Euch, Ramchandraji?«, fragte Herr Sharma, ein bißchen zu aufgeräumt.

Ramchandra sagte, es gehe ihm gut, und daß in der Schule sehr viel los sei.

»Natürlich«, sagte Herr Sharma. »Und wie ich sehe, ist auch zu Hause viel los.«

Ramchandra ging in die Hocke und goß sich Wasser über den Körper.

Herr Sharma, der sich gerade einseifte, sagte: »Es ist das Mädchen von neulich, nicht? Sehr attraktiv. Ich hab sie morgens manchmal gesehen. Hatte Lust, sie anzusprechen.« Malati war die erste, die morgens den Wasserhahn benutzte. Sie schlüpfte stets vor Sonnenaufgang aus Ramchandras Armen.

Ramchandra erinnerte sich an Sanus Beschwerde über Herrn Sharma, aber er hielt seine zornigen Worte zurück. Die Hände überall an seinem Körper, seifte sich Herr Sharma ein. »Reizend, reizend«, sagte er, was so wirkte, als mache er seinem eigenen Körperbau Komplimente. Das Schweigen dehnte sich; dann platzte Herr Sharma heraus: »Also habt Ihr sie aufgenommen, ja?«

»Als Gast«, sagte Ramchandra. »Sie zieht bald wieder aus.« Obwohl er sich noch nicht alle Seife vom Körper gewaschen hatte, griff er nach dem Handtuch.

»Wo schläft sie? Ist da oben genug Platz?«

»Genug Platz für alle. Dies ist ein großes Universum, Herr Sharma; das wißt Ihr doch. Schließlich ist es Euer Gott, der für alles sorgt.«

Die Spitze entging Herrn Sharma, und er sagte: »Also beklagt Ihr Euch nicht mehr über die Wohnung? Das ist gut. Wir müssen alle lernen, mit unserem Leben zufrieden zu sein. Wo ist ihr Mann?«

»Ich weiß nicht.« Ramchandra hörte auf, seinen Körper mit dem Handtuch abzurubbeln.

»Macht es Euch etwas aus, wenn ich Euch eine Frage stelle?«

»Hängt von der Art der Frage ab, Herr Sharma. Ein kluger Mann wie Ihr würde niemals eine anstößige Frage stellen.«

Herr Sharma lachte kleinlaut. »Ihr seid ein klügerer Mann als ich. Ich habe nur so überlegt, wißt Ihr. Ich hab da dieses Zimmer, das nicht in Gebrauch ist. Wenn Eure Wohnung zu eng ist, könnte ich problemlos – «

»So etwas zu sagen, paßt nicht zu Euch, Herr Sharma. Ihr seid zu alt. Außerdem würde sie nicht mit einem Fremden zusammenleben wollen.«

»Ich mache Euch nur ein Angebot aus der Güte meines Herzens.«

»Ich weiß«, sagte Ramchandra. Hör bloß auf, meine Tochter anzustarren, wollte er sagen, oder es wird schmerzhaft für dich.

Der Tratsch über das seltsame Arrangement in Ramchandras Wohnung verbreitete sich in der Stadt wie tausend fleißige Bienen. Weder die Pandeys noch Nalini kamen zu Besuch, und Ramchandra fragte sich, was für verrückte Gedanken in ihren Köpfen herumsummten. Goma sprach in diesen Tagen kaum von ihnen. Wenn Ramchandra auf der Straße Verwandten begegnete, schienen sie verlernt zu haben, wie man ein ungezwungenes Gespräch führte. Einige versuchten, etwas aus ihm herauszubekommen, indem sie gezielte Fragen nach der Größe seiner Wohnung stellten.

Eines Tages rief der Ladenbesitzer, der das Telephon hatte, vom Hof aus Gomas Namen und sagte, daß ihre Mutter in der Leitung sei. Goma ging hinunter und kam wenig später zurück. Ihr Gesichtsausdruck sagte Ramchandra, daß sich die beiden gestritten hatten. Als er sie fragte, was passiert sei, sagte Goma, ohne ihm in die Augen zu sehen: »Sie wollte wissen, weshalb ich mein Haus zerstöre. Sie wollte wissen, weshalb ich den Namen der Familie zerstöre.«

Am nächsten Morgen, bevor jemand das Bett verlassen hatte, war vom Fuß der Treppe ein lautes Klopfen zu hören, und Malati schnellte im Bett auf und sagte, das müsse Malekha-Didi sein. Wer sonst wäre so früh hier? Also war sie es, die nach unten ging, um die Tür aufzumachen, in ihrem Unterrock, und bald stand Frau Pandey auf dem Treppenabsatz und erkundete mit den Augen die Wohnung. Malati kauerte mit erschrockenem Gesicht in einer Ecke.

»Wo ist Goma?«, fragte Frau Pandey in gebieterischem Ton.

Goma kam aus dem Kinderzimmer. Ramchandra fragte sich, ob er sich ihr anschließen solle, aber er beschloß, im Bett zu bleiben, und überließ es Goma, ihre Mutter zu bändigen.

»Was geht hier vor?«, sagte Frau Pandey. »Wer ist dieses Mädchen?«, fragte sie und stieß einen Finger bis kurz vor Malatis Gesicht, obwohl sie genau wußte, wer sie war.

»Das ist Malati, Mutter.«

Malati machte ein Namaste, und Frau Pandeys Augen verengten sich.

»Mutter, warum geht Ihr nicht hier rein?« Goma zeigte in Richtung Kinderzimmer. »Ich mach etwas Tee.«

»Ich bin nicht hergekommen, um deinen Tee zu trinken.« Sie sah Ramchandra durch die Tür hindurch an. »Weißt du, was die Leute sagen? In der ganzen Stadt? Wo schläft sie?« Sie zeigte verächtlich auf Malati.

»Was sagen die Leute, Mutter?«

Rakesh erschien. Er wirkte verwirrt und hatte Schlafspuren im Gesicht. Er öffnete den Mund, um etwas zu seiner Großmutter zu sagen, und schluckte dann etwas Luft.

»Mutter, warum seid Ihr so wütend? Ich tue, was für mein Leben nötig ist.«

»Das ist nötig? Du bringst die Randi deines Mannes ins Haus, und das ist nötig?«

Malati schnappte nach Luft. Rakesh schien sich das Wort *Hure* auf der Zunge zergehen zu lassen, als sei es ein Stück Schokolade. Goma bedeutete Malati und Rakesh, nach drinnen zu gehen. In ihrer Verwirrung ging Malati ins Schlafzimmer und schloß die Tür. Sie und Ramchandra hörten, wie Frau Pandey schäumte vor Wut, weil Malati dort hineingegangen war. Dann mußte Goma ihre Mutter in die Küche mitgenommen und die Tür geschlossen haben, denn ihre Stimmen waren nur noch schwach zu hören. Malati lehnte sich gegen die Wand und schloß die Augen. Ramchandra ging zu ihr hin und legte ihr den Arm um die Schultern. Sie wich vor ihm zurück. »Eine Hure.«

»Sie ist eine Irre«, sagte Ramchandra. »Ihre Worte haben nichts zu bedeuten.«

»Aber sie hat recht. Ich bin eine Hure. Ich hab Eure Familie kaputtgemacht.«

Frau Pandeys Stimme wurde lauter. Es krachte. Töpfe schepperten auf den Boden. Ramchandra eilte in die Küche. Frau Pandey lag auf dem Boden, hielt sich den Kopf und weinte. Goma stand mit geschürzten Lippen neben ihr. Zwei Töpfe lagen neben ihrer Mutter, und es war nicht klar, wer sie geworfen hatte.

Frau Pandey erblickte Ramchandra. »Ihr habt meine Tochter zu einer Wahnsinnigen gemacht«, sagte sie. »All diese Jahre des Leidens, und jetzt ist sie wahnsinnig geworden. Welche Frau, die bei Verstand ist, würde die Geliebte ihres Mannes zu sich ins Haus einladen?«

Ramchandra half ihr aufzustehen. »Hört auf, dieses Wort zu sagen«, sagte er.

»Wie soll ich sie sonst nennen?« Sie zeterte weiter. Goma machte ruhig Tee, und Frau Pandey trank ihn, während sie schimpfte, daß sie nicht zum Teetrinken hergekommen sei. Bevor sie ging, sagte sie mit einem Schluchzen in der Stimme zu ihrer Tochter: »Die ganze Welt weiß es, Goma. Ich kann mein Gesicht nirgends sehen lassen. Bitte tu etwas.«

Goma sagte: »Wir sehen Euch wieder, Mutter«, und begleitete sie die Treppen hinab.

Sie waren in der Küche. Malati schnitt Senfblätter, die Kinder spielten auf dem Hof, und das Baby schlief.

»Ich überlege, ob wir die Dakshinkali-Göttin besuchen sollen«, sagte Goma. Jetzt sei der richtige Zeitpunkt, sagte sie, um die Göttin um ihren Segen für Malatis Prüfungen zu bitten, die in wenigen Tagen anstanden.

Ramchandra konnte nicht glauben, daß sie nur für Malati ein Opfer darbringen wollte. Seit dem Besuch ihrer Mutter hatte sie sich stets benommen, als ringe sie mit sich selbst, als habe sie die Gefühle ihrer Mutter aufgesogen und zweifele nun daran, daß Malati bei ihnen leben sollte.

Ramchandra sagte: »Aber wir müssen der Göttin ein Opfer bringen, und wo soll das Geld dafür herkommen?« Die Haushaltsausgaben hatten sich fast verdoppelt, was Goma nicht bedacht hatte, als sie vorschlug, daß Malati bei ihnen einziehen solle. Ramchandra hatte bereits fünftausend Rupien vom Sparbuch aufs Girokonto überwiesen. Und wenn das SLC vorbei war, würde Ashok nicht mehr kommen. Bis in der Zeit vor den Prüfungen des kommenden Jahres würde er keine Nachhilfeschüler mehr haben. Die finanzielle Lage war fast aussichtslos geworden.

»Ich kümmere mich darum«, sagte Goma. »Außerdem haben wir an Dashain keine Ziege und kein Huhn geschlachtet.«

»Bhauju, es ist nicht nötig, zur Göttin zu beten«, sagte Malati. »Ich denk, ich schaffs.«

»Trotzdem würde der Segen der Göttin den Erfolg absichern. Sie ist mächtig.«

»Vielleicht können wir hinfahren, aber nichts opfern«, sagte Ramchandra.

Goma sagte, daß es unmöglich sei, mit leeren Händen zur Göttin zu gehen. »Es nützt nichts«, sagte sie. »Die Göttin hört nur zu, wenn es ein Opfer gibt.«

Kurz darauf, als Malati nach dem Baby sehen ging, flüsterte Ramchandra Goma ärgerlich zu: »Und wovon sollen wir das bezahlen? Wächst das Geld auf den Bäumen?«

Goma zuckte mit den Schultern. »Das Mädchen muß bestehen. Natürlich hab ich Geld. Meine Eltern sind reich. Habt Ihr das vergessen?«

»Hast du dir Geld von ihnen geliehen?«

Goma schüttelte den Kopf und setzte sich hin, um die Kartoffeln in Würfel zu schneiden. »Vater hat ein Bankkonto für mich aufgemacht, als Ihr und ich geheiratet haben. Ich hab nie was abgehoben.«

Ramchandra starrte sie an. »Wie kommt es, daß ich davon nie etwas gewußt habe?« Wie hatte sie so etwas verbergen können, wenn er sich die ganze Zeit den Kopf übers Geld zerbrochen hatte. Er fragte sich, wieviel sie hatte, hielt es aber für besser, die Frage nicht auszusprechen.

»Ich wollte, daß es nur im Notfall zum Einsatz kommt, oder für die Kinder. Hätte ich Euch früher davon erzählt, dann hättet Ihr mich gebeten, es für ein Grundstück für das Haus auszugeben.«

»Ein Haus? Vergiß das Haus; vergiß das Grundstück. Dies hier«, sagte er und fuhr mit den Händen durch die Luft, »ist unser glorreiches Schicksal.«

»Ich hab nie ein Haus verlangt. Ihr wart das.«

»Deine Eltern waren es.«

»Gehen wir jetzt nicht weiter darauf ein. Außerdem, darüber machen sie sich derzeit keine Gedanken, oder?«

»Was weiß ich sonst noch nicht über dich, Goma? Sag es mir.«

»Ihr wißt alles«, sagte sie. Ihr Gesicht war traurig.

Am Samstag standen sie vor Tagesanbruch auf, um sich auf den Ausflug nach Dakshinkali vorzubereiten. Goma hatte ein Ziegenlamm gekauft, das auf dem Treppenabsatz stand, mekkernd, einen Haufen murmelähnlicher Kötteln um die Füße. Ramchandra war davon ausgegangen, daß Goma ein Huhn nach Hause bringen werde, und war überrascht, das schwarze Lamm zu sehen, das seiner Schätzung nach mindestens dreihundert Rupien gekostet haben mußte. Und dann stellte sich die Frage, wie sie zum Tempel kommen sollten. Ramchandra dachte, daß Goma, trotz der jüngsten Spannungen, ein Auto aus Pandey Palace oder von Harish und Nalini borgen werde. Rakesh war ganz aufgeregt geworden bei der Vorstellung, im Auto seiner Tante fahren zu dürfen, einem Pajero, doch Goma hatte diese Aufregung im Keim erstickt. »Was ist mit Großvaters Auto?«, hatte er gefragt, etwas enttäuscht, aber noch hoffnungsvoll, denn er mochte den Fahrer der Pandeys. Goma sagte, sie würden sich von niemandem ein Auto borgen, sondern sie habe schon für ein Taxi gesorgt, das sie hin- und zurückbringen werde. Noch mal vierhundert Rupien, rechnete Ramchandra.

Und tatsächlich, unter dem schwachen Licht der Straßenlampe wartete das Taxi auf sie, und am Steuer saß ein Mann in den mittleren Jahren. Er sprang aus seinem Auto, sobald er sie sah, und half ihnen, das Ziegenlamm in den Kofferraum zu laden, wobei er darauf achtete, daß die Klappe einen Spalt weit offenblieb, damit das Tier atmen konnte. Ramchandra befürchtete, daß die Ziege auf der kurvenreichen Fahrt zur Göttin herausspringen könnte, aber der Fahrer versicherte ihm, daß Ziegen ängstliche Tiere seien, zu schreckhaft, um so etwas zu tun. »Bhakta-Dai«, nannte Goma den Fahrer, und sie erklärte den anderen, daß er in seinen jüngeren Tagen in Pandey Palace gearbeitet hatte.

Bhakta fuhr mit bewundernswerter Geschicklichkeit durch die engen Straßen Kathmandus nach Kalimati, hupte langsamere Autos an, kurvte um Fußgänger und Fahrradfahrer, tauchte furchtlos in den Morgennebel. Die Straßenränder waren lose mit Häusern gesäumt, und die Skelette neuer, im Bau befindlicher Häuser waren überall zu sehen. Es war schon eine ganze Weile her, daß Ramchandra in diesem Teil der Stadt gewesen war, und er war erstaunt darüber, wie schnell die Bevölkerung zugenommen hatte. Doch als sie Kalimati hinter sich ließen, dünnte der Verkehr aus, und die Luft wurde klarer.

Goma, Sanu und Malati saßen auf dem Rücksitz, Rachana auf dem Schoß ihrer Mutter. Rakesh saß vorne auf dem Schoß seines Vaters. Eine festliche Stimmung erfüllte das Taxi, und trotz seiner bisherigen Zweifel freute sich Ramchandra nun darauf, der Göttin die Ehre zu erweisen. Es war schon Jahre her, daß sie nach Dakshinkali gefahren waren, zuletzt wahrscheinlich unmittelbar nach Rakeshs Geburt, als die Lungenprobleme des Babys Goma solche Sorgen gemacht hatten, daß sie einen Besuch bei der Göttin vorschlug. Rakeshs Lungenverstopfung war nicht völlig verschwunden, hatte aber nach dem Besuch fast sofort nachgelassen, und Ramchandra hatte zu glauben begonnen, daß Dakshinkali in der Tat mächtig sei und, wenn sie gnädig gestimmt war, ihre Verehrer mit Wohlwollen überschütte.

Ramchandra bemerkte, daß der Fahrer immer wieder in den Rückspiegel schaute, auch wenn keine anderen Fahrzeuge hinter ihnen waren, und nach einer Weile ging ihm auf, daß Bhakta Malati beobachtete. Das irritierte Ramchandra, und er wollte dem Mann gerne sagen, er möge seine Augen auf der Straße behalten. Malati sah allerdings wirklich attraktiv aus in ihrem roten Salwar-Kamiz, und dem Alter nach war ihr der Fahrer näher als Ramchandra. Er fühlte sich schmerzlich unzureichend.

Malati, die Rachana auf dem Schoß hielt, schien zufrieden zu sein. In der zurückliegenden Nacht, nachdem sie sich geliebt hatten, hatte er sie gefragt: »Bist du glücklich?«, und sie hatte gesagt: »Bhauju ist für mich eine Göttin geworden.« Über ihn hatte sie nichts gesagt, und das gab ihm das Gefühl, daß man ihn für selbstverständlich hielt. Dann, wie zum Ausgleich für das, was sie nicht gesagt hatte, hatte sie sich im Dunkeln an seine Hand geklammert und gefragt: »Denkt Ihr, wir werden immer so leben?«

»Woher soll ich das wissen?«

»Was ist mit Euch? Seid Ihr glücklich?«

Er hatte leise gelacht. »Nein, ich bin nicht glücklich.«

»Ihr seid nicht glücklich, daß Ihr mit mir zusammen seid?«

Die Antwort auf diese Frage kannte er nicht. Goma driftete langsam von ihm fort, und Sanu redete immer noch nicht richtig mit ihm. Die heftige Leidenschaft, die er für Malati empfunden hatte, bevor sie bei ihm eingezogen war, hatte nachgelassen, sicher, aber er konnte sich nicht vorstellen, wie er sich fühlen würde, wenn sie nicht da wäre. Er wußte nur, daß sein Körper sie vermissen würde.

»Ich liebe dich immer noch«, hatte er gesagt.

»Aber Ihr seid nicht glücklich, daß ich hier bin.«

Er hatte eingeräumt, daß das so sei. »Wie soll ich denn sein, was erwartest du? Es war besser, als du bei dir zu Hause gewohnt hast und wir einander auf die Weise gesehen haben.«

Am Morgen, als sie sich für den Ausflug anzogen, war sie schweigsam gewesen, und ihre Laune hatte sich erst gebessert, als sie Goma sah.

Der Tempel der Dakshinkali, der Göttin des Südens, lag in einer Talschüssel, die von Hügeln eingefaßt war, und sie mußten eine lange Treppe hinabsteigen, um den Schrein zu erreichen. Sie warteten in einer Reihe mit anderen Gläubigen, das Ziegenlamm im Schlepptau. Am Tempeleingang zogen sie die Schuhe aus. Der Boden des kleinen Hofes klebte vor Blut. Ein Priester mit blutgetränktem Hemd schnitt nacheinander Hühnern und Ziegen die Hälse durch. Auf dem eisigen Boden wurden ihnen die Füße kalt, und sie mußten sich an anderen Gläubigen vorbeidrängeln, um zur Statue zu gelangen. Dort machte Goma etwas Puja und bedeutete Malati, ihr Gebet an die Göttin zu richten. Malati ging in die Knie, und Goma winkte Ramchandra, damit er sich neben sie hockte, so als wolle sie die beiden verheiraten. Seine Schulter berührte Malatis, während sie dahockten und die Füße der Göttin berührten. Als Ramchandra zur Göttin aufschaute, verlor er kurz die Orientierung; was er dort sah, war Gomas Gesicht, und es lächelte. Die Vision jagte ihm einen Schrecken ein, und er stand schnell auf.

Der Priester sprenkelte der Ziege rotes Pulver auf die Stirn und schnitt ihr mit seinem Messer die Kehle durch; die Ziege schrie. Sanu legte sich die Hände vor die Augen. Der Priester behielt den abgetrennten Kopf, zusammen mit den vierzig Rupien, die Goma ihm gab, und sie alle verließen den Tempel.

Ramchandra schleifte den Rumpf des Tieres hinter sich her. Seine Beine zitterten, und die Sonne stach auf ihn herab.

Unweit des Tempels ließen zwei Männer in einem riesigen schwarzen Bottich Wasser kochen und häuteten die kopflosen Ziegen. Ramchandra übergab seine Ziege an die Schlachter und wartete.

»Wo machen wir unser Picknick?«, fragte Rakesh.

»Wir müssen uns eine Stelle suchen«, sagte Goma. »Vielleicht kann dein Vater eine für uns finden.«

Ramchandra hatte sich auf die Stufen vor einem Laden gesetzt. »Ich fühl mich nicht gut.«

Malati kam zu ihm und legte ihm die Hand auf die Stirn. »Ihr brennt.« Sie setzte sich neben ihn. »Möchtet Ihr etwas Wasser trinken?«

Er schüttelte den Kopf.

Er erwartete, daß Goma auch zu ihm komme, um ihm die Hand auf die Stirn zu legen, um zu fragen, ob sie irgendetwas tun könne. Aber sie bewegte sich nicht; Verwirrung stand ihr ins Gesicht geschrieben, als wisse sie nicht, wo sie war. Sie sagte zu ihm: »Ruht Euch einfach eine Weile aus. Ich denke, es liegt an den vielen Leuten.« Schnell drehte sie sich zu den Schlachtern um.

Malati nahm seine Hand, und als Ramchandra den Blick hob, sah er Sanu, die Rachana im Arm hielt, ihr Dreck von der Nase wischte, und eine Stimme in seinem Kopf fragte seine Tochter: Was? Gewöhnst du dich jetzt auch daran? Er klammerte sich an Malatis Hand. Sein Kopf schmerzte, und seine Augen fühlten sich an wie heiße Kohlen. »Ich glaube, ich sollte mich hinlegen«, sagte er und streckte sich auf den Stufen aus, den Kopf in ihrem Schoß. Sie strich ihm mit der Hand durchs Haar und forderte ihn auf, die Augen zu schließen; alles werde gut werden. In Gedanken stellte er sich Goma vor, erst als Braut, ihr Gesicht nur ein Schattenriß unter dem Brautschleier, mit Lippen, die unter seinem Blick bebten. Dann als eine wütende Göttin wie Kali, die unter ihren Füßen Köpfe zerquetschte. Dieses Bild wurde immer deutlicher, und er schrie, und irgendwo in der Höhlung seiner Gedanken hörte er Malati nach Goma rufen – und dann stürzte er in eine Dunkelheit, die seltsam tröstlich war.

Als er die Augen wieder aufschlug, sah er in Malatis Gesicht. »Was ist passiert?«, murmelte er. Ein kalter Lappen lag auf seiner Stirn.

»Ihr seid weggetreten«, sagte sie. »Und dann seid Ihr aufgewacht und habt losgeplappert.« Sie lächelte. »Aber jetzt ist alles in Ordnung. Ihr habt ein leichtes Fieber, und der Taxifahrer hat uns geholfen, Euch hochzutragen.«

Ramchandra sah sich um. Bäume umstanden ihn, und er lag im Gras. Aus der Ferne waren Geräusche zu hören: die Stimmen von Menschen, das Meckern von Ziegen, das Dröhnen von Tempelglocken. Nicht weit von ihm kaute Rachana an einer zerfledderten Puppe. Bhakta und Goma waren an einem Kocher zugange, während Sanu Zwiebeln schnitt. Rakesh warf mit Steinen nach Ästen. »Ba ist wach«, rief Sanu ihrer Mutter zu, und Goma kam zu ihm. »Ihr werdet alt«, sagte sie bloß. »Soll ich Euch was zu trinken holen? Ich kann Zitronenwasser machen.«

Er schüttelte den Kopf. »Jetzt geht es mir gut.«

»Gebt mir Bescheid, falls Ihr wieder so ein Gefühl bekommt«, und als sie zu Bhakta hinüberging, sagte sie: »Jetzt entspannt Euch, Ihr beiden, genießt den Tag.«

Malati sagte: »Bhauju ist unglaublich, nicht?«

»Ja, das ist sie.«

Es war klar, daß der Anschein von Normalität, den dieses Leben angenommen hatte, Malati in Mitleidenschaft zog. Sie übersah, wie sonderbar es war, daß Goma so etwas sagte. Es war Goma, die mit Ramchandra verheiratet war, nicht Malati. Goma war die Mutter seiner Kinder, nicht Malati. Aber Ramchandra sah das schöne Gesicht vor seinen Augen an, die fein ziselierte Nase mit einem kleinen glitzernden Nasenring, das weiche, seidige Haar. Tiefe Zuneigung stieg in ihm auf. Er streckte die Hand aus und strich eine Haarsträhne auf ihrer Stirn glatt, und sie sagte leise: »Die Kinder sind hier. Vielleicht können wir später einen Spaziergang machen?« Möglicherweise brachte der Aufenthalt in der Natur die Romantikerin in ihr zum Vorschein. Hatte sie Orte wie diesen mit Rachanas Vater besucht?

Er schlief ein, und als er aufwachte, fühlte er sich besser. Das Essen war fertig. Goma und Bhakta hatten Pulau, Lammcurry, Blumenkohl und einen Achar aus geraspelten Gurken zubereitet. Sie setzten sich auf eine Matte und aßen. Ramchandra wurde von einem gewaltigen Hunger gepackt und fing an, das Essen mit schnellen Handbewegungen zu verschlingen. Er aß noch weiter, als alle anderen schon fertig waren, und verlangte nach mehr. Aber Goma sagte: »Eßt nicht zu viel; sonst wird Euch schlecht.«

Sie setzten sich zum Kartenspielen zurecht, aber Ramchandra verzichtete und sagte, er sei wieder schläfrig. »Warum machen wir nicht einen Spaziergang?«, schlug Malati vor. »Dann klärt sich Euer Kopf.« Goma war einverstanden, und obwohl Ramchandra nicht wollte, daß seine Kinder sahen, wie er mit Malati im Wald verschwand, hatte er nicht die Kraft zu widerstehen. Er und Malati spazierten auf die Lichtung zu, die in den dichten Wald hineinführte.

Sobald sie außer Sichtweite der anderen waren, nahm Malati ihn an der Hand und sagte: »Ich fühle mich heute sehr gut, sehr optimistisch. Ich weiß, daß ich die Prüfung bestehe. Mehr noch als die Göttin wird mich Bhaujus Segen hindurchtragen.«

Aber du weißt nicht, was Goma fühlt, dachte er.

Er legte ihr den Arm um die Schultern, und sie spazierten den Hang hinauf, lauschten dem gelegentlichen Jaulen einer Dschungelkatze, dem Rascheln der Blätter. Sie spazierten weiter, bis sie durch die Bäume einen Blick auf die Stelle hatten, wo die anderen saßen. Rakeshs Lachen schoß in die Luft. Malati schrie ihnen zu: »Hey, wir sind hier«, und wartete darauf, daß die anderen vom Kartenspielen aufsahen. Aber sie reagierten nicht.

Sie stapften weiter bergauf, und Ramchandras Beine wurden angenehm taub. Seine Hand, die mit Malatis verschränkt war, schwitzte, aber er mochte nicht loslassen. Gelegentlich mußte er ihr eine steile Stufe hinaufhelfen, und einmal stolperte sie gegen ihn, und ihre Brüste streiften seinen Arm. Er sah dieses Mädchen an, sah das Glück auf ihrem Gesicht, und er wußte, daß sie nicht getrennt von ihnen würde leben können. Diese Erkenntnis traf ihn wie ein Schlag, und er hatte Lust zu weinen, aber die Gegenwart ihres Körpers, so nah an seinem, und die Tatsache, daß sie hier in der Natur alleine waren, frei, miteinander zu tun, was sie wollten, erregte in ihm auch ein Gefühl der Schwerelosigkeit, der Macht.

In Jaisideval hatten sich die Leute in kleinen Gruppen vor Läden und Zeitungsständen versammelt. Während die anderen in die Wohnung hinaufgingen, schlenderte Ramchandra zum Teeladen hinüber, wo sich ein paar Leute aufgeregt unterhielten, die Tageszeitungen in den Händen. Über die Schulter eines Mannes hinweg las Ramchandra die große Nachricht des Tages. Die Anführer der verschiedenen politischen Parteien hatten endlich eine Übereinkunft erzielt, nach dreitägiger Diskussion im Haus von Ganesh Man Singh, dem alten Anführer der Nepalischen Kongreßpartei, und eine Erklärung veröffentlicht. Diese erklärte den 18. Februar – genau den Tag, an dem vor vier Jahrzehnten die Ranas von ihrem autokratischen Thron vertrieben worden waren – zu dem Tag, an dem die Parteien einen Aufstand gegen das Panchayat-System beginnen und das Mehrparteiensystem wieder einführen wollten. Daß die Parteiführer ein Datum festgelegt hatten, zeigte, wie ernst sie es meinten. »Das ist unglaublich«, sagte jemand. »Die Regierung hat nichts gemacht, als sich diese Anführer bei Ganesh Man versammelt haben? Hat die Regierung Angst?«

»Die Regierung Angst haben?«, sagte ein anderer. »Die wartet bloß auf den richtigen Moment. Wie eine Katze, die mit der Maus spielt. Warten und beobachten.«

»Was, denkt Ihr, wird passieren?«, fragte Ramchandra den Mann, in dessen Zeitung er gelesen hatte.

»Woher soll ich das wissen?«, sagte der Mann gereizt. »Bin ich Gott? Mir macht nur Sorgen, daß die Schulen zu sein werden und mein Sohn nochmal ein Jahr verliert. Diese Mistkerle.«

»In unserem Land passieren solche bedeutenden Dinge«, sagte ein anderer Mann, »und Ihr sorgt Euch wegen Eurem Sohn? Was ist mit dem Rest des Janta, der leiden muß?«

Die beiden gerieten in Streit und geißelten einander mit Worten, und die kalte Abendluft lud sich auf.

Ramchandra ging hinüber ins Haus und fragte sich dabei, ob das Land tatsächlich in eine Revolution stürzte, oder ob diese winseln und zum Stillstand kommen würde, wenn sie sich dem Zorn der Regierung gegenübersah. Was wohl Herr Pandey von dieser jüngsten Entwicklung hielt? Er mußte schäumen vor Wut, dachte Ramchandra nicht ohne eine gewisse Schadenfreude.

9

DER ERSTE MORGEN der SLC-Prüfungen, die sich dieses Jahr über zehn Tage erstreckten, war so kalt, daß Ramchandra mit einer dicken Sirak um den Schultern durch die Wohnung lief. Goma gab Malati Tika auf die Stirn und betete zu der kleinen Figur von Gott Ganesh in der Küche. »Du mußt dir keine Sorgen machen«, sagte sie zu Malati. »Du hast dich angestrengt, und du wirst Erfolg haben.« Außerdem war die erste Prüfung im Fach Nepali, in dem Malati glänzte.

Bevor sie gingen, berührte Malati Ramchandras Füße und sagte: »Ich brauche den Segen meines Gurus.« Ramchandra half ihr aufstehen, küßte sie auf die Stirn. Malati hatte gesagt, sie werde allein zum Prüfungsort in Patan fahren, aber davon wollte Goma nichts hören. Wenigstens am ersten Tag solle sie jemand begleiten. Goma warf Ramchandra einen fragenden Blick zu, und er erklärte sich bereit, sie hinzubringen.

Der Bus, in den sie in Ratnapark eingestiegen waren, kroch auf sein Ziel zu. Der Bus war voller anderer SLC-Kandidaten, die alle nervös über die Prüfungen redeten. Auch Malati sprach mit einigen von ihnen, und Ramchandra erinnerte sich an seine eigene SLC-Zeit, als er bis spät in die Nacht aufgeblieben war und bei Kerzenlicht gelernt hatte, weil sie es sich nicht leisten konnten, zuviel Strom zu verbrauchen. Manchmal war seine Mutter aufgestanden und hatte ihn überredet zu schlafen oder ihm Tee gemacht. Die nervöse Aufgeregtheit bei den Prüfungen, und wie er und seine Freunde sich vorher gegenseitig abgefragt und hinterher ihre Antworten verglichen hatten, um herauszufinden, welche die richtigen waren – daran erinnerte sich Ramchandra lebhaft.

Sie stiegen am Pulchok aus und gingen zu einer Oberschule, die an einem dreckigen Tümpel lag. Malati plauderte unterwegs mit ihren neugefundenen Freunden, und als sie das Tor erreichten, sah sie Ramchandra an und lächelte. »Ihr könnt jetzt gehen. Ihr müßt zur Schule.«

Er legte ihr die Hand auf den Kopf, um sie zu segnen, und ging. Das war es, dachte er. All diese Monate der Vorbereitung, und in zehn Tagen ist alles vorbei. Er fühlte sich, als verliere er sie jetzt schon.

Als sie später am Vormittag wieder nach Hause kam, sagte Malati mit einem Lachen: »Es war so einfach.« Er gratulierte ihr und erinnerte sie daran, daß sie für ihre Mathematikprüfung, die in drei Tagen fällig war, gemeinsam noch einmal einige der wichtigsten Themen durchgehen mußten. Das war besonders in Algebra nötig, wo sie am schwächsten war. »Vielleicht verwirrt es mich bloß noch«, erwiderte sie. »Ich denke, ich steh jetzt ganz gut.«

Obwohl er ihr gerne gesagt hätte, daß er ihre Zuversicht nicht teile, hatte er Angst, sie aus dem Konzept zu bringen, und so schwieg er.

Als sie an diesem Abend zum Essen beisammensaßen, hörten sie Schritte auf der Treppe. Panik machte sich auf Malatis Gesicht breit, und Goma stand schnell auf und ging zur Tür. »Es ist bloß Nalini«, rief sie. Goma lud ihre Schwester ein, mit ihnen zu essen, aber diese lehnte ab und sagte, sie habe schon gegessen. Sie sah Malati an und sagte zu Goma: »Kein Anruf, kein Besuch. Hast du uns völlig vergessen?«

»Naja, nach Mutters Besuch wußte ich nicht, was ich denken soll.«

»Ich weiß nicht, was los ist, Goma-Didi. Was geht vor in diesem Haus?«

»Was hier auch vorgeht, es ist für alle besser so.«

»Es ist schwer, mit diesen Gerüchten zu leben. Die Leute machen sich über uns lustig.«

Goma nahm Nalini mit ins Kinderzimmer, während die anderen weiteraßen. Malati beendete ihre Mahlzeit und half Rakesh, sich Hände und Mund zu waschen. Als sie das Geschirr abzuwaschen begann, kam Sanu ihr zu Hilfe. »Müßt Ihr Euch nicht auf die Prüfung morgen vorbereiten?«, fragte Ramchandra Malati. Er sagte ihr, sie solle Sanu den Abwasch überlassen, aber sie machte weiter und sagte, sie sei bald fertig.

Goma und Nalini erschienen, und Nalini verließ still das Haus.

»Was hast du ihr gesagt?«, fragte Ramchandra.

»Sie war aufgeregt, aber ich hab ihr alles erklärt.«

Ramchandra fragte sie nicht, was »alles« bedeutete.

Später am selben Abend, während Malati für ihre zweite Prüfung lernte, im Fach Englisch, hörte Ramchandra das Radioprogramm der BBC. Die Nachrichten beschäftigten sich größtenteils mit dem drohenden Aufstand. Die Herrschenden, hieß es, bereiteten sich darauf vor, jedes Anzeichen von Rebellion niederzuschlagen. Ab und zu stellte ihm Malati eine Frage: Sei dies eine grammatisch stimmige Konstruktion? Sei das die korrekte Interpretation des Textabschnitts? Und er versuchte, ihr so gut zu antworten, wie er konnte. Er hatte sie Englisch schreiben sehen und wußte, daß sie diese Prüfung bestehen würde.

Währenddessen konnte er beständig das schwache Murmeln von Gomas Stimme hören. Sie mußte mit Sanu sprechen, denn Rakesh war gleich nach dem Abendessen schlafen gegangen.

Ihre Stimme war ein stetes Summen, das mit der Satzmelodie stieg oder fiel. Eine Frage? Eine Antwort? Er konnte sich Sanus aufmerksames Gesicht vorstellen, den angedeuteten Knoten, der sich zwischen ihren Augenbrauen bildete, wenn sie verarbeitete, was die Welt ihr darbot. Sie war nicht dumm. Sie konnte selbständig denken. Schon als Baby war sie schnell von Begriff gewesen, und ihre scharfen schwarzen Augen hatten die Welt um sie herum sofort beurteilt und verstanden, zum großen Erstaunen ihrer Umgebung, insbesondere der Pandeys, die einmal bemerkt hatten, weibliche Babys seien in der Regel nicht so aufgeweckt wie männliche. Ramchandra erinnerte sich an den Tag ihrer Geburt und an die Ängste, die er ausgestanden hatte, während er darauf wartete, daß die Entbindungsschwester im Prasuti-Griha aus dem Kreißsaal kam – verstärkt von Frau Pandey, die neben ihm auf der wackligen Bank saß und ihn mit ihrem Geschnatter zum Wahnsinn trieb. Er hatte Lust gehabt, sie anzuschreien, aber dann rief ihn die Schwester in den Raum, wo Goma lag, und überreichte ihm die kleine Sanu, und er blickte in diese durchdringenden Augen, und sein ganzer Körper fühlte sich federleicht an. Er hatte seiner neuen Tochter etwas vorgeplappert und sie lange im Arm gehalten, hatte ihre Gesichtszüge mit denen von Goma verglichen und war zu dem Schluß gelangt, daß sie ihm mehr ähnele als ihrer Mutter, besonders mit dieser spitzen Nase.

Bei diesen Erinnerungen überkam Ramchandra das Verlangen, Sanu jetzt sofort zu sehen, und so sagte er zu Malati, daß er gleich wieder da sein werde, verließ das Schlafzimmer und klopfte sachte an die Kinderzimmertür. Das Murmeln verstummte. »Herein«, sagte Goma. Ramchandra öffnete die Tür und blieb dort stehen. »Warum schlaft ihr nicht?«, flüsterte er.

»Wir reden über alte Zeiten.«

Er ging hinein und setzte sich zu ihnen auf den Boden. »Was für alte Zeiten?«

»Als Sanu klein war. Wie Ihr beiden immer durchs Zimmer getobt seid und Ihr ihr Grimassen geschnitten habt und sie laut loslachen mußte.«

»Ich habe auch an früher gedacht. Darum bin ich herübergekommen.«

Sanu betrachtete ihn aufmerksam, aber als ihre Augen sich trafen, schaute sie weg, wie peinlich berührt. Nach einer Weile sagte sie: »Ba, könnt Ihr Euch daran erinnern, wie Ihr mir meinen ersten Malkasten gekauft habt?«

Ramchandra erinnerte sich daran. Die kleinen Zeichnungen, die Sanu machte, als sie in der zweiten Klasse war, hatten ihn beeindruckt, die sicheren Linien, die Aufmerksamkeit fürs Detail. Einmal hatte sie einen Briefträger gezeichnet, mit einem großen Kopf und einer Tasche, auf der POST OFFICE stand. Er hatte das Blatt in die Schule mitgenommen und stolz den Kollegen gezeigt. Und am selben Nachmittag war er auf den Markt gegangen und hatte einen teuren Malkasten gekauft, *Made in Hongkong*. »Das ist der beste auf dem Markt«, hatte der Ladenbesitzer gesagt. »Den kaufen die ganzen Ausländer für ihre Kinder.« Goma hatte ihn dafür gescholten, daß er soviel Geld ausgegeben hatte, fast dreißig Rupien, für etwas, das sie als Luxus bezeichnete, und er hatte gesagt: »Meine Tochter ist eine Künstlerin. Steh ihr nicht im Weg.«

»Wo ist er jetzt?«, fragte Ramchandra.

»Er ist noch hier«, sagte Goma, »in diesem Schrank.«

»Du warst so eine gute Malerin.«

»Ein Bild hab ich Euch aber nie gezeigt«, sagte Sanu.

»Warum nicht?«

»Ich dachte, es ist nicht gut.«

»Unmöglich. Das glaube ich nicht.« Sie hatte mit dem Malen aufgehört, als sie in die vierte Klasse gekommen war, und er war enttäuscht gewesen. Er hatte sie ermutigt weiterzumachen, aber sie hatte sich aufs Lesen konzentriert, und da, wie er

Goma erklärt hatte, auch dies »eine geistige Herausforderung« war, hatte er sich damit zufriedengegeben.

»Wollt Ihrs sehen?«, fragte Sanu.

»Du hast es aufgehoben?«

»Irgendwie ist es das einzige Bild, das ich aufgehoben hab.«

Sie stand auf, kramte im Schrank und zog ein großes Blatt Papier heraus, dessen Ecken sich kräuselten, und gab es Ramchandra. Das Bild zeigte ein großes Herrenhaus, und die Bildunterschrift lautete PANDEY PALACE. Die beiden Figuren, die oberhalb des Hauses standen, waren mit »Großvater« und »Großmutter« bezeichnet. Es war ihren Gesichtern deutlich anzusehen, daß sie unglücklich waren; als Lippen hatten sie nach unten gebogene Strichc. Über Großvaters Kopf hatte Sanu »Der Geldguru« geschrieben. Neben dem großen war ein kleineres Haus mit zerbrochenen Fenstern abgebildet (Sanu hatte die Fenster sauber in der Mitte durchgeschnitten, mit gezackten Linien, die die Scheiben anzeigten) und einer Tür, die schief in den Angeln zu hingen schien. Darunter stand »Die Acharya-Hütte«. Die vier Figuren oberhalb der Hütte, die Sanus eigene Familie darstellten, hatten lächelnde Gesichter, und über Ramchandras Kopf stand »Der Liebesguru«.

Ramchandra lachte, und Goma mit ihm. »Das ist sehr gut«, sagte er. »Wann hast du das gemalt?«

»Als sie ungefähr neun war«, sagte Goma.

»Also hast du davon gewußt?«

Goma nickte. »Zuerst war ich sauer, aber dann fand ichs lustig.«

Ihr Gespräch hatte Rakesh aufgeweckt, der sie mit schlaftrunkenen Augen ansah.

»Warum hast du es mir nicht gezeigt?«, fragte Ramchandra Sanu.

»Ich weiß nicht.«

»Es paßt, findet Ihr nicht?«, fragte Goma. »Der Liebesguru.«

Ramchandra sagte nichts, sondern streckte die Arme aus und umarmte seine Tochter. Dann sagte er verlegen: »Gut, gut. Wollt ihr die Geschichte hören, die ich noch nicht zu Ende erzählt habe?«

Beide Kinder nickten.

»Wißt ihr noch, wo wir aufgehört haben?«

»Am Tag der Hochzeit passierte was Überraschendes«, sagte Rakesh.

»Genau in dem Augenblick, als der Kaufmann dem Mädchen die Blumenkette um den Hals legen wollte«, sagte Ramchandra, der den Namen des Mädchens sorgfältig vermied, »war vom Zelteingang eine laute Stimme zu hören. Alle schauten, und da war ein junger Mann, der auf einem Pferd saß, in aufrechter Haltung, mit sehr feinen Kleidern. Der Mann kam mit dem Pferd ins Zelt und sagte: ›Diese Heirat kann nicht stattfinden.‹

Die Leute begannen zu tuscheln, und der Kaufmann sagte: ›Und wer seid Ihr, sie zu verhindern?‹

›Ich bin ihr Vater‹, sagte der Mann und zeigte auf das Mädchen.

Alle schnappten nach Luft. Der Kaufmann bedeutete seinen Spießgesellen, daß sie den Mann abzuführen sollten, aber als sie auf ihn zugingen, sprang der Mann vom Pferd und zog sein Schwert, das fast so lang wie er selbst war und dessen Klinge so hell glänzte, daß die Leute ihre Augen abschirmen mußten. Die Spießgesellen bekamen es mit der Angst zu tun, und der Mann sagte: ›Packt alles zusammen und verschwindet! Wenn ich einen von Euch noch einmal zu Gesicht bekomme, haue ich ihm den Kopf ab.‹ Die Spießgesellen liefen fort, und der Kaufmann murmelte Beschimpfungen und machte sich ebenfalls davon.

Das Mädchen sah den Mann an und sagte: ›Vater?‹

Der Mann lachte. ›Nein, ich habe nur versucht, etwas Autorität zu zeigen. Ich bin ein Prinz aus fernen Landen. Ich bin hergekommen, um dich zu heiraten.‹«

Sanu stöhnte auf. »Das klingt unglaubwürdig.«

»Es ist eine Geschichte«, sagte Ramchandra. »Geschichten sollen unglaubwürdig sein.«

»Was ist als nächstes passiert?«, fragte Rakesh.

»Was denkst du, was geschah?«

»Sie heirateten und lebten glücklich zusammen bis an ihr Lebensende?«

»Natürlich. Sogar die Mutter war glücklich, denn jetzt war sie die Schwiegermutter eines Prinzen statt eines Kaufmanns.«

»Idiotische Geschichte«, sagte Sanu, und sie alle lachten.

Ramchandra wollte bei ihnen im Zimmer bleiben, im Leuchten ihrer lachenden Gesichter. Aber Malati wunderte sich wahrscheinlich, wo er so lange blieb. Er stand auf und fragte aus dem Türrahmen: »Das war eine lustige Geschichte, nicht?«

Die Kinder nickten und bekamen ernste Gesichter, und er ging nach nebenan.

»Was sollte das alles?«, fragte Malati.

»Nichts. Ich wollte mit ihnen reden.«

Sie verließ ihre Bücher und kam zu ihm ins Bett. »Ich konnte mich nicht konzentrieren.«

»Warum?«

»Ich dachte, vielleicht redet Ihr über mich.«

»Wir haben nicht über dich gesprochen.«

»Und worüber habt Ihr dann gesprochen?«

»Über nichts. Nur über dies und das.«

»Ihr wollt es mir nicht sagen.« Sie wandte das Gesicht ab.

»Es war nichts, wirklich. Sanu hat mir ein Bild gezeigt, daß sie vor langer Zeit gemalt hat.«

»Ich dachte, ich hätte Gelächter gehört.«

»Ich hab ihnen eine lustige Geschichte erzählt.«

Sie schmollte eine Zeitlang und sagte dann: »Ich frag mich, wies Malekha-Didi jetzt so geht.«

»Willst du sie besuchen?«

»Nach dem, was sie mir angetan hat?«

»Zumindest muß sie Rachana vermissen.«

»Ja, bestimmt, aber das geschieht ihr recht. Verrückte Frau.« Dann sagte sie: »Wenn die Prüfungen vorbei sind, könnt Ihr dann mit mir zum Manakamana-Tempel fahren?« Zum Manakamana-Tempel war es mindestens ein Zweitagesausflug, mit einer steilen Fußwanderung, die mehrere Stunden dauerte. Der Tempel lag zwischen Kathmandu und Pokhara, und wie der Name der Göttin zeigte, glaubten die Leute, daß es in ihrer Macht stehe, Wünsche zu erfüllen.

»Vielleicht können wir planen, daß wir alle hinfahren«, sagte er.

»Aber ich will, daß nur wir zwei fahren.«

»Die anderen könnten sich verletzt fühlen.«

»Ich habe schon mit Bhauju gesprochen. Sie hat gesagt, es wäre einfacher, wenn nur wir zwei fahren.«

Ramchandra wußte, daß die Kinder, wenn sie davon hörten, auf jeden Fall mitfahren wollen würden. Das letzte Mal, als sie dort gewesen waren, ungefähr vor drei Jahren, hatte Rakesh große Freude an dem Ausflug gehabt. Er war unermüdlich den Hügel hinaufgestiegen und hatte die anderen zu überreden versucht, schneller zu klettern.

»Wir sprechen darüber, wenn die Prüfungen vorbei sind, ja? Im Augenblick sieht die Lage im Land gefährlich aus.«

»Es scheint, daß Ihr nicht mit mir alleine fahren wollt.«

»Das ist es nicht. Wir müssen nur alles in Betracht ziehen. Wir machen auf jeden Fall etwas.«

Er brauchte eine Weile, um sie zu beruhigen, und das tat er, indem er sie berührte, erst ihr Gesicht, dann ihren Busen, dann ihren Bauch, bis sie sich zu winden begann und fest an ihn klammerte.

Als sie am Vorabend der Mathematikprüfung beim Essen saßen, klopfte ein Nachbarjunge an die Tür und sagte, jemand wolle Malati sehen. Der Mann habe seinen Namen nicht nennen wollen, sagte der Junge atemlos und schien es kaum erwarten zu können, wieder zu dem Spiel zurückzukehren, das er gerade noch gespielt hatte, was immer es war. »Er wartet im Teeladen auf Euch«, sagte der Junge und rannte weg. »Laß mich mit dir mitgehen«, sagte Ramchandra. Ein Gesandter von Malekha-Didi, dachte er, und der gleiche Gedanke schien sich auf den anderen Gesichtern im Zimmer abzuzeichnen. Aber Malati hielt ihn zurück. »Ihr braucht Euch nicht beim Essen stören lassen. Ich geh allein. Muß jemand sein, der nicht wußte, daß ich hierhergezogen bin.«

Sie wusch sich Hände und Gesicht und verschwand.

Malati kam nicht zurück, auch als sie mit dem Essen fertig waren, auch als sie sich danach im Kinderzimmer versammelten und auf Rakeshs Drängeln hin Karom spielten. Einmal stand Ramchandra auf und ging zum Schlafzimmerfenster, von dem man einen Teil des Teeladens sehen konnte. Wenn sie im Laden war, mußte sie weiter drinnen sein, denn er konnte sie nicht entdecken. Die Dunkelheit war hereingebrochen. Warum brauchte sie so lange?

»Warum geht Ihr nicht runter und seht nach?«, schlug Goma vor. Aber Rakesh, der sein Spielpartner war, wollte ihn nicht gehen lassen. »Wir haben so lange nicht mehr gespielt, und jetzt wollt Ihr das Spiel verderben«, rief er. Also blieb Ramchandra. Als die Runde vorbei war, stand er auf und sagte: »Ich schaue besser nach, was los ist«, und ging nach unten. Im Dunkeln stieß er unter dem Türbogen, der auf die Straße hinausführte, mit Malati zusammen. »Du hast so lange gebraucht. Ich habe mir Sorgen gemacht«, sagte er.

»Kein Grund zur Sorge«, sagte sie.

»Wer war das?«

»Ein Verwandter. Er wollte wissen, was ich mache.« Ihre Stimme klang schwerfällig, als ob sie geweint habe.

»Was ist los?«

Sie ging auf die Tür zu. »Alte Erinnerungen.«

Oben erzählte sie die gleiche Geschichte Goma, die einen Blick mit Ramchandra tauschte. Goma wärmte ihr Essen auf, und sie setzten sich zu ihr, während sie zu essen versuchte. Aber sie spielte mit dem Essen und sagte, sie habe den Appetit verloren. »Ich eß es morgen, Bhauju«, sagte sie. Ihre Augenlider waren leicht verquollen. »Ich will nicht, daß wir dieses Essen wegwerfen müssen.«

Im Schlafzimmer wollte Ramchandra ein paar Materialien für die nächste Prüfung durchgehen, aber Malati sagte, sie sei erschöpft, könne sich nicht konzentrieren, und außerdem wisse sie schon genug, um die Prüfung zu schaffen.

»Aber es gibt ein paar Gebiete – «

»Bitte, Sir«, sagte sie, nahm Rachana in die Arme und ging ins Bett.

Er wachte mitten in der Nacht auf und spürte, wie sie sich neben ihm hin- und herwälzte. Er sagte: »Was ist los mit dir? Hast du Angst vor der Prüfung?«

»Ja.«

»Du schaffst das«, sagte er.

Aber ihr Lampenfieber weckte seine eigenen Befürchtungen. Er sah sie im Prüfungsraum sitzen, den Stift in der Hand, gelähmt, unfähig dazu, die passenden Antworten aufzuschreiben. Die Szene lief in seinem Kopf immer und immer wieder ab, bis er die Augen zukniff und sich unter Willensanstrengung seine schönen Landschaften vorstellte.

Am Morgen machte Goma noch einmal Puja vor Ganesh, und Ramchandra bot Malati an, sie zur moralischen Unterstützung bis zum Prüfungszentrum zu begleiten, doch sie lehnte ab. »Es ist wahrscheinlich besser für mich, alleine zu gehen«, sagte sie, »so daß ich meine Gedanken ordnen kann.«

»Laß mich dich wenigstens bis zur Bushaltestelle begleiten«, sagte er.

Selbst auf diesen Vorschlag reagierte sie mit Zögern, aber er bestand darauf.

Sie ging schnell, obwohl sie noch viel Zeit hatte, bis sie dort sein mußte. Ramchandra erinnerte sie daran, und sie ging langsamer. Er bemerkte, daß sie sich immer wieder umsah, als vermute sie, daß ihr jemand folgte. Er zog sie mit ihrer Nervosität auf und sagte, sie habe Angst und schäme sich bloß, es zu zeigen, und sie lächelte ihn verlegen an. An der Bushaltestelle drückte er ihr die Hand, bevor sie einstieg.

Er ging langsam nach Hause und genoß die frische Morgenluft, genoß, wie sie die Atemwege zu reinigen schien. Auf der New Road belauschte er die Menschenmenge, die sich unter dem Pipalbaum versammelt hatte. Die Regierung hatte die obersten Anführer bestimmter politischer Parteien verhaftet: einen Kommunisten, einen Kangresi und eine bekannte Vorsitzende aus der Vereinigten Linken Front. In Janakpur, einer Stadt im Süden, die an Indien grenzte, war eine Kundgebung von Regierungsanhängern durch junge Männer gestört worden, die schwarze Fahnen schwenkten und Parolen für den Tod des Panchayat-Systems skandierten. Ramchandra hielt sich eine Weile in der Nähe der Menschenmenge auf und lauschte den Meinungen und Analysen. Es geschieht wirklich etwas, dachte er, und ein Zittern der Vorahnung durchlief ihn. Ein Polizeibus fuhr langsam vorbei, und die Polizisten suchten die Menge mit dem Blick ab. Die Stimmen erstarben, und die Leute zerstreuten sich.

Als Ramchandra am Bordstein auf eine Gelegenheit wartete, die Straße zu überqueren, hielt ein Auto neben ihm, und er erkannte Harish. Ramchandra machte ein Namaste, und Harish kurbelte das Fenster herunter und bot ihm an mitzufahren. Ramchandra lehnte ab. »Du kommst wahrscheinlich zu spät zu einem Termin«, sagte er. »Außerdem ist Jaisideval nur einen Katzensprung von hier entfernt.« Doch Harish stieg aus dem Auto. Er trug Anzug und Krawatte, und Ramchandra konnte nicht anders, als seine Aufmachung mit der eigenen zu vergleichen: ausgefranstes Hemd, Hose mit Flecken an den Taschen, ausgefärbte Schuhe. Die beiden Männer standen einander verlegen gegenüber.

»Ich hoffe, zu Hause ist alles in Ordnung?«, sagte Harish schließlich.

Ramchandra bejahte die Frage.

»Wie gehts Goma-Didi?«

»Ihr geht es gut. Den Kindern geht es gut.« Dem ganzen Universum geht es gut, wollte er sagen.

»Und Eure ...« Harishs bleiches Gesicht wurde puterrot. »Und Euer Gast?«

Ramchandra konnte nicht anders, als zu lachen. »Ihr geht es auch gut. Genauer gesagt habe ich sie gerade zum Bus gebracht. Heute ist ihre große Mathematikprüfung.« Und er merkte, wie er gesprächig wurde. Er erklärte Harish, wie sie am Anfang zu ihm gekommen war und wie er sich all die Strategien ausgedacht hatte, von denen er hoffte, daß sie ihr helfen würden. Als er fertig war, war es ihm peinlich, aber er fühlte sich auch gut, so als habe er es gebraucht, jemandem zu erzählen, wie Malati Teil seines Lebens geworden war. Harish hatte ihm aufmerksam zugehört und sagte: »Bemerkenswert. Ich bin sicher, es wird gutgehen bei ihr.« Dann fügte er hinzu: »Solange es Goma-Didi gutgeht.«

»Deiner Goma-Didi geht es gut«, sagte Ramchandra. »Vielleicht zu gut.«

Harish sah ihn fragend an, aber Ramchandra gab keine Erklärung. Da kam auch schon ein Polizist vorbei, sagte, Harish stehe im Parkverbot, und machte sich daran, ihm einen Strafzettel zu schreiben. »Wir wollten gerade losfahren«, sagte Harish und gab dem Mann einen Zwanzigrupienschein, der ihn einsteckte und ging.

»Ich kann alleine weitergehen, Harish-Babu«, sagte Ramchandra. »Grüß Nalini von mir.«

»Gebt mir Bescheid, wenn ich Euch helfen kann«, sagte Harish.

*

»Ich glaub, ich komm durch«, sagte Malati. »Ich glaub, ich war ganz gut.«

Ramchandra sah sich den Fragebogen an. Sie hatte darauf ein paar Berechnungen angestellt, und die waren falsch. »Gehen wir das doch durch und schauen wir, was du aufgeschrieben hast«, schlug er vor.

»Muß das sein? Ich bin das schon so oft durchgegangen.« Eine Spur Gereiztheit erschien auf ihrem Gesicht.

»Hast du deine Antworten mit anderen besprochen?«

»Laßt es gut sein«, sagte Goma zu Ramchandra. »Sie ist bestimmt müde. Es ist eine lange Strapaze gewesen für sie.«

Am Abend im Bett wirkte sie geistesabwesend. Mal lächelte sie grundlos, dann runzelte sie plötzlich die Stirn. Ein paarmal sah sie Rachana liebevoll an und streichelte sie. Er fragte sie, woran sie denke.

»Ich werd so froh sein, wenn die Ergebnisse erst raus sind. Dann kann ich wirklich daran denken, eine Stelle zu finden und abends aufs College zu gehen.«

»An was für eine Stelle denkst du?«

»Ich weiß nicht. Sekretärin vielleicht. Ich kann einen Tippkurs machen.«

»Und was willst du auf dem College studieren?« Er fand es bemerkenswert, daß er sie noch nie danach gefragt hatte.

»Was denkt Ihr, daß ich studieren soll? Mathe?« Sie lachte leise.

»Das könntest du«, sagte er, »aber es würde dich viel Mühe kosten.«

»Ich denke an Ökonomie oder vielleicht sogar Betriebswirtschaft.«

»Beides hat mit Mathematik zu tun.«

Sie lachte. »Es gibt für mich kein Entkommen.«

Später, als er ihr Gesicht zu berühren versuchte, drehte sie sich weg und sagte, sie sei müde. Das hatte sie noch nie getan;

meistens brauchte es nur eine Berührung, und sie reagiert auf ihn. »Was geht dir im Kopf herum?«, fragte er.

»Nichts. Ich bin müde. Kann man als Mensch nicht manchmal müde sein?«

Als er am nächsten Morgen aufwachte, zog sie sich gerade an. »Ich geh kurz raus«, sagte sie.

»Wohin?«

Sie zog einen leuchtendfarbigen Sari an. »Eine Freundin hat mich für heute früh zum Tee eingeladen.«

»Was ist mit Rachana?«

»Ich nehm sie mit.« Rachana kaute am Ende eines Bleistifts. Malati hatte ihr einen bunten Kittel angezogen, um die Augen Gajal aufgetragen und ihr sogar einen roten Punkt auf die Stirn geklebt. Sie sah hinreißend aus.

»Welche Freundin?« Der scharfe Ton seiner Stimme gefiel ihm nicht, aber Malati verschwieg irgendetwas.

»Ihr kennt sie nicht. Ich hab sie bei den Prüfungen kennengelernt.«

Sie sprach in der Küche mit Goma, bevor sie aufbrach, und später sagte Goma zu ihm: »Was ist los? Warum ist Euer Gesicht so?«

»Wie ist es denn?«

»Wie« – sie überlegte – »wie eine Ziege, der gleich der Kopf abgehackt wird.«

Ramchandra lachte. »So ist es nicht.«

»Sie hat sich in den letzten Tagen sehr merkwürdig benommen«, sagte Goma.

»Irgendetwas geht ihr im Kopf herum. Weißt du, was?«

»Warum sollte sie mir das erzählen?«, sagte Goma. »Ihr wärt der erste, der es erfährt.«

»Sie redet mehr mit dir als mit mir.« Als er es aussprach, wurde ihm klar, daß er das oft gespürt hatte.

»Ich bin mir sicher, Ihr wißt Sachen über sie, die ich nie wissen werde«, sagte Goma, und als er sie anschaute, sah er eine Spur von etwas. Traurigkeit? Verlust? Aber sie hatte das Gesicht schon abgewandt.

»Also dann, was sollen wir heute machen?«, fragte er. Es war Samstag. »Laß uns etwas unternehmen.«

»Schauen wir, was die Kinder machen wollen.«

Die Kinder wollten einen Ausflug machen. Rakesh schlug Balaju vor, mit dem Garten und den sprudelnden steinernen Wasserspeiern. Sanu wollte Swayambhu besuchen und die Buddhaaugen des Stupa bewundern, deren gütiger Blick auf der Stadt ruhte. Nach langem Hin und Her siegte Rakesh, und sie einigten sich auf Balaju. Sie beschlossen, nach der Morgenmahlzeit aufzubrechen, wenn Malati zurück war.

Aber sie kam nicht zurück. Sie aßen und warteten. Rakesh wurde ungeduldig, und so beschlossen sie, ohne sie aufzubrechen.

»Sollen wir ein Taxi nehmen?«, fragte Ramchandra.

»Wozu? Es sind nur ein paar Kilometer.«

Ihr Weg führte sie durch die überfüllten Straßen. Sie stiegen den kleinen Hügel von Chhauni hinauf und kamen am Museum vorbei, während die Sonne, heiß für den Februar, auf sie herabstach. Rakesh maulte, Sanu war ein Stück zurückgefallen, und Ramchandra fragte sich, wo Malati steckte.

Als sie am Swayambhunath-Tempel vorbeikamen, waren sie schon erschöpft. »Laßt uns heute bloß bis nach Swayambhunath gehen«, schlug Ramchandra vor. »Nach Balaju können wir ein andermal.« Aber Rakesh widersetzte sich, und so gingen sie weiter. Sie folgten der Ring Road, die die Stadt umrundete. Läufer kamen an ihnen vorbei, in Joggingkleidung, Wollmützen auf dem Kopf. »Warum hätten wir nicht wenigstens den Bus nehmen können?«, beklagte sich Sanu, und Ramchandra gab Goma die Schuld, die schließlich zugab, daß es vielleicht keine gute Idee gewesen sei, zu Fuß zu gehen.

Vor dem Tor zum Balaju-Garten gingen sie in ein Restaurant, ruhten sich aus und schlürften heißen Tee. »Das Geld für den Tee hätte locker für ein Taxi gereicht«, beklagte sich Sanu bei ihrer Mutter.

»Ja, ja, sei jetzt still«, sagte Goma. »Zu Fuß gehen ist gut für deine Gesundheit.«

Sie betraten den Garten und gingen zu den Wasserspeiern. Männer in Unterwäsche seiften sich unter den Wasserstrahlen ein, die aus den Speiern schossen. Frauen wuschen Wäsche und patschten sie rhythmisch auf die Steine. Sie setzten sich nebenan auf eine Grasfläche und sahen zu. Rakesh sagte, er wolle auch ein Bad nehmen, aber Goma erklärte ihm, daß er sich in solchem eiskalten Wasser eine Erkältung holen werde.

Ramchandra mußte austreten; er entschuldigte sich und wanderte umher, in der Hoffnung, einen Busch zu finden, hinter dem er das erledigen konnte. Es widerstrebte ihm, das hier zu tun, aber das Fehlen öffentlicher Toiletten in der Stadt war ein ernstes Problem. Die einzigen Urinale, die es in Balaju gab, befanden sich im Inneren der Schwimmbadanlage, und er hätte Eintritt zahlen müssen, um dort hineinzukommen.

Etwa zweihundert Meter weiter fand er einen Busch, der ihn vor den Blicken schützen würde. Er sah sich um und öffnete den Reißverschluß. Während er urinierte, hörte er ein Lachen, daß ihn den Atem anhalten ließ. Dann driftete eine Stimme zu ihm herüber und klingelte ihm in den Ohren. Malati. Er spähte um den Busch und sah ein paar Meter entfernt ein Pärchen auf einer Matte im Gras sitzen, in einem Flecken Sonnenschein unter den Bäumen. Malati saß mit dem Rücken zu ihm, aber er erkannte den leuchtendfarbigen Sari. Rachana spielte nebenan im Gras. Der Mann, der Malati gegenübersaß, war jung, soviel konnte Ramchandra erkennen, auch wenn sein Gesicht nicht deutlich zu sehen war. Er hatte einen Schnurrbart, und er sagte etwas, über das Malati lachen mußte. Der Mann schaute auf, sah Ramchandra und verstummte. Malati drehte sich um, aber Ramchandra versteckte sich wieder hinter dem Busch. Er zog seinen Reißverschluß zu und hastete zu Goma und den Kindern zurück.

Sie verbrachten den Tag in der Gartenanlage, spazierten umher, aßen ein paar Bhujiyas, die Goma bezahlte, und Ramchandra versuchte nach wie vor, an dem zu zweifeln, was er gesehen hatte. Bis sie bereit waren, nach Hause zu gehen, war er zu dem Schluß gelangt, daß er sich geirrt, daß seine morgendliche Beunruhigung über Malati ihm den Blick getrübt habe.

Die Familie nahm einen Bus, der sie am Shahid-Tor absetzte, und sie gingen den Rest des Weges zu Fuß.

Malati kam aus der Wohnungstür, als sie die Treppen hinaufstiegen. »Wo seid Ihr hingegangen? Ich hab den ganzen Tag auf Euch gewartet.«

»Wann bist du zurückgekommen?«, fragte Ramchandra.

»So um elf. Ihr müßt davor weggegangen sein.«

Goma erzählte ihr vom Ausflug nach Balaju.

»Ihr seid nach Balaju gegangen?« Ihr Gesicht wurde puterrot.

Ramchandra konnte sich nicht zurückhalten und sagte: »Warum? Warst du auch dort?«

»Nein, nein«, sagte sie. »Ich habs Euch doch gesagt. Ich war um elf wieder hier.«

Goma und Malati gingen in die Küche, um Essen zu kochen, und Ramchandra setzte sich mit den Kindern hin, um Karom zu spielen.

Das ganze Abendessen über suchte er auf Malatis Gesicht nach Spuren von Schuldgefühlen. Aber warum ging er davon aus, daß sie sich schuldig fühlte? Was verband sie beide denn letztlich miteinander?

Später, nachdem sie ihre Schlafkleider angezogen hatte und ins Bett geschlüpft war, überkam ihn eine seltsame Abneigung gegen sie. Warum hatte sie ihn angelogen? Warum konnte sie nicht gleich mit der Sprache herausrücken und ihm – und Goma – erzählen, wo und mit wem sie zusammengewesen war? Und dieser Unmut brachte ihn dazu, das auszusprechen, was er bis dahin zurückgehalten hatte. »Du bist nicht wirklich zu deiner Freundin gegangen, oder?«

»Warum sagt Ihr sowas? Wieso sollte ich Euch anlügen?«

»Irgendwie weiß ich Bescheid. Aber ich verstehe nicht, warum du nicht ehrlich gewesen bist.«

»Die Prüfungen beschäftigen mich; das ist alles.« Ihre Naturkundeprüfung war am nächsten Morgen.

»Wenn du dir wegen deiner Prüfungen Sorgen machst, warum warst du dann nicht zu Hause und hast gelernt?«

Sie war im Begriff, das Licht auszuschalten, hielt aber inne. »Was ist los mit Euch? Warum redet Ihr in so einem Ton mit mir?«

»Ich verstehe nicht, warum du dich nicht auf deine Prüfungen konzentrierst. Warum ist es nötig, in der ganzen Stadt herumzufahren?«

»Ich bin nicht in der ganzen Stadt herumgefahren. Ich war bei einer Freundin zu Hause und hab Tee getrunken und über die Prüfungen gesprochen.«

»Ja, ja.«

»Wo war ich Eurer Meinung nach denn?«

»Muß ich dir das sagen?«

Bisher waren ihre Stimmen leise gewesen, bloßes Murmeln, aber jetzt wurde Malatis Stimme hart. »Kann ich in diesem Haus nicht einen Augenblick Ruhe haben? Muß ich die ganze Zeit überwacht werden? Von allen?«

Dieser scharfe Ton überraschte ihn; dann ärgerte er ihn. »Du undankbare Frau«, sagte er. »Sogar unsere Sanu hat mehr Verstand als du.«

»Natürlich hat Eure Tochter mehr Verstand. Die ist schließlich eine Blutsverwandte. Was für eine Beziehung hab ich zu Euch?«

»Keine«, sagte er. »Ich war dumm genug zu glauben, daß etwas zwischen uns ist. Aber da ist nichts mehr.«

Seine Worte schienen Malati zu verletzen; sie stieg aus dem Bett und kniete sich auf den Boden und sagte laut: »Gott, was hab ich getan?«

»Hör auf damit, Malati. Du weckst alle auf.«

Aber sie blieb, wo sie war, mit dem Rücken zu ihm. Im Nachbarzimmer knarrte das Bett, und Ramchandra wußte, daß Goma ihre lauten Stimmen gehört haben mußte.

»Komm wieder her«, sagte er jetzt sanft, und diesmal hörte sie auf ihn.

»Ich war mit ihm zusammen«, sagte sie.

»Wem?« Inzwischen wußte er, wie die Antwort lauten würde, und er fürchtete sich davor.

»Rachanas Vater.«

»Nach dieser ganzen Zeit?«

»Er hat seine Frau verlassen.«

»Und vorher hat er dich verlassen.«

»Er sagt, er denkt die ganze Zeit an unsere Tochter.«

»Glaubst du ihm?«

Sie nickte. »Darum hab ich mich bereit erklärt, ihn wiederzusehen.«

Er wollte ihr sagen, daß es dumm von ihr sei, ihm zu glauben, aber dann fiel ihm ein, wie jung sie war.

Sie sagte, er habe durch Bhakta von ihr gehört, durch den Taxifahrer, der sie nach Dakshinkali gebracht hatte, und er behaupte, sein Herz sei in Stücke zersprungen, als er hörte, daß seine Tochter und die Mutter seiner Tochter aus dem Haus geworfen worden waren und bei Fremden lebten. Deshalb habe er sie sehen wollen, habe sein Kind sehen wollen, das ihr, wie er sagte, wie aus dem Gesicht geschnitten sei.

»Und was hat er die ganze Zeit über gemacht? Wo war er?«

Er habe ein kleines Handelsunternehmen in Birganj, sagte sie, aber im Augenblick laufe das Geschäft schlecht, und er sei nach Kathmandu zurückgekommen und fahre Taxi. Es tue ihm leid, was er Malati angetan habe, und er wolle es wiedergutmachen.

»Wie heißt er?«

»Amrit«, sagte sie. »Ich hab nicht vor, ihn wiederzusehen, aber heute hat er mir leidgetan. Er wollte Rachana so sehr gerne auf den Arm nehmen.«

»Wo wohnt er?«

»Er hat ein Zimmer beim Ranjana-Kino.«

Ramchandra lag auf dem Bett, die Hände über der Brust gefaltet, und atmete langsam.

»Ich hätte mich nicht mit Euch streiten sollen«, sagte sie und legte ihm die Hand auf den Bauch.

Als er nicht reagierte, ließ sie die Hand weiter abwärts gleiten, und zuerst ignorierte er sie und dachte daran, wie sie in Balaju gelacht hatte. Aber ihre Hand war hartnäckig, und er geriet in Erregung.

Mitten im Liebesakt flüsterte er: »Versprichst du mir, ihn nicht wiederzusehen?«

Sie versprach es.

»Was war das gestern?«, fragte Goma Ramchandra, als sie am nächsten Morgen alleine waren.

Er zog in Betracht, ihr von dem Taxifahrer zu erzählen, beschloß dann aber, daß sie davon nichts wissen mußte. »Wir hatten eine kleine Auseinandersetzung.«

»Worüber? Habt Ihr mit ihr geschimpft, weil sie nicht gelernt hat?«

»Nein, ich habe sie gebeten, uns über ihren Verbleib in Kenntnis zu setzen, so daß wir uns keine Sorgen machen müssen.«

»Ihr meint wegen gestern? Gott, sie war mit ihren Freunden

zusammen. Warum müßt Ihr so streng sein? Sie ist nicht Eure Tochter.«

»Ich bin nicht streng mit meiner Tochter.«

Goma sagte, ihre Eltern hätten sie für den Abend zum Essen eingeladen.

»Also haben sie es eingesehen?«

»Ich weiß nicht. Ich glaube, Mutter vermißt mich und die Kinder.«

»Mich vermißt sie nicht«, sagte er mit einem Glucksen.

»Und, wollt Ihr hingehen?«

»Was ist mit Malati?«

»Malati und Rachana kommen mit uns mit.«

»Das wird unangenehm.«

»Das ist deren Problem. Mir ist es nicht unangenehm«, sagte sie. »Ist es Euch unangenehm?«

»Ich weiß nicht, Goma. Ich weiß nicht mehr, wer du bist.«

»Ich weiß es selbst nicht mehr.«

Er wußte nicht, wie er mit ihrer Traurigkeit umgehen sollte, und so sagte er: »Wir können Malati fragen, was sie tun möchte.«

Malati sagte, sie wolle nicht mitgehen, sie könne dem Haß der Pandeys nicht gegenübertreten, aber Goma blieb hartnäkkig. Sie wies darauf hin, daß Malati jetzt schon so gut wie zur Familie gehöre und daß ihre Eltern sie akzeptieren würden. Malati sah Ramchandra an, aber er hatte keinen Rat für sie. Zum Schluß sagte sie: »Ich überleg es mir nach der Prüfung heute. Im Augenblick hab ich zuviel im Kopf.«

Am Abend wirkte sie kleinlaut, und als Goma auf die Frage zurückkam, fügte sie sich, offenbar zu müde, um Widerstand zu leisten. Als sie im Schlafzimmer waren und sich fürs Abendessen umzogen, fragte er sie, ob sie ihrer Einschätzung nach bei der Prüfung am Vormittag schlecht abgeschnitten habe. Sie gab keine Antwort, und er fragte sie noch einmal. Mit ruhiger

Stimme sagte sie ihm, daß Amrit am Prüfungszentrum aufgetaucht sei und sie und seine Tochter habe sehen wollen.

»Was hast du ihm gesagt?«

»Ich hab ihm gesagt, das geht nicht. Daß er derjenige ist, der Schluß gemacht hat, und das ist es gewesen.«

Sie schien ihrer eigenen Stimme nicht zu trauen.

Als sie vor Pandey Palace standen, war Malati von seiner Pracht überwältigt. »Sie müssen sehr reich sein.« Dann bekam sie Angst. »Was soll ich zu ihnen sagen? Ich hab nichts zu sagen.«

»Du mußt gar nichts sagen. Laß dir einfach das Essen schmecken.« Goma hatte Rachana auf dem Arm, die sich an sie klammerte, als sei sie ihre Mutter.

Sie gingen durchs Tor, aber niemand kam ihnen entgegen, um sie auf der Veranda zu empfangen. Vielmehr lag das Grundstück so still, daß es wie verlassen wirkte. Kein Geräusch drang aus dem Dienstbotentrakt. Der schwere Weihrauchgeruch, der aus dem Haus quoll, beunruhigte Ramchandra. Goma drückte die Tür auf und ging hinein, und sie war es, die Frau Pandey auf einer Stufe am oberen Ende der Treppe sitzen fand. »Wo sind alle hin? Warum sitzt Ihr hier so?«

»Alle sind fortgegangen«, sagte Frau Pandey.

»Wohin?«

»Es sind alle fortgegangen, Goma.«

Ramchandra und Goma tauschten einen Blick. Später erkannte Ramchandra, daß diese Art der Verständigung von ihrem jahrelangen Zusammenleben herrührte. Sie wußten, was der andere dachte, ohne es aussprechen zu müssen. Es hatte sie gleichzeitig dieselbe Befürchtung befallen. Gomas Vater war etwas zugestoßen.

»Vater?«, fragte Goma.

»Er ist fortgegangen. Er ist drinnen.«

Goma setzte sich neben ihre Mutter. Sie schluchzte auf. »Er ist fort?«

»Fort.«

»Wann ist das passiert?«

»Vor ein paar Minuten. Er hat sich zum Schlafen hingelegt, und dann ist er fort.«

»Hat er was gesagt?«

»Nein. Er ist einfach fort.«

»Habt Ihr ihm Wasser gegeben?«

Frau Pandey sah Goma mit großen Augen an. »Wasser? Wozu? Ich hab Räucherstäbchen angezündet.«

»Seid Ihr sicher, daß er fort ist? Vielleicht schläft er.« Goma sah Ramchandra an. »Seht Ihr mal nach?«

Ramchandra zögerte. Aber Goma sah ihn flehentlich an, und so ging er ins Schlafzimmer der Pandeys. Der alte Mann lag auf dem Bett, das Gesicht friedlich. Ramchandra legte die Finger unter die Nasenlöcher des alten Mannes und spürte nichts. Dann legte er ihm das Ohr auf die Brust; keine Bewegung. Das Fenster war offen, und ein Windstoß fuhr herein und blähte die Vorhänge. Ramchandra schloß das Fenster und sah nach draußen. Der Himmel war mit grauen Wolken bedeckt. Der alte Mann würde ihm keine kritischen Blicke mehr zuwerfen. Aber Ramchandra fühlte sich nicht erleichtert, wie er es immer vermutet hatte. Früher, in den Augenblicken der größten Qual, hatte er sich vorgestellt, daß Gomas Eltern tot seien, und wie froh er darüber wäre. Doch wo war dieses Gefühl jetzt? Ramchandra ging auf den Treppenabsatz hinaus und sagte: »Er ist fortgegangen.«

Goma begann zu weinen, und dann weinten sie alle, sogar Malati.

»Wir sollten ihn nach unten bringen«, sagte Ramchandra. »Wo sind die Dienstboten?«

Frau Pandey sagte, die Dienstboten seien vor einer Weile auf den Markt gegangen, um fürs Abendessen einzukaufen.

»Dann trage ich ihn nach unten. Rakesh, du hilfst mir.«

Rakesh klammerte sich an seine Mutter; er hatte Angst. »Wie

kann er dir helfen? Er ist ein Kind«, sagte Goma. Ramchandra ging ins Zimmer zurück und legte sich mit einigen Schwierigkeiten den Arm des alten Mannes um die Schultern. Er wacht jeden Moment auf und klopft mir auf die Schulter, dachte Ramchandra, und wollte über seine eigene Dummheit lachen. Herrn Pandeys Hand war kalt. Die Füße des alten Mannes schleiften auf dem Boden, während Ramchandra ihn zum Treppenabsatz zog. Goma lief nach unten, um für den Leichnam eine Matte auf den Boden zu legen.

Nachdem sie ihn auf die Matte gelegt hatten, begannen die Frauen wieder zu weinen.

Dann bemerkte Frau Pandey Malati. »Was macht die hier?«

Malati wich zurück, zur Wand hin.

»Was macht diese Frau hier, diese Hure?«, sagte Frau Pandey zu Goma.

»Mutter, das ist jetzt nicht der richtige Moment«, sagte Goma.

»Natürlich ist jetzt der richtige Moment«, sagte Frau Pandey. »Mein geliebter Mann ist tot, und diese dreckige Frau ist in meinem Haus. Ich will sie nicht sehen.«

Goma sah Ramchandra an, der Malati bedeutete, ihm nach draußen zu folgen.

»Ich glaube, nur für heute ist es besser, wenn du gehst«, flüsterte er ihr auf der Veranda zu.

»Ich wußte, daß ich nicht hätte mitkommen sollen«, sagte Malati. Sie setzte Rachana auf den Boden, ließ sich selbst nieder und bedeckte die Augen. »Ich halt es nicht mehr aus. Alle verachten mich als Hure, und ich hab nichts getan.«

»Sie ist immer so«, sagte Ramchandra, der sie zu beruhigen versuchte. »Beachte sie nicht.«

»Warum habt Ihr mich hierhergebracht?«

»Du darfst nicht an dich selbst denken«, sagte er. »Wir wollen Frau Pandey nicht weiter aufregen.« Er setzte sich zu Malati und besänftigte sie, indem er sagte, daß die alte Frau einen Schock erlitten habe und Unsinn rede. Er gab ihr etwas Geld für ein Dreiradtaxi, tätschelte Rachanas Kopf, stand auf und wandte sich um, um hineinzugehen. Malati warf das Geld auf die Veranda und ging fort, und sie sah sich nicht um, als er nach ihr rief.

Goma hielt ihre Mutter im Arm, die zu heulen begonnen hatte und sich neben dem Leichnam ihres Mannes vor- und zurückwiegte.

10

HERRN PANDEYS LEICHNAM wurde am Ufer des Bagmati-Flusses verbrannt. Da er keine Söhne hatte, führte sein nächster Neffe die Riten durch, ein Mann, den Goma und Nalini kaum kannten. Er zündete das Feuer an, das Herrn Pandeys Leichnam auf dem Scheiterhaufen aus frischem Holz schnell verschlang. Ramchandra sah dem Rauch nach, der zum wolkenverhangenen Himmel über Kathmandu aufstieg, und versuchte, Weisheiten über das Wesen des Todes zu formulieren, aber in die Worte mischten sich Erinnerungen daran, wie Herr Pandey ihn behandelt hatte. Er sah das windverblasene Gesicht seiner Frau an, und versuchte ihre Gefühle zu ermessen. Er hatte Goma nie mit Liebe von ihrem Vater sprechen hören, obwohl sie ihn fraglos respektierte, vielleicht sogar mit Ehrfurcht betrachtete. Liebte sie ihren Vater? War es eher pflichtschuldige als echte Liebe? Aber – und hier wurde Ramchandra das Herz schwer – brachte Sanu ihm die gleichen Gefühle entgegen? Seine Tochter, die neben ihm stand, schien in den letzten paar Wochen zu einer Frau geworden zu sein, zu einer klugen jungen Frau mit einem traurigen Verständnis vom Lauf der Welt. Sanu bemerkte seinen Blick, sah ihn an und lächelte schwach, und Ramchandras Zweifel lösten sich auf, so wie Herrn Pandeys Körper sich in Asche am Grund des Scheiterhaufens verwandelte.

Goma und Nalini hatten darauf bestanden, dem Begräbnis beizuwohnen, obwohl Frauen traditionell nicht zugelassen waren. »Er hatte keine Söhne, also sind wir seine Söhne«, hatte Goma gesagt, als Frau Pandey Einwände erhob. »Und wer hat das Recht, uns zu sagen, wir dürften uns nicht von unserem Vater verabschieden?« Letztendlich war Frau Pandey selbst ans Bagmati-Ufer gekommen, womit sie die Kritik der Verwandten auf sich zog, die sagten, solches Benehmen werde den Göttern mißfallen, und vielleicht werde die Seele des alten Mannes keinen Frieden finden. Frau Pandey hatte nur auf ihre Töchter gezeigt und gesagt: »Ich habe sie zu überzeugen versucht, aber sie wollen es so.«

Ramchandra hatte sich den Kopf rasieren müssen, so wie die anderen männlichen Mitglieder der Familie. Zuerst war er verärgert gewesen über diese körperliche Zudringlichkeit eines Mannes, der ihm kein Quentchen Respekt entgegengebracht hatte, während er am Leben war, doch innerhalb von Stunden hatte er sich daran gewöhnt und Vergnügen daran gefunden, mit den Fingern über die glatte Kopfhaut zu streichen. An seinen Ohren verfing sich nun leicht der Wind, und manchmal kribbelten sie grundlos. Frau Pandey hatte gesagt, daß er weiße Kleider tragen müsse, aber Goma hatte widersprochen und gesagt, daß es für den Schwiegersohn nicht nötig sei, sich ganz in weiß zu kleiden; nur ein Kleidungsstück müsse weiß sein. Also trug Ramchandra eine weiße Mütze.

Die Trauerzeit dauerte mehrere Tage. Die Kinder kehrten mit Goma nach Pandey Palace zurück. Malati war auf dem letzten Teilstück ihrer Prüfungsstrecke. Sie schien alles Interesse am Lernen verloren zu haben; sie schaute noch nicht einmal mehr in die Bücher. Oft hielt sie sich in der Küche auf, kochte und sang. Sie hatte eine schöne Stimme, entdeckte Ramchandra, als er sie zum ersten Mal hörte. »Wo kommen all diese Lieder her?«, fragte er. Da er nun gleich im Anschluß an den Unterricht nach Pandey Palace ging und erst spätnachts in die Wohnung zurückkehrte, hatte er das Gefühl, den Kontakt zu Malati verloren zu haben. Er war verlegen in ihrer Gegenwart. Sie hatte Amrit nie wieder erwähnt, aber er hatte den Verdacht, daß sie sich mit ihm traf, wenn er abends in Pandey Palace war. An dem Tag, an dem Herr Pandey gestorben war, hatte er den ganzen Tag in Pandey Palace verbracht, hatte die Bestattung organisiert, der Verwandtschaft Bescheid gegeben und abends dann den Ladenbesitzer, der das Telephon hatte, angerufen und ihn gebeten, Malati zu holen. Aber der Mann war kurz darauf wiedergekommen und hatte gesagt, daß auf sein Klopfen hin niemand an die Tür gekommen sei. Als Ramchandra sie später fragte, wo sie an jenem Abend gewesen sei, antwortete sie gereizt: »Was tut es zur Sache, wo ich gewesen bin? Ich bin von jemandem aus dem Haus geworfen worden, oder nicht? Es ist mein Schicksal, von allen aus dem Haus geworfen zu werden. Wer weiß, wann ich hier rausgeworfen werde.« Ihr Gesicht veränderte sich, wenn sie solche Dinge sagte, wenn der Zorn ihre Worte ätzend wirken ließ.

Im Bett reagierte sie nicht so willig auf seine Berührung wie früher, und ihre Augen wurden stumpf, wenn er in sie eindrang. Einmal drehte sie sich weg, als er sie zu liebkosen begann, und sagte: »Ich bin müde«, und ließ ihn mit seiner Hand auf ihrer Hüfte liegen.

Am Morgen ihrer letzten Prüfung sagte er zu ihr, daß er sie zur Feier des Tages später in ein Restaurant ausführen wolle. Während der Trauerzeit durfte er das eigentlich nicht – gesalzene Nahrung zu sich nehmen, geschweige denn Fleisch essen. Aber er hatte die Einschränkungen satt und ging davon aus, daß niemand davon erfahren würde. Als sie ihn fragte, wo sie hingehen wollten, sagte er: »Es gibt ein Restaurant mit Sonnenschirmen in Ranipokhari. Drei Stockwerke hoch. Dachterrasse.« Er mochte den Klang dieses Wortes, *rooftop*; so hatte er die Leute es nennen hören. Er hatte das Restaurant oft gesehen, wenn er an Ranipokhari vorbeigekommen war, und sich vorzustellen versuchte, was für Leute dort essen gingen. Wenn er hinaufsah, hatte er die Köpfe von Leuten gesehen, die sich unterhielten und die Aussicht von oben genossen, als seien sie die Herren der Stadt.

»Seid Ihr schon mal dortgewesen?«, fragte sie.

»Noch nie. Deshalb ist es gut, einmal hinzugehen.«

»Muß teuer sein.«

»Darüber machen wir uns heute einmal keine Gedanken.«

Seit Malati in sein Leben getreten war, hatte er immer wieder Abwandlungen dieses Satzes gesagt. Der Restaurantbesuch würde wahrscheinlich um die achtzig Rupien kosten, und da er in den nächsten paar Monaten keine Nachhilfehonorare einnehmen würde, war das eine Menge Geld. Aber sie mußten feiern, vernünftelte er, und durch diesen Augenblick geteilter Freude würde er Malati vielleicht wieder nahekommen.

»Müßt Ihr nicht nach Pandey Palace?«, fragte sie mit einem Lächeln, als ob sie die Antwort schon kenne.

»Ich denke mir eine Ausrede aus«, sagte er, ebenfalls lächelnd. Ihm gefiel die Vorstellung, mit ihr ein Geheimnis zu haben.

Die Ausrede, die er Goma erzählte, als er sie von der Schule aus anrief, war, daß er in die Schule müsse, um ein paar Einzelheiten für außerunterrichtliche Aktivitäten im kurz bevorstehenden neuen Schuljahr auszuarbeiten. Goma schien vergessen zu haben, daß dies Malatis letzter Prüfungstag war, denn sie erwähnte es nicht; sie sprach nur davon, daß ihr Vater ihrer Mutter offenbar mehr Schulden hinterlassen hatte, als sie angenommen hatten. »Jetzt klopfen schon die Gläubiger an die Tür. Könnt Ihr Euch das vorstellen?«, sagte sie. »Innerhalb von Tagen. Diese Leute haben keinen Anstand.«

Er bat sie, die Kinder ans Telephon zu holen, sagte zu Rakesh, er solle seiner Mutter keine Schwierigkeiten machen, und fragte Sanu, wie sie im Buchstabierwettbewerb in der Schule abgeschnitten habe. »Ich bin erste geworden«, sagte sie unaufgeregt, und er lachte vor Freude.

Er mußte am Nachmittag wirklich in die Schule. Bandana-Miss hatte ihn panisch angerufen und gesagt, daß Khanal-Sir schwerkrank geworden sei und im nächsten Jahr nicht wiederkommen werde, und daher müßten sie besprechen, wie sie seinen Unterricht abdecken konnten, bis sie einen Ersatz für ihn fanden. Ramchandra stellte fest, daß der Tod seines Schwiegervaters dazu beigetragen hatte, die Mißbilligung seiner Kollegen zu verringern. Er hatte ihr Beileid, auch wenn einige von ihnen wußten, daß Herr Pandey Ramchandra schlecht behandelt hatte. Nur einmal im Verlauf der Konferenz im Lehrerzimmer machte Shailendra eine Bemerkung über Zweitfrauen, aber die anderen ermutigten ihn nicht, und so war er für eine Weile still. Bandana-Miss traf derzeit Vorbereitungen für den Amerikaaufenthalt ihres Sohnes, und zwischen den Diskussionen über Unterricht und Schulhaushalt des kommenden Jahres nutzte sie jede Gelegenheit, um über ihn zu sprechen. »Ihr solltet Euch überlegen, Eure Kinder nach Amerika zu schicken, Ramchandraji«, sagte sie, und Ramchandra lächelte bloß und sagte: »Amerika ist für die meisten von uns ein ferner Traum, Bandana-Miss.«

»Das ist genau die Art von Einstellung«, sagte Bandana-Miss, »die die Nepaler so hoffnungslos macht. Sie lernen nie zu träumen.«

»Wir träumen davon, unsere Familie zu ernähren und unsere Kinder zur Schule zu schicken, auf irgendeine Schule«, sagte jemand.

»Solange man nicht von etwas Höherem träumt, bewegt man sich auch nicht in diese Richtung«, sagte Bandana-Miss.

»Und, wovon träumt Ihr?«, fragte Shailendra Ramchandra.

Ramchandra träumte gerade mit offenen Augen von Malati, von ihrem Abend auf der Dachterrasse, und er antwortete: »Ich träume von einem eigenen Haus in Kathmandu.«

»Und wer soll in diesem Haus wohnen? Alle Familienmitglieder?«, sagte Shailendra, mit der Betonung auf *alle*.

»Ja, alle Familienmitglieder«, sagte Ramchandra. »Ihr erwartet nicht, daß ich Euch bitte, bei uns einzuziehen, oder?«

Alle lachten, und Shailendra wurde wieder still.

Malati war nicht da, als Ramchandra am Abend nach Hause kam. Er machte sich eine Tasse Tee und wartete am Fenster. Es begann zu nieseln, der kalte Regen des Winters, und er befürchtete, noch mehr Geld für ein Dreiradtaxi ausgeben zu müssen, um mit Malati zum Dachterrassen-Restaurant zu fahren. Er trank seinen Tee aus, ging auf die Toilette im Hof und kehrte nach oben zurück, um wieder am Fenster zu sitzen. Es war fast sechs Uhr dreißig. Der Regen wurde stärker. Der Teeladenwirt, der keine Gäste hatte, stand in der Tür und sah zu, wie es regnete. Eine Krähe landete auf einem Stromkabel genau vor Ramchandra und begann ihr heiseres Gekrächze. Ramchandra scheuchte sie weg. Der Ladenbesitzer blickte auf, und nach ein paar kleinen Bemerkungen über den Regen sagte er: »Sie ist in einem Taxi weggefahren. So um drei.« Ramchandra gab vor, ihn nicht gehört zu haben, und der Ladenbesitzer stand da und lächelte.

Wenig später fuhr ein Taxi vor, und Malati stieg aus dem Beifahrersitz, mit Rachana auf dem Arm. Sie lief zum Hofeingang und blieb dort stehen, um dem Taxifahrer zu winken. Ramchandra verdrehte den Hals, um den Mann zu sehen, aber ihm war der Blick versperrt. Er zog sich vom Fenster zurück und hob eines seiner Schulbücher vom Boden auf. Als Malati in der Tür stand, gab er vor, sie nicht zu sehen.

»Ist es zu spät, um ins Restaurant zu gehen?«, fragte sie.

»Es regnet.«

»Das tut mir leid. Ich mußte jemanden besuchen.«

»Dir muß nichts leidtun. Niemandem in dieser Welt sollte etwas leidtun.«

»Wir könnten ein Taxi nehmen.«

»Ich kann das Geld nicht ständig so ausgeben.«

»Ich hab ein bißchen Geld.«

»Woher?«

»Ein alter Freund hat mir welches gegeben.«

Ramchandra fühlte seine Brust verkrampfen, aber er zwang sich zu sagen: »Mußt du dich umziehen?«

Sie sagte, das sei nicht nötig.

Bis sie unten auf der Straße ankamen, ließ der Regen zusehends nach, und sie beschlossen, zu Fuß zu gehen. Die ganze Zeit, während sie den Weg zum Restaurant zurücklegten, blieb Ramchandras Brustkorb verspannt. Sie gingen durch Basantapur nach Indrachok hinein, wo die abendlichen Einkäufer die Straßen verstopften. Sie traten in Pfützen und bekamen nasse Füße. In Asan ging ein Stier auf Malati los, und sie sprang mit einem lauten »Ama!« zur Seite, Rachana fest an sich gedrückt. Ramchandra fuchtelte mutig mit dem Arm, um den Stier zu verscheuchen. Ein paar Fußgänger lachten.

Als sie das Restaurant erreicht hatten, stiegen Ramchandra und Malati die engen Treppen bis in den dritten Stock hinauf, wo sich die Stadt vor ihnen auftat. Unter ihnen lag der Ranipokhari-Weiher mit dem kleinen weißen Shiva-Tempel in der Mitte. Am Horizont konnten sie die Spitze des Dharahara-Turms sehen, rosa gefärbt vom Licht der untergehenden Sonne. Von der überfüllten Straße stieg eine pausenlose Kakophonie des Verkehrslärms zu ihnen auf. Ramchandra und Malati blieben vor dem Tresen stehen und erwarteten, daß der Mann, der dahinter saß, sie zu einem Tisch führen werde. Aber er gestikulierte, ohne sie anzusehen, und sagte: »Setzt Euch hin, wo Ihr wollt.« Sie wählten einen Tisch, von dem sie eine gute Aussicht auf den Weiher hatten. Ein Kellner brachte ihnen eine Speisekarte. Die Preise waren hoch, höher, als Ramchandra erwartet hatte.

»Was möchtest du?«, fragte er Malati.

»Ich hab keinen so großen Hunger«, sagte sie. »Vielleicht trink ich einen Tee.«

»Ich plane ein großes Abendessen für dich, und du hast keinen Hunger?«

»Mein Bauch ist schon seit heute Morgen nicht ganz in Ordnung.«

Er bestellte Chilihuhn für sich selbst, und Malati, die ihm seine Enttäuschung vermutlich anmerkte, bat um einen Teller Samosas, den sie sich mit Rachana teilte. Ein unsicherer Friede schwebte zwischen ihnen. Ramchandra versuchte zu plaudern, und Malati sagte, daß ihre letzte Prüfung, eine Wahlfachprüfung in Geschichte, gut gelaufen sei. Jetzt lag das lange Warten auf die Ergebnisse vor ihr, das manchmal sechs Monate oder länger dauerte. Sie sagte, sie sei neulich auf dem Markt Malekha-Didi begegnet, und ihre Stiefmutter habe sie ignoriert und nur mit Rachana gesprochen, die Angst bekommen und zu weinen angefangen habe. Ramchandra erzählte kurz davon, was in Pandey Palace vor sich ging. Dann ebbte ihr Gespräch ab, und sie sahen auf die Straße, die jetzt im Licht der Ladengeschäfte glänzte.

»Was ist das?«, sagte Malati und deutete auf den Horizont.

Es war im Dunkeln schwer zu erkennen, stellte sich aber als eine Menschenmenge heraus, die auf Ranipokhari zuging. Als die Menge näherkam, konnten sie einen leisen Sprechchor hören, auch wenn Ramchandra die Worte nicht ausmachen konnte.

»Da sind Polizeibusse«, sagte Ramchandra und deutete auf die Straße direkt unter ihnen.

Als die Menge die Straßenmündung von Kamalacchi erreichte, stiegen Männer aus den Kleinbussen und mischten sich unter die Menge. Ramchandra hörte ein paar Schreie, die fast wie Freudenschreie klangen, und einen Augenblick lang wirkte es, als tanzten die Polizisten mit den Menschen. »Was ist los?«, flüsterten andere Leute auf der Dachterrasse. Und dann verwandelten sich die Schreie in Schmerzensschreie, und Ramchandra sah, wie Leute in die Busse geschleppt wurden. So plötzlich, wie die Menge aufgetaucht war, verschwand sie, und im nächsten Augenblick fuhren die Polizeibusse davon. Innerhalb weniger Minuten schien es, als sei nichts geschehen.

Die Gäste im Restaurant redeten über den Vorfall. »Die Regierung erstickt das, noch bevor es anfängt«, sagte jemand.

»Ich weiß nicht«, sagte ein Kellner. »Es gibt ein Blutbad morgen, am Demokratie-Tag.«

Der Sprechchor der Demonstranten hallte noch in Ramchandras Kopf nach, während er die Rechnung beglich und dann nach unten ging.

Diesmal mieden sie die Gassen und folgten der Hauptstraße von Ranipokhari. Als sie am Bir-Krankenhaus vorbeikamen, setzte erneut starker Regen ein, und sie rannten los und suchten Schutz unter einem Ladenvordach. Der Laden bildete das Erdgeschoß des Mahankal-Tempels, genau gegenüber dem Militärkrankenhaus.

Der Regen prasselte laut auf das Vordach, begleitet von Donner und Blitzen, die den Himmel aufrissen. Andere schutzsuchende Fußgänger drängten sich zu ihnen, und Ramchandra wurde gegen Malati gedrückt. Dieses Gefühl war für ihn nicht mehr das gleiche Vergnügen wie früher, auch wenn sein Herz immer noch raste und er das Senföl in ihrem Haar riechen konnte. Bald wand sich Rachana in Malatis Armen und begann dann zu schreien, was ihnen mißbilligende Blicke der anderen Leute eintrug. »Was hier drin für ein Lärm ist«, sagte eine Frau in teuer wirkender Kleidung.

Ein Taxi hielt auf der Straße vor ihnen, und die Frau lief hinüber, doch der Fahrer ließ sie nicht einsteigen, und es gab Streit. Malatis Gesicht hellte sich auf, und Ramchandra wußte sofort, wer der Fahrer war. Inzwischen hatte er auch das Taxi wiedererkannt, das an der Seite einen scharfen Streifen Silber hatte, wo die Farbe abgeschrammt war.

»Sollen wir gehen?«, sagte sie.

»Geh du. Ich warte, bis der Regen nachläßt.«

Rachana versuchte ungeduldig, sich aus Malatis Armen zu winden. »Bitte. Sie wird schwierig.«

»Du brauchst mich nicht. Wofür brauchst du mich?«

»Aber Ihr steckt hier im Regen fest.«

Die anderen Leute lauschten dem Gespräch mit großer Aufmerksamkeit. Die Frau war zurückgekommen und fluchte mit gesenkter Stimme. Malati blieb hartnäckig, und Ramchandra weigerte sich und schaute zum Himmel auf, der dunkler wurde, da nun die Nacht hereinbrach. Schließlich dachte er: Was habe ich zu verlieren?

Sie liefen zum Taxi und stiegen ein, und der Fahrer sagte: »Warum habt ihr so lange gebraucht?« Er sagte das zu Malati, aber die Frage schien Ramchandra zu gelten. Der Fahrer war ein auffällig gutaussehender Mann, mußte Ramchandra zugeben, wie ein Filmstar, und Ramchandra fühlte sich plötzlich häßlich. Malati machte sie nicht miteinander bekannt, und der Fahrer tat so, als sei an der Situation nichts Ungewöhnliches. Er schwieg die kurze Fahrt über, obwohl Ramchandra ihn dabei ertappte, wie er ihn im Rückspiegel begutachtete.

In Jaisideval sagte Amrit zu Ramchandra: »Das macht zwanzig Rupien.« Und er lachte.

Ramchandra holte einen Zwanzigrupienschein hervor, warf ihn Amrit hin und stieg aus. Amrit protestierte und sagte, er habe nur Spaß gemacht.

Ramchandra stieg die Treppen vor Malati hinauf, zu verärgert, um mit ihr zu sprechen. Im Schlafzimmer, nachdem sie

Rachana hingelegt hatte (die sich im Taxi beruhigt hatte und jetzt schlief), sagte Malati: »Warum seid Ihr so?«

»Rede nicht mit mir«, sagte er.

»Ich versteh das nicht«, sagte sie. »Er hat uns nur ein Stück mitgenommen. War das so schlimm?«

Er sah sie an, als sei sie verrückt geworden. »Er hat dich wie ein Tier behandelt. Und du nimmst ihn wieder zurück, als ob er nichts getan hätte.«

»Er hat mich nicht wie ein Tier behandelt.«

»Er hat dich angelogen und dich verlassen, als du schwanger warst. Das ist deine Geschichte, nicht meine.«

»Aber er hat sich geändert. Er bedauert, was er getan hat.«

»Er bedauert. Und das genügt dir?«

»Was wollt Ihr, daß ich mache?«

»Nichts.« Er stellte sich ans Fenster. Die Dunkelheit hatte die Straße erobert, und die Lichter in den Geschäften waren ausgegangen. Ein Fahrradfahrer strampelte im Dunkeln vorbei und schlängelte sich durch den Verkehr.

»Glaubt Ihr, ich bin glücklich hier?«

Ihre Worte versetzten ihm einen Stich, und er drehte sich um und sah sie finster an. »Was? Du bist nicht glücklich? Kannst du dir irgendetwas Besseres vorstellen als das, was du jetzt hast? Du schläfst mit dem Ehemann einer Frau, und sie nimmt dich auf und behandelt dich wie die eigene Schwester.«

»Ich wollte nie Mitleid von Euch, und ich will es auch jetzt nicht.«

»Niemand bemitleidet dich. Du bist ein undankbares kleines Flittchen, das ist alles.« Er bedauerte seine Worte, schon während er sie aussprach.

»Macht nur weiter. Warum beschimpft Ihr mich nicht, so wie alle in der Stadt.« Sie hob Rachana auf, die sich wand, aber in den Armen ihrer Mutter sofort wieder einschlief. Als sie Anstalten machte, den Raum zu verlassen, sagte er: »Was? Wartet draußen dein Liebhaber auf dich? Um dich mit einer Hochzeitskapelle abzuholen?« Bei diesem Gedanken ging er mit ein paar schnellen Schritten wieder zum Fenster. Das Auto stand immer noch da, im Zwielicht, und daran lehnte die dunkle Gestalt eines Mannes, der eine Zigarette rauchte. »Du hast das mit ihm geplant, oder? Deshalb hast du einen Streit mit mir angefangen.«

»Ich hab mit niemandem was geplant«, sagte sie. Und als habe die ganze Sache sie erschöpft, setzte sie sich neben die Tür auf den Boden und hielt sich den Kopf.

»Ich weiß nicht, was ich mit dir machen soll«, sagte er, die Arme vor der Brust verschränkt.

»Bitte laßt mich einfach für eine Weile allein.«

»Willst du ihn jetzt treffen?«

»Laßt mich allein, bitte. Ich geh nirgendwo hin.«

Er ging die Treppen hinunter, auf den Hof und hinaus auf die Straße. Der Fahrer lehnte noch immer an seinem Taxi, und die Zigarette glühte. Ramchandra ging auf ihn zu und wollte etwas zu ihm sagen, auch wenn er nicht sicher war, was. Aber als er sich dem Mann näherte, sah er, daß es nicht Amrit war. Er ging an ihm vorbei und kam sich ziemlich dumm vor.

Eine Zeitlang wanderte er in den Straßen umher, wo Grüppchen von Leuten diskutierten, was morgen im Land geschehen werde. Druck baute sich in Ramchandras Brust auf, als ob er gleich in Schluchzen ausbrechen werde. In Indrachok fand er eine Bhatti mit ein paar Gästen darin, die örtlichen Branntwein tranken. Er ging hinein und verlangte ein Glas Raksi. Der Schnaps ging ihm leicht die Kehle hinunter, und er verlangte noch einen. Nach drei Schnäpsen schien sich sein Verstand zu klären, und er begann mit dem Wirt zu schwatzen, der hinter dem Tresen unter dem Poster einer indischen Kinoheldin saß. Die Unterhaltung war leichtmütig, mit viel Gelächter, doch der Wirt ging bald zu ein paar Gästen hinüber, die sich über die Verhaftungen in Kirtipur unterhielten. Erst vor wenigen Augenblicken hatte die Polizei Razzien in den Häusern von

Studentenaktivisten durchgeführt und Hunderte von ihnen ins Gefängnis mitgenommen. Ramchandra hörte sich das Gespräch über diesen Vorfall an. Er bekam Lust, den Leuten zu erzählen, daß sein Schwiegervater, der ihn stets mißbilligt hatte, vor kurzem gestorben sei. Und daß Herrn Pandeys Seele sich sicher über diese Verhaftungen freue, denn der habe geglaubt, daß die Machthaber an ihrer Macht festhalten müßten. Wenn ich noch einen Schnaps trinke, dachte Ramchandra, fange ich wirklich an zu plappern und mache mich zum Narren. Er verließ die Bhatti.

Zu Hause war Malati bereits im Bett, und er zog sich um und schlüpfte zu ihr.

»Ihr habt getrunken«, sagte sie.

»Nur ein bißchen«, sagte er.

»Ich mag den Geruch nicht.«

»Du magst gar nichts mehr an mir.«

»Das stimmt nicht«, sagte sie. Sie strich ihm mit der Hand durchs Haar. Nach einer Weile sagte sie: »Er will mich heiraten.«

»Dein Taxifahrer.«

»Amrit. Das hat er mir heute gesagt.«

»Und was willst du tun?«

»Ich will ihn nicht heiraten.«

»Warum?«

»Ich vertrau ihm nicht.«

»Damit hast du recht«, sagte er. Der Alkohol hatte jetzt ganz von ihm Besitz ergriffen. Wenn er die Augen aufmachte, drehte sich das Zimmer, und er vergrub sie daher lieber in Malatis Achsel. Das Zimmer war dunkel, und er fühlte sich viel besser so.

»Aber Rachana braucht ihren Vater«, sagte sie. »Wenn sie größer wird, werden sich die Leute über sie lustig machen und sagen, sie ist ein uneheliches Kind.«

»Ich adoptiere sie als meine Tochter.«

»Das meint Ihr nicht ernst.«

»Sie gehört schon jetzt zur Familie, oder nicht? Ich kann eine formelle Adoption daraus machen.« In seiner Trunkenheit gefiel ihm die Idee, schon während er sie aussprach. Dann würde er eine weitere Tochter sein eigen nennen können. Sanu wie Rakesh waren in Rachana vernarrt, und Rachana liebte Goma wie die eigene Mutter. Warum nicht?

»Was wird Bhauju denken?«

»Es wird ihr nichts ausmachen. Denk daran, es war ihre Idee, daß du hier wohnen sollst.«

Malati schwieg, und er hörte auf seinen eigenen Atem, das leichte Gurgeln in seinen Nasengängen. Der Alkohol, der in seinem Kopf umherwaberte, war wie süßer Sirup.

»Aber Ihr seid nicht ihr echter Vater«, sagte sie. »Und den braucht sie.«

Er setzte sich auf. »Was echt? Wie echt war er, als er dich schwanger im Stich gelassen hat? Als er nicht gekommen ist, um Rachana zu sehen, nachdem sie geboren war?«

»Er hatte eine Frau. Er hatte seine eigenen Schwierigkeiten.«

Es ging ihm auf, daß sie ihn als Resonanzboden benutzte, daß sie mit ihm argumentierte, um ihre eigenen Gedanken zu Amrit zu klären. Oder vielleicht, um sich von dem zu überzeugen, was sie gerne glauben wollte. Irgendwie fand er im Dunkeln ihr Gesicht und schlug sie.

Ihr Schweigen sagte ihm, daß sie das erwartet hatte. Er hätte nie Hand an Goma oder die Kinder gelegt, und daß er Malati wegen eines Taxifahrers geschlagen hatte, war für ihn ein Zeichen, daß irgendetwas schrecklich verkehrt gelaufen, daß mit ihm etwas schrecklich verkehrt war.

»Das hätte ich nicht tun sollen«, sagte er sofort. »Es tut mir leid.« Aber er streckte nicht die Hand aus, um sie zu berühren.

»Ich mache viele Leute wütend.«

Er wollte sich ihr Selbstmitleid nicht anhören, und so sagte er: »Die Schuld liegt nicht bei dir. Leute, die wütend werden, werden aus ihren eigenen Gründen wütend, nicht deinetwegen.« Seine Stimme klang jetzt entfernt, entrückt. »Tu du nur, was du tun mußt im Leben. Ich sollte dir nicht im Weg stehen.«

Bis zur Morgendämmerung waren es noch ein paar Stunden, aber keiner von beiden schlief. Ramchandra konnte sehen, daß Malatis Augen offen waren und sie an die Decke starrte. Als die Wirkung des Schnapses sich verlor, wurde er hellsichtig, hellwach, nur mit einem Anflug von Kater. Er erinnerte sich plötzlich an einen Jungen aus seiner Kindheit, ein wenig älter als er, der ihn überredet hatte, den Himmel anzuspucken. Er tat es, und die Spucke fiel genau auf sein Gesicht zurück, und die Leute lachten, fremde Leute. Er erinnerte sich an ein kleines Mädchen, das Halsketten für ihn gemacht hatte, und seine Mutter hatte ihn geneckt und gesagt, das Mädchen wolle ihn heiraten. Die Erinnerungen tauchten auf und wieder ab, und er fand Trost darin und glitt allmählich in den Schlaf.

Er erwachte, als das erste Licht das Zimmer sichtbar machte. Malati hatte bereits alle ihre Habseligkeiten zusammengepackt. »Ich gehe jetzt«, sagte sie.

Er nickte.

»Bitte sagt Bhauju, daß es mir leidtut. Ich würde sie gerne sehen, aber ich will da nicht hingehen.«

»Ich sage es ihr.«

Er stand auf und umarmte sie, küßte Rachana auf die Wange. Er dachte daran, ihr etwas Geld zu geben, entschied dann aber, daß das schlechter Geschmack gewesen wäre. Er fragte sie allerdings, ob sie genug Geld für ein Dreiradtaxi habe, und sie bejahte es.

Er begleitete sie die Treppen hinunter und trug ihr den Koffer. Herr Sharma war an seinem Fenster, beim Zähneputzen, und er winkte mit der Hand, in der er die Zahnbürste hielt. Ramchandra winkte zurück.

Draußen mußten sie warten, bis ein leeres Dreiradtaxi vorbeikam.

»Ich behalte die SLC-Ergebnisse im Auge. Ich habe deine Prüfungsnummer.« Er half ihr ins Taxi, und als es losfuhr, sagte sie: »Bitte sagt allen, daß ich an sie gedacht habe.«

Er stieg die Treppen hinauf und setzte sich aufs Bett. Das Haus war leer ohne Malati und die süßen Geräusche, die Rachana machte.

Eine Stunde später verließ er das Haus und ging zu Fuß nach Pandey Palace. Der Demokratie-Tag war ein Feiertag, also mußte er nicht zur Schule. Der Himmel war voller grauer Wolken, wie ein Vorzeichen der Unruhen, die heute beginnen würden. Auf dem ganzen Weg bis nach Bhatbhateni sah Ramchandra Leute vor ihren Häusern oder in Teeläden stehen und über die kommenden Ereignisse sprechen.

In Pandey Palace traf er Goma allein in der Küche an und erzählte ihr, daß Malati gegangen sei.

»Aber wo ist sie hin?« Goma wirkte erschrocken. »Zurück zu ihrer Stiefmutter?«

Er erzählte ihr von dem Taxifahrer.

»Was haltet Ihr davon?«, fragte Goma und musterte ihn aufmerksam.

Er zuckte mit den Schultern. »Es ist ihre Entscheidung. Sie muß tun, was gut für sie ist.«

»Ihr meint, es ist Euch egal?«

»Es ist mir nicht egal«, sagte er. Er war sich nicht richtig sicher, was er fühlte. Er empfand Erleichterung, als habe ein Elefant den Fuß von seinem Brustkorb genommen, aber er war auch beunruhigt, und seine Kehle war trocken von einem Verlangen, das er nicht genauer bestimmen konnte. Es hatte nichts mit Malati zu tun; er verzehrte sich nicht mehr nach ihrem Körper wie früher.

Nachdem er seine Morgenmahlzeit gegessen hatte, schlief er auf dem Wohnzimmersofa ein, und als er aufwachte, schlug sein Herz wie wild. Seine Kehle war so trocken, daß sie beim Schlucken schmerzte. Er ging in die Küche und trank etwas Wasser, aber die Beunruhigung blieb. Er ging nach oben, wo Goma bei ihrer Mutter saß, und sagte ihr, daß er zu einem Spaziergang nach draußen gehe.

»Aber wohin? Heute gibt es Unruhen.«

»Ich spaziere nur durch die Nachbarschaft«, sagte er. »Hier geschieht nichts.«

»Kommt bald zurück«, rief Goma, als er auf die Tür zuging. »Sonst mach ich mir Sorgen.«

Draußen auf dem Rasen sahen sich Sanu und Rakesh die Blumen an und plauderten mit dem Gärtner; er ging still an ihnen vorbei.

Malati hatte erwähnt, daß Amrit in der Nähe des Ranjana-Kinos wohne, also ging er in Richtung New Road. Wie sollte er Amrits Haus finden? Und was sollte er zu Malati sagen? Er hatte keine Antworten darauf, aber die einzige Möglichkeit, wie er seine Beunruhigung lindern konnte, bestand darin, selbst zu sehen, wo Malati war, wie sie von nun an leben würde.

Unterwegs sah er Polizeibusse durch die Straßen patrouillieren. Aus Angst vor Ausschreitungen hatten viele Ladenbesitzer ihre Rolltore heruntergelassen. In Asan und Indrachok wanderten die Leute ziellos herum und warteten darauf, daß etwas geschah. Als Ramchandra die Juddha-Shamsher-Statue auf der New Road erreichte, sah er von Osten eine große Gruppe Menschen auf sich zustürmen, die rote Fahnen in den Händen hielten und Anschuldigungen gegen die Regierung schrien. Ramchandra mußte nach links in eine bestimmte Gasse einbiegen, aber er wurde auf die entgegengesetzte Straßenseite unter den berühmten Pipalbaum gedrängt. Die Demonstranten rannten nach Indrachok, und ihre regierungsfeindlichen Sprechchöre hingen in der Luft. »Die Panchayat-Demonstration kommt jede Minute«, sagte jemand. »Das wird lustig.« Auf den Gesichtern der Menschen zeichneten sich wilde Erwartungen ab. Dann rief jemand: »Sie kommen! Sie kommen!« Vom anderen Ende der Straße, wo das New-Road-Tor stand, bewegte sich ein Demonstrationszug auf sie zu. Sie konnten aus der Ferne die Sprechchöre hören: »Lang lebe König Birendra!« »Panchayat-System *jindabad*!« Als der Zug näherkam, konnten die Zuschauer ein großes Transparent erkennen, auf dem König Tribhuvan abgebildet war, der Großvater des gegenwärtigen Königs, der das Land von den Rana-Diktatoren befreit hatte. Regierungsminister in Amtskleidung gingen zuvorderst, angeführt vom Premierminister.

Ramchandras Aufmerksamkeit wurde von etwas anderem angezogen. Auf der anderen Straßenseite, in der Mündung der Gasse, die zum Kino führte, sah er Malati mit Rachana auf der Hüfte dastehen, neben Amrit. Was machten sie dort mit dem Baby? Er schrie und winkte, aber die Augen der beiden waren auf den Demonstrationszug gerichtet. Ramchandra wollte gerade die Straße überqueren und ihnen sagen, sie sollten sich mit dem Kind von diesem Mob fernhalten, als hinter Amrit und Malati, beim Kino, ein Tumult ausbrach. Eine Handvoll Männer liefen auf die New Road, die Fahne der Kongreßpartei in den Händen. Im nächsten Augenblick, wie auf den Zepterwink eines der zwei Millionen Götter über ihnen, tauchten aus allen Seitenstraßen der New Road Männer und Frauen auf, die Fahnen und Transparente der Kongreßpartei trugen. Scharfe Stimmen durchschnitten die Luft: »Nieder mit dem faschistischen Panchayat-System!« Die Männer und Frauen hielten geradewegs auf den Demonstrationszug zu, und der Premierminister blieb stehen. Ramchandras Augen waren bei Malati, die sich in Richtung Kino durch die Menge zu drängeln versuchte. Amrit versuchte, ihr den Weg freizumachen, aber gegen die vorwärtsströmende Menschenmasse kam er nicht an. Unter Ramchandras Augen fiel Rachana aus Malatis Armen und verschwand im umgebenden Ansturm der Arme und Beine.

Ein Knoten aus Panik verkrampfte Ramchandras Eingeweide; nur am Rand bemerkte er, daß sich der Regierungszug vor seinen Augen in Chaos auflöste. Der Premierminister und die anderen Minister rannten zurück in Richtung New-Road-Tor. Jemand schrie: »Die haben den Schwanz eingezogen!«, und die Leute lachten. Die Männer in der Regierungsdemonstration liefen wild durcheinander, um den zornigen Männern und Frauen zu entkommen, die aus den Nebenstraßen auf sie zustürmten. Ein paar der Zuschauer unter dem Pipalbaum wurden ebenfalls vom Rausch erfaßt. Jetzt stürmte die Menge in alle Richtungen. Manche Leute rannten nach Indrachok; andere flohen in die entgegengesetzte Richtung nach Dharahara.

Schwitzend schaufelte sich Ramchandra einen Weg durch die Menge. Zuerst sah er sie nicht; dann kroch Amrits Taxi vorbei, und Ramchandra sah Malati, mit Rachana im Schoß. Der Kopf des Kindes war blutig. Er schrie Malatis Namen, und sie schaute auf, die Augen tränenerfüllt, aber sie schien ihn nicht zu erkennen. Das Taxi hupte, machte einen Satz nach vorne, bog scharf nach links und verschwand in Richtung New-Road-Tor. Sie waren auf dem Weg zum Krankenhaus.

Ramchandra blieb noch eine Weile, wo er war. Das Geschehen hatte sich bereits in Richtung Tundikhel verlagert. Er wollte zum Bir-Krankenhaus gehen, wohin Amrit seine Tochter mit Sicherheit gebracht hatte, doch die Menge wirbelte um ihn, und aufgeregte Stimmen stiegen zum Himmel auf, und er ließ den Impuls vorbeigehen. Er konnte nur beten, daß das kleine Mädchen nicht schlimm verletzt worden war.

Um nicht in die Auseinandersetzungen in seiner Umgebung hineingezogen zu werden, nahm er einen Umweg. Stellenweise brachen kleine Gruppen in Sprechchöre aus, die die Regierungsrepressalien anprangerten und eine Mehrparteiendemokratie forderten. In Naxal fand er einen offenen Teeladen und setzte sich hin, um zu rasten. Die Leute im Teeladen sagten, die Demonstranten hätten für den folgenden Tag zu einem landesweiten Streik aufgerufen. Alle Schulen, Geschäfte und sämtlicher Verkehr würden stillgelegt werden.

Da Goma darauf bestand, übernachtete er an diesem Tag in Pandey Palace, in einem kleinen Zimmer neben dem, das sie sich mit ihrer Mutter teilte. Die Kinder schliefen in einem anderen Zimmer nahe der Treppe. Weil er nicht wollte, daß Goma sich Sorgen machte, sagte er nichts über Rachanas Verletzung. Als ihn Goma fragte, weshalb er so lange weggewesen sei, erzählte er ihr, er sei einem Kollegen aus der Schule über den Weg gelaufen und letztendlich noch mit zu ihm nach Hause gegangen, um Tee zu trinken und zu plaudern.

In dieser Nacht, etwa zwei Stunden, nachdem er zu Bett gegangen war, weckte ihn ein unaufhörliches Krächzen vor seinem Fenster. Als sich seine Augen an die Dunkelheit gewöhnt hatten, sah er eine Krähe, die den Kopf in die Luft reckte und Radau machte. Er öffnete das Fenster und scheuchte sie weg, und bis dahin war er schon hellwach.

Er beschloß, im Garten spazierenzugehen, um seine Gedanken zu beruhigen. Es war lange her, daß er zuletzt in Pandey Palace übernachtet hatte, aber er kannte sich gut im Haus aus, da er so oft zum Essen und Feiern hier gewesen war. Früher hatte das Haus ihn eingeschüchtert; seine Flure rochen nach einem Reichtum, in den er nicht hineingeboren war, den er im Traum nicht während seiner Lebensspanne anhäufen, geschweige denn an seine Kinder vererben konnte. Wenn er in der großen Küche aß, mit ihren glänzenden Fliesen und dem funkelnden Besteck, mit den drei Dienstboten, die unterwürfig auf Zehenspitzen umhergingen und nahezu vollkommene Speisen zubereiteten, weigerte sich das Essen, in seinen Magen zu rutschen, besonders wenn Harish zugegen war und ihn Frau Pandey mit fliegenden Händen bediente. Jetzt, nach Herrn Pandeys Tod, hatte sich das Haus verwandelt; es schien fast, als könne er mit dem großen Herrenhaus anstellen, was er wollte. Ramchandra wies sich selbst zurecht. Was war er für ein Mensch, daß er davon phantasierte, das Haus eines anderen zu besitzen; nicht das Haus von irgendwem, sondern das seiner Schwiegereltern? Hätten die Leute gewußt, was er dachte, sie hätten ihn ausgelacht. Und das führte ihn zu einem anderen Gedanken, bei dem ihm schauderte. Was würde geschehen, wenn Frau Pandey morgen stürbe? Wer würde das Herrenhaus übernehmen? Harish und Nalini? Aber die waren ohnehin reich. Was wollten sie mit einem so großen Haus anfangen? War es möglich, fragte sich Ramchandra, daß Goma das Haus erben würde?

Im Garten versuchte Ramchandra, nicht über diese Möglichkeit nachzudenken, aber seine Phantasie ging mit ihm durch, und er stellte sich vor, wie es wäre, hier als der Eigentümer zu leben. Er sah sich selbst durch die Flure gehen und Türen öffnen, um einen Blick auf seine Kinder zu werfen, die jedes im eigenen Zimmer schliefen. Er sah sich die Treppen hinabgehen und dabei mit der Hand zärtlich über das glattpolierte Geländer streichen. Oder an einem hellen Frühlingstag den Garten inspizieren und dem Gärtner Anweisungen geben. Oder wie er Handwerker auf jedem Stockwerk eine Sitztoilette nach westlicher Art einbauen ließ, denn bisher hatte das Haus nur Hocktoiletten. Er sah die Dienstboten vor sich, still, höflich und in frischgewaschenen Kleidern, wie sie ihn nach seinen Wünschen für das Abendessen fragten.

Aber wie konnte er die Dienstboten im Haus behalten, bei seinem Schullehrerverdienst? Wovon sollte er die teuren Sitztoiletten bezahlen? Selbst in dem Fall, daß Pandey Palace an Goma vermacht wurde, und damit an ihn, würde er nicht in der Lage sein, das Anwesen zu unterhalten. Oder würde Frau Pandey Goma ein großes Geldvermögen hinterlassen? Ramchandra wurde ganz verrückt bei dem Gedanken, und er sagte leise zu sich selbst: »Halt, halt.«

Er wollte gerade zurück ins Haus gehen, als er aufschaute und im Obergeschoß eine Gestalt erblickte, die sich in der Dunkelheit abzeichnete. Es war Goma. Sah sie ihn an? Er wollte etwas zu ihr sagen, über sich und Malati. Oder über sie selbst. Aber die Worte purzelten in seinem Kopf mit anderen Worten durcheinander. Sie beobachtete ihn, und er beobachtete sie dabei, wie sie ihn beobachtete, und als er sich selbst aus ihrer Perspektive sah, begegnete ihm ein Fremder. Goma, sagte er in Gedanken. Was soll aus uns werden, jetzt da Malati fort ist?

11

DIE UNRUHEN IN DER STADT EXPLODIERTEN. Zornige Bürger, die auf die Straße gingen, wurden von der Polizei mit Tränengas besprüht oder mit Kugeln beschossen. Männer und Frauen starben. Der Tod eines Studenten in Jhapa, in einem Distrikt an der Ostgrenze zu Indien, versetzte Collegestudenten im ganzen Land in Rage, und die Campusse in Kathmandu verwandelten sich in Schlachtfelder von Polizei und Studenten. Auch Ramchandras Schule blieb nicht unberührt. Seine Schüler, besonders die in den oberen Klassenstufen, wollten nicht lernen. Sie kamen zur Schule und gingen wieder, um an den Demonstrationen teilzunehmen. Das Bild von Rachanas blutigem Kopf noch lebhaft vor Augen, versuchte Ramchandra, seine Studenten davon abzubringen, aber sie hörten nicht auf ihn. Stattdessen tadelten sie ihn, daß er keine Sympathie für die Menschen zeige, die für die Freiheit ihr Leben opferten. Ein Schüler beschuldigte ihn sogar, ein Spießgeselle der Regierung zu sein, und Ramchandra sagte bitter: »Ja, du hast recht. Ich habe eine Menge zu gewinnen, indem ich dafür sorge, daß die Machthaber an der Macht bleiben. Darum stecke ich auf dieser armseligen Stelle fest und unterrichte euch armselige Schüler und klammere mich an mein armseliges Gehalt.«

Die Beschuldigung des Schülers ärgerte ihn, und im stillen

sagte er sich: Macht, was ihr wollt. Was schert es mich? Ich bin nur zum Unterrichten hier. Aber er machte sich trotzdem Sorgen um seine Schüler, und im Bett hatte er Albträume, in denen ihre jungen Leiber in der Gosse lagen und ihre Mütter an Ramchandras Tür hämmerten.

Die meisten Lehrer unterstützten die Demonstranten, doch einige wenige verteidigten das Regime. »Diese Leute wollen nur Ärger machen«, sagte Bandana-Miss eines Morgens, nachdem die älteren Schüler die Schule verlassen hatten, um die regierungsfeindlichen Demonstranten zu unterstützen, und die jüngeren nach Hause gegangen waren. Ihr Bruder hatte ein hohes Amt in der Tourismusbehörde inne. »Das führt unser Land nirgendwohin.«

»Ihr meint, Ihr wollt keine Demokratie?«, fragte Shailendra mit süffisantem Grinsen.

»Wir brauchen Kontrolle«, sagte Bandana-Miss. »Ansonsten enden wir noch wie Amerika, wo sich die Leute auf der Straße erschießen.«

»Ich dachte, Ihr mögt Amerika«, sagte jemand. »Habt Ihr nicht Euren Sohn dahingeschickt?«

Einen Augenblick lang wußte Bandana-Miss nicht, was sie sagen sollte. Dann erwiderte sie: »Den eigenen Sohn zum Studieren nach Amerika zu schicken, ist eine Sache. Die Philosophie dieses Landes zu übernehmen, ist eine andere.«

»Ich habe Euch Amerika in den höchsten Tönen loben hören«, sagte Ramchandra.

Bandana-Miss war in die Defensive geraten. »Das ist etwas völlig anderes. Wir können dieses Land nicht in Anarchie versinken lassen.«

»Was denkt Ihr darüber, Ramchandraji?«, fragte Gokul. »Von Euch haben wir noch keine Meinung gehört.«

»Ich habe keine. Revolutionen kommen und gehen. Ich habe immer noch kein eigenes Haus in dieser Stadt.«

Das brachte alle zum Lachen, und sogar Bandana-Miss fand

eine Möglichkeit, das Gesicht zu wahren. »Ihr habt so recht, ihr habt so recht, Ramchandraji«, sagte sie und legte ihm die Hand auf den Arm.

»Also, Ramchandraji«, sagte Shailendra, »wollt Ihr sagen, daß Eure persönlichen Probleme wichtiger sind als die Probleme des Landes?«

»Meine persönlichen Probleme sind die Probleme meines Landes«, erwiderte Ramchandra. »Meine Geschichte ist die Geschichte dieses gottverlassenen Landes.«

»Keine Sorge«, sagte jemand. »Die Demokratie wird uns alle reich machen. Wir werden alle diese korrupten Politiker los, und Ihr könnt Euch ein Haus in Kathmandu bauen, Ramchandraji.«

»Ihr meint, Bandana-Miss erhöht unsere Gehälter? Macht Ihr das, Bandana-Miss?«, fragte Shailendra.

»Wo soll das Geld herkommen?«

»Von Mister Democracy. Der hat einen Tresor mit Millionen von Rupien.«

Das führte zu noch mehr Gelächter; dann hallte das Klingeln durch die leere Schule.

Die Trauerzeit für Herrn Pandey endete etwa zwei Wochen später, und Goma und die Kinder kehrten nach Jaisideval zurück. Der Frühling, mit seinem frischgestrichenen blauen Himmel und munteren Sonnenschein, begann die Straßen von Kathmandu zu schmücken. Die Pullover gehörten der Vergangenheit an, so wie das Reiben kalter Hände am frühen Morgen und das Zusammensitzen ganzer Familien um den einzigen Heizer im Haus. Morgens und abends war es zwar kühl, doch tagsüber flutete Sonnenschein die Stadt, und die Leute wischten sich die Stirn und beklagten die Hitze.

Bald nachdem sie wieder nach Jaisideval gezogen waren, gewöhnte sich Ramchandra an, frühmorgens aufzustehen, unterm Wasserhahn zu baden, bevor Herr Sharma kam, und im Schlafzimmer Liegestützen und Atemübungen zu machen. »Ich muß etwas Konstruktives tun«, sagte er zu Goma. »Ansonsten stumpft mein Verstand ab.« Goma nickte. »Das ist eine hervorragende Idee«, sagte sie. »So werdet Ihr mit dem Alter gesünder.« Sie schlief noch immer bei den Kindern, und obwohl Ramchandra ein paarmal andeutete, daß sie doch wieder in ihr Schlafzimmer ziehen könne, ignorierte sie ihn. Sie sprach nicht über Malati, aber manchmal beim Essen, wenn die Kinder dabei waren, schien sie an sie zu denken.

Und er fühlte sich jeden Morgen energiegeladen, wenn er seine Übungen abgeschlossen hatte und die erste Tasse Tee trank. Anschließend unternahm er einen Spaziergang durch die Nachbarschaft, unterbrochen von kurzen Gesprächen mit Ladenbesitzern und Bekannten. Abends las er, während die Kinder auf dem Hof Verstecken oder im Schlafzimmer Karom und Karten spielten. Manchmal wandten sich seine Gedanken Malati zu; dann wurde er unruhig und konnte sich nicht mehr auf das Buch konzentrieren, das er in der Hand hielt.

Eines Tages, als Sanu und Rakesh auf dem Boden um ein nagelneues Kartenpäckchen rangen, das Ramchandra ihnen gekauft hatte, rutschte Sanu der Schulterträger ihres Kittels herunter, und Ramchandra erhaschte einen Blick auf ihre Brüste, die jetzt die einer jungen Frau waren. Sie bemerkte seinen Blick und bedeckte sich schnell wieder und verließ das Zimmer.

»San-Di war nackt«, sagte Rakesh.

Ramchandra schalt ihn und sagte, er solle nicht so über seine Schwester reden.

Er fragte Goma, ob sie Sanu einen Büstenhalter gekauft habe.

»Ja, aber sie beschwert sich, daß er sie einzwängt und sie nicht atmen kann.«

»Sie wächst. Sie sollte einen anziehen.« Er dachte an Herrn Sharma und wie er seine Tochter ansah.

»Ihr wißt, wie sie ist.«

Vielleicht hätte er mit Sanu sprechen sollen, aber es wäre ihr wahrscheinlich unangenehm gewesen, mit ihrem Vater über solche Dinge zu sprechen.

In dieser Zeit gingen Ramchandra und Goma oft nach Pandey Palace, weil Frau Pandey Gesundheitsprobleme hatte. Ihre Hände schwollen, und das Treppensteigen fiel ihr schwer. Oft wurde sie mitten in einem Familiengespräch still, und wenn Goma sie fragte, was los sei, sagte sie, sie sei einsam so als einziger Mensch im Haus, und die Wände stellten ihr nach. Sie sagte, nachts höre sie die Stimme ihres Mannes. Sie klagte, daß in der Morgendämmerung jemand auf den Boden klopfe, um sie zum Aufstehen zu drängen.

»Warum laßt Ihr nicht einen von den Dienstboten im Haus schlafen, statt im Dienstbotentrakt?«, schlug Ramchandra vor.

»Sie würden mich bei Nacht blind ausrauben«, sagte sie, und obwohl ihr Goma und Ramchandra versicherten, daß ihr die Dienstboten seit Jahren treu ergeben seien, blieb Frau Pandey unnachgiebig.

Innerhalb weniger Tage nach diesem Gespräch verschlechterte sich Frau Pandeys Gesundheitszustand; es ging so schnell, daß die Leute sich fragten, ob nicht tatsächlich Herrn Pandeys Seele auf den Boden geklopft habe und seine Frau für sich in Anspruch nehme. Sie fiel ein paarmal in Ohnmacht, was die Spekulationen anheizte. Frau Pandeys Schwester, eine stämmige, tiefgläubige Frau, erzählte Goma, daß Herrn Pandeys Seele sie besucht und ihr zugeflüstert habe, daß er nicht glücklich sei. Solches Gerede regte Goma auf. »Sie ist sowieso schon paranoid«, sagte sie zu ihrer Tante. »Und Ihr wollt Ihr noch mehr Angst machen?«

Und dann kam eines Morgens ein Telephonanruf von einem Dienstboten. Frau Pandey sei im Garten zusammengebrochen und liege nun dort und halte sich das Herz. Goma drängte ihn, sofort einen Krankenwagen zu rufen, obwohl sie wußte, daß er nicht rechtzeitig eintreffen würde. Ramchandra schlug vor, daß sie Nalini anrufen sollten, aber sie hatte Harish auf eine Geschäftsreise nach Bangkok begleitet. Also eilten Ramchandra und Goma nach Pandey Palace, wo Frau Pandey in ihrem Schlafzimmer saß, das Gesicht aschfahl. Sobald sie Goma sah, begann sie zu rufen: »Laßt mich nicht allein, Mutter! Laßt mich nicht allein!« Goma hielt sie fest im Arm, als sei sie tatsächlich Frau Pandeys Mutter.

An diesem Tag hatten alle Krankenhäuser in der Stadt einen Streik erklärt, mit dem sie gegen die Verhaftung einiger Ärzte und Medizinstudenten protestierten. Sie schafften es, Frau Pandey zum Universitätskrankenhaus in Maharajganj zu bringen, wo die Ärzte die Patienten unter freiem Himmel untersuchten. Frau Pandey wurde gebeten, sich auf einen Tisch zu legen, und ein Arzt untersuchte sie und sagte, daß die Ursachen für Frau Pandeys Leiden höchstwahrscheinlich vorwiegend psychischer Natur seien, obwohl es Anzeichen dafür gebe, daß sie außerdem an Diabetes leide. »Sie sollte jetzt ihre Familie um sich haben«, sagte der Arzt. »Das lindert die Paranoia zum Teil.«

Mißtrauisch, weil er glaubte, daß der Arzt zu schnell zu seiner Diagnose gelangt sei, sagte Ramchandra: »Vielleicht braucht sie eine genauere Untersuchung?« Aber der Arzt war bereits zu einem anderen Patienten weitergegangen.

Frau Pandey klammerte sich an Goma, als sie das Krankenhaus verließen, und als sie wieder in Pandey Palace waren, sagte Goma zu Ramchandra, daß sie alle hierherziehen müßten.

»Wovon redest du?«, sagte Ramchandra. »Ich kann hier nicht leben.«

»Und warum?«

»Du weißt ganz genau warum.«

»Nein, weiß ich nicht«, sagte Goma kurzangebunden. »Meine Mutter ist sehr krank. Sie braucht mich, und Ihr könnt die Kinder nicht allein versorgen. Es hat keinen Sinn, Miete dafür zu bezahlen, daß wir in dieser lausigen Wohnung wohnen, wenn das große Haus hier leersteht.«

»Goma.«

»Schaut«, sagte Goma, »es geht um meine Mutter. Ich hab Euch vor nicht sehr langer Zeit ein großes Zugeständnis gemacht. Habt Ihr das vergessen?«

»Aber du weißt, daß – «

»Gut, wenn Ihr das so seht, dann wohnen die Kinder hier bei mir, und Ihr könnt alleine in der Wohnung wohnen.«

»Es wird ihr nicht so bald besser gehen.«

»Dann ist das halt so. Aber ich bleibe bei meiner Mutter, bis …« Und ihre Stimme wurde brüchig.

Er stand auf und nahm sie in den Arm, und sie lehnte sich an ihn. »Bitte. Versteht Ihr nicht? Es hilft mir, wenn Ihr hier seid.«

»Ja«, sagte er und küßte sie auf die Lippen. Es war das erste Mal, seit er ihr das Geständnis über Malati gemacht hatte, daß er sie so hielt, und er umarmte sie, bis sie sich von ihm löste und sagte, sie müsse Suppe für ihre Mutter machen.

Ramchandra hoffte, daß dieser Augenblick der körperlichen Nähe ihre Vertrautheit wiederherstellen würde, aber er irrte sich. Goma hielt ihre Distanz aufrecht, als könne sie Malati an ihm riechen, als bleibe ihre anfängliche Reaktion auf sein Geständnis in ihr bestehen, leise, aber stark.

Zwei Tage später zogen sie von Jaisideval nach Pandey Palace um, aber nicht, bevor sie sich einen lautstarken Streit mit dem Hausbesitzer geliefert hatten, der verlangte, daß sie eine weitere Monatsmiete zahlen sollten, weil sie ihm keine Vorwarnung gegeben hatten. »Das ist kein Hotel«, sagte der Hausbesitzer. Sie schrien auf dem Hof um die Wette, und die Nachbarn sahen von den Fenstern aus zu.

»Es handelt sich um einen Notfall«, sagte Ramchandra. »Daß Ihr Euch nie um unsere Wohnung gekümmert habt, während wir hier gewohnt haben, ist das eine. Jetzt könnt Ihr uns wenigstens in Frieden gehen lassen.«

»Was ist mit meinem Frieden? Wie soll ich so kurzfristig jemanden finden?«

»Eine Menge Leute in dieser verdammten Stadt suchen Unterkunft.«

Sie einigten sich schließlich auf einen Kompromiß. Der Vermieter würde sie gehen lassen, wenn sie die halbe Miete für den nächsten Monat bezahlten. Die Idee kam von Goma, die auf der Türschwelle gesessen und dem Streit zugehört hatte.

»Nur für Euch mach ich dieses Zugeständnis«, sagte der Hausbesitzer zu ihr.

Harish hatte für den Umzug einen Laster von seiner Firma und ein paar junge Männer als Helfer vorbeigeschickt, und bis zum Abend hatten sie die Wohnung geleert. Auf der letzten Fahrt saß Ramchandra mit Sanu vorne im Laster. Sanu war still gewesen, seit sie erfahren hatte, daß sie in Pandey Palace wohnen würden.

»Und, was denkst du?«, fragte Ramchandra sie jetzt. In letzter Zeit sprach er mit ihr, als sei sie eine erwachsene Frau.

»Was denk ich worüber?«

»Darüber, daß wir in Pandey Palace wohnen.«

»Seit wann spielt meine Meinung eine Rolle?«

»Es gefällt dir nicht?« Er bemerkte einen Hauch von Rouge auf ihren Wangen.

»Ich wohne lieber in Jaisideval. Da hab ich Freunde.«

»Aber du verstehst das Problem deiner Großmutter, oder?«

Schweigend sah sie aus dem Fenster; dann sagte sie: »Ich weiß nicht, was ich denken soll. Sie haben immer soviel Wirbel darum gemacht, daß wir kein eigenes Haus haben, und jetzt ziehen wir in ihr Haus.«

»Du solltest ein bißchen Mitleid mit deiner Großmutter haben. Sie ist nicht mehr, was sie einmal war.«

»Was haltet Ihr davon?«

Die Art, wie sie ihn fragte, mit dem Kopf leicht zur Seite geneigt, erinnerte ihn an Goma. »Ich folge den Wünschen deiner Mutter. Sie möchte sich um deine Großmutter kümmern.«

Sanu sagte: »Ich hoffe, es ist kein dauerhafter Umzug.«

»Ich denke nicht. Wenn es deiner Großmutter erst besser geht, finden wir eine eigene Wohnung.« Aber er wußte, daß seine Worte nicht überzeugend klangen.

Er hoffte weiterhin, daß er Malati auf der Straße über den Weg laufen würde, aber da dies ausblieb, fragte er sich, ob Rachana doch etwas Schlimmes zugestoßen war. An Regentagen stand er manchmal an der Haustür von Pandey Palace und schaute auf den Garten hinaus, in der Hoffnung, daß das nächste Mal, wenn das Telephon klingelte, Malati am Apparat sein würde. Einmal lief er in Ratnapark Ashok über den Weg, und der Junge fragte ihn nach Malati. Ramchandra hatte nichts zu sagen. Ashok wartete ungeduldig auf die Prüfungsergebnisse, und als ihm Ramchandra sagte, daß es noch Monate dauern konnte, bis die Ergebnisse herausgegeben wurden, vielleicht ein ganzes Jahr angesichts des politischen Durcheinanders, sagte Ashok: »Ich weiß nicht, was mein Vater mit mir macht, wenn ich durchfalle.« Ashoks spöttisches Lächeln und seine kleinen Witzeleien gehörten der Vergangenheit an. Er hatte sogar ein paar weiße Strähnen im Haar. Ramchandra konnte ihm nur auf den Rücken klopfen und ihm versichern, daß er bestehen werde.

Am nächsten Nachmittag ging Ramchandra zu Goma, die im Wohnzimmer saß und einen von Rakeshs Pullovern stopfte. Frau Pandey saß nicht weit von ihr auf einem Sofa, ihren Kopf in unbequemem Winkel hinten angelehnt, den Mund offen. Ihr Gesundheitszustand hatte sich verschlechtert, aber ihre Paranoia war schwächer geworden. Wenn sie nicht bewegt wurde, blieb sie jetzt immer am selben Platz sitzen und murmelte vor sich hin. Ihr Gesicht zeigte nur im Umgang mit Goma menschlichen Ausdruck; anderen gegenüber schwieg sie oder sah sie fragend an, als versuche sie herauszufinden, wer sie seien. Wie schnell sich die Dinge ändern, dachte Ramchandra.

Er war im Begriff, etwas zu Goma zu sagen, und entschied sich dann anders. Dann entschied er sich wieder anders. Er erzählte ihr, daß er sie über den Tag, an dem er Malati suchen gegangen war, angelogen hatte.

»Warum habt Ihr gelogen?«

Er konnte nicht antworten, und sie bedrängte ihn nicht weiter. Sie fing wieder an zu stopfen und sagte nach einer Weile: »Und, habt Ihr sie gesehen?«

Er erzählte ihr, daß er gesehen hatte, wie Rachana in der Massenpanik verletzt worden war.

Gomas Hände erstarrten. »Wie gehts ihr jetzt?«

Er sagte, er wisse es nicht, er habe nicht noch einmal nach Amrits Haus gesucht, und er mache sich Sorgen.

»Ich hoffe, dem Kind ist nichts passiert. Wie konntet Ihr mir das nicht erzählen?«

»Ich wollte nicht, daß du dir Sorgen machst.«

»Ich will wissen, was mit diesem kleinen Mädchen passiert ist«, sagte Goma.

»Warum gehst dann nicht du?«

»Aber ich kann Mutter nicht alleine lassen«, sagte Goma. »Jeden Moment könnte irgendwas …« Sie streichelte ihrer Mutter die Wange. »Warum geht nicht Ihr? Ihr wolltet sowieso.« Frau Pandey neigte den Kopf zu ihrer Tochter hin.

Als sich Ramchandra erhob, um aufzubrechen, sagte Goma: »Wenn es Rachana gutgeht, bittet Malati, uns zu besuchen. Ich möchte die beiden sehen.«

Sie sagte ihm, er solle das Auto nehmen, aber er antwortete, er wolle lieber zu Fuß gehen. Er fühlte sich immer noch nicht wohl im Honda der Pandeys. Der Fahrer war ein bißchen hochnäsig, und Ramchandra roch Herrn Pandey im Honda.

Unterwegs überkam ihn erneut die Angst. Was sollte er zu ihr sagen? Goma wolle wissen, wie es ihrer Tochter gehe; so würde er das Gespräch anfangen. Dann fiel ihm ein, daß er nicht genau wußte, wo sich Amrits Haus befand; es gab so viele Häuser in der Gasse vor dem Kino.

In der Nähe von Tangal folgte Ramchandra einem plötzlichen Einfall und nahm die Straße, die zur Sunrise Boarding School führte.

Zuerst erkannte er Malekha-Didis Haus nicht wieder. Der Vorplatz war ein einziges Chaos, voll mit Müll und alten, zerbrochenen Möbeln. Der Hühnerstall war abgerissen worden und lag als Schutthaufen da. In der Vorlaube bewachten zwei Straßenhunde einen Knochen, und Ramchandra mußte sie wegscheuchen, um an die Tür klopfen zu können. Es war nichts zu hören, und er war im Begriff zu gehen. Dann hörte er Malekha-Didis müde Stimme fragen, wer da sei.

Als Ramchandra sich zu erkennen gab, öffnete sie die Tür. »Was wollt Ihr, Professor?«

Sie trug einen schmutzigen Dhoti, und ihr Haar war zu dreckigen Knäueln verfilzt. Selbst hier vor der Fliegengittertür konnte er faulende Nahrungsmittel riechen. »Wißt Ihr, wo Malati lebt?«

»Diese Hure?«, sagte Malekha-Didi. »Sie hat mich in diesem Zustand sitzenlassen.«

Ramchandra wollte sie schon daran erinnern, daß sie Malati aus dem Haus geworfen hatte. Stattdessen fragte er, was geschehen sei, und wies mit einer Handbewegung auf den Vorplatz, den Hühnerstall.

Malekha-Didi öffnete die Fliegengittertür und trat heraus. »Alles ist kaputt. Irgendein Arschloch hat meinen Hühnern nachts Gift gefüttert, und am nächsten Morgen waren sie alle tot.«

»Wer war das?«

»Wer weiß? Vielen Leuten hat mein Wohlstand nicht gefallen. Und es gibt Irre in dieser Stadt, die zum Plündern bloß einen Vorwand brauchen.«

»Wo ist Malati?«

»Sie wohnt vor dem Ranjana-Kino bei diesem Taxifahrer.« Sie beschrieb das Haus.

Als er sie fragte, ob sie vorhabe, das Hühnergeschäft wieder aufzubauen, fragte sie ihn, ob er sich für sie etwas Geld aus dem Arsch ziehen könne.

Er verabschiedete sich von ihr und ging weiter, während sie hinter ihm herschrie: »Also hat sie Euch Professor für einen Taxifahrer verlassen, eh?« Ihr vulgäres Lachen hallte ihm im Kopf nach.

Als er die New Road erreichte, versuchte Ramchandra allerdings nicht gleich, Malatis Haus zu finden, sondern spazierte ins Ranjana-Kino. Er blieb in der Mitte des Hofes stehen und drehte sich beiläufig um, so daß er die Häuser auf der anderen Seite der Gasse im Blick hatte. Malekha-Didi hatte gesagt, daß im Erdgeschoß des Hauses, in dem Malati wohnte, eine Schneiderei untergebracht sei. Aber ein solches Schild sah er nicht. Woran er sich erinnern konnte, war, daß einer der Läden im Erdgeschoß ein berühmtes Samosa-Restaurant war, das er in jungen Jahren häufiger besucht hatte. Ramchandra sah das Schild: HERO RESTAURANT. Ja, so hieß es.

Er ging vom Kino ins Restaurant, wo er sofort den Wirt wiedererkannte, einen dunkelhäutigen Mann mit Pockennarben. Ramchandra stellte sich vor, und der Mann brauchte eine Weile, bis er sich an ihn erinnerte, aber dann lud er Ramchandra zu Tee und Samosas ein, und sie plauderten über einige der Leute, die sie früher gekannt hatten. Schließlich fand Ramchandra Gelegenheit, nach Malati zu fragen, und der Wirt wußte sofort, von wem er sprach. »Ihr seid an den richtigen Ort gekommen«, sagte er. »Sie wohnt ganz oben hier im Haus. Ein hübsches Mädchen, aber dieser Mann, den sie hat, der ist nicht ganz richtig.«

»Warum?«

»Ich hab den hier sitzen sehen, wie er die Mädchen beäugt, die ins Kino gehen. Manchmal geht er da rein«, sagte der Wirt und deutete aufs Kino, »und versucht, ein Gespräch anzufangen. Ein richtiger Romeo, dieser Kerl.«

»Sind sie verheiratet?«

»Ja, sie haben vor ein paar Tagen in einer Tempelzeremonie geheiratet.«

»Sind sie jetzt oben?«

»Der Mann fährt morgens mit seinem Taxi weg, aber sie ist vielleicht da. Kennt Ihr sie?«

Ramchandra sagte ihm, sie sei eine Schülerin von ihm. Das war eine gute Gelegenheit, um mit ihr zu sprechen, aber mit einem Schrecken fiel ihm plötzlich ein, daß es bald dunkel werden würde – und gefährlich.

Als er den Laden verließ, trat Malati aus der Seitentür. Sie trug einen roten Dhoti, dessen Farbe dazu paßte, daß sie nun verheiratet war. Ihr Scheitel war mit zinnoberrotem Pulver eingerieben. Ramchandra hielt den Atem an und blieb stehen. Sie sah ihn nicht und ging die Gasse hinab, die nach Indrachok führte. Ramchandra folgte ihr in einigen Metern Entfernung. In Indrachok kaufte sie etwas Gemüse, während Ramchandra seinen Abstand hielt. Manchmal erhaschte er einen Blick auf ihr Profil, und er war enttäuscht, keine Spur von Traurigkeit auf ihrem Gesicht zu sehen, oder von Unzufriedenheit mit ihrem Ehemann. Sie war lebhaft und heiter, feilschte und plauderte mit den Verkäufern. Als sie mit dem Einkaufen fertig war, ging sie zurück, und Ramchandra folgte ihr auch jetzt. Er sah, daß Rachana nicht bei ihr war. War dem Mädchen etwas zugestoßen? Aber hätte in dem Fall nicht ihre Trauer Malati davon abgehalten, Amrit zu heiraten?

Ein paar Minuten, nachdem sie hinauf in ihre Wohnung gegangen war, stieg er die enge Treppe hoch und klopfte an die Tür. Eine Frau machte auf, und als er gerade nach Malati fragte, erschien sie selbst, Rachana auf die Hüfte gehuckelt. Rachana jauchzte und plapperte etwas, und eine Welle der Erleichterung überspülte Ramchandra.

»Sir«, sagte Malati sanft, »habt Ihr Euren Weg vergessen?«

Er wußte nicht, was er sagen sollte, und so bemerkte er, daß Rachana gewachsen sei.

Malati putzte ihrer Tochter mit der Hand die Nase und sagte: »Sie ist oft krank in letzter Zeit. Ich glaub, das liegt an der Verschmutzung in der Stadt. Zuviele Dreiradtaxis und alte Autos.«

Ramchandra war es unangenehm, draußen auf dem Treppenabsatz zu stehen. »Willst du mich nicht hereinbitten?«

Die Frau sagte zu Malati, daß sie jetzt weg sei, und ging hinunter. »Die Schwester meines Mannes«, erklärte Malati. »Sie paßt manchmal auf Rachana auf.«

Die Wohnung hatte ein Zimmer mit Küche, und sie setzten sich aufs Bett. Die Unterkunft war eng, aber ordentlich. Ramchandra roch Zigarettenrauch.

»Tee, Sir?«

Er schüttelte den Kopf und fragte sie, indem er auf Rachana deutete: »Du hast ihren Vater geheiratet?«

»Ja«, sagte sie mit einem Lachen. »Erstaunlich, nicht? Wir hatten eine kleine Tempelzeremonie.«

»Bist du glücklich?«

»Ich bin sehr glücklich«, sagte sie und sah ihm wie herausfordernd in die Augen.

Er fragte sie nach Malekha-Didi.

»Ach, die hat sich damit angefreundet«, sagte Malati. »Ihr wißt ja, Vollmond, kein Mond. Sie hat rausgefunden, wo ich wohne, und ist hergekommen und hat Rachana auf den Arm genommen. Sie sagt, sie vermißt uns. Aber das ist bloß, weil ihr Geschäft kaputtgegangen ist.« Sie hielt inne und sagte dann: »Sie hats schwer jetzt. Aber mein Mann gibt ihr jeden Monat ein bißchen Geld. Er sorgt sich wirklich um sie.«

Ramchandra bemitleidete Malekha-Didi. Sie hatte nicht zugeben können, daß Malati sie unterstützte.

Malati erkundigte sich nach seiner Familie, und er sagte ihr, daß es allen gut gehe außer Gomas Mutter. »Wo ist dein Mann?«, fragte er. »Ajit, heißt er nicht so?« So zu tun, als könne er sich an den Namen nicht erinnern, ließ ihn sich weniger verwundbar fühlen.

»Er heißt Amrit. Jetzt um diese Zeit kommt er zum Teetrinken nach Hause und geht dann wieder los. Manchmal fährt er die ganze Nacht.«

Ramchandra bemerkte eine kleine Narbe auf Rachanas linker Backe. »Was ist passiert?«, fragte er.

»Ein Unfall«, sagte Malati. »Ihr wißt, wie zappelig sie ist.«

»Goma möchte dich gerne sehen«, sagte er.

Malati wischte Rachana über Wangen und Stirn, bevor sie sagte: »Es ist wohl besser, wenn ich mich nicht wieder in Euer Leben einmische.«

Er verstand und stimmte ihr zu.

Ein paar Minuten später verabschiedete er sich und ging auf die Straße hinunter. Inmitten des Lärms und der Scharen von Filmbesuchern, die aufs Kino zugingen, hörte er jemanden schreien: »Professor-Saheb! Professor-Saheb!« In der Dämmerung brauchte er einen Augenblick, bis er Amrit erkannte, der mit seinem lockigen Haar und langen Schnurrbart auf der anderen Gassenseite stand und ihn durch die Menschenmenge hindurch zu erreichen versuchte. Ramchandra winkte bloß und ging weiter, aber Amrit schob die Leute beiseite und holte ihn ein.

»Wie gehts, Professor?«

»Ich bin kein Professor«, sagte Ramchandra milde. »Ich bin nur ein Schullehrer.«

»Was macht das für einen Unterschied? Wohin seid Ihr unterwegs?«

»Ich habe mir gerade einen Film angesehen.«

»Ach, wir wohnen gleich hier«, sagte Amrit. »Warum kommt Ihr nicht mit zum Teetrinken?«

»Es wird dunkel.«

Amrit packte seinen Arm. Ramchandra bemerkte die Zigarette zwischen seinen Fingern. »Kommt schon, Professor-Saheb. Nur für ein paar Minuten. Malati freut sich. Sie erzählt immer von Euch.«

Was hatte Malati ihrem Mann über ihn erzählt? fragte sich Ramchandra. Offenbar nicht alles, sonst hätte Amrit ihn nicht zu einem Besuch eingeladen.

Direkt neben ihnen, in dem berühmten Limonadenlokal an der New Road, ploppte es, wenn Flaschen geöffnet wurden, und brauste das mit Kohlensäure versetzte Zitronenwasser in den Gläsern. Der Ladenbesitzer forderte Ramchandra und Amrit auf weiterzugehen, weil sie seinen Gästen den Weg versperrten.

»Wie geht es Malati?«, fragte Ramchandra auf dem Rückweg zur Wohnung. Er hoffte, Malati werde sich nicht anmerken lassen, daß er schon dortgewesen war.

»Gut gehts ihr. Das Baby ist ein bißchen krank.«

Sie stiegen die Treppe hinauf, und der Zigarettenrauch schwebte zu Ramchandra hinab, der hinter Amrit herging.

»Schau mal, wer hier ist, Malati«, sagte Amrit, als sie das Zimmer betraten. »Dein Professor.«

Ramchandra sah Malati entschuldigend an, und Malati sagte: »Sir, das ist aber lange her. Alles in Ordnung?«

»Alles in Ordnung«, antwortete er.

Lächelnd ging Malati in die Küche, um Tee zu kochen, und Ramchandra und Amrit, der nun das kleine Mädchen hielt und in Babysprache mit ihr redete, setzten sich aufs Bett. Ramchandra fragte Amrit nach seinem Tagesablauf als Taxifahrer, wieviel er an einem Tag verdiene. Amrit war freundlich, gesprächig.

Malati brachte den Tee, und eine Zeitlang schlürften sie ihn schweigend. Ramchandra sagte zu Malati: »Die Ergebnisse kommen in ein paar Monaten heraus. Hast du noch vor, aufs College zu gehen?«

»Wenn ich bestehe«, sagte Malati. »Ich bin dumm in Mathe, wißt Ihr noch? Ich bin ein Mathe-Affe.«

Die Erinnerung war Ramchandra peinlich.

»Es nützt heutzutage nichts, das SLC zu schaffen«, sagte Amrit. »Sogar Leute mit Collegeabschluß fahren Taxi.«

»Sie könnte eine Stelle als Sekretärin finden.«

»Wer kümmert sich dann ums Baby?«, sagte Amrit in freundlichem Ton. »So wie die Dinge stehen, fahre ich von morgens bis in die Nacht Taxi.«

Es war dunkel draußen, aber weder Malati noch Amrit standen auf, um das Licht einzuschalten.

Ramchandra sagte zu Amrit: »Ihr solltet das Licht einschalten. Man sieht kaum noch etwas hier drinnen.«

»Nein«, sagte Amrit. »Es soll ruhig dunkel sein. Heute Nacht ist Lichtstreik; habt Ihr nicht davon gehört? Um sieben sollen alle das Licht ausschalten, also können wir genausogut warten.«

Jetzt fiel es Ramchandra wieder ein. Der Nepalische Kongreß und die kommunistischen Parteien hatten für diesen Abend zu einem zehnminütigen Lichtstreik aufgerufen, um gegen die Tötungen zu protestieren, die die Regierung zu verantworten hatte. Ramchandra sah auf seine Uhr. Nur noch ein paar Minuten, und die ganze Nation würde ins Dunkel versinken.

Er saß nahe beim Fenster und konnte sehen, daß ein paar Leute beim Kino einen Reifen angezündet hatten. Bald wehte ein starker Geruch von verkohltem Gummi herauf. Um sieben Uhr hüllte Dunkelheit die Nachbarschaft ein, und es waren Pfiffe zu hören. Jemand drehte die Lautstärke eines Kassettenspielers auf, und ein bekanntes nepalisches Lied plärrte in die Gegend. Ramchandra fühlte sich schläfrig und wollte sich gleich hier aufs Bett legen, aber er wußte, daß er aufbrechen sollte, Dunkelheit oder nicht. Er zwang sich, gerade sitzenzubleiben. »Ich gehe jetzt besser«, sagte er.

»Es ist zu dunkel. Warum wartet Ihr nicht noch zehn Minuten? Dann schalt ich das Licht ein.«

Sie saßen still, und ein paar Minuten später schaltete Amrit das Licht ein.

»Kommt Ihr uns wieder besuchen?«, fragte Malati.

»Natürlich«, sagte er und dachte dabei das Gegenteil. »Wenn ich Zeit habe.«

»Richtet Bhauju und den Kindern Grüße von mir aus.«

»Natürlich.«

»Auch von mir«, sagte Amrit lachend, »obwohl ich sie noch nicht kennengelernt hab.«

»Kommt zu mir, wenn Ihr irgendetwas braucht«, sagte Ramchandra.

Sie nickten.

Draußen skandierte ein Demonstrationszug auf der Straße: »*Hatyara sarkar murdabad!*« Tod der Mörderregierung.

Eine Gruppe von Polizisten stand ein paar Meter entfernt unter einer Straßenlampe, aber sie sahen bloß zu. Ramchandra ließ die Demonstration vorbeiziehen und machte sich dann auf den Heimweg.

»Gott hat das kleine Mädchen beschützt«, sagte Goma, als Ramchandra ihr erzählte, daß es Rachana gut gehe. Er erwähnte, daß Malati und Amrit geheiratet hatten, aber er sagte nichts darüber, daß er hinter Malati hergeschlichen war, bevor er sie zu Hause besucht hatte.

»Kommt sie uns besuchen?«, fragte Goma.

Ramchandra schüttelte den Kopf, und Goma nickte verstehend.

In dieser Nacht sah er immer wieder Malati vor sich, wie sie mit den Verkäufern feilschte, ein Lächeln auf den Lippen, und er fühlte sich betrogen. Er stellte sich vor, daß sie mit ihrem neuen Leben vollkommen zufrieden sei – ein Ehemann, der für sie und ihr Kind sorgte, ein Ehemann, der sie einst sitzengelassen hatte und jetzt aller Wahrscheinlichkeit nach mit anderen Frauen schlief. Ihre Naivität ärgerte ihn, und er wollte zu diesem Haus zurückgehen und ihr seine Meinung sagen.

Nachdem alle ins Bett gegangen waren, spazierte er durch den Garten und versuchte, sich zu beruhigen. Trotz allem liebte er den Garten von Pandey Palace. Er war groß, mit einem Brunnen in der Mitte und mit Beeten voller Astern, Rosen und Sonnenblumen, die die Fläche säumten und unterteilten. Ein Gartentisch mit einem bunten Schirm stand in einer Ecke; dort versammelte sich die Familie manchmal am Samstagnachmittag, und Ramchandra sah zufrieden zu, wie Sanu und Rakesh in der Nähe herumrannten. Die Dienstboten brachten Gläser mit Saft oder Tee und fritierte Kleinigkeiten, und der Nachmittag dehnte sich vor ihnen aus wie ein schöner Traum.

Aber es war ein Trugbild, eine Illusion, rief sich Ramchandra ins Bewußtsein. Dies war nicht sein Haus, und es beschämte ihn, dessen Privilegien zu genießen. Frau Pandeys Gesundheitszustand hatte sich gebessert, obwohl sie sich noch manchmal aufregte, wenn sie Geister sah oder Stimmen hörte. Ihr Körper war schwach, und manchmal übergab sie sich ohne Vorwarnung am Abendbrottisch. Einmal, in einem entspannten Augenblick unter dem Gartenschirm, hatte Ramchandra das Thema eigene Wohnung angeschnitten, aber Goma hatte sich gesperrt. »Ich ziehe nicht um, bis es ihr nicht vollständig besser geht.«

»Vielleicht kann Nalini sich eine Weile um sie kümmern«, sagte Ramchandra.

»Nalini kann sich nicht um sie kümmern. Sie weiß nicht, wie das geht.«

Ramchandra hatte den Verdacht, daß Nalini und Harish froh waren, in Bangkok gewesen zu sein, als Frau Pandey zusammengebrochen war. Nalini kam zwar fast jeden Tag zu Besuch, hielt aber Distanz zu ihrer Mutter. Sie übernachtete nie im Haus, selbst als Frau Pandey an einem Abend so schwach und paranoid war, daß sie buchstäblich aus dem Mund schäumte, und Goma eine Migräne entwickelte, die ihr, wie sie sagte, »den Kopf mit der Axt spaltete«. Alle schienen vorauszusetzen, daß nur Goma fähig sei, sich um Frau Pandey zu kümmern. Wenn Ramchandra etwas für seine Schwiegermutter zu tun versuchte, schob sie seine Hand weg; manchmal fragte sie Goma, wer er sei. Und Harish, den es ja auch noch gab, kam selten, und wenn er kam, war er sehr verlegen, wie ein nervöser Schuljunge.

12

EINIGE TAGE SPÄTER kam der Sohn eines Bürokraten nach Pandey Palace und bat um Unterstützung für seine SLC-Prüfungen. Als Ramchandra ihm sagte, daß es etwas früh sei, um für die Prüfungen im nächsten Jahr zu lernen, sagte der Junge, er wolle in die Spitzengruppe kommen, weil er vorhabe, seine Ausbildung im Ausland fortzusetzen.

Für Ramchandra fühlte es sich merkwürdig an, dem Schüler in Pandey Palace Nachhilfe zu geben, in den riesigen Räumen und der allgemeinen Weitläufigkeit. Seltsamerweise sehnte sich ein Teil von ihm nach den engen Zimmern in Jaisideval, mit dem ohrenbetäubenden Verkehrslärm und der undichten Decke. Jetzt unterrichtete er den Schüler im großzügigen Wohnzimmer, wo sich seine Stimme im Raum verlor, und ertappte sich dabei, daß er zu laut sprach. Der Schüler war aufgeweckt und verstand die Aufgaben und ihre Lösungen schnell. Ramchandra verglich ihn innerlich mit Malati, die immer am Radiergummiende ihres Bleistifts gekaut und selbst dann kräftig genickt hatte, wenn sie nicht die Spur einer Ahnung hatte, wie sie eine Aufgabe lösen sollte. Er lächelte über die Erinnerung. Dann fiel ihm wieder ein, wie glücklich sie auf dem Markt gewirkt hatte, und sein Gesicht verfinsterte sich.

Am dritten Morgen nach dem Beginn des Nachhilfeunterrichts kam er nach unten ins Wohnzimmer und fand dort Sanu, die sich mit dem Schüler unterhielt. Sie lächelte und schaute auf ihre Füße und dann wieder zu dem Jungen auf, während er ihr von seiner kürzlichen Reise nach Bombay erzählte. Keiner von beiden bemerkte Ramchandra, bis dieser sagte: »Sanu, mußt du nicht deine Hausaufgaben fertigmachen?« Erschrocken verließ sie den Raum, aber nicht bevor sie dem Jungen noch ein Lächeln zugeworfen hatte.

An diesem Abend im Garten gesellte Goma sich zu ihm, und sie spazierten still umher. Als sie stehenblieben, um eine Fuchsie zu bewundern, die in Blüte stand, legte Ramchandra ihr die Hand auf den Rücken und sagte: »Wie lange willst du noch so bleiben?«

Sie gab vor, ihn nicht zu hören, und rupfte etwas Unkraut aus.

»Goma.«

»Ich hab nichts getan«, sagte sie.

»Kannst du mir nicht vergeben?«

»Ihr habt getan, was Ihr tun mußtet. Das ist keine Sache von Anklagen und Vergeben.«

»Warum hältst du dich dann so von mir fern?«

Sie wandte sich zu ihm um. »In meinem Herzen hat sich etwas verhärtet. Ich kann mir nicht helfen.«

»Bitte sei nicht so.«

»Ich kann mir nicht helfen«, wiederholte sie.

Er zuckte leicht zusammen und sagte dann: »Man kann jedem vergeben. Bitte.« Er wollte über Sanu reden, wollte sagen, daß er sich Sorgen mache wegen dem, was er am Morgen gesehen hatte, daß ihre Tochter zu schnell erwachsen werde, daß er Goma brauche, damit sie es ihm verständlich machte. Aber das alles trat nun in den Hintergrund. Glaubte Goma, er sehne sich immer noch nach Malati? Und sehnte er sich denn? Er konnte es nicht sagen. Er wußte allerdings, daß er sie wiedersehen, mit ihr reden, sie noch einmal fragen wollte, ob sie glücklich sei, daß er von ihr die absolute Wahrheit verlangen wollte.

In dieser Nacht träumte er, daß Sanu mit dem geschwollenen Bauch einer Schwangeren durch die Straßen von Kathmandu streifte und im Müll grub.

Nach wie vor marschierten die Leute durch die Straßen und entfalteten Transparente gegen die Autokratie, manche sogar mit Worten, die den König verurteilten, was viele Menschen entsetzte. Umzüge, Kundgebungen und Ausschreitungen gehörten inzwischen zum Alltag in der Stadt, und Polizeilaster, dicht bepackt mit Männern in Helmen, sausten durch die Straßen. Die Leute sprachen im Flüsterton darüber, daß der König bald die Millitärherrschaft ausrufen werde. »Die Armee verehrt den König«, sagten die Leute. »Die wird nicht zögern, das Volk zu massakrieren.«

Sanu hatte angefangen, sich zu schminken.

»Was ist los mit ihr?«, fragte er Goma.

»Sie wird erwachsen. Das ist normal.«

Ramchandra hatte den Verdacht, daß Sanu sich mit dem Bürokratensohn Kamal traf – außer Haus. Mit der Tatsache, daß Sanu sich im Wohnzimmer aufhielt, wenn er Kamal Nachhilfe gab, hatte er sich abgefunden. Aber es kam nun vor, daß Sanu am Abend nach der Schule für lange Zeiträume aus Pandey Palace verschwand, und wenn sie zurückkam, war ihr Gesicht gerötet. Der Bürokratensohn wohnte nur ein paar Grundstückkarrees entfernt, was Ramchandras Verdacht verstärkte. Sanu hatte auch angefangen, Bilder aus amerikanischen Comicheften abzuzeichnen, die junge Lippen beim Küssen zeigten, mit Herzchen, die darüberschwebten. Er zeigte sie Goma, und die lachte bloß. Als er seinen Verdacht aussprach, daß Sanu sich außer Haus mit dem Jungen treffe, sagte sie: »Das ist ihr Alter. Was erwartet Ihr von ihr?«

Gomas lockere Einstellung erstaunte ihn. Sie wirkte, als habe sie die gleichen Erfahrungen gemacht; als verstehe sie, was ihre Tochter fühlte. Erneut plagten ihn Zweifel an Gomas Vergangenheit. Wieder fragte er sich, warum die Pandeys sie an ihn verheiratet hatten. Er stellte fest, daß er Sanu in letzter Zeit immer streng ansah, wenn sie an ihm vorbeiging, und sie bemerkte seinen kritischen Gesichtsausdruck, zog den Kopf ein und sprach kaum mit ihm. Wenn er Kamal Nachhilfe gab, schalt Ramchandra den Jungen manchmal wegen kleiner Fehler, obwohl er die meisten Mathematikaufgaben mit sorgloser Leichtigkeit löste.

»Wenn niemand sie im Griff behält, was geschieht dann, wenn mit ihr und dem Jungen irgendetwas schiefgeht?«, sagte Ramchandra zu Goma.

»Vertraut Ihr Eurer Tochter nicht?«

»Das ist keine Frage des Vertrauens. Es ist ihr Alter. Ich habe gesehen, wie sie ihn anschaut. Kannst du garantieren, daß sie sich selbst im Griff hat?«

»Garantieren«, sagte Goma. »Ich könnte nicht garantieren, daß Ihr Euch im Griff habt, und Ihr seid erwachsen.«

Am nächsten Tag entdeckte er in Sanus Schultasche einen Brief an Kamal. Er hatte nicht spionieren wollen, aber am Abend, nachdem Kamal gegangen war, rechnete er das Haushaltsbudget für diesen Monat durch und verlor den Überblick über die Zahlen und suchte hastig nach einem Stift. Er fand keinen, sah ihre Tasche in der Ecke stehen und schaute hinein. Der Brief, der in Sanus klarer Handschrift abgefaßt war, verkündete unendliche Liebe für Kamal, erinnerte ihn an einige Versprechen, die er geleistet habe, und sprach dann von der glücklichen Familie, die sie haben würden. Der Brief verkündete außerdem, daß keiner jemals den anderen betrügen werde. Es versetzte

Ramchandra einen Stich zu sehen, wie Sanu sein Verhältnis mit Malati verarbeitet hatte.

Als Sanu später am Abend nach Hause kam, fing er sie im Flur ab und zeigte ihr den Brief. Wenn er erwartet hatte, daß sie den Kopf einziehen, sich entschuldigen, weinend davonlaufen werde, dann lag er falsch. Sanus Stirnhaut spannte sich vor Zorn. Sie schnappte ihm den Brief aus der Hand und sagte: »Ich hätte nicht geglaubt, daß jemand es wagen würde, ohne meine Erlaubnis mein Eigentum zu durchsuchen.«

»Ich bin dein Vater.«

»Daß Ihr mein Vater seid, gibt Euch nicht dieses Recht«, kreischte Sanu. »Wenn Ihr ein guter Vater wärt – « Sie bremste sich, stürmte nach oben und knallte ihre Tür zu. Goma kam die Treppe herunter und sagte, die Hand auf dem unteren Ende des Geländers: »Warum habt Ihr ihre Tasche durchsucht?«

»Ich brauchte einen Sift«, sagte er. Seine Knie waren weich.

»Benutzt Euer Gehirn, ja?«, sagte sie. »Man stöbert nicht in den Privatsachen eines jungen Mädchens herum. Peinlich für Euch, peinlich für sie.«

Er erzählte ihr, was er gefunden hatte.

»Ihr versteht immer noch nicht. Es ist mir egal. Laßt sie machen, was sie will. Sie ist ein gutes Mädchen.« Ja, dachte er, aber das hast du nicht gesagt, als sie deine Eltern nicht leiden konnte.

Nach diesem Vorfall redete er nicht mehr mit Sanu. Oder vielmehr war es Sanu, die nicht mehr mit ihm sprach. Beim Abendessen, oder wenn sie sich auf dem Flur begegneten, wandte sie sich ab, und ein paarmal sprach er sie an, und sie verließ den Raum.

Die wachsende Unruhe in der Stadt drang kaum bis nach Pandey Palace durch. Goma war so damit beschäftigt, sich um ihre Mutter zu kümmern, daß sie noch nicht einmal in die Zeitungen schaute, die Ramchandra ins Haus brachte. Einmal, nachdem Ramchandra etwas über die Scharmützel in verschiedenen Landesteilen gelesen hatte, fragte er sie, was sie davon halte, und sie sagte: »Ich hab keine Zeit, über diese Sachen nachzudenken.«

Sie wischte ihrer Mutter den Sabber aus dem Gesicht. Wenn Goma sie berührte, klammerte sich Frau Pandey in letzter Zeit so fest an den Arm ihrer Tochter, daß ihre Fingerknöchel weiß hervortraten.

Vielleicht um den Schmerz über die Ernüchterung zu lindern, mit der ihn Goma zu betrachten schien, interessierte sich Ramchandra rege dafür, was im Land vorging. In der Schule war nun er es, der politische Diskussionen anfing, oft mit einem Zeitungsartikel in der Hand.

»Also habt Ihrs jetzt eingesehen, eh, Ramchandraji?«, sagte Shailendra. »Also glaubt Ihr jetzt, wenn wir Demokratie haben, könnt Ihr Euch ein Haus in der Stadt bauen?«

Ramchandra sagte: »Naja, ob ich ein Haus habe oder nicht, die Zustände in diesem Land müssen sich bessern.«

»Träumt weiter«, sagte Bandana-Miss.

Frau Pandey wurde erneut ins Krankenhaus gebracht, wegen starken Herzklopfens, und diesmal sagten die Ärzte, ihr Zustand sei ernst, und sie müsse mindestens für ein paar Tage dortbleiben. Das bedeutete, daß Goma bei ihr bleiben mußte, und plötzlich hatte Ramchandra den Haushalt zu verantworten, eine Aufgabe, die ihm wenig Freude machte. Das Haus war zu groß. Hinzu kam Sanus Unverschämtheit. Auch Rakesh widersetzte sich seinem Vater oft und fing wegen Kleinigkeiten Streit an. Er war merklich verstimmt, weil seine Schwester seit neuestem keine Lust mehr hatte, mit ihm zu spielen, und er belegte sie bei jeder Gelegenheit mit Schimpfwörtern. Jeden Morgen brachten die Dienstboten Goma ihre Mahlzeit ins Krankenhaus, und jeden Abend ging Ramchandra hin und brachte ihr das Abendessen. Wenn Sanu und Rakesh ihn begleiteten, stritten sie sich im Auto. Im Krankenhaus hellten sich ihre Gesichter auf, wenn sie ihre Mutter sahen, die sie umarmte und ihnen Fragen stellte. Oft meldete sich Ramchandra für eine Weile ab und ging durch die Krankenhauskorridore, und manchmal ging er nach draußen, um eine Zigarette zu rauchen, eine neue Angewohnheit; er achtete aber darauf, nicht vor den Kindern zu rauchen. Die Zigarette wärmte ihn und milderte die Dringlichkeit seiner Gedanken.

Frau Pandey wurde wieder nach Hause gebracht, doch ihr Zustand war schlimmer als zuvor. Jetzt hatte sie schon Mühe, aufrecht sitzenzubleiben. Manchmal mußte Goma ihrer Mutter den Mund aufzwängen, um etwas Suppe hineinzulöffeln, die ihr am Kinn hinablief. Ihre Augenlider waren blau geworden; sie erkannte noch nicht einmal mehr Goma. Nalini kam gelegentlich vorbei, um zu helfen, aber sie schien die Belastung nicht zu ertragen, und bald ließ sie sich Ausreden einfallen, um nicht vorbeikommen zu müssen.

Sanu und Kamal fingen an, sich in der Öffentlichkeit zu treffen. Die Leute sagten, daß sie »am hellichten Tage Händchen hielten«. Rakesh wurde immer streitlustiger und geriet oft in Prügeleien mit Nachbarjungen. Einmal entdeckte Ramchandra im Zimmer seines Sohnes eine lange Eisenkette, und als er Rakesh danach fragte, schnappte der Junge sie seinem Vater aus der Hand und verließ den Raum. Später erfuhr Ramchandra, daß die Lumpenbande, mit der er herumhing, sich gerne die Ketten-Gang nannte.

Goma war abends vergrübelt, und die Kinder klammerten sich an sie und boten ihr Rückhalt. Ramchandra schaute zu.

Eines Samstagnachmittags brach Streit aus. Am Vormittag war Ramchandra auf dem Weg zum Markt gewesen, wo er Tageszeitungen besorgen wollte, als er in einem Teeladen in der Nachbarschaft Sanu und Kamal entdeckte. Sie saßen eng beieinander und hatten ihre Hände miteinander verschränkt.

Neben ihrer dreisten Mißachtung gesellschaftlichen Anstands war es Sanus greller Lippenstift, der Ramchandra in Rage versetzte. Sein erster Impuls war es, in den Laden zu gehen und sie am Ohr zu packen und herauszuziehen, aber er hielt sich zurück.

Am Nachmittag saßen die vier nach einem späten Mittagessen unter dem Gartenschirm. Rakesh und Sanu redeten über eine hochbeliebte Hindi-Schauspielerin. Ohne den Blick von der Zeitung zu heben, in der er gerade las, sagte Ramchandra: »Sie sieht aus wie eine Prostituierte. Deshalb ist sie beliebt. Deshalb ahmen junge Mädchen wie du sie nach.«

Sanu sprang aus dem Stuhl auf und sagte zu ihrer Mutter: »Ba hat mich eine Prostituierte genannt.«

Gomas Gesicht veränderte sich. »Was ist über Euch gekommen?«

»Du tust nichts, um sie unter Kontrolle zu halten«, sagte Ramchandra.

»Ich lasse mich von niemandem kontrollieren«, sagte Sanu.

»Egal, was los ist, so dürft Ihr sie nicht nennen«, sagte Goma zornig.

Frau Pandey, die gedöst hatte, hob den Kopf. Speichel lief ihr am Kinn hinab.

Es war Rakesh, der seinem Vater zu Hilfe kam. »Ba sagt die Wahrheit. San-Di hat sich verändert. Sie ist ständig mit diesem Esel zusammen.«

Sanu hob die Hand, um ihren Bruder zu schlagen, aber Ramchandra packte ihren Arm. »Sie war heute Morgen mit ihm zusammen«, sagte er zu Goma.

»Ja, war ich«, sagte Sanu. »Na und?«

»Laßt sie in Ruhe«, sagte Goma zu Ramchandra. »Ich kann diese Anspannung nicht gebrauchen.«

»Ba, macht Mutter keine Anspannung«, sagte Rakesh. »Sonst …«

Sein drohender Tonfall klang wie der eines Mannes. »Niemand braucht mich noch in diesem Haus«, sagte Ramchandra. »Ich weiß nicht, warum ich hier wohne.« Und er stand auf, ging aufs Tor zu und auf die Straße hinaus.

Die Geräusche des Verkehrs und der Kinder, die in der Nachbarschaft spielten, wuschen über ihn hinweg. Er fühlte sich, als sei gerade jemand gestorben. Er hatte das alles angefangen. Er hatte dieses Netz gewoben. Er hatte diese Welt der Entfremdung geschaffen, und jetzt war er darin gefangen.

Er ging, bis seine Füße ihn nicht mehr tragen konnten. Im Jay-Nepal-Kino setzte er sich auf die Mauer, die das Grundstück einfaßte. Ein großes Plakat zog seinen Blick auf sich: das Gesicht des Helden nahe am üppigen Busen der Heldin, deren Mund wie zum Singen geöffnet war. Aus einem Radio in einem Laden nebenan plärrte ein Lied über wahrhaft Liebende, welche von dieser grausamen Welt entzweit würden.

Ein Jugendlicher kam zu ihm herüber und fragte: »Braucht Ihr ne Karte?« Er schüttelte den Kopf. Ramchandra sah den Kinogängern zu, die an den Ständen Fritiertes und Getränke kauften. Eine Frau, die dick geschminkt war und ihren Sari so um die Hüfte gewickelt hatte, daß ihre Taille zu sehen war, beäugte ihn aus wenigen Metern Entfernung und lächelte. Er lächelte zurück, nur weil er nichts zu verlieren hatte. Als habe sie auf dieses Zeichen gewartet, kam sie auf ihn zu. »Ist kein guter Film«, sagte sie und lehnte sich neben ihm an die Mauer.

Einen Augenblick lang ignorierte er sie, aber ihre Gegenwart war stark, aufdringlich. »Was ist nicht gut daran?«, fragte er.

»Die Tanzeinlagen sind gräßlich.«

Unter der Schminke war ihr Gesicht von Pockennarben übersät.

»Sie tanzen alle gleich«, sagte er. »Das gleiche Hüftendrehen, das gleiche Lippenzucken. Was ist mit dem Plot?«

»Ist okay«, sagte sie und knautschte das Gesicht. »Zuviel Action.« Sie sagte *action* auf englisch und schien das Wort zu genießen.

»Wie heißt du?«

»Rumila.« Sie schob sich näher an ihn heran. »Wie heißt Dai?«

Er zögerte und sagte dann: »Shrinath.« Er kannte niemanden, der so hieß.

»Suchst du ein bißchen Action?«, sagte sie. Jetzt wandte sie sich ihm ganz zu, so daß ihre Brüste fast seine Hand auf der Mauerkrone berührten.

»Wieviel?«, fragte er.

»Hängt davon ab, was du willst«, sagte sie. »Hundert Rupien für normal. Aber es hängt davon ab, was ich mache.« Ein Mann in engen Hosen näherte sich ihnen. Sie gab ihm Zeichen, und er entfernte sich. »Du siehst einsam aus«, sagte sie zu Ramchandra.

Ramchandras Blick fiel auf das Plakat, auf ein junges Mädchen, das nicht weit von ihm ein Eis am Stiel lutschte, einen alten gebeugten Mann, der die Hände hinter dem Rücken verschränkt hielt und durch seine zahnlosen Kiefer pfiff.

»Ich kann dafür sorgen, daß du dich besser fühlst«, sagte sie.

»Etwas zu trinken«, sagte er. »Das ist es, was ich brauche.«

»Mich braucht Ihr nicht?«

Sie erregte ihn nicht, aber er wollte sie nicht gehen lassen. Er stellte sich vor, daß sie in einer schmuddeligen, dunklen Wohnung wohnte, irgendwo, wo er sich zusammenrollen und das Bewußtsein verlieren konnte. »Warum trinken wir nicht bei dir zu Hause?«, sagte er. Dann überlegte er es sich anders und sagte schnell: »Vergiß es«, und ging weiter. In Naxal fand er eine Bar, und dort saß er den ganzen Nachmittag. Er trank. Der Alkohol betäubte seine Gedanken, und als er schließlich ging, fühlte er sich wie unter Narkose.

In Pandey Palace hatte das Abendessen schon angefangen, und alle wurden still, als er sich an den Tisch setzte.

»Wo seid Ihr den ganzen Tag gewesen?«, fragte Goma. Der

Alkoholgeruch mußte sie getroffen haben; sie sagte: »Tagsüber trinken? Was ist in Euch gefahren?«

Er aß schweigend. Rakesh starrte ihn an, und Sanu hielt den Kopf gesenkt. Als er fertig war, ging er auf sein Zimmer und legte sich hin. Das Radio in der Küche war laut aufgedreht, und die Sprecherstimme der Abendnachrichten drang durchs Haus.

Die ganze Nacht über driftete er zwischen Schlafen und Wachen hin und her. Gegen Morgen wachte er auf; seine Kehle schmerzte. Im Bad übergab er sich ins Waschbecken und ließ sich dann auf den Boden sinken. Er hielt sich am kalten Porzellan des Waschbeckens fest und rief um Hilfe, aber niemand hörte ihn. Nach einiger Zeit kam er zu sich und schleppte sich in sein Zimmer zurück. Er legte sich eine Weile aufs Bett und stand dann auf und klopfte an Gomas Zimmertür. Als sie aufmachte, hellwach, sagte er, er müsse mit ihr sprechen.

Unten im Wohnzimmer erklärte er ihr, daß er aus Pandey Palace ausziehen müsse.

»Wo wollt Ihr hin?«

»Ich finde irgendwo ein kleines Zimmer.«

Sie fragte ihn nicht, warum er ausziehen wolle, doch er fühlte sich verpflichtet, ihr eine Erklärung zu geben. »In diesem Haus zu wohnen, stellt irgendetwas mit mir an; ich glaube, ich verliere den Verstand.«

»Was immer Ihr wünscht.«

»Ist es dir egal, ob ich in deiner Nähe bin oder weit weg?«, fragte er mit weinerlicher Stimme.

»Nein, aber Ihr habt Euren eigenen Willen. Und wenn Ihr Euch dadurch besser fühlt, macht es. Besser als Eure ständigen Streitereien mit den Kindern.«

Sie saßen schweigend da. Ramchandra rollte seine Zunge im Mund herum, um den Geschmack des Erbrochenen zu vertreiben.

»Ich denke, Mutter wird uns bald verlassen«, sagte Goma.

Ramchandra nickte.

»Ich weiß nicht, was ich dann machen soll.«

»Wir haben unsere eigene Familie.«

»Ich meine mit dem Haus.«

Er wollte sie nicht fragen, an wen das Haus gehen werde. Er wußte, daß die Pandeys ein imposantes Geldvermögen auf der Bank hatten, und außerdem ein großes Grundstück in den Außenbezirken von Kathmandu. Er wollte nichts mit diesem Reichtum zu tun haben, der Goma vielleicht in den Schoß fallen würde. »Ich suche mir heute Vormittag eine Unterkunft.« Sie sagte nichts; sie schien bereits ihrer Mutter nachzutrauern.

Den ganzen Tag lang durchkämmte Ramchandra die Stadt nach einem anständigen Zimmer zu einem vernünftigen Preis. Er war erstaunt darüber, wie die Mieten in den letzten paar Jahren gestiegen waren. Zimmer, die kein Fenster hatten oder auf eine Müllhalde hinausblickten, kosteten sechshundert Rupien im Monat. An einer Stelle, in Baghbazar, glaubte er ein Zimmer gefunden zu haben, das nicht übertrieben teuer war, bis er durch eine halboffene Tür die anderen Hausbewohner sah: zwei Gauner, die tranken und um Geld spielten. Er stellte sich vor, daß Sanu ihn hier besuchte, und strich das Zimmer sofort von seiner Liste.

Gegen Abend, nur um die Rückkehr nach Pandey Palace hinauszuzögern, ging er nach Jaisideval und unterhielt sich schließlich mit dem Teeladenwirt. »Es geht etwas Unglaubliches vor sich«, sagte Ramchandra. Er hatte gelesen, daß sogar einige Staatsbedienstete sich der Bewegung angeschlossen hatten. Die Ingenieure der Royal Nepal Airlines hatten für mehrere Stunden die Arbeit niedergelegt. Am Vormittag hatte ein »Stifte weg«-Streik Staatsbedienstete überall im Land dazu angehalten, ihre Stifte wegzulegen und die Arbeit zu verweigern. »Regierungsangestellte gegen die Regierung?«, sagte der Wirt. »Das ist bemerkenswert.«

Plötzlich stand Herr Sharma in der Tür und umarmte ihn in einer übertriebenen Freundschaftsgeste. »Wir vermissen Euch hier, Ramchandraji«, sagte er. Ramchandra lud ihn zu einem Tee ein, und sie unterhielten sich.

Mitten in ihrem Gespräch über den Volkszorn gegen die Regierung gestand Ramchandra Herrn Sharma, daß es nicht gut für ihn laufe und er aus Pandey Palace in eine eigene Unterkunft umziehen müsse. Herr Sharma nahm diese Mitteilung ruhig auf, so als habe er die ganze Zeit über gewußt, was bei Ramchandra los war.

»Ihr solltet mit unserem Hausbesitzer sprechen«, sagte Herr Sharma. »Es fällt ihm schwer, einen Nachmieter für Euch zu finden.«

»Wo soviele Leute in die Stadt kommen?«

»Er verlangt einen so hohen Preis für diese Bruchbude. Was erwartet Ihr?«

»Ich kann nicht das Gleiche wie früher bezahlen. Das Kinderzimmer würde ich gar nicht benutzen.«

»Redet mit ihm«, sagte Herr Sharma. »Er hat mir erzählt, daß ihm jetzt klargeworden ist, was für ein guter Mieter Ihr wart. Ich bin sicher, daß er froh sein wird, Euch wiederzuhaben.«

»Es ist vielleicht nur vorübergehend.«

»Sagt ihm das nicht.«

Ramchandra traf den Vermieter in seinem Haus an, ein Karree weiter, wo er gerade das Tomatenbeet in seinem Garten wässerte. Er kam ans Tor, als er Ramchandra dort stehen sah.

»Alles in Ordnung, Ramchandraji? Was für eine Freude, Euch zu sehen.«

Ramchandra erkundigte sich nach der Wohnung, und der Hausbesitzer erzählte betrübt, daß er keinen Nachmieter finde. »Warum? Plant Ihr zurückzukommen?«

»Nur ich. Aber ich kann nicht soviel bezahlen wie früher.«

Der Hausbesitzer dachte einen Augenblick nach. »Wie wärs, wenn Ihr nur ein Zimmer mietet? Ich halbiere den Preis. Aber wenn ich einen Mieter für das andere Zimmer finde, müßt Ihr die Küche und alles teilen.«

Ramchandra gefiel die Vorstellung nicht, mit einem Fremden zusammenzuleben, aber er hatte keine Wahl.

Der Hausbesitzer schüttelte ihm begeistert die Hand. »Bin froh, daß Ihr zurückkommt.«

Er zog am folgenden Tag um. Da er nur seine eigenen Habseligkeiten zu transportieren hatte, und ein paar Töpfe und Pfannen, war alles mit einer Fahrt im Auto der Pandeys erledigt. Daß er auszog, schien niemanden zu stören außer Rakesh, und selbst dieser versuchte, sich nichts anmerken zu lassen. »Wann kommt Ihr uns besuchen?«, fragte er trotzig.

»Ich ziehe ja nicht in eine andere Stadt«, sagte Ramchandra. Er streckte die Hand aus, um seinem Sohn den Kopf zu tätscheln, aber der Junge duckte sich und wich zurück. »Ich komme alle paar Tage vorbei. Wie wäre es, wenn du deine alten Freunde in Jaisideval besuchen kommst?«

»Warum sollte ich? Die erinnern sich wahrscheinlich nicht mehr an mich.«

»Natürlich erinnern sie sich. Du hattest gute Freunde. Bastola, Gaine.«

Rakesh wirkte wehmütig, aber nur für einen Augenblick. Sanu kam noch nicht einmal nach unten zur Einfahrt.

»Seht zu, daß Ihr zu Hause eßt«, sagte Goma. »Eßt nicht in Gaststätten. Ihr werdet krank.« Der gleiche Dienstbote, der schon einmal für ihn gekocht hatte, würde morgens vorbeikommen, um seine Mahlzeiten zuzubereiten.

Wieder in der lauten Wohnung in Jaisideval, fühlte Ramchandra sich desorientiert, als habe er nie hier gewohnt. Doch gleichzeitig war alles vertraut: der Riß in der Wand, der einer Eidechse ähnlich sah, das lose Scharnier am Küchenfenster, das Knarren des Bodens, wenn er von einem Zimmer ins andere ging. Er spähte in das Zimmer, das seinen Kindern gehört hatte, und fragte sich, wie es sich anfühlen würde, morgens aufzuwachen und zu wissen, daß dort jemand anderes wohnte.

Da der Dienstbote heute noch nicht kommen würde, öffnete er seine Tasche, holte die Päckchen mit Reis und Dal heraus, die Goma ihm eingepackt hatte, und trug sie in die Küche. Er sah aus dem Fenster auf den Hof, und da war Herr Sharma, die Ellenbogen auf dem Fensterbrett. Als Ramchandras Essen fertig war, trug er seinen Teller zu dem Fenster, das auf die Straße hinausging. Das Essen schmeckte gut, und er aß langsam und beobachtete die Vorgänge auf der Straße. Der Teeladenwirt trat kurz auf die Straße hinaus, schaute zu Ramchandra herauf und winkte. Ramchandra lächelte mit vollem Mund. Für den Augenblick wollte er an gar nichts denken, nicht an Goma oder die Kinder, nicht an Malati, nicht an die Geschehnisse in der Stadt. Er wollte einfach nur hier sitzen und den Blick auf die Leute auf der Straße genießen. Dies war sein Zuhause.

Aber seine neuerlangte Heiterkeit wurde wenige Stunden später zerschmettert, als der Ladenbesitzer an die Tür klopfte und sagte, daß Goma am Telephon sei, und es sei dringend.

Als Ramchandra Pandey Palace erreichte, hing Spannung in der Luft. Frau Pandey schnappte nach Luft, mit blau angelaufenen Lippen. Sie war ins Erdgeschoß heruntergebracht worden, wo sie auf einer Matratze lag, und ihre Lippen bewegten sich wie im Gebet. Sie hatte sich geweigert, ins Krankenhaus zu fahren. »Jetzt ist es Zeit für mich, in den Himmel zu gehen und meinen Herrn wiederzusehen«, sagte sie mit brüchiger Stimme. Ob Frau Pandey Gott meinte oder ihren verschiedenen Ehemann, blieb unklar.

Goma hielt ihre Hand. Frau Pandeys Blick fiel auf Ramchandra, und sie hob eine zitternde Hand. Er kniete sich neben sie und nahm ihre Hand. Ihr Blick ruhte auf seinem Gesicht und kehrte dann zu Goma zurück. Hand in Hand mit ihnen starb Frau Pandey wenige Augenblicke später.

*

Im Lauf der nächsten Tage, als Frau Pandey eingeäschert worden und die Trauerzeit angebrochen war, kamen Freunde und Verwandte zu ihnen, um ihr Beileid auszudrücken. Ramchandra hielt Gomas Hand, und sie erwiderte die Geste und drückte ihm die Hand, bis irgendein Wort eine Erinnerung auslöste und sie ihm ihre Finger entwand. Ramchandra zog wieder in die Wohnung zurück, und Goma und die Kinder blieben in Pandey Palace. Manchmal wollte er zu ihr sagen: »Den Grund, aus dem wir hierhergezogen sind, gibt es nicht mehr, also warum kommt ihr nicht nach Jaisideval zurück?« Aber etwas in ihrem Gesicht sagte ihm, daß sie ihn für so einen Vorschlag getadelt hätte.

Die Tage vergingen wie im Nebel. Regierungsbeamte wurden entlassen, weil sie sich zustimmend zur Demokratiebewegung geäußert hatten. Der König löste die Regierung auf und ernannte einen Premierminister, der im Ruf stand, nicht so hart durchzugreifen. Das verhinderte nicht das Massaker, das sich eines Tages vor dem Palast ereignete. Regierungsfeindliche Demonstranten waren von der Stadtmitte auf den Palast zumarschiert und hatten im Gleichtakt mit den Händen über dem Kopf geklatscht. Die Polizei sprühte Tränengas. Einige Menschen rannten in den Tri-Chandra-Campus und bewarfen die Polizisten mit Ziegelsteinen. Ein paar hundert Meter vor dem Palast ließen Aufrührer ihren Zorn an der Statue von König Mahendra aus. Sie hängten ihr eine Schuhkette um den Hals, zerbrachen die Krone. Die Polizei schoß. Menschen brachen auf dem Boden zusammen. In der Panik ließen die Leute, die zu fliehen versuchten, ihre Schuhe und Sandalen zurück, so daß die Straße aussah wie ein Flohmarkt für gebrauchtes Schuhwerk.

*

Eines Morgens hörte Ramchandra beim Aufwachen laute Stimmen auf dem Hof. Mit verquollenen Augen ging er zum Küchenfenster. Unten schrien ein paar junge Männer Schimpfwörter und boxten und traten Herrn Sharma, der, nur mit seinem Dhoti bekleidet, ihre Schläge abzuwehren versuchte und um Hilfe schrie. In der Nähe hatte sich ein kleiner Zuschauerpulk versammelt. Ramchandra lief im Pyjama die Teppen hinunter. Mitten auf der Treppe gab das lose Brett nach, und er sauste abwärts, und sein Kopf krachte auf den Boden am Fuß der Treppe. Doch es war der Schmerz in seinem rechten Fußknöchel, der ihn aufschluchzen ließ. Das Gelenk war schlimm verstaucht und wurde schon blau. Doch Herr Sharma brauchte Hilfe, und so zwang sich Ramchandra aufzustehen, wobei er sich mit den Händen an der Wand abstützte, und humpelte nach draußen.

Einer der jungen Männer hielt Herrn Sharma von hinten fest, während die anderen auf ihn einschlugen. Das Gesicht des Mannes war blutig. »Ruft die Polizei«, schrie Ramchandra den Schaulustigen zu und versuchte, die Arme des Mannes aufzubiegen, der Herrn Sharma festhielt, obwohl sein eigenes Bein vor Schmerz brannte. »Warum schlagt ihr diesen alten Mann? Schämt ihr euch denn überhaupt nicht?«

»Dieser alte Mann, dieser Baje, hat unsere Schwester angefaßt«, sagte einer der jungen Männer. »Den bringen wir um.«

Der Mann, der Herrn Sharma festhielt, ließ ihn los, und er brach auf dem Boden zusammen. »Rettet mich, Ramchandraji! Bitte rettet mich vor denen!«

Ramchandra ging neben ihm in die Hocke, um ihm aufzuhelfen, und zuckte zusammen, als der Schmerz von seinem Bein in die Hüfte hinaufschoß. Er sah die jungen Männer an. »Was ist passiert?«

Die jüngere Schwester von einem der Männer, die kaum fünfzehn Jahre alt war, sei frühmorgens Wasser vom Wasserhahn holen gekommen, da sie hoffte, um diese Zeit nicht

Schlange stehen zu müssen. Herr Sharma sei nach unten gekommen, habe sie angeschrien und sie dann in den Garten geschoben, wo er ihre Brüste angefaßt und sie zu küssen versucht habe. Der Zorn des Mannes wuchs, während er Ramchandra dies erzählte, und seine Füße flogen nach oben und landeten in Herrn Sharmas Gesicht. Herr Sharma fiel erneut zu Boden und hielt sich jaulend das Gesicht.

»Es reicht, es reicht! Ihr könnt einen Menschen nicht so schlagen«, sagte Ramchandra.

»Was? Und er kann rumlaufen und kleine Mädchen belästigen? Seid Ihr wie er? Verteidigt Ihr ihn deshalb?«

»Es reicht«, sagte Ramchandra. »Wenn er das getan hat, dann hat er seine Lektion jetzt gelernt.« Er brauchte eine Weile, um die Männer zu beschwichtigen, aber es gelang ihm schließlich, und sie gingen, aber nicht ohne Herrn Sharma anzudrohen, daß sie ihm die Augen ausstechen würden, falls er ihre Schwester noch einmal anschauen sollte.

Indem er sich an Herrn Sharmas Arm festhielt, humpelte Ramchandra die Treppe zu seinem Zimmer hinauf, wo er die Wunden auf Herrn Sharmas Gesicht mit Jod behandelte.

»Ich glaube, meine Nase ist gebrochen«, sagte Herr Sharma. »Und hier stimmt irgendwas nicht.« Er deutete auf seinen Magen. »Es tut so weh.«

Ramchandra machte ein Handtuch naß und begann, das Gesicht des Mannes zu säubern. »Ich bringe Euch besser ins Krankenhaus.«

»Nein, nein«, sagte Herr Sharma. »Was soll ich den Ärzten erzählen?«

Ramchandra sah sich seinen eigenen Knöchel an. Er war geschwollen. »Warum habt Ihr nicht daran gedacht, als Ihr das Mädchen in den Garten mitgenommen habt?«

Herr Sharma sah zu ihm auf. »Ramchandraji, ich …« Und er begann zu weinen.

»Reißt Euch zusammen«, sagte Ramchandra.

Herr Sharma weinte weiter.

Später sicherte sich Ramchandra die Hilfe des Ladenbesitzers, um sie beide in einem Taxi ins Krankenhaus bringen zu lassen. Sie saßen in der Notaufnahme, bis eine Krankenschwester Herrn Sharma mitnahm. Es dauerte eine weitere halbe Stunde, bis Ramchandra aufgerufen wurde. Der Arzt, der seinen Knöchel untersuchte, sagte, er brauche eine Röntgenaufnahme, bevor er beurteilen könne, ob er gebrochen oder verstaucht sei. Ramchandra mußte bis ans andere Ende des Krankenhauses humpeln, um eine Röntgenaufnahme machen zu lassen, und fast zwei Stunden warten, bevor er die Mappe bekam. Dann verbrachte er eine weitere Stunde auf einer wakkeligen Bank vor dem Sprechzimmer des Arztes. Die Schwellung schien nicht größer zu werden, und darin fand er etwas Trost.

Der Arzt begutachtete die Röntgenaufnahme und sagte, der Knöchel sei bloß verstaucht. Ein Druckverband wurde darumgewickelt, und als er aus dem Krankenhaus hinkte, überkam Ramchandra ein seltsames Gefühl. »Das ist gut«, sagte er zu sich selbst. »Das habe ich gebraucht.«

Er ging ein paar Tage lang nicht nach Pandey Palace. Er rief an, sagte aber nichts über seinen Knöchel. Er humpelte durch die Stadt, manchmal sogar nach der Ausgangssperre, als fordere er die Polizei heraus, ihm etwas zu tun. Und dann, wenn er wieder in der Wohnung war, schalt er sich selbst dafür, daß er so dumm gewesen war. Was versuchte er zu beweisen? Nachts, wenn er nicht schlafen konnte, wanderte er in der Wohnung umher, sein Knöchel betäubt von dem Schmerzmittel, das der Arzt ihm verschrieben hatte. Manchmal stand er am Küchenfenster und blickte über den Hof, erwartete fast, Herrn Sharma an seinem Fenster singen zu sehen. Aber Herr Sharma war abgetaucht, wahrscheinlich weil er sich zu sehr schämte, um sein Gesicht in der Nachbarschaft zu zeigen.

Ramchandra saß am Fenster in seinem Zimmer und beobachtete die Straße. Oft sah er Betrunkene, die im Zickzack durch die Nacht torkelten und dabei vor sich hinbrummten. Manchmal sah er Prostituierte, die ihre nächtlichen Verpflichtungen erfüllt hatten und auf dem eiligen Heimweg zu ihren Kindern sein mochten. Manchmal kam eine Bande von Waisenkindern vorbei, die Radau machten, auf alte Töpfe schlugen oder laut das neueste Filmlied sangen. Ramchandra war von einer Sehnsucht erfüllt, die er nicht in Worte fassen konnte, und das brauchte er auch nicht. Das Gefühl wirbelte ihm im Kopf herum, und er erinnerte sich an das durchdringende Vergnügen, das er in der Anfangszeit empfunden hatte, wenn er mit Malati zusammengewesen war. Dann wanderten seine Gedanken noch weiter zurück, zu den frühen Tagen seiner Ehe, als an einem öffentlichen Ort nur Gomas Finger den seinen streifen mußte, um ihn schwindelig zu machen. Goma sei die schönste Frau im Umkreis von mehreren Kilometern, davon war Ramchandra überzeugt gewesen, und er hatte sie angeschaut, bis sie sagte: »Wo starrt Ihr hin? Habt Ihr mich noch nie gesehen?« Und er pflegte zu sagen: »Nicht richtig.«

Ramchandra begann, seine Kinder und Goma zu vermissen, und Malati und sogar seine Mutter. Er dachte an die Not zurück, die sie und er in ihren ersten paar Jahren in der Stadt erduldet hatten, und wie nahe er sich ihr damals gefühlt hatte. Er dachte an die Freude zurück, die Goma in sein Leben gebracht hatte, trotz der Mäkelei ihrer Eltern, und wie glücklich er gewesen war, als Sanu und Rakesh geboren wurden und ihre winzigen Gesichter ihn anleuchteten.

Er stand auf und zog sich an. Die Nacht war kühl. Er ging hinkend in Richtung Pandey Palace. Ein Taxi war nicht zu finden. Die Straßen waren verlassen. Ein Polizist trat in Naxal an ihn heran und fragte ihn, wer er sei und wohin er gehe. Ramchandra sagte, er gehe nach Hause, nachdem er ein paar Stunden mit Freunden verbracht habe. Der Polizist beäugte ihn argwöhnisch, ließ ihn aber gehen.

Der Hund bellte und lief auf Ramchandra zu, als er das Tor öffnete und hindurchging. Er tätschelte den Hund und war im Begriff, ins Haus zu gehen, als er Gomas Gestalt im Garten sah, wo sie unter dem Schirm saß. Er ging auf sie zu.

»Irgendwie wußte ich, daß Ihr heute Nacht kommt«, sagte sie.

»Woher?«

»Bloß ein Bauchgefühl.« Sie bemerkte, wie er das Gesicht verzog, als er sich hinsetzte. »Was ist passiert?«

Er erzählte es ihr, jedoch ohne zu erwähnen, daß er die Treppen hinuntergelaufen war, um Herrn Sharma zu helfen.

Sie griff nach unten und prüfte seinen Knöchel. »Ihr hättet vorsichtig sein sollen. Ich geh und hol eine Salbe.«

Er hielt sie auf. »Das kann warten.« Er bat sie, sich auf den Stuhl neben ihm zu setzen, nahm ihre Hand und sagte: »Hör zu, du mußt mir nicht antworten, aber es hat mich die ganze Zeit über beschäftigt, seit wir verheiratet sind. Sag mir, warum haben dich deine Eltern so spät verheiratet, und an mich?«

Sie lachte leise. »Ihr seid die ganze Strecke von Jaisideval hierher zu Fuß gegangen, mit diesem Knöchel, um diese Nachtzeit, um mich das zu fragen?«

»Bitte, gib mir eine Antwort.«

»Was würde Euch das helfen?«

»Es befriedigt meine Neugier.«

Unter dem Licht der nackten Glühbirne an der Hauswand zwirbelte sie das Ende ihres Dhotis. »Es ist ganz einfach. Ich habe alle abgelehnt, die sie vorschlugen.«

»Warum?«

»Ich mochte die Namen nicht oder die Gesichter auf den Photos, die ich zu sehen bekam.«

»Auf dieser Grundlage hast du deine Entscheidung getroffen?«

»Ja. Ich hab immer meinen Gefühlen vertraut. Und ich wußte, irgendwo da draußen in dieser weiten Welt ist jemand für mich.«

»Und das war ich? Wie habe ich deine Zustimmung gefunden?«

Sie lächelte. »Ich hab mich in Euch verliebt, als ihr kamt, um Nalini Nachhilfe zu geben. Am ersten Tag, in dem Moment, als ich Euch mit meiner Schwester auf dem Teppich im Wohnzimmer sitzen sah. Da war was in Eurem Gesicht – Euer Glaube an die Welt, als ob Ihr sie mit einer Unschuld anschaut, die alle Sorgen ertränkt. Gleichzeitig habt Ihr müde gewirkt, fast klüger, als Ihr alt wart. Ich war hingerissen. Ich bin durchs Wohnzimmer gegangen, nur um Euer Gesicht zu sehen. Ich hab gewußt, daß Ihr mich nicht bemerkt, und das war in Ordnung. Ich hatte nicht vor, meine Gefühle offenzulegen. Wenn Ihr wieder gegangen wart, hab ich auf meinem Bett gelegen und von Euch phantasiert. Ich hab Euren Namen vor mich hingesagt. In meinen Träumen seid Ihr gekommen und habt meine Hand gehalten und mich angelächelt. Ich hab phantasiert, daß Ihr mich aus Pandey Palace entführt und wir nach Indien durchbrennen und in einer kleinen Hütte leben, und daß wir immer verliebt sind. Aber selbst da hab ich gewußt, daß meine Phantasien zerschlagen werden, daß ich an jemanden verheiratet werde, den meine Eltern auswählen.«

Sie erzählte ihm weiter, daß eines Tages eine Lami nach Pandey Palace gekommen war und ihren Eltern das Bild eines Arztes gezeigt hatte, eines erfolgreichen Herzspezialisten, der in der Stadt lebte. Hinter der Wohnzimmertür hätte sie ihre Eltern einwilligen gehört, obwohl der Arzt ein Witwer und fast vierzig war. Aber Goma wurde allmählich alt, und ihre Eltern waren verzweifelt. »Was, wenn sie den hier auch ablehnt?«, sagte ihre Mutter, nachdem die Lami gegangen war.

»Das geht nun schon zu lange so«, sagte ihr Vater. »Ein besseres Angebot bekommen wir nicht. Ich will keine Tochter, die unseren Namen befleckt, weil sie zur alten Jungfer wird.«

In dieser Nacht konnte Goma nicht schlafen. Sie wurde von Albträumen über den Arzt geplagt. In einem von ihnen öffnete er ihr den Bauch und ließ ein chirurgisches Instrument darin liegen. Am nächsten Morgen kam ihre Mutter in ihr Zimmer und zeigte ihr das Bild des Arztes. »Bitte sag ja, Goma. Bitte. Wir haben schon ja gesagt.«

Das war der Augenblick, in dem Goma ihr sagte: Wenn sie irgendjemanden heirate, dann sei das der Mathematiklehrer.

»Wer? Dieser Ramchandra?«

Als ihre Mutter erkannte, daß Goma es ernst meinte, hielt sie sich mit den Händen den Kopf. »Mein Gott, ich kann mir nicht vorstellen, was dein Vater dazu sagt.«

»Vater kann sagen, was er will«, sagte Goma, »aber das ist meine Entscheidung. Entweder verhandelt Ihr mit ihnen, oder ich bleib den Rest meines Lebens unverheiratet.«

Ihre Mutter verließ das Zimmer, und ein paar Augenblicke später platzte ihr Vater herein, befahl Goma aufzustehen und schlug ihr ins Gesicht. »Bis jetzt habe ich alles geduldet, dein ganzes Theater von wegen ich heirate diesen nicht, ich heirate jenen nicht. Aber das hier werde ich nicht dulden. Ich will nicht den Rest meines Lebens zusehen, wie du dich als Dienstbotin abarbeitest. Dieser mickrige Nachhilfelehrer. Hat er dir Avancen gemacht?«

Goma hielt sich die Wange und sagte, der Nachhilfelehrer wisse nichts von ihren Gefühlen.

Sie aß nicht mehr.

Tage später gaben ihre Eltern nach. Genauer gesagt gab ihre Mutter nach und überredete ihren Ehemann dazu, die Tochter zu retten, die, wie sie sagte, sonst verkümmern und sterben werde, und eine tote Frau wolle niemand heiraten.

Ramchandra saß still und atmete fast nicht. Dann rutschte er vom Stuhl und kniete vor Goma nieder. Er hielt ihre Hand und schluchzte laut auf. Sie streckte die Hand aus und strubbelte ihm durchs Haar, und dann zog sie ihn an die Brust.

»Ich bin nichts im Vergleich zu dir, Goma«, sagte er.

»Schhhh.«

»Ich habe dich nicht verdient.«

»Idealisiert hab ich Euch nie. Ich wußte bloß, was ich wollte.«

»Und ich habe dich betrogen.«

Sie hielt ihn im Arm, und er kniete weiter vor ihr, das Gesicht in ihrem Busen vergraben. Ein Nachtwind umspielte sie.

13

ZWEI TAGE SPÄTER verlautbarte der königliche Pressesekretär, daß der König das parteilose Panchayatsystem auflöse; es werde im Land nun ein demokratisches Mehrparteiensystem geben. Die Schnelligkeit des Umschwungs überraschte viele. »Ihr meint, es ist vorbei?«, fragten sich die Menschen gegenseitig. In Pandey Palace starrten alle ungläubig auf das Fernsehgerät.

»Was heißt das für uns, Ba?«, fragte Rakesh. Vielleicht weil das Gesicht seiner Mutter so sanft wirkte, wenn sein Vater zugegen war, ging er nun höflich mit Ramchandra um.

»Ich weiß nicht«, sagte Ramchandra. »Mehr Freiheit, schätze ich.«

»Können wir jetzt ein eigenes Haus haben?«, fragte Rakesh.

»Denkst du, der Premierminister kauft uns ein Haus?«, sagte Sanu. »Glaubst du das? Du bist so stupide.« Sie benutzte in letzter Zeit oft das englische Wort *stupid*, manchmal in Bezug auf sich selbst. Mit Kamal traf sie sich nicht mehr; Ramchandra hatte die Traurigkeit auf ihrem Gesicht gesehen, als sie nach dem letzten Treffen mit dem Jungen nach Hause gekommen war. Aber er war sich sicher, daß bald ein anderer Junge ins

Bild treten würde. Dann würde Ramchandra erneut mit seiner Überfürsorglichkeit ringen müssen. Für den Augenblick herrschte ein unausgesprochener Waffenstillstand zwischen ihm und Sanu. Er hatte sich gefreut, als sie vor ein paar Tagen mit einer Mathematikaufgabe zu ihm gekommen war, die zum Stoff ihrer nächsten Prüfung gehörte. Geplaudert hatte sie nicht mit ihm, als sie gemeinsam die Aufgabe lösten, aber er spürte, daß sich ihre Gefühle ihm gegenüber gewandelt hatten.

Als sie auf der Straße Freudenschreie hörten, gingen sie alle hinunter zum Tor. Menschen strömten auf die Straßen und schrien: »Panchayat-System *murdabad*!« »Lang lebe die Mehrparteiendemokratie!« »Das ist der Sieg des Volkes!« Sie warfen rotes Pulver in die Luft. Brennende Kerzen erschienen auf den Fenstersimsen der umstehenden Häuser. Ein Festumzug kam am Tor vorbei. Leute auf einem offenen Laster schrien ihren Triumph heraus, klatschten über dem Kopf in die Hände. Einige Leute tanzten vor dem Laster, und eine Hand wurde ausgestreckt und packte Ramchandra. Er brauchte einen Augenblick, um das Gesicht zu erkennen: Mukesh, der Schüler, der die tote Ratte nach ihm geworfen hatte. »Salam, Sir! Ich hab gewonnen, Ihr verloren! Euer Panchayat ist am Ende! Die Ratte ist begraben!« Er lachte, und so war sich Ramchandra nicht sicher, ob er es ernst meinte. Ramchandra sagte: »Wirst du dein SLC bestehen? Gehst du aufs College?« Aber Mukesh zog ihn mit sich und überredete ihn zu tanzen, und das tat er, zur großen Belustigung von Goma und den Kindern. Er kehrte bald zu ihnen zurück, außer Atem.

Es wurde bis in die Nacht gefeiert. Manchmal hörten sie Feuerwerke; manchmal Siegesgeschrei.

Am Abend im Bett sah Ramchandra Goma dabei zu, wie sie auf einem Stück Papier das Haushaltsbudget durchrechnete.

Zwei Gläser warme Milch standen auf dem Nachttisch. Ramchandras Banane zur Nacht, die er, wie er behauptete, wegen ihres Kaliumgehalts zu sich nahm, lag daneben.

»Wir können nicht für immer hierbleiben, Goma«, sagte er. »Das ist nicht unser Haus.«

Seit jener Nacht im Garten hatte er hier bei Goma geschlafen. Jeden Abend sagte er zu sich selbst und Goma, jetzt gehe er nach Jaisideval, denn sonst zahle er dort Miete für nichts. Aber jeden Abend nach dem Essen wollte er bei Goma schlafen.

»Was soll ich mit diesem Haus hier machen?«, sagte Goma. Die Pandeys hatten das Haus an sie vererbt, und das Land an Nalini.

»Ich hasse es«, sagte Ramchandra. »Ich habe es schon immer gehaßt.«

Sie hielt in ihren Berechnungen inne und sah ihn an. Er hatte fast erwartet, daß sie wütend werden würde, als habe er das Andenken ihrer Eltern verletzt. »Aber ich muß mich drum kümmern«, sagte sie. »Ich bin hier aufgewachsen, und meine Eltern haben hier gelebt.«

»Wir sollten umziehen«, sagte Ramchandra.

»Wohin?«

»Zurück nach Jaisideval. Wo wir Miete zahlen.«

»Und was soll ich mit dem Haus machen?«

»Es verkaufen; leg das Geld im Namen der Kinder an, für ihr College.«

»Können sich Sanu und Rakesh wieder daran gewöhnen, in der engen Wohnung zu wohnen? Ohne Dienstboten?«

»Es wird ihnen schwerfallen, aber so haben sie den größten Teil ihrer Kindheit gewohnt.«

»Der ganze Lärm. Der Gesang von Herrn Sharma.«

Er hatte ihr noch nicht erzählt, was Herrn Sharma zugestoßen war; er wußte nicht weshalb. »Denke sie dir als eine vorübergehende Unterkunft. Wir bauen ein Haus. Bald.«

»Wieder dieses Gerede. Wo soll das Geld herkommen?«

»Ich nehme zusätzliche Nachhilfeschüler an. Ich unterrichte abends in Teilzeit. Was auch nötig ist. Selbst wenn wir nur das Fundament für ein Haus legen können, ist das ein Anfang. Die Verhältnisse in diesem Land ändern sich; es wird mehr Möglichkeiten geben.«

»Wißt Ihr, wie faul Ihr geworden seid, seit wir hierhergezogen sind?«, sagte sie. »Ich kann mir nicht vorstellen, daß Ihr härter arbeitet, während Ihr gleichzeitig älter werdet. Also vergeßt das Haus. Eine zu enge Wohnung ist unser Schicksal. Wir können uns genausogut damit abfinden.«

Er sprang auf die Füße. »Faul nennst du mich? Ich bin nicht faul. Schau.« Und er fing an, an Ort und Stelle ein paar Sit-ups zu machen. Erst lächelte sie. Dann lachte sie über den Anblick der Muskeln an seinen dürren Beinen, die sich vor Anstrengung aufblähten. »Ihr seid so ein Clown«, sagte sie sanft, und er dachte an ihre Hochzeitsnacht, als er ihr die Banane in den Mund geschoben hatte.

Jetzt sah er die Banane auf dem Nachttisch an. Goma schaute ebenfalls dorthin. Und sie lächelten einander an und fragten sich, wer den ersten Schritt machen würde.

Epilog

ELF JAHRE SPÄTER, in den angespannten Tagen, als die Maoisten im ganzen Land Menschen ausraubten, terrorisierten und umbrachten, und einen Monat bevor der Kronprinz den Großteil der königlichen Familie auslöschte, machte sich Ramchandra, dessen Haar allmählich ergraute, auf seinen Morgenspaziergang zum örtlichen Markt von Kirtipur. Er ging nun regelmäßig spazieren, meistens am Morgen. Vor ein paar Jahren hatten er und Goma in Kirtipur ein Haus gebaut. Goma hatte Pandey Palace an einen wohlhabenden Marwari-Geschäftsmann verkauft, der dort nun mit seiner Großfamilie wohnte.

Ihr Haus, das am Hang lag, war klein, mit nur zwei Schlafzimmern, so daß Sanu und Rakesh sich noch immer ein Zimmer teilten. Aber es genügte ihnen, und die Luft hier war sauberer als in Jaisideval. Das Haus gestattete ihnen auch einen schönen Blick auf die umgebenden Hügel, und jeden Morgen nahm Ramchandra seinen Tee mit auf die Veranda und genoß die Landschaft, bevor er zu seinem Spaziergang aufbrach.

Kurz nach der Ausrufung der Demokratie hatte Ramchandra mehrere Nachhilfeschüler angenommen, oft zwei oder drei sowohl am Morgen als auch am Abend. Goma hatte endlich angefangen, als Schneiderin zu arbeiten. Als sie noch in Jaisideval lebten, hatte sie ihre Singer-Nähmaschine in der Küche aufgestellt und für Frauen aus der Nachbarschaft Unterröcke, Leibchen, Blusen und Lahangas produziert. Sie stand frühmorgens auf, und das stetige *Tschack-tschack-tschack* der Maschine drang durch die geschlossene Tür. Ramchandra war tief beeindruckt von ihrem Fleiß. Dies war eine Frau, die ihre erste Lebenshälfte unter Dienstboten verbracht hatte, die ihr jeden Wunsch erfüllten, und trotzdem saß sie hier, in der kalten, feuchten Küche, über ihre Näharbeit gebeugt, als sei Werktüchtigkeit eine angeborene Tugend.

Es war Gomas Einkommen, das ihnen das Haus ermöglicht hatte. Und sobald sie dort eingezogen waren, hatte sie ihre Nähmaschine in einem Raum neben der Küche aufgestellt und sich an die Arbeit gemacht. Inzwischen erhielt sie Bestellungen von einer bekannten Schneiderei in der Stadt, und wenn eine Bestellung kam, nähte sie Tag und Nacht, trank eine Tasse Tee nach der anderen, trieb sich an, um die Frist einzuhalten.

Vor zwei Jahren war es Ramchandra gelungen, eine Stelle an einem Privatinternat zu bekommen, einem für Kinder aus reichen Elternhäusern. Sein Gehalt hatte sich verdoppelt, aber das Gleiche galt für alle Preise in der Stadt. Bei seinen morgendlichen Spaziergängen bemerkte er die Veränderungen, die überall vor sich gingen. Allerorten waren Häuser aus dem Boden geschossen; sogar in den Außenbezirken verstopfte der Verkehr die Straßen; Rauch hing in der Luft.

Sanu besuchte das Padma-Kanya-College, wo sie nepalische Literatur studierte. Sie engagierte sich in einigen örtlichen Frauengruppen und beteiligte sich oft an Straßenkundgebungen, auf denen sie die wirtschaftliche und gesellschaftliche Gleichstellung der Frauen forderten. Als Ramchandra einmal eine Zeitungsphotographie von Sanu gesehen hatte, die an der Spitze eines Marsches ging, hatte er sofort seine Kollegen und Freunde angerufen, um sie von Sanus wachsender Prominenz in Kenntnis zu setzen. Noch mehr freute ihn, daß sie nach Kamal kein romantisches Interesse mehr an Männern gezeigt hatte, obwohl viele ihrer Freunde Jungen waren. Ihr Engagement für Frauenthemen war direkt und aufrichtig und hatte Ramchandra im Lauf der Jahre sehr stolz auf sie gemacht. Er gestand sich die unterschwellige Verwunderung ein, in die ihn die Zielstrebigkeit seiner Tochter versetzte. Er bekam bereits Heiratsangebote für sie, darunter einige von recht bedeutenden Familien. Mehrere davon waren jedoch zurückgenommen worden, als die Familien erfahren hatten, mit welcher Leidenschaft Sanu gegen die Unterdrückung der Frauen kämpfte. Manchmal regte sich Goma über die Rücknahmen auf, besonders wenn es sich um bekannte Familien handelte. Aber Ramchandra wischte jeden dieser Vorfälle beiseite. »Wen kümmert es, daß die meine Tochter nicht wollen? Meine Tochter will sie nicht. Kannst du dir Sanu vorstellen, mit einem Sari über der Stirn, so?« Ramchandra legte sich die rechte Hand oben auf den Kopf und die linke an sein Kinn, um eine schüchterne Braut nachzuahmen, und Goma lachte.

Was Rakesh anging, hatte er nur knapp das SLC bestanden. Er hing im Haus herum und hörte westliche Musik, die für Ramchandra wie Lärm klang. Rakesh war zu einem gutaussehenden jungen Mann herangewachsen, und er blieb oft bis in die Nacht mit Mädchen außer Haus, manchmal in den örtlichen Hotels. Ramchandra konnte den Gedanken nicht vermeiden, daß Rakesh heute ein anderer gewesen wäre, wenn er die Eingangsprüfungen für die St. Xavier's School geschafft hätte. Aber als Rakesh zum zweiten Mal durchgefallen war, hatte Ramchandra mit dem Direktor, einem Jesuiten, gesprochen, um herauszufinden, was sein Sohn falsch machte. Der Direktor, ein kleiner, freundlicher indischer Priester, der eine Art weiße Robe trug, hatte ihm geraten, sich nicht auf diese Schule zu versteifen, sondern es bei mehreren anderen Schulen in der Stadt zu versuchen, die ebenso gut waren. Das hatte Ramchandra nicht überzeugt, aber was konnte er sonst tun? Rakesh zeigte allerdings eine schnelle Auffassungsgabe für Computer; oft saß er stundenlang vor dem Gerät, das Ramchandra ihm vor einem Jahr gekauft hatte. Rakesh schien es intuitiv zu verstehen und wurde oft von Freunden zu Hilfe gerufen, deren Computer nicht richtig funktionierten. Da zeichnete sich wohl eine Möglichkeit ab, gab Ramchandra zu.

Vor drei Jahren hatten sich Nalini und Harish scheiden lassen, unter Berufung auf gegenseitige Unverträglichkeit. Nalini hatte kaum ein Wort dazu verloren, selbst gegenüber Goma. Ramchandra dachte, Goma würde versuchen, ihre Schwester von diesem Schritt abzubringen, aber Goma sagte: »Wenn es für sie nicht funktioniert, wer bin ich dann, ihr zu sagen, was sie tun soll?« Die Scheidung war ohne Verbitterung über die Bühne gegangen, und die paar Male, die Ramchandra die beiden nach ihrem Entschluß gesehen hatte, während sie noch zusammenlebten, hatte es ihn beeindruckt, daß sie immer noch so miteinander umgingen wie zuvor – förmlich, distanziert. Goma hatte Sorge gehabt, daß Nalini keine Abfindung bekommen würde, aber Harish überließ ihr das Haus und überschrieb ihr auch eine große Summe Geld, genug, daß Nalini es in Betracht ziehen konnte, ein gehobenes Restaurant in einem Luxushotel zu eröffnen. Harish zog nach Bangalore, wo er eine Computersoftwarefirma gründete, die, wie Ramchandra hörte, außerordentlich gut lief. Vielleicht konnte Harish etwas für Rakesh tun, dachte Ramchandra, aber er würde das Thema mit Goma besprechen müssen, und vielleicht sogar mit Nalini.

Die Kantipur-Schule blieb im selben schäbigen Zustand, mit demselben pfützenübersäten Hof, demselben Platzmangel. Vor ein paar Monaten hatte Ramchandra vorbeigeschaut, um Bandana-Miss die Ehre zu erweisen, und entdeckt, daß sie zu ihrem Sohn nach Amerika gezogen war. Ihre Briefe an Gokul-Sir, der jetzt der Direktor war, ließen darauf schließen, daß sie dort nicht glücklich war. Ihr Sohn habe eine Amerikanerin geheiratet, beklagte sich Bandana-Miss, und noch dazu eine schwarze Amerikanerin, eine Habsi, und sie schrieb, sie wünschte sich immer noch, sie hätte eine ordentliche, hellhäutige nepalische Braut für ihn ausgesucht. Ihrer Darstellung nach waren ihr Sohn und ihre Schwiegertochter so mit der Arbeit beschäftigt, daß sie keine Zeit für sie hatten, und sie fühlte sich einsam und traurig. »Ich beginne zu denken, daß Amerika letztendlich doch kein so großartiges Land ist«, schrieb sie. Als der Direktor und Ramchandra über Bandana-Miss sprachen, kam Shailendra ins Lehrerzimmer. Er begrüßte Ramchandra herzlich und erkundigte sich ohne jede Spur seines früheren Sarkasmus nach dessen Familie. Als Ramchandra sich nach der seinen erkundigte, lächelte Shailendra. »Wißt Ihr es nicht, Ramchandra-Sir?« Ramchandra schüttelte den Kopf. »Ich hab schließlich doch Namita geheiratet«, sagte er. Ramchandra gratulierte ihm und fragte, wie es ihr gehe. »Wir haben eine kleine Tochter.« Er erzählte Ramchandra, daß Namita sich weiterhin mit ihm getroffen habe, selbst nachdem ihre Eltern sie hastig aus der Schule genommen hatten, und letztendlich hatten ihre Eltern eingelenkt. »Natürlich haben unsere Kasten nicht zusammengepaßt«, sagte Shailendra, »ganz zu schweigen davon, daß ich ein bloßer Schullehrer bin und ihre Eltern sehr reich sind, aber sie haben mich akzeptiert, von ganzem Herzen. Eigentlich hab ich sogar das Gefühl, daß ich ihr liebster Schwiegersohn bin.«

Heute war Sanus Geburtstag, und Ramchandra, der etwas Ziegenfleisch kaufen wollte, ging zu seinem angestammten Metzger. Während der Metzger das Fleisch abschnitt, hörte Ramchandra eine Stimme, nach der sich sein Kopf wie von selbst umdrehte. Zu seiner Linken, ein paar Meter entfernt, stand eine Frau, die einige Tomaten inspizierte und mit der Verkäuferin feilschte. Obwohl sie mit dem Rücken zu ihm stand, wußte er sofort, wer sie war. Sie drehte sich leicht, und er sah ihr Profil. Sie hatte neue Falten unter den Augen, ihr Kinn war nicht mehr glatt, und sie hatte etwas Gewicht angesetzt. Der Metzger überreichte ihm das Fleisch in einer Plastiktüte, und er bezahlte und war im Begriff, zu ihr hinzugehen und sie zu begrüßen, als ihn etwas zurückhielt. Es war das junge Mädchen, das neben ihr stand. Sie hatte das gleiche Gesicht, die gleiche schlanke Nase. Rachana bemerkte sein Starren; sie starrte zurück und wandte dann den Blick ab.

Malati kaufte schließlich, was sie wollte, und sie und Rachana gingen weiter. Er folgte ihnen und hatte immer noch vor, etwas zu sagen – ihren Namen zu rufen, Namaste zu schreien, ihr zu sagen, es tue ihm leid, daß sie in jenem Jahr das SLC nicht bestanden hatte. An dem Tag, als die Prüfungsergebnisse veröffentlicht wurden, hatte er in der Zeitung nach ihrer Nummer gesucht. Sie stand nicht darin. Ashoks schon.

Ein paar Meter entfernt blieb Malati stehen, um mit einer Frau zu reden, die ausrief, sie hätten sich ja schon seit Jahren nicht mehr gesehen. Ramchandra blieb ebenfalls stehen. Er sah in das Schaufenster eines Sari-Geschäfts und hörte Malati der Frau erzählen, daß sie nach Birganj gezogen seien, wo Amrit eine Bekleidungsfabrik aufgemacht habe. Aber die Fabrik sei nicht gut gelaufen, und nun seien sie wieder in der Stadt, und Amrit fahre wieder Taxi. »Es ist schwierig«, sagte Malati zu der Frau, »aber wir hoffen, daß wir das Taxi dem Besitzer abkaufen können.« Sie plauderten weiter, und Ramchandra studierte weiter das Sari-Geschäft, bis der Besitzer herauskam und ihn fragte, ob er vielleicht etwas kaufen wolle.

Malati redete immer noch mit der Frau, als Ramchandra an ihnen vorbeiging. Er ging absichtlich langsam, damit sie ihn sehen und ausrufen würde: »Sir, Sir«, und dann würde er sich umdrehen und laut sein Vergnügen darüber bekunden, die beiden zu sehen, und Rachana den Kopf tätscheln. Aber nichts geschah. Er ging weiter, und nach etwa hundert Metern drehte er sich um. Sie war nicht mehr da.

Nachwort des Übersetzers

Die Handlung des Romans *Der Liebesguru* setzt im späten September 1989 ein, wenige Wochen vor dem Dashain-Fest, und erstreckt sich zunächst (Kapitel 13) bis zum 16. April 1990, dem Tag, an dem König Birendra das Panchayat-System auflöste und den Weg für die Mehrparteiendemokratie freimachte. Zu Beginn, im September, steht Malati in Ramchandras Schlafzimmertür; zum vorläufigen Schluß, am Abend des 16. April, besiegeln Ramchandra und Goma ihre Wiederversöhnung als Eheleute. Der Roman erzählt nicht nur von der Liebesgeschichte, die sich in den dazwischenliegenden acht Monaten abspielt, sondern auch vom Ende der Panchayat-Ära, und er bettet diese Zeit in einen größeren historischen Kontext ein. Diesen möchte ich hier skizzieren.

Bis 1950 wurde Nepal von der Familie der Ranas beherrscht, die sich Mitte des 19. Jahrhunderts ein erbliches Premierministeramt verschafft hatten. In den Jahren 1950/51 gelang es König Tribhuvan und der Nepalischen Kongreßpartei mit indischer Hilfe, die Ranas abzusetzen. Tribhuvan führte die parlamentarische Demokratie ein, die jedoch im Parteienstreit versumpfte. Sein Sohn Mahendra verbot deshalb 1962 die Parteien und schuf das Panchayat-System. Dabei handelte es sich in der Theorie um eine Art gelenkte Demokratie, mit deren Hilfe das Volk allmählich die Selbstbestimmung einüben sollte. Die Panchayats oder Gemeinde-, Distrikt- und Nationalräte wurden größtenteils direkt vom Volk gewählt. Statt einer zunehmenden Liberalisierung erlebte die Bevölkerung jedoch eine jahrzehntelange Erstarrung der Verhältnisse; die wahren Machthaber und Nutznießer im Staat blieben die Shahs, Ranas und andere palastnahe Familien. Im Roman repräsentieren die Pandeys diese alte Kathmanduer Oberschicht; Ramchandra und Malati hingegen sind Einwanderer aus ländlichen Distrikten, ohne Beziehungen, ohne Mittel.

Der Epilog ist einen Monat vor dem Palastmassaker vom 1. Juni 2001 angesiedelt, in dessen Folge Gyanendra König wurde. Für die Romanfiguren sieht die Bilanz der vergangenen elf Jahre so aus: Das Jahrzehnt der Demokratie stärkte die Freiheit (siehe Sanus politisches Engagement), doch nicht die wirtschaftliche Lage der breiten Bevölkerung (Ramchandras und Malatis jeweilige Finanzlage ist praktisch unverändert). Dies läßt sich verallgemeinern. Für die meisten Nepaler kam *Mr Democracy* nicht mit vollen Geldkoffern.

Die Enttäuschung darüber trug zum Gelingen des »Volkskrieges« bei, den die Kommunistische Partei Nepals (Maoisten) ab 1996 gegen den Staat führte. Im November 2001, also nach dem endgültigen Schluß der Romanhandlung, scheiterten die ersten Friedensgespräche und griffen die Maoisten umso heftiger wieder an. Der neue König Gyanendra erklärte den Ausnahmezustand; damit endete das Jahrzehnt der Demokratie.

Samrat Upadhyay hat *Der Liebesguru* auf englisch geschrieben, gerade die Dialoge müssen aber als Übersetzung aus dem Nepalischen verstanden werden. Dementsprechend bleiben sie auch in meiner deutschen Fassung oft eng an den nepalischen Formulierungen. Anders als im Englischen ist es im Deutschen leicht möglich, sich den mindestens vier nepalischen Anredeformen immerhin durch eine Unterscheidung zwischen »du« und »Ihr« anzunähern. (Ich halte das ältere »Ihr« für angemessener als das heutige »Sie«.) Bei der Rekonstruktion durfte ich auf die freundliche Hilfe des Autors zurückgreifen.

Ph. P. Th.

Glossar

Hinweis zur Aussprache nepalischer Wörter: *Ch* sollte wie »tsch« gesprochen werden, *j* wie das stimmhafte »dsch« in »Dschungel«, *s* stets scharf (stimmlos), *y* wie in »Yeti«. Die Vokale klingen ähnlich wie im Deutschen.

Achar – Geschmacksbeilage; der Funktion nach ähnlich wie Ketchup oder Senf
Alu – Kartoffel
Ama – Mutter
asthai – zeitweilig, vorübergehend
Ba – Vater
Babiyo – eine Grasart (*Eleusine indica*)
Babu – »Lieber«, oft als Anrede für Kinder
Baje – Großvater, Alter
Barfi – eine Süßigkeit: fester Teig aus Kondensmilch und Zucker
Bhai – jüngerer Bruder
Bhai-Tika – siehe Tihar
Bhatti – (Trink-)Hütte
Bhauju – Schwägerin
Bhujiya – fritiertes Zwiebelküchlein
Birganj – (Sitz von Amrits Handelsunternehmen) Stadt im Tiefland, an der indischen Grenze

Chandan-Tika – Tika (siehe dort) aus Sandelholzpaste

Chilam – (aus dem Englischen übernommene Schreibung: »Chillum«) Haschischpfeife

Dai – älterer Bruder

Dakshina – Opfergabe

Dal – Hülsenfrüchte, besonders Linsen; eine Suppe oder Soße, die aus ihnen gekocht wird

Dal-Bhat – Reis (*bhat*) mit Linsensoße (*dal*) und in der Regel auch mit Gemüsecurry und Achar, seltener Fleischcurry. In weiten Teilen Nepals wird dieses Gericht zweimal täglich gegessen, einmal am Vormittag und einmal am Abend. Wer auf Nepali »Essen« (*khana*) sagt, meint in der Regel Dal-Bhat.

Dashain – Nepals wichtigstes Hindufest, das Pendant zu Weihnachten. Es erstreckt sich über fünfzehn Tage im September/Oktober (vor dem Tihar-Fest, siehe dort) und erinnert an den Sieg der Göttin Durga über einen bösen Dämonen. Der erste Tag heißt Ghatasthapana, der siebte Phulpati. Am achten und neunten Tag werden Opfertiere geschlachtet. Am zehnten Tag (Vijaya-Dashami) stehen Glückwunschnachrichten und Verwandtenbesuche an, bei denen die Eltern und andere ältere Verwandte den Nachkommen Tika geben; daher heißt dieser Tag auch Dashain-Tika. Mindestens am letzten Feiertag, der stets auf einen Vollmond fällt, wird mit Karten und Würfeln ausnahmsweise um Geld gespielt.

Deusi spielen – (gesprochen »De-uh-si«) nepalische Redewendung für einen Heischebrauch anläßlich des Tihar-Festes (siehe dort), vergleichbar dem Martins- oder Dreikönigssingen

Devi-Tempel – Devi heißt »Göttin«, und gemeint ist hier die Göttin Durga, um die sich das Dashain-Fest dreht.

Dharan – (Malatis Heimatort) größere Stadt im Osten Nepals, im Übergang zwischen Tiefland und Hügelland, ungefähr zweihundert Kilometer südöstlich von Kathmandu

Dhoti – Wickelrock aus einfachem Baumwolltuch; Schimpfname für Inder

Didi – ältere Schwester

Gagro – bauchiger Wasserbehälter mit schmalem Hals und breitem Rand, traditionell aus Messing gefertigt

Gainda-Zigarette – gainda heißt »Nashorn«

Gajal – (übliche deutsche Schreibung: »Kajal«) schwarze Farbe aus Ruß und Pflanzenöl, die um die Augen herum aufgetragen wird

Ghat – Uferzugang, oft als Stätte für die Feuerbestattung

Ghatasthapana – siehe Dashain

Gol-Gappa – knusprige, etwa tischtennisballgroße Teigblase, die mit Gemüsebrei und Gewürzwasser gefüllt und auf einen Happen gegessen wird (auch als *pani-puri* bekannt)

Guru – im engen Sinn: religiöser Lehrmeister. Die Anrede *guru* oder *guruji* wird halb ehrerbietig, halb scherzhaft auch gegenüber anderen »Fachleuten« verwendet, zum Beispiel gegenüber Busfahrern.

Habsi – (vom arabischen Namen für die Bewohner Abessiniens, das heißt des Äthiopischen Hochlandes) Schwarzafrikaner. Historisch bezieht sich die Bezeichnung auf afrikanische Sklaven, die die Briten nach Südasien brachten.

Hahakar – Chaos

Hare Bhagwan – soviel wie »Großer Gott!«

Hisabai-Hanuman – hisab bedeutet »Rechnen«, und Hanuman ist der Affengott, der für seine große Körperkraft bekannt ist

Jamara – Getreidesprosse

Janta – Volk

-ji – soviel wie »Herr« oder »Frau« als höfliche Anrede

… jindabad! – »Es lebe …!«

Jwain – Schwiegersohn

Kangresi – Anhänger der Kongreßpartei

Karom – (übliche englisch-deutsche Schreibung: »Carrom«) »Fingerbillard«, das mit scheibenförmigen Spielsteinen auf einem quadratischen Brett gespielt wird

Khasto – breiter Schal bzw. Decke aus drei Stofflagen: eine Lage bedruckter Baumwollstoff zwischen zwei Lagen weichem Baumwoll-Musselin

Kohlapuri-Sandalen – Ledersandalen mit bestickten Riemen

Kurta-Suruwal – nepalischer Name einer Kleidergattung, die in ganz Südasien verbreitet und auch als Salwar-Kamiz bekannt ist: langes Hemd (*kurta, kamiz*) und lockere Hose (*suruwal, salwar*). Frauen tragen dazu in der Regel ein langes Schultertuch (*dupatta*).

Laddu – eine Süßigkeit: tischtennisballgroße, orangegelbe Kugeln, die aus einem Teig aus fritierten Mehlkügelchen, Zuckersirup, Öl und Gewürzen geformt werden

Lahanga – Rock für festliche Anlässe

Lakh – hunderttausend

Laksmi-Puja – siehe Tihar

Lami – Heiratsvermittlerin

Lamjung – (Ramchandras Heimatdistrikt) fruchtbarer ländlicher Distrikt im Übergang zwischen Mittel- und Hochgebirge, gelegen südöstlich des Annapurna-Massivs, ungefähr hundert Kilometer westlich von Kathmandu

Madal – längliche Handtrommel mit zwei Schlagfellen

Mahabharata – wichtigstes Hindu-Epos. Sein meistgelesener Teil ist die Bhagavad-Gita, ein religiös-philosophisches Gespräch zwischen dem Prinzen Arjun, der auf dem Schlachtfeld den Beginn der Kampfhandlungen erwartet, und Gott Krishna, der die Gestalt seines Wagenlenkers angenommen hat.

Marwari – Die Marwaris, die heute an vielen Orten in Südasien leben, führen ihre Herkunft auf die Region Marwar im indischen Bundesstaat Rajasthan zurück. Die Händlerfamilien unter ihnen gelten als besonders geschickt und erfolgreich.

Masu – Fleisch

Mung – Mung-Dal, eine Linsensorte

… murdabad! – »Tod dem/der …!«

Nag-Panchami – Fest der Schlangengötter im Juli/August

Namaste – Grußwort und die zugehörige Geste, bei der die Hände im Bereich zwischen Brust und Gesicht zusammengelegt werden

Newar – »Ureinwohner« des Kathmandu-Tales. Die Newars entwickelten schon vor über tausend Jahren eine reiche städtische Kultur und trieben Handel mit Indien und Tibet.

Paisa – sowohl eine Währungseinheit (hundert Paisa sind eine Rupie) als auch das allgemeine Wort für »Geld«

Pajero – ein bequemer Geländewagen des Herstellers Mitsubishi, der sich ab den 1980ern als Statussymbol verbreitete

Pakoda – fritiertes Gemüseküchlein

Pan – Blatt des Betelpfeffers (*Piper betle*), das zusammen mit gelöschtem Kalk und geriebener Betelnuß (Same der Betelpalme *Areca catechu*) oder Tabak gekaut wird

Panchayat-System – von der Monarchie kontrolliertes »Rätesystem«, das in Nepal von 1962 bis 1990 bestand (siehe das Nachwort des Übersetzers)

Panche – Anhänger des Panchayat-Systems

Phulpati – siehe Dashain

Pipal-Baum – (auch »Bodhi-Baum«) Feige (*Ficus religiosa*), die Hindus und Buddhisten als heilig gilt. Die Blätter sind herzförmig mit lang ausgezogener Spitze.

Pirka – Holzhocker

Prasuti-Griha – Geburtshaus

Puja – religiöses Ritual

Pulau – warmer Reissalat

Raita – Joghurtsoße, die Gurken oder anderes Salatgemüse enthält, ähnlich wie Tsatsiki

Raksi – Schnaps

Ramailo Mela – (»Lustiger Jahrmarkt«) Vergnügungspark in Kathmandus Innenstadt

Randi – Hure

Roti – Fladenbrot

Sadhu – Hindu-Asket

Saheb – (gesprochen »Sahb«) soviel wie »hoher Herr«

Salwar-Kamiz – siehe Kurta-Suruwal

Samosa – fritierte Teigtaschen in der Form einer Dreieckspyramide, in der Regel mit Kartoffelfüllung

Sasura – Schwiegervater

Sasurali – Haus der Schwiegereltern

Sari – Wickelrock, dessen loses Ende über die Schulter gelegt wird. Dazu gehört eine enge Bluse, die den Bauch freiläßt. Anders als der Dhoti (siehe dort) wird der Sari nur von Frauen getragen.

School Leaving Certificate (*SLC*) – zentralisierte Abschlußprüfung nach der zehnten Klasse

Singha-Darbar – (»Löwen-Palast«) der Amtssitz des Premierministers und verschiedener Ministerien

Sirak – gefüllte Steppdecke

Sitar – klassisches Saiteninstrument

SLC – siehe School Leaving Certificate

Stupa – buddhistisches Denkmal: halbkugelförmiger »Hügel« mit kurzem, turmartigem Aufsatz

Tarkari – Gemüse

Tas – Spielkarten, siehe auch Dashain

Tihar – Lichterfest, nach dem Namen seines wichtigsten Tages auch als Divali oder Dipavali bekannt. Tihar ist in Indien das wichtigste Hindufest, in Nepal das zweitwichtigste – nach Dashain, auf das es mit ungefähr zehn Tagen Abstand folgt (Oktober/November). Am Abend des dritten Feiertages, auf den eine Neumondnacht folgt, werden Tempel und Häuser mit Lichtern geschmückt, um Laksmi, die Göttin des Wohlstandes, willkommenzuheißen (Laksmi-Puja, Dipavali). Am fünften Tag geben Frauen und Mädchen ihren jüngeren Brüdern Tika und Süßigkeiten – daher heißt der Tag Bhai-Tika –, und die jüngeren Brüder schenken ihnen dafür kleine Geldsummen (*dakshina*).

Tika – hinduistisches Segensmal, meist aus rotem oder gelbem Farbpulver, das oberhalb der Nasenwurzel auf die Stirn aufgetragen wird

yare – soviel wie »ey Mann ey«

Deutsche Erstausgabe
erschienen in der Edition Kathmandu, Bergisch Gladbach

Korrektorat: Andrea Todt, Claudia Oehmke
Satz und Umschlaggestaltung: Philipp P. Thapa
Umschlagillustration: Claudia Oehmke
Schriften: Albertina 10/14 pt, PencilPete
Papier: Alster Werkdruck
Druck und Bindung: Hubert & Co, Göttingen
Printed in Germany

ISBN 978-3-939834-03-8

www.edition-kathmandu.de

FSC
Mix
Produktgruppe aus vorbildlich bewirtschafteten Wäldern und anderen kontrollierten Herkünften
Zert.-Nr. SGS-COC-005773
www.fsc.org
© 1996 Forest Stewardship Council